文春文庫

神域

真山仁

文藝春秋

神域／目次

主な登場人物

篠塚《しのづか》幹《かん》――アルキメデス科学研究所長

秋吉《あきよし》鋭一《えいいち》――東京大学先端生命科学研究センター教授

周《ジョウ》雪《シュエ》――秋吉の研究室で助教を務める中国人留学生

祝田《いわた》真希《まき》――アルキメデス科学研究所の実験責任者

氷川《ひかわ》一機《かずき》――アルキメデス科学研究所の理事長、Ｉ＆Ｈホールディングス会長

荻田《おぎた》護《まもる》――氷川専属の主治医

瀬田《せた》鏡子《きょうこ》――氷川専属の看護師

大友《おおとも》正之介《しょうのすけ》――アルキメデス科学研究所の技官 兼 篠塚の秘書

麻井《あさい》義人《よしと》――先端医療産業開発革新機構（ＡＭＩＤＩ）の革新事業推進本部長

丸岡《まるおか》貢《みつぐ》――ＡＭＩＤＩ理事長

雨宮《あまみや》時臣《ときおみ》――内閣総理大臣

板垣《いたがき》茂雄《しげお》――内閣参与

嶋津《しまづ》将志《まさし》――経済再生担当大臣 兼 再生医療産業政策担当大臣

大鹿《おおしか》――嶋津の秘書官

加東《かとう》――内閣府の再生医療産業政策担当審議官

香川《かがわ》毬佳《まりか》――暁光新聞の医療記者

トム・クラーク――アメリカの医療ジャーナリスト

楠木《くすのき》耕太郎《こうたろう》――宮城県警宮城中央署刑事課刑事第一係長の警部補

松永《まつなが》千佳《ちか》――同署刑事課刑事第一係の巡査部長、楠木の部下

渡辺《わたなべ》――同署生活安全課の巡査部長

浅丘《あさおか》勉《つとむ》――同署刑事課庶務係の巡査部長

棚橋《たなはし》――同署署長

勝俣《かつまた》浩伸《ひろのぶ》――同署刑事課長

門前《もんぜん》純一《じゅんいち》――宮城県警刑事部捜査一課管理官

喜久井《きくい》――宮城県警本部捜査一課長

杉原《すぎはら》――宮城県警本部捜査三課長、楠木の同期

立田《たつた》――東北大学医学部法医学教室教授

金子《かねこ》忠《ただし》――中華系マフィアの幹部

小野田《おのだ》玄太《げんた》――質屋で故買業を営む老人

諸積《もろづみ》惣一朗《そういちろう》――元東京大学理学部教授

江崎《えざき》龍一郎《りゅういちろう》――宮城県仙台市議

イアン・クーパー――フェニックス社の社長

篠塚《しのづか》幹生《みきお》――篠塚幹の父

プロローグ

二十六年前の秋——

「お義母《かあ》さま！　何をしてるんですか！」

母の叫びが聞こえて、彼は自室を飛び出した。祖母の部屋から争う声がする。開いたドア越しに、祖母と母がもみ合うのが見えた。

ウソだろ。

その光景を、にわかには受け入れられなかった。

祖母の顔が大便まみれになっている——、否、食べている。

それを、母が必死で止めている。

その時、母と目が合った。

「あっちに行ってなさい！」

乱暴にドアが閉められた。室内から、激しく争う物音がした。そして、最後は獣の雄《お》叫《たけ》びのような声が聞こえた。

彼は驚いてドアノブを握った。だが、内側から施錠されて入れない。

「お母さん、大丈夫なの？　開けてよ」

母の怒号と、人とは思えぬ雄叫びが家じゅうに響く。

祖母がおかしくなったのは、二ヶ月前からだ。食事を終えてすぐに、「ごはんは、まだかしら?」と言ってみたり、外出先からの帰り道が分からなくなって、交番に駆け込んだりという奇行が続いた。

その後、パジャマ姿に裸足という格好で、街を彷徨《さまよ》うことが二度、それから祖父の愛人だと言って、母に向かって包丁を振り回したのが一度……。

不意に、祖母の部屋が静かになった。

ドアが解錠され、母が出てきた。

母の顔は大便と血で汚れている。ブラウスは袖がちぎれていた。そして悪臭。

「おばあちゃんは?」

「大丈夫よ。落ち着いた。でも、お願いだから、部屋にいて頂戴。お母さんも今、混乱して辛《つら》いの。だから、お願い」

人は年寄りになれば、大なり小なりボケていく。だが、こんな狂乱状態になるとは。

その日を境に、母と祖母は修羅の人になった。

まるで生き地獄だった。

そして、特別養護老人ホームに入所した三ヶ月後に、祖母は自室で首を吊って命を絶った。〝こんなわたしはいやだ〟——ほとんど判別不能な殴り書きの遺書が、チラシの裏に書かれていた。

その日から、彼は考え続けている。

人間の尊厳を壊滅させるほどのボケとは何か。老いとは何だ、それは病なのか。病ならば治す方法があるはずだ。

自分はそこに一生を捧《ささ》げよう——。

*

〝奇跡の細胞〟が産声を上げたのは、七年前、東京に大雪が降った夜だった。

篠塚幹《しのづかかん》は核磁気共鳴画像法《MRI》の画像を拡大して、パソコン画面に映し出した。実験用C57BL/6《マウス》の脳の画像だった。アルツハイマー病の状態を人工的につくり出したマウスに、篠塚と秋吉鋭一《あきよしえいいち》が発明した〝フェニックス7〟——人工万能幹細胞《IUS》を移植した。

アルツハイマー病は、脳内にアミロイドβ《ベータ》というタンパク質が蓄積し、それによって大脳が萎縮した時に発症する。進行すると、大脳細胞が破壊されて、脳に鬆《す》が入ったようになり、患者に様々な生活障害をもたらす。

ヒトの細胞の多くは死滅と誕生を繰り返して入れ替わるが、脳細胞に限っては、海馬などごく限られた細胞以外は、このような仕組みを持たない。つまり、死滅した脳細胞はそれきりなのだ。そのため、アルツハイマー病には、特効薬がないとされてきた。

フェニックス7は、その不可能の領域に風穴を開けるだろう。

パソコン上の画面に写っているのは、マウスの脳の断面図が二枚。右にあるのは、フェニックス7移植前の脳の状態だ。脳内の細胞は、到る所に空洞が生じ、すかすかだった。

一方、左側の図は移植後二週間の状態だ。明らかに、鬆が消え、脳細胞がびっしりと詰まっているように見える。

「鋭一！」

別のマウスの断面図を睨んでいた、相棒がこちらに顔を向けた。

「なんだ、声が裏返ってるぞ。ポルターガイストでも起きたか」

「見てくれ！　脳細胞が再生されている！」

鋭一がデスクトップを覗き込んだ。

息をのむ音がしたかと思うと、篠塚の肩を摑んでいた腕に力が籠もった。

「かれこれ三十六時間ぶっ続けで起きてるから、幻覚を見ているんじゃないよな」

「クソ！　何でもおまえが見つけるんだ。この世紀の一瞬のエクスタシーを、僕が最初に味わいたかったのに！」

次の瞬間、鋭一は奇声を上げ、篠塚を抱きしめた。

「クソクソ、やったじゃないか。俺たち、とんでもないことをやったぞ！」

息ができないほど抱きしめられたと思ったら、鋭一は踊り出した。

午前三時五分。フェニックス7によって、アルツハイマー病のマウスの脳細胞が再生されたことを確認した。

その実感が、篠塚の全身にゆっくりと染み渡った瞬間、篠塚も叫び声を上げ、鋭一の踊りに加わった。

やった！　俺たちは、奇跡を起こした！

それが声になった瞬間、篠塚は涙が止まらなくなった。

*

日本のためにひと肌脱いでみようと思ったのは、一年前の夏の夜だった。

麻井《あさい》義人《よしと》は三日前に、ロサンゼルスから一時帰国していた。

そしてこの夜、「相談がある」と連絡してきた人物と、東京プリンスホテルの和食レストラン「清水」で会うことになっていた。

麻井を呼び出したのは、丸岡貢《まるおかみつぐ》、七十二歳。二ヶ月前まで、オメガ・メディカルという外資系製薬会社の会長を務めていた。元々は、日本最大の製薬会社・山雅《やまが》薬品の開発担当専務を務め、同社が、スイス系の製薬大手企業オメガを買収した時に、社長に就任し、大きな成果を上げた。

米国の医療系ベンチャー・キャピタルのマネージング《M》・ディレクター《D》を務める麻井は、丸岡とは面識はあるが、じっくり話をしたことはない。丸岡のような業界の大物から

「相談」を受けるなんて思ってもみなかった。

麻井は約束の時刻よりも十分ほど早く店に到着したが、既に丸岡は待っていた。

一体どうなっているんだ、と驚きながらも、麻井は恐縮しながら頭を下げた。

「いやいや、私が早く到着しただけだから」

丸岡は、麻井を上座に座らせようとした。固辞したが、最後は押しに負けて従った。

「それにしても、このところの麻井さんの活躍は、目を見張るねえ」

シャンパンで乾杯した丸岡は、上機嫌だった。そして、麻井が投資しナスダックに上場したバイオ・ベンチャーの企業名を三社並べた。

「丸岡会長に、そこまでご注目戴き、恐縮です」

「今や、君はバイオ・ビジネス業界ではカリスマじゃないか。『アサイが投資した企業は、買い！』という伝説まで生んでいる」

そういう噂があるのは事実だが、丸岡ほどの人物に絶賛されると、むず痒い。

「それで君は、日本のバイオ・ベンチャーをどう見る？」

「二、三注目している研究はありますが、まだまだ未成熟ですね。研究は素晴らしいのにカネを集められなかったり、ビジネスにばかり前のめりで、研究が杜撰《ずさん》だったりという印象です」

「まさに！　私も全く同感なんだ。そこで、頼みがある」

いきなり丸岡は、文書を差し出してきた。

表紙には、国立研究開発法人　先端医療産業開発革新機構、Japan Advanced Medical Industry Development Innovation Organizationとある。

「来月に設立する、政府の国家プロジェクトの概要書だ。私が理事長を務めている。それで、君に投資部門の責任者になって欲しいんだ」

先端医療産業開発革新機構――通称ＡＭＩＤＩは、再生医療を中心としたバイオテクノロジーを国家プロジェクトに据えて、政府が有力なバイオ・ベンチャーに積極的に投資するための組織だという。

設立時の予算は、五〇〇億円という規模で、民間の金融機関とも連動し、国際競争力のあるバイオ・ベンチャーを日本で育てるらしい。

「どのような投資のスタンスなんでしょうか」

「とにかく手続きを簡略化して、日本の将来有望なバイオ・ベンチャーに投資する。その目利き部門の責任者を任せたい」

麻井の母は腎臓病を患い、人工透析で苦しんでいた。そのため、麻井は腎臓病を克服する医者になりたいと、医学部を目指した。しかし、医局の旧態依然とした体制に馴染めなかった上に、現在の医療は、対症療法が中心で、疾病の根絶や完治を目指そうという志向に欠けていた。

そこで再生医療に早くから注目したのだが、麻井の能力では、最前線の研究者になるのは不可能だと判断し、再生医療を支援する側の道を選ぶ。

大学四年の時に渡米して医療ビジネスを学んだ後、複数のバイオ・ベンチャー・キャピタルに籍を置き、実績を積み上げてきた。

アメリカで結果を残したことには満足していたが、日本のバイオ・ベンチャーの遅れが、気がかりだった。

そもそも日本のバイオ・ビジネスは、皆、大学の研究室レベルでしかない。ビジネスと呼ぶには分不相応なものばかりだった。たまに目覚ましい研究成果を上げるラボはあるが、様々な制約に縛られ、実用的な研究開発が阻まれていた。

もっと自由度が高く、現実的なバイオ・ベンチャーを育てなければ、日本が世界のバイオ・ビジネス競争から脱落するのは、時間の問題だった。

いつかは日本のために尽くしたいと考えているものの、結局そのタイミングを摑めずに現在に至っている。

「聞けば、君は日本のバイオ・ビジネスの常識を根底から覆したいと考えているそうじゃないか」

「どなたから、そんな話を?」

「ベンジャミン・バラックだ」

「ベンジャミンを、ご存知なんですか」

麻井の会社の副社長だ。

「昔、ボストン大学で一緒に学んだことがあるんだ。私は、中年になってから留学したから、年齢は十五歳ほど違うがね。それよりも、どうだね、日本のバイオ・ベンチャーのためにひと肌脱いでくれないか」

今の会社をそろそろ「卒業」するタイミングが来ているのも、丸岡はバラックから聞いているのだろうか。

麻井は、渡された概要書に目を通した。ここに書かれていることが事実なら、日本のバイオ・ビジネスはベンチャーで生き残れるかも知れない。

「日本は、スローガンだけ立派ですけど、結局は象牙の塔の住人や政府が横やりを入れて、ビジネスチャンスを逃します。この機構が、そうならない保証があるんでしょうか」

失礼だと思ったが、これまでに、何度も机上の空論に失望させられてきた。

「だから、君が必要なんだよ。私はもう年だ。最前線で、ベンチャーの精査をしたり、研究者と連携するのは難しい。そして、この仕事は、誰にでもやれるものでもない。可能な限り、君に投資先の決定権を委《ゆだ》ねたいと思っている。ぜひ、引き受けて欲しい」

ギリシャ神話がいうには、チャンスの神様は、前髪しかないそうだ。すかさず手を伸ばしてその前髪を摑まなければ、チャンスを逃すことになる——。

今、麻井の目の前に、その神様が近づいてきている。躊躇《ためら》っている場合ではなかった。

「では、もう少し具体的な説明をお聞かせ願いたい」

第一章　不審

1

十一月の声を聞くと、東北の空気は鋭くなる。

宮城中央署刑事課刑事第一係長の警部補、楠木耕太郎《くすのきこうたろう》が当直に就いた日も、そんな夜だった。

警察官を拝命して今年で四十年を迎えた楠木は、上昇志向の乏しい男だった。管理職になるよりも、現場で捜査する一刑事としてのキャリアが少しでも長く続いて欲しいと考えている。

刑事としてのさしたる金星がなくても、愚直に刑事《デカ》稼業を続けてきた。そういう仕事が性に合っていたし、少しは社会の役に立っているという自負もある。

とはいえ、冬場の当直は辛く、もう少し昇任試験を頑張っていればと思ってしまう。警部になると、当直は免除されるからだ。

東北の地方都市では、当直長が現場に出張《でば》るような事件は滅多に起きない。そもそも県内の殺人事件の年間平均発生件数が、七・五件というのだから、日々平穏この上ない土地柄なのだ。

「係長、八十二歳になるオヤジさんが行方不明になったという方が、来ております」

署の受付に陣取っていた若い警官が敬礼して告げた。ぼんやりと眺めていたニュース番組から、楠木は視線を腕時計に転じた。

午後九時十一分――。それをメモに記すと、生活安全課の巡査部長に声をかけた。

「ナベ、頼むわ」

三十八歳になる暴力団担当の渡辺は、それまで週刊誌をめくりながら食べていたカップ麺を慌ててかき込んだ。

勤続二年目の若者が視野に入った。

「松田君、行方不明者届を受け付けたことは？」

「ありません」

だったら、経験を積む、良い機会かも知れない。

「ナベ、松田君に勉強してもらう。あんたは、サポートにまわってくれや」

渡辺はスープを豪快に飲み干すと、「面談室に通して、届け出用紙に記入してもらえ」と、後輩に指示した。

「あの、その届け出用紙はどこにあるんですか」

渡辺は舌打ちしながら、当直室内にある抽斗《ひきだし》を指さした。

「次からは教えんからな。聞いたら、罰金一万円だ」

「何罪ですか」

生真面目そうな松田が返すと、渡辺は躊躇《ちゅうちょ》なく五分刈りの頭を叩《はた》いた。

「職務怠慢罪に決まってんだろうが。つまらんこと言わずに、さっさと行け」

松田は慌てて敬礼すると、用紙を手に当直室を出て行った。

「あんまり虐《いじ》めんなよ。最近の若いもんは、すぐ辞めるんだから」

「アイツは大丈夫っすよ。前に口答えしたことがあって、思いっきりぶん殴ったんすけど、ちゃんと『ありがとうございました！』って敬礼しましたから」

ったく。署内の暴力を公言するなと何度も言うのに、こいつの習慣は昭和スタイルなのだ。

「それにしても最近、年寄りの捜索願が多いな」

「そうっすね。ボケても死なない年寄りが増えたからでしょうね」

酷《ひど》い言い方だったが、その通りだと思う。

楠木の実母も一年ほど前から認知症で、日に日に悪化していた。夜の徘徊《はいかい》が始まっており、家族全員が疲労困憊《こんぱい》していた。それで遂に、認知症でも預かってくれる老人ホームの説明会に参加することにしたのだ。

「いずれは皆が直面する問題だからな。明日は我が身だと思って丁寧に応対してくれよ」

見た目はヤクザと変わらない渡辺は、根は優しい男だった。

カップ麺の容器を炊事場のゴミ箱に棄《す》て、手を洗うと、渡辺は面談室に向かった。

ところが十五分ほどで戻ってきた。

「楠木係長、届出人は仙台市議だそうです。それで、行方不明の父親の捜索を頼んでいるのに、誠意がないと」

「ここは宮城市だぞ。仙台は管轄外だ」

「もちろん、そう言いました。でも、うちの市長が、高校の同級生とかで」

だから、何なんだ。

「要するに、便宜を図れってことでしょ。ふざけやがって」

そういう特権意識が嫌いだと、渡辺は全身で訴えている。それは楠木も同様だが、だからといって無視するわけにもいかない。

仕方なく、楠木は腰を上げた。

犯罪相談や行方不明者届などを受け付けるために設けられた面談室は、ロビーの奥に六部屋ある。

問題の人物は、三号室にいた。楠木が部屋に入った時、江崎という巨体の仙台市議は声を張り上げて、松田に訴えているところだった。

「当直室に警官が大勢いるじゃないか。彼らを総動員して、父を捜してくれ。今日の冷え込みだと、大変なことになりかねない」

「当直長の楠木と申します。私がお話を伺います」

「お話を伺うだと。もう、この若者に全ての事情は話したよ。写真も渡した」

だが、テーブルにある行方不明者届は、空欄のままだ。

「手配するのに必要ですので、まずはこれにご記入ください」

話にならないと言いたげに市議は首を振ると、連れらしい中年女性が代わりに書き込んだ。

「失礼ですが、お父様のご不在を確認されたのは、いつですか」

「もう話したんだから、君が説明しろ」

市議は松田に促している。どうやら、人に命令するのが趣味のようだ。

「お手間を取らせますが、ご自身でお答えください」

だが、市議は答えようとしない。

「今日の午後八時半頃です。私が実家を覗きに行ったら真っ暗で、父の姿が見えませんでした」

女性が記入しながら説明した。

「お父様は、独り暮らしだったのでしょうか」

「そうだ。私は家族と仙台で暮らしている。妹は、実家から一〇キロほど離れた桜西町《さくらにしまち》に住んでいる」

女性の左手の薬指に、結婚指輪があった。

「真っ暗だったということは、つまり午後五時前には、既にご自宅にいらっしゃらなかったんですね」

「なんだ、あんたは、シャーロック・ホームズか」

この市議は、人を不快にする天才だな。こんな人物が、どうすれば当選できるんだ。

「しがない刑事です。最近の日の入りは、午後四時半頃なものですから」

「父は、夜になっても電気も点けずに家の中にいることがあるんだ」

それだけ認知症が進んでいたわけか。

「お父様は認知症を患ってらっしゃったのですか」

「そんなに重くないですが、アルツハイマー病と診断されました。時々癇癪《かんしゃく》を起こしたり、物忘れが酷くなっています。これまでにも徘徊はありましたが、本人からＳＯＳの電話が必ずあったんです。どこを捜しても見つけられないのは、今日が初めてです」

「おい朋子、軽はずみなことを言うな。俺たちが捜しきれていないだけかも知れないだろ！」

妹は、勢いよくボールペンをテーブルに置いた。まだ、記入は終わっていない。

「兄さん、ずっと父さんの介護を私に押しつけておいて、そんな言い方はないでしょう？　社会福祉の行き届いた仙台市を目指すだなんて、ちゃんちゃらおかしいわ！」

「恐れ入りますが、今は、喧嘩《けんか》なさっている場合ではないですよ。朋子さん、お父様に会われたのは、昨日ですか」

「一昨日の昼間です。実家には、毎日午前十時から午後三時まで、介護ヘルパーが来ています。ヘルパーさんに確認したところ、今日、業務を終えて帰る時まで、父は家にいたそうです」

楠木は、二人の話を丁寧にメモした。

「その時、変わった様子は？」

「なかったと聞きました。ですが、このところ、七年前に死んだ母が生きているように振る舞ったり、私を母と間違ったりというような混乱が起きていました。今日は、兄が中学生だと思っていたようで、部活の話をしていたようです」

「いくつになってもむかつくオヤジだな。俺が中体連の競技会で、市の代表に選ばれなかったのを、ぐだぐだと話してたんだろ」

「ちなみに中体連の競技というのは、どこで行われたんですか」

アルツハイマー病を患っているなら、その競技場に行った可能性もある。

「宮城市立の総合運動公園。津波で大きな被害を受けたところだ」

宮城市は、二〇一一年に発生した東日本大震災の津波によって大きな被害を受けた。沿岸部は壊滅し、一七〇〇人余りの死者行方不明者を出した。

現在は、沿岸部に高さ約一五メートルの防潮堤が築かれ、総合運動公園のあった場所は、六メートルほどかさ上げされて、復興住宅が建っている。

「これまでは、どこで見つかっていたんですか」

「迷子になると、父はいつも交番に駆け込むんだ。そして、迎えに来て欲しいと、妹を呼ぶ」

「でも二週間前は違いました。夕方に自宅を抜け出して、かつて自分が校長を務めた小学校の校庭にいました」

「そんな話、初めて聞く」

「仙台市の復興に邁進《まいしん》されている著名な仙台市議さんのお手を煩わせる必要もなく、事なきを得ていましたから」

　どこの小学校かと尋ねると、津波の被害を逃れた市立小学校だった。市議の父親は、そこで校長を務めた後に、定年退職したのだという。

「小学校にいらっしゃるのが、よく分かりましたね」

「本人から電話が掛かってきたんです。俺は約束通りに学校に来たのに、なぜ誰も来ないんだと怒って電話してきました」

　そのことがあってから、父親にはGPS搭載のスマートフォンを渡していたというが、今夜は寝室のベッドの下に転がっていたそうだ。

「小学校、昔の総合運動公園、母の墓など、心当たりの所は全部見てきました。でも、どこにも父はいませんでした」

　妹の方は途方に暮れているが、兄の方は、手にしていたスマートフォンの画面に出るメッセージの方が重要なようで、楠木が立ち寄り先を尋ねても上の空だった。もう一度、質問を繰り返すと、ようやくスマホを見るのをやめた。

「思いつかないね。とにかく話は以上だ。一刻も早く捜索隊を編成して、父を捜すんだ」

これが、人にものを頼む態度なのか。

楠木は呆れながら、妹が提出した写真を見つめた。現役の頃は厳格な教育者だったろうことが窺《うかが》える男が写っていた。そんな人物が、自宅に戻れず迷子になったり、支離滅裂な発言をするのだから、子としてはさぞや辛いだろう。

「ご事情は分かりました。しかしながら、本件は事件性がないため、大編成での捜索は厳しいです。ひとまずは、五人で捜索します。そこでお願いですが実家のご近所の方々に、ご協力を仰いで戴けませんか」

「そんな恥さらしできると思うか！　極秘で捜索するんだ。私の政治活動に支障を来すようなことは、絶対にやめてくれ」

結局、当直員の中から若い連中を選んで捜索に当たらせた。彼らの取りまとめ役に名乗り出たのは、市議への敵意を隠そうともしなかった渡辺だった。

とはいえ、既に氷点下近い気温の中を彷徨う老人の安否を慮《おもんぱか》った渡辺は、若い当直員に的確な指示を飛ばし、自らは捜索範囲を広げて、捜し続けた。

楠木もパトカーでくり出して捜索を手伝ったが、結局、成果は上げられなかった。

そして、夜が明け始めた午前五時五十一分、一一〇番通報があった。宮城市北部にある用水路に老人が浮かんでいるのが発見されたという。

発見現場に向かった市議と妹は、寒さに凍えながら遺体の確認をした。

「違う、父じゃない。わざわざ呼び出すまでもない。ひと目見ただけで、父の写真と違うことぐらい分かりそうなもんだ！」

水死体は、顔の様子も変わりやすい。それで、念のために呼んだのだが、遺体は別人だった。

一人の老人が行方不明になり、一人の老人の遺体が発見された。その段階で後者については、生活安全課から楠木が籍を置く刑事課第一係へと担当が代わった。

2

麻井は、永田町の内閣府内にある経済再生担当大臣室で、部屋の主を待っていた。総理の腰巾着であり、再生医療産業政策担当大臣を兼務している嶋津将志経済再生担当大臣に呼び出しを喰らったのだ。

先端医療産業開発革新機構《AMIDI》という長ったらしい名の法人の革新事業推進本部長を務めて一年余、成果が実現する兆しは、一向に見えてこない。

政府が掲げる新たな成長産業の柱に位置づけられたＡＭＩＤＩは、先端医療ビジネスの育成と支援を目的に設立された。総理が強く期待を寄せる再生医療の強力な産業化を推進し、メディカル大国・ニッポンの実現が至上命題だ。

しかし、様々な規制や、医学部、生命科学関係の権威らの体質の古さに、ほとほと呆《あき》れる毎日だった。

「麻井君、今日は、提案を見送るべきだと思うんだが」

日本再生医療学会では常任理事を務めたＡＭＩＤＩ副理事長の森下勲東大名誉教授が、いつもの調子で後ろ向きな発言をした。

「森下先生。そんなことをしていたら、我々はいつまでたっても前に進めません。確かに研究成果の検証と分析には、今暫《しばら》く時間は掛かります。しかし、いずれもが世界的に画期的な研究なんです。だとすれば、大臣にご提案するのが、我々の義務です」

麻井が言葉を選んでいる間に、丸岡が口を挟んできた。

「しかしねえ。どれも、物議を醸しますよ。また、あらぬ期待を患者さんに与えることにもなる」

「森下先生、医者から見放された難病患者を救うために、我が機構は存在するんです。大臣及び総理のお墨付きを戴き、一気に臨床研究を行うべきです」

丸岡が理事長としての威厳を示した。

ＡＭＩＤＩが基金拠出を提案している医療ベンチャーは三社あった。

一つは、脊髄《せきずい》損傷患者に対する再生医療ベンチャーだ。この分野の世界的権威である三田大学の井関教授を中心とした研究チームが、医療ベンチャーとジョイントで新会社を立ち上げようとしている。

次に申請中なのが、心臓の再生に挑む浪速大学医学部の四谷教授の研究チームだ。既に、心筋の再生で実績を上げており、次のステップとして心臓そのものを再生しようという研究に着手、研究は第二段階まで進んでいる。

そして最後は、アルキメデス科学研究所だ。同研究所は、アルツハイマー病によって破壊された大脳細胞を再生する人工万能幹《IUS》細胞・フェニックス7を開発、動物実験では実績を上げ、サルで臨床研究を始めた。

アルキメデス科研は、電子制御分野における世界的なリーディングカンパニーのカリスマ経営者が、社会貢献を目的に設立した民間の研究所だ。資金的には余裕があるのだが、実用化に向けての特別待遇を強く求めている。

いずれ劣らぬ夢のある研究に、政府としてのお墨付きと、臨床研究に進む特別な権利を与えられたら、資金を世界中から集めることも可能になる。あわよくば、総理が目論《もくろ》む再生医療大国ニッポンという金看板まで手に入るかも知れないのだ。

しかも、政府が産業育成のために用意した総額五〇〇億円にも及ぶ補助金が、ほとんど手つかずで残っている。

なのに森下副理事長は「時期尚早」だと言って、ことごとく退けようとしている。これだから、日本の医療ビジネスはダメなんだ。

大臣秘書官の「大臣がお戻りになられました」と言う声と同時に嶋津が現れた。

神奈川県選出の当選五回、四十七歳の嶋津経済再生担当大臣は、総合商社で石油関係のビジネスに携わっていたが、「日本を変えるには、最前線の国際的ビジネスマインドが必要！」と与党保守党の候補者公募に合格し、初出馬で圧勝した。

ビジネス音痴と言われる総理の知恵袋的存在で、今やお友達の一人として、めきめきと頭角を現している。

ネクタイは外しているもののスーツ姿の嶋津は汗だくで、ハンディファンを顔に当ててあえいでいる。

「さて、丸岡さん、今日は朗報を戴けると聞いていたんですが」

女性秘書が、全員にアイスコーヒーを配り終えないうちに、大臣は報告を求めた。

「長らくお待たせしていた革新的支援企業三社をご提案したいと考えています」

麻井が、プレゼンテーションを開始した途端に、大臣が待ったをかけた。

「おい大鹿《おおしか》君、メディカル担当の幹部はどうしたんだ？」

経済産業省から出向している秘書官の大鹿に質問が飛んだ。

「部屋で待機していますが」

「すぐ、呼んでくれ」

麻井としては、本当はメディカル担当チームには参加して欲しくなかった。彼らは厚生労働省や文部科学省からの出向者で旧態依然とした発想の持ち主が多く、森下同様、提案を潰しかねない。

大臣室に戻ってきた大鹿に続いて、加東審議官ら五人のメディカル担当者が部屋に入ってきた。

　そこで改めて麻井はプレゼンテーションを始めた。

　分かりやすさを心がけたが、参加者の半数は「理解不能」だったらしい。

「加東さん、どうですか」

「フェニックス7以外は、これまでも何度か俎上《そじょう》に載っていた案件かと存じます。前回は、確か一ヶ月前に審議したかと記憶していますが、さしたる進展は見られません。また、両者ともに、実験データの信用度に今一つ問題があり、追試験を行う指導をしたところでございますが、その点の説明がありませんでしたが」

　文科省内で医療教育と研究支援に長年携わりながら、出世争いから弾き出されて内閣府にいる加東は、その恨みを業者に向けてくる。

　やれやれ、嫌なことばかりよく覚えていやがる。

「審議官、失礼しました。明日には、両者から追試結果の報告があがってくる予定です。暫しお時間を戴ければ幸いです」

「では、判断は、その後に」

「なあ、加東さん、僕はもう少し鷹揚《おうよう》でいいと思うんだがね。世界の医療ビジネスは、どんどん先に進んでいる。ｉＰＳ細胞の発見で山中教授がノーベル賞を受賞したのに、それが人間の治療に使えないでは、総理からお叱りを受ける」

嶋津大臣が呆れたように言った。

「しかし、やはり先端医療については、慎重の上にも慎重を期す必要がございます」

「じゃあ、このアルツハイマーに画期的効果というフェニックス7はどうだね。必要条件は揃《そろ》っていると思うんだが」

嶋津がアルキメデス科研案件に注目したのが、麻井は嬉しかった。

この案件こそ一刻も早く実用化すべきものとして、麻井は心血を注いでいる。

「対象部位が脳ですからね。さらに慎重を要します。森下先生のご意見を伺えますか」

森下は、脳神経内科の出身だ。

「左様ですな。試みとしては面白いが、加東審議官のご指摘は一考に値しますな。脳については、機能についてすら未解明の部分が多数あります。その段階で、ＩＵＳ細胞を移植するというのは、拙速に過ぎるかと」

不満を表明するかのように丸岡が咳払いをしたが、森下は気にもしない。だが、嶋津大臣の興味を引いた。

「僕はこのアルキメデス科学研究所の案件には夢があると思うな。しかも、この研究所は、震災復興のための創造的復興プロジェクトの目玉施設として、宮城県に設立されている。イメージも良いね」

一九九五年に起きた阪神淡路大震災復興時にも、被災地の創造的復興特区として神戸市に医療関係の先端施設の建設を計画、理化学研究所や肝臓移植の民間企業を誘致し支援もした。

そして、二〇一一年の東日本大震災の際にも、創造的復興として宮城県内に国立大学付属の遺伝子研究の巨大な施設を設けた。アルキメデス科研の建設もその一環として計画され、仙台市に隣接し、甚大な津波被害があった宮城市に誕生したという経緯があった。

「長寿だけではなく、尊厳を持った人生を全うするための『人生謳歌革命』を総理が提唱されているのは、知っての通りだ。日本は長寿大国にはなったが、最期まで理性を失わずに一生を全うできるわけではない。だから、この案件は、国として後押ししたい」

大臣の一言で、よし！　テーブルの下で麻井は拳を握りしめた。

「では、正式に第三者機関による支援審査会を組織する準備を致します」

加東があっさりと引き下がった。

官僚的な従順さ故とも言える。だが、もう一つ大きな理由は、この支援審査会がくせ者で、審査委員の人選の権限を加東が握っているからだ。つまり、彼の意のままの結果を残せるというわけだ。

「では早速、各関係者に報告致します。ご指摘の二件については、追試結果を一刻も早く提出するように努めます。そして、アルキメデス科研案件については、審査会でのプレゼンテーションの準備を進めるように申し伝えます」

丸岡が起立して頭を下げた。

3

「またですか！　今回は、絶対大丈夫だと、太鼓判を押されたはずですが」

フェニックス7の早期治験の承認が、内閣府の審査会で見送られたと聞いて、篠塚は怒りを抑えられなかった。

麻井が電話の向こうでしきりに詫びている。

〝しかし、まだ逆転の望みはあります。それで伺いたいことがあります。ある委員から、フェニックス7に甚大なトラブルが発生したという噂があるが、事実かと質されました〟

「どんな噂ですか」

〝フェニックス7を移植したサルが、立て続けに死んだとか〟

酷いデマだ。

脳細胞の増殖が止まらず、頭蓋骨を破壊してしまった事例が出た。だが、立て続けではない。

「トラブルではありません。研究段階で、副作用が起きただけです。原因は調査中ですが、事例は、一〇〇分の一以下の確率でしか起きていませんから」

篠塚は、東京大学先端生命科学研究センターにある鋭一の研究室で、電話を受けていた。

審査会でフェニックス7に対しての治験許可が下りた場合、ただちに東大で記者会見を開くため、連絡を待っていたのだ。

鋭一はパソコンでゲームに興じている。電話に関心もなさそうだ。

〝分かっている範囲で、レクチャーしてもらえませんか〟

原因が分からない段階で、AMIDIの幹部に説明したくなかった。確固たる裏付けもない状況で、推論を述べて、邪推されるのが一番迷惑だからだ。

「もう少し、時間をください。この件が解決して、対処可能であることを証明したら、我々は前に進めるんですか」

〝間違いなく！〟

麻井が、躊躇なく断言した。

政府関係者の中で麻井は、フェニックス7を最も評価してくれている人物ではある。だが、彼は安請け合いをする傾向がある。

〝いずれにしても、来週、お時間をください。私が宮城に出向きますので〟

来週は厳しいと答える前に電話は切れていた。

大きなため息をついて、スマートフォンを上着のポケットに放り込んだ。

「また、見送り？」

鋭一が、ゲームを中断して言った。

「サルの死亡例を問題にしているらしい」

「バッカじゃないのか。実験ってのは、トライアル&エラーの連続だろうが。それらを踏まえて、前に進むんだ。そんな実験のいろはが分からんようなバカどもに審査されるとは、フェニックス《P》7も可哀想に。一体どういう奴らが、審査しているんだ」

審査委員の名を肩書き付きで説明した。生命科学、医学、薬学、さらには弁護士まで、斯《し》界《かい》の著名人が集まっている。

「研究ではなく、政治力でのし上がった奴ばっかでしょ。しかも、大半は再生医療に批判的な輩じゃないか。そんな顔ぶれじゃあ、僕らのP7のデビューは、来世紀だな」

まったく同感だったが、それに甘んじている場合ではない。

「そういう連中を納得させなければ、フェニックス7は報われないまま終わるんだ」

「まあな。じゃあ、どうする?」

「麻井さんの話では、サルの事故理由を説明できたら、前に進めるらしい」

しばらく考え込んだ後、鋭一が言った。

「分かった。ちょっとアイデアがあるので、真希ちゃんに伝えておく。きっと、それで決着がつく」

実験責任者の祝田《いわた》真希はケンブリッジ大学の生命科学研究所で博士号を取得した生命科学者のエースで、約束されていたケンブリッジの准教授の椅子を蹴って、馳せ参じてくれた。

「鋭一、どうするつもりだ？」

「脳細胞の膨張は、高血圧症や糖尿病、高脂血症などの生活習慣病が原因で、Ｐ７が暴走したんじゃないかと疑っている。それで、様々な生活習慣病になったサルにＰ７を移植してみようと思う」

「いつから始めるつもりだ」

「幹、焦るな。Ｐ７は、氷川だけのもんじゃないからな」

「焦ってないさ」

それが強がりなのは、鋭一には見抜かれている。

鋭一は、アルキメデス科学研究所の理事長、氷川一機《かずき》を嫌っている。金の亡者であり、科学の発展より、己の発展を優先するエゴイストだから、というのが理由だ。

確かに氷川は、世間でそんな風に言われている。しかし、氷川がいなければ、フェニックス７の研究は頓挫していた。

動物実験で問題が起きるたびに改良していたが、そこで思った以上にカネがかかった。やがて大学から科研費の縮小の話が出た。フェニックス７への期待は大きいが、金食い虫で、大学の科研費だけでは面倒を見切れないというのだ。

氷川が、研究費用のみならずアルキメデス科研という最高の研究施設まで用意しようと名乗り出てくれたのは、そんな時だった。

「奴は、善意で俺たちを救ってくれたわけじゃない」

最大の理由は、氷川の血筋がアルツハイマー病になりやすい家系だと、彼が信じているからだ。氷川自身の罹患を防ぐためにフェニックス7の実用化を切望している。そこで、潤沢な科研費を用意して二人を迎えると提案してくれたのだ。

もっとも、鋭一は「あの男は、好きになれない」と科研入りを断った。そこで、東大と氷川が交渉した結果、共同研究という形は取るが、フェニックス7の主研究所をアルキメデス科研に移すことで合意した。

「分かっているよ。でも、フェニックス7の開発に成功して既に七年だ。そろそろ成果を上げたいと思っているのは、俺も同じだ」

「僕もそうだぜ。あと一歩じゃないか。だから、焦るな。そして、バカなことはするなよ」

バカとは、何だ！

そう返そうとしたが、自分が動揺しているのを自覚して飲み込んだ。

何事も「なるようにしかならない」を貫く鋭一ほど、自分は強くない。

早く結果が欲しい。フェニックス7を待ち望んでいる多くの患者と家族の期待に応えたいという思いは、日々募る。本音を言えば、法律だのプロセスだのを無視してでも、困った人には投与すべきだと思っている。

そもそも医学とは、結果オーライだ。

治療には常にリスクが伴うし、万人に効果のある薬品や治療は存在しない。それでも、可能性に賭けて医師は治療に挑む。

いずれにしても、現在の治療技術ではアルツハイマーは根治しない。

再生医療には、その可能性がある。しかも、危険度も低い。

だとすれば、御託を並べず、「人体実験でも良いから、試して欲しい」という患者の声に、真摯に向き合うべきなのだ。

「おい、幹、聞いてるか」

鋭一が声を張り上げたので、我に返った。

「ああ。鋭一のご託宣もしっかり受け取ったよ。じゃあ、俺は帰るよ」

「なんだ、今日はどうせ宴会の予定だったんだ、残念会になったが、参加していけよ」

気になる患者がいた。

そうは言わず、篠塚は麻井から頼まれごとをされたと言って、研究室を出た。

4

最速で所用を片付けて急行した麻井だが、店に到着した時は五分ほど遅刻していた。

今朝、嶋津大臣の秘書官、大鹿から「折り入ってご相談がある」と電話があり、問答無用で時刻と店を指定されていた。

新宿御苑にある全室個室の韓国料理店は、他の客がいるのかも分からないほど静かだった。部屋に案内されると、既に大鹿が待っていた。さらに、もう一人客がいる。

「板垣さんじゃないですか⁉」

板垣茂雄は三田大学学長であり、日本学術会議会長などを歴任した学術界の重鎮にして、内閣参与で、医療ビジネスについての総理の相談相手だった。森下などとは異なり「カネを生まない研究は、無駄」が持論で、産学一体化を推し進める豪腕で知られる。

既に七十五歳を超えているはずだが、髪は黒々とし、肌に艶《つや》もあった。元気の源は、毎月再生細胞を皮下注射し、新陳代謝を促しているからだという噂も、あながち否定できない。

「ＡＭＩＤＩの居心地はどうだね？」

「山あり谷ありというところでしょうか」

麻井が席に座るなり、待ちかねたようにシャンパンが運ばれてきた。

「君らしくない曖昧な表現だな。まあ、それはこれからじっくり聞くとして、まずは再会と日本の先端医療の未来に乾杯しよう！」

なぜ、自分が呼ばれたのかが分からぬまま、麻井はグラスに口をつけた。シャンパンには目がないが、板垣の存在が気になって、麻井の味覚は鈍った。

「嶋津君にハッパを掛けているんだが、なかなか支援プロジェクトが決まらないそうじゃないか。問題はどこにある？　我が国の研究機関の劣化という声もあるが」

内閣参与が、国務大臣を君付けで呼ぶのは失礼な話だが、板垣には、それを許す貫禄がある。

　ここは、正直に言おう。

「我々が推薦している三案件については、彼らからの要望さえ通れば、世界を圧倒するほどの成果を上げられます。問題なのは、象牙の塔の住人による後ろ向きな姿勢ですね。我々が有望なプロジェクトチームをいくら推しても、最後は、支援審査会で粗探《あら》しされて、却下されています」

　麻井の報告を聞く板垣は、気持ち良いまでに豪快な飲みっぷりでグラスを空ける。大鹿がすかさず酒を注ごうとするのだが、板垣はその手を払って、自分で注いだ。

「それは研究チームの力不足のせいだと聞いているぞ」

「どなたからですか」

「加東や濱岡あたりだ」

　濱岡は、支援審査会の委員長だ。生命科学の重鎮で板垣とも親しいはずだが、発想は正反対だった。

　大鹿に視線を投げると、彼は小さく頷《うなず》いた。

　ざっくばらんに行きましょう、と言いたげだ。

　要するに、一向に埒《らち》があかない再生医療ビジネス支援プロジェクトを、強引に進めるために、俺は呼ばれたというわけか。

　ならば、遠慮は無用だ。

「そのあたりがガンですかね。なんでしたら、弊機構の森下も仲間に入れてください」

学術界は縦社会で、年下の実績もない者が功労者の批判をするなんぞ、厳禁だった。それでも、言わずにはいられなかった。

「なるほど、諸悪の根源は、そこか」

板垣のリアクションを見て、ここは攻めどころだと判断した。

「このままでは、画餅で終わりかねません」

「私もそれを心配しているんだ。私が見る限り、AMIDIが推す三つのプロジェクトは、いずれもビッグビジネスを生む潜在力《ポテンシャル》が十分ある。なのに、支援決定ができない。その理由を、君に直接会って聞きたかった。そして、問題の根源を排除して、再生医療ベンチャーの支援を本格化させたい」

さすが板垣だった。まさに「カネを生まない研究は、無駄」と豪語するだけはある。

板垣の目をしっかりと見つめて、麻井は頷いた。

「支援審査会の委員選定の権限があるにもかかわらず、加東審議官がされていることは、私には国賊的行為にしか見えません」

言ってしまった――。監督官庁の高級官僚を、俺は今、カスだと断言したのだ。

テーブルに肘をついて聞いていた板垣が、大きなため息と共に体を起こした。

「大鹿君、嶋津君はどういうつもりで、加東を指名したんだ？」

「嶋津さんは、今回が初めての入閣でした。それもあって前任者からの申し送りを遵守し、関係各省の協力を取り付けることばかりに腐心して、人選を各省庁に委ねてしまったんです」

「その結果、国賊野郎が大きな権限を持ってしまったというわけだな」

「ひとえに私の力不足でした」

「大鹿君のせいじゃないよ。嶋津君は昔からビッグマウスのくせに、非難されるのが嫌で日和見主義に走る男だった。だが今回は嶋津君の好きにはさせない」

「何をなさるおつもりなんですか」

　思わず尋ねてしまった。

「決まっているだろう。加東を排除する」

　内閣参与が、大臣に命令を下すのか――。

「支援プロジェクト決定には、一刻も無駄にできない。審査委員も刷新する。推進派で固めるんだ。選定は、君ら二人に任せる」

　望むところだ。

「そういう環境が整えば、あとは麻井君、君の頑張り次第だな」

「私の、ですか」

「例の三つのプロジェクトだよ。一刻も早く世界が認める成果を上げるんだな。とにかく、最低でも一つは、一年以内に結果を出せ」

「さすがにそれは……」

無茶にもほどがある。

「AMIDIが推薦している三案件については、彼らからの要望さえ通れば、世界を圧倒するほどの成果を上げられます——と、君はさっき太鼓判を押したじゃないか」

見事に嵌《は》められた。

「麻井さん、安心してください。あなた一人を犠牲にしませんよ。私も一蓮托生です」

大鹿が加勢してくれた。こいつはそんなことを言いながら、失敗した時は、全ての責任を俺に押しつけてくるに違いない。それでも、前に進むしかないか。

「委細承知致しました。板垣さん、必ずご期待にお応え致します」

「よくぞ言った！　それでこそ麻井君だ」

板垣がスマートフォンを手にして、電話をかけた。

「総理、やはりAMIDIプロジェクトは、守旧派たちによって妨害されていました。しかし、対策はシンプルです。再生医療産業政策担当審議官を更迭するよう、嶋津君に命じてください。

明日には、私から後任をご推薦致します。それに合わせて、支援審査会の委員も守旧派を一掃します。それで、総理が目指しておられる政策も軌道に乗ります」

いきなり総理に電話できる板垣の圧倒的な権力に、麻井は憧れた。

通話を終えると、板垣は全員のグラスになみなみとシャンパンを注ぎ乾杯した。

「麻井君、大鹿君、期待しているぞ」

成果を誓うしかなかった。

「もう一つ、麻井君には、是非とも聞いて欲しいことがあるんだ」

あまり聞きたくなかったが、板垣は構わずまくし立てた。

「アルキメデス科研の案件を最優先で進めたい。あれこそ、総理の宿願だ。麻井君は研究の現況を把握しているかね」

「勿論《もちろん》です。私自身が直接担当していますので。実験も順調で、人体での臨床研究も秒読み段階にあります」

「本当か？　深刻なトラブルが起きたと聞いているが」

「トラブルというよりも想定内のトライアル＆エラーです。それに問題は解決したと、まさに本日、報告がございました」

三時間前に、篠塚から連絡があった。副作用の原因はほぼ判明したので、再度サルで確認してから、予定通り、次のステージに進みたいという。

「そうか。じゃあ、実験中のサルが次々と脳卒中になっているという噂は、誹謗中傷の類《たぐい》なんだね」

そんな話まで、既に板垣の耳に入っているのか。

「それは悪質なデマです。あの二人は、今や日本の希望を背負っているんです。成功を阻止したい連中は世界中にいます。だからこそ、一刻も早い国のお墨付きが必要なんです」

「まさしく、そうだな。どんなことをしても君をＡＭＩＤＩに引っ張り込むよう、丸岡に命じて良かったよ」

なるほど。丸岡が、高額報酬や自由度の高い権限を惜しみなく与えてくれたのは、板垣の後押しがあったからなのか。

だとすれば、ますますフェニックス7のヒトへの臨床研究フェーズを急ぐべきだ。板垣という後ろ楯を上手に利用すれば、日本の未来が拓ける。

「再生医療支援自体が、今や最大の国家プロジェクトになっているが、中でもアルキメデス案件は総理案件だと思って、実現に向けて、粉骨砕身努力してくれ」

成功すれば未来の栄光が待っているが、失敗すれば地獄へ一直線だ。

5

「治験と人体実験って、何が違うんですか」

東京ビッグサイトで開かれた再生医療の未来を展望する『バイオフェスタ』のシンポジウムで、聴講者から質問が飛ぶと、一〇〇〇人以上が詰めかけた会場が、ざわついた。

パネリストの一人だった篠塚は、その大胆な質問に、内心でほくそえんだ。

良い質問だ。

ファシリテーターを務める再生医療ジャーナリストの本庄も、篠塚と同様のようだ。

本庄は、国立生命科学研究所で生命倫理委員長を務める依田《よりた》に意見を求めた。

「似て非なるものですな。新薬の開発や再生細胞の作製過程で、その効果や安全性などを徹底的に検証した上で、動物実験を行います。それを踏まえて、新薬の承認審査を行う医薬品医療機器総合機構《PMDA》にレギュラトリーサイエンス戦略相談《RS》をしながら治験に臨みます。安全性の重視を最優先しながら治験の同意を得た患者さんに試験的に投与、あるいは移植するのが治験です。しかし、人体実験というのは、そういうプロセスを無視して、臨床研究を行うことを意味します。この場合、深刻な副作用や拒絶反応が起きる危険が高い。死に至ることもあり得ます」

依田が説明した「ＲＳ戦略相談」は、医薬品や医療機器の開発を進めるために、治験計画などに関して指導・助言を行うものだ。企業や研究機関などは、必ずしも相談する義務はない。しかし、相談せずにＰＭＤＡに治験の実施計画を提出し、一からやり直しを命じられては、元も子もない。

さらに、今年一月にＷＨＯが「第三者評価委員会の審査を受けない再生細胞の治験は、原則認めない」というグルノーブル宣言を採択した。日本政府は五月に批准しており、事実上、開発者の自由意思による治験が不可能になった。

その第三者評価委員会のドンと呼ばれているのが、依田だった。

「日本の再生医療は、欧米や中国にどんどん追い抜かれていると、今日の討論でも話題になりましたよね。ならば、もっと積極的に治験ができるようにするべきでは？」

質問者がさらに食い下がると、依田の表情が険しくなった。

「生命の神秘を、軽々しくビジネスの領域に引き摺り込むことに、私は大いなる違和感を抱きます。再生医療についての研究は、まだ日が浅い。ビジネスの成功ばかりに目が行くと、我々は生命の神秘や尊厳を穢《けが》しかねません。だから、臆病なぐらい慎重な方がよい」

これこそが、日本の生命科学界の常識なのだ。そして、彼らの発想が、フェニックス7の前途を暗くしている。

「可能性があるなら、それを積極的に試すというのが、科学なのではないでしょうか」

今度は、本庄が挑発した。

「それは否定しないが、人体で試すとなると、そんな簡単な話ではなくなりますよ。再生医療の開発競争は世界中で進んでいるが、それは大変危険なことだ。もっと長期的視野に立って、安全で信頼性の高い再生医療を、日本は目指すべきだね」

依田の言葉を聞いて、篠塚は父を思い出した。

父の篠塚幹生《みきお》東京大学名誉教授は、依田ですら一目置く生命科学の権威で、脳の研究に情熱を注いできた。

父の再生医療に対する考え方は、依田とそっくりだった。すなわち、再生細胞を医療現場に積極的に活用すべきだという発想に与しない。

そもそも再生細胞そのものに、否定的だ。

父に言わせると、それは神への冒瀆《ぼうとく》になるそうだ。

「依田先生、これは僕の持論なんですが、再生細胞が作製され、難病に苦しむ人は福音が訪れたと大喜びしました。ところが、人体への移植には、相当な時間が必要となるという制限が、国内にはある。これは、治療する術がなかった頃の苦しみより、より酷い苦痛を患者さんに与えていると思うんです。僕が取材した多くの難病患者の方は、人体実験の実験台になってもいいので、再生細胞を移植して欲しいと切望されている。依田先生のお考えだと、このような現場の声を無視することになりませんか」

本庄が依田に食い下がっている。再生医療の全てを知悉《ちしつ》していると言わんばかりの口調が鼻につくが、彼の意見には篠塚も大賛成だ。

生命科学の成果も、医学の進歩も、全ては患者を救うためにある。患者を救えない発明なんて、研究者の自己満足に過ぎない。

依田は、もはや反論する気もないようだ。眼鏡を外して、天井を見上げたきり黙っている。

「私からも一言、よろしいですか」

ＡＭＩＤＩの丸岡理事長が、マイクを手にした。

「依田先生の御指摘は、誠にごもっともだと思います。しかし、本庄さんがおっしゃった言葉も、重い。医療は、患者さんを救うためにありますから。それをすぐにビジネスに結びつけるつもりはありません。しかし、患者さんの苦しみを考えると、私は、日本はもっと治験までのプロセスを簡素化すべきだと考えています」

「日本の再生医療のベース基地と言われるＡＭＩＤＩの理事長のお言葉は、心強いですね。ぜひ、ＡＭＩＤＩが先頭に立って、日本の再生医療を加速させてくださいよ」

本庄の念押しに、丸岡は力強く頷いた。

そして、篠塚に矛先が向いた。

「篠塚さんは、アルツハイマー病の治療法として期待されているフェニックス７の開発を進めておられます。既に誕生から、七年が経過しています。私たちとしては、実用化間近と期待しているのですが、実際は如何ですか」

事前に、こういう流れになったら話を振ると本庄に予告されていた篠塚は、腹を括った。

「いつでも治験を試みたいと思っていますが、慎重であるべしという理由は、分かります。その一方で、アメリカや中国の製薬会社から、我が国なら治験ができるからうちに来ないかというお誘いもあります。グローバルの時代にもかかわらず、日本は、新しい医療について消極的すぎるのではないかと、我々研究者はもどかしい思いをしています」

フェニックス７の治験を止めているのは、皮肉なことに再生医療推進のために設立されたＡＭＩＤＩだ。いや、本音としては彼らも前のめりなのだが、ＡＭＩＤＩを所管する内閣府と依田が率いる第三者評価委員会が、検討の俎上に上げようとすらしない。

　このパネルディスカッションをネット視聴する人々のコメントが、会場内のスクリーンに次々とアップされている。

　フェニックス7を、「悪魔の細胞！」と非難する書き込みもあるが、賛成のコメントはそれよりも遥かに多く、「フェニックス7を使うべき！」「介護で死にそうです。どうか私たち家族を救ってください！」などという声が続々と書き込まれている。

「今、篠塚先生は、重大発言をなさいましたね。うかうかしているとフェニックス7は、アメリカか中国から発売されて、日本では高額でしか移植できないかも知れないということですよね」

「そういう可能性もあるという話ですよ。具体的にそんなプロジェクトが動いているわけではありません」

　本庄は、ここでディスカッションを打ち切った。

　その時、知り合いの記者から、メールが届いた。


〝先生の勇気に感動しています。

　こういう場で多くの人にフェニックス7の置かれた状況を知ってもらうべきだと、私は思っていました。

　微力ながら弊紙でも、応援を続けます。

暁光《ぎょうこう》新聞医療科学部　香川

6

明け方、篠塚は目を覚ました。

まったく、この骨身に染みる寒さはなんだ。

東京育ちの篠塚に、東北の冬は厳しすぎた。もちろん東京の冬もそれなりに寒いし、時には雪も降る。だが本質が別物だ。東北の寒さは空気を凍らせ、どれほど深く眠る者でも覚醒させるほどだ。

昨夜は、実験データの解析に時間がかかり、ベッドに潜り込んだのは、午前三時を過ぎていた。

何時に寝ても、夜明け前には寒さで起こされる。しかも、たいていの場合、すっかり目が冴《さ》えてしまうために、寝不足で一日中体がだるい。

手探りでエアコンのリモコンを見つけ、暖房をつけた。

あと三時間は寝ておきたい。これからのことを考えると、東北の寒さに振り回されるわけにはいかないのだ。

望み薄だった政府の先端医療開発基金から、約一〇〇億円が支給されるという内示を受けた。最終的には、すべてのハードルをクリアしたわけではないが、ＡＭＩＤＩの麻井の話では、「あとは手続き上の問題だから、書類の不備さえなければ、合格する」と言われている。

一〇〇億円の研究費を得られるのは助かるし、それ以上に、政府から「日本の再生医療の期待の星」というお墨付きを与えられるのがありがたかった。これで治験への道も拓けるだろう。

明日には麻井もこちらに来るし、その準備のために、今日は相棒の秋吉鋭一も東京からやってくる。

睡眠不足で乗り切れるミッションではないのだ。

もう一度寝るぞと言い聞かせて頭から布団をかぶったのに、脳はアイドリング状態を終えて、脳内に血液を勢いよく巡らせている。

ダメだって。寝ろ！

そう念じても、目は冴えるばかりだ。

そもそも、「寝ろ！　考えるな！」という命令を繰り返すことが、より脳を活性化させるのだから、始末におえない。

すでに、脳の研究を始めて二十年以上になるのに、未だに脳には振り回されている。

感情がなぜ起きるのか、どうやれば制御できるのかも、完全には解明されていない。

感情を司るのは、側頭葉の奥に左右一つずつあるわずか一・五センチほどの扁桃体だ。

体《たい》と言っても、実際は神経細胞の集まりで、視覚、味覚、聴覚などの情報をもとに快・

不快を判断する。

その判断には、経験による記憶が影響していて、その記憶が不快なものであれば、ストレスホルモンを発する。また、感情に反応してドーパミンやアドレナリンを放出する信号を発することも分かっている。

だが、感情は複雑で、そんなシステマティックな反応だけで全てが説明できるものでもなく、今なお未解明の領域が多い――。おまけに、〝こころ〟などという得体の知れないものもある。

そんなことを考えだすと余計に眠れなくなるのに、バカ！

自身の器官なのに、自分で制御できない。それどころか、俺たちは生まれてから死ぬまで脳に振り回され、どうやって折り合っていくかに腐心するのだ。

人生とは結局、脳との闘いなのだ。

そして、俺は今日も脳に敗北する……。

その後、わずか一時間ほどだが熟睡したらしく、次に目覚めた時には頭がスッキリしていた。篠塚は自室を出て食堂に向かった。

寒さには辟易させられるが、アルキメデス科学研究所での研究生活には、恵まれた面もある。

たとえば、職住接近の環境だ。妻子は鎌倉で暮らしているが、単身赴任で常勤している篠塚の住まいは、研究所の敷地内にある。

「研究に専念してもらうためには、職住一体が理想だろう」という、研究所オーナーである氷川一機の親心だった。

約二万坪の敷地を有するアルキメデス科学研究所は、各研究者の研究室やホール、大小のコンベンションルームなどがある本館を中心に、宿泊棟やゲスト棟、動物実験棟やＩＵＳ細胞を生成し保管するＩＵＳバンク、そして、認知症など高齢者疾患専門病院などが放射線状に配置され、それぞれは回廊で結ばれている。

ウッドデッキをガラスで覆ったトンネル状の回廊は、まるで未来都市を思わせる。

しかも、リラクゼーションをコンセプトにした設計のお陰で、滞在棟にいると仕事のことを忘れられる。各室は窓を大きく取り、そこからは太平洋も望める。住空間も東京では到底実現できない広さだし、高級ホテルのような贅沢《ぜいたく》なインテリアが配されている。

宿泊棟は中央にロビーや娯楽室、食堂、ジムなどが設置されている。そこから五方向に放射線状に回廊が延びて、居室に繋がっている。その内の三本の廊下の先には、それぞれ氷川と篠塚、そして鋭一の個室しかない。

残り二本のうち一本の廊下は、泊まり込みで研究をする研究員や技官の集合宿泊施設に繋がっており、その他にゲストルームに繋がる通路が一本あった。

「おはようございます」

食堂に入るなり、フェニックス７研究班の助教、千葉達郎が挨拶してきた。千葉の毛髪は爆発状態で広がっている。

「おはよう！　ラボに来るまでに、その寝グセはなんとかしてこい」

千葉は慌てて頭を両手で押さえつけているが、彼の癖毛はその程度では整わない。

窓際のいつものテーブルに着くと、滞在棟の責任者、滝川典子が現れた。

「先生、おはようございます。いつもので、いいですか」

よく焼いた薄切りトースト二枚、バター、焼きすぎないベーコン、ポーチドエッグとアールグレイのストレートティー――。

米を食べないと力が出ないタイプだが、ケンブリッジ大に留学してからは、朝食だけは英国スタイルが気に入っている。

「それから、今夜、鋭一が来ますので、そちらもよろしくお願いします」

研究所の肝っ玉母さんである滝川は、てきぱきとテーブルをセットした後、篠塚の注文を厨房に告げに行った。そして、用件の続きを聞くために、テーブルに戻ってきた。

「秋吉教授《せんせい》がいつまでいらっしゃるかは、未定ですね」

「まあ、東京でやり残したことがあるから、長逗留はしないと思うけど」

鋭一は、普段は前触れもなく現れて、知らないうちに東京に戻っていく。気ままに生きている秋吉の予定は誰にも分からない。そこは長年のつきあいで、滝川も承知している。

「ビリーちゃんもご一緒ですか」

「ごめん、聞いていない」

ビリーとは秋吉が飼っているマウスだ。黒い実験用のC57BL/6《マウス》なのだが、その一匹をたいそう気に入って、ペットにしてしまった。

「先生、ちょっといいですか」

振り向くと千葉が、ノートパソコンを手に立っていた。誰かと話している時は終わるまで待てと教育しているのだが、所員の大半は、そういうマナーに無頓着だ。

研究テーマについては天才的な頭脳を発揮するのに、何度注意してもまともな大人としての常識が身につかない。

これも、脳の神秘の一つだった。

滝川が「私はこれで」と下がってくれたので、篠塚は小言を飲み込んで、用件を尋ねた。

「『BIO JOURNAL』に、こんな記事が出ていました」

千葉がテーブルの上にノートパソコンを置き、画面を篠塚に向けた。

　フェニックス7に深刻な副作用

　人工万能幹細胞《IUS》に重大欠陥か

筆者は、アメリカの著名な医療ジャーナリストだった。

最悪のタイミングを恨みながら、篠塚は記事を読んだ。

「酷い記事だな。ウチの実験で、サル数頭でＩＵＳ細胞が暴走か、とあるけど、全然エビデンスのない記事じゃないか」

「誰が、こんなネタを漏らしたんでしょう？」

なるほど、千葉が気になるのは、そこか。

「犯人探しなんてするなよ。君は、研究に専念してくれればいい」

「もちろん、そのつもりですけど、なんだか、僕らって、いつも世間の風当たりがキツいっすね」

アルツハイマー病に効果がある再生細胞の発明は、「今世紀最大の成果！」という声もある。しかも、それを成し遂げたのが欧米でなく日本なのだから、世界中が鵜の目鷹の目になるのだ。

「世間から妬まれたり、言いがかりをつけられるということは、我々がそれだけ偉業を達成しつつあるという証だよ。だから、気にするな」

「ところで、今日から、秋吉先生が来るんですよね。雪《シュエ》ちゃんも、一緒ですかね」

周雪《ジョウシュエ》は、秋吉の研究室で助教を務める中国人留学生で、研究室内でも随一の優秀な頭脳の持ち主だった。

「さあ、どうだろな。鋭一は今、東京を離れられないと言ってたから、雪ちゃんは残って彼の代理を務めるかもしれないな。何だ、狙ってるのか」

周は目が覚めるような美貌の持ち主で、学会でも注目の的になっている。

「あんな高嶺の花は狙いませんよ。実は、共同研究をしないかと誘ってるんですけど、返事がないので」

千葉の慌てぶりを見ていると、それだけではなさそうだ。

スマートフォンが鳴った。麻井からだ。用件は予想がついた。

「麻井です。『BIO JOURNAL』のウェブ版のニュースを読みましたか」

7

「ちょっと、よろしいですか」

楠木が署に出勤したところを、部下の松永千佳巡査部長が声をかけてきた。毎日エネルギー一二〇パーセントの元気娘は、朝から既に全開モードらしい。

出勤したら、まずは熱くて濃いお茶を淹れてもらうという楠木の日課を、刑事課員なら誰もが知っている。なのに、松永はそれが待てないようだ。

柔道部で体を鍛えている松永は、小柄だが頼りがいのある体つきで、女らしさとはおよそかけ離れたたたずまいだ。化粧っ気がないのは、起床から十五分で寮を出発するからだという。

「ちょっとで済むならいいけど、話は長そうだな」

松永は、両手で資料の束を抱えている。

佐藤巡査が、「お疲れちゃん！」の文字が勘亭流でデザインされた湯呑みを、楠木の机に置いた。

「取調室とかでお話ししたいんですが」

どうやら他聞を憚《はばか》る話らしい。そもそもここで話せないほどの事件《ヤマ》とは何だ。

彼女に言わせると、同僚は皆ライバルだから、自分の成果は盗まれてはならないらしい。

「俺の朝の楽しみが終わるのを、待てんのか」

濃厚熱々のお茶を一口啜《すす》る。

「それ、自分が向かいの部屋に持って行きますから」

せっかちで猪突猛進な松永は、上司の許可も得ずに湯呑みを取り上げた。ファイルを抱えた上に熱いお茶まで持たせたら、まるでパワハラじゃないか。

「いいよ、自分で運ぶから、おまえ先に行って待ってろ」

「おっす」

署内でも指折りにがさつな松永だが、数少ない美点の一つが素直な性格だった。

松永が部屋を出て行くのを見送ってから、楠木はあらためてお茶を飲んだ。佐藤が淹れる茶は旨い。

近年、事件捜査に目の色を変える刑事が減ってきた。

悪を撲滅したいという正義感に燃えた警官など化石になったのが最大の理由だが、強引な捜査や被疑者や証人への応対を間違うと、即懲戒処分を喰らうという組織事情も、捜査員のやる気を削いでいた。

そんな中で、松永は稀有な存在だ。

オリンピック候補にもなった松永を、県警柔道部の強化のために採用したという噂があるが、本人は柔道ではなく、刑事として評価されたいという思いが強いらしい。だから、柔道の稽古《けいこ》がしやすい県警本部の警務部よりも、捜査部門で働きたいと異動を強く希望したと聞く。

宮城市は凶悪事件などは滅多に起きないのどかな田舎町だ。松永が期待するようなチャンスにはなかなか巡り合えない。そこで、彼女はやり方を変えた。事件を待つのではなく、社会に埋もれた事件を掘り起こすことにしたのだ。

残念ながら彼女が持ち込んでくるのは、いずれも裏付け証拠に乏しく、刑事事件として着手するにも、困難を極めそうなものばかりだった。

どうせ今回もその類に違いない。

「勉《べん》ちゃん、巨人の新監督はやれそうか」

スポーツ紙を広げている刑事課庶務係の〝勉ちゃん〟こと浅丘勉巡査部長に声をかけると、新聞の向こうから浅丘が返事した。

「どうでしょうなあ。選手としては、いまいちだったけど、コーチとしては優秀だったですからね」

今朝のスポーツ紙はこのニュースが一面を飾っている。守備の人と言われた二軍監督が、新監督に選ばれたのだ。元大リーガーや大物ＯＢの名も取り沙汰されたのだが、結局は若手を育てあげた実績が買われたようだ。

このところ、署内で野球の話題となると、楽天ゴールデンイーグルスの話ばかりだ。だが、父親の影響もあって、楠木は少年時代から巨人一筋で、イーグルスの監督を誰がやろうとも、どうでもよかった。

残念ながら、署内でも巨人ファンは数人しかいない。勉ちゃんは数少ない盟友で、野球を話題にするのも彼との間だけだ。

「俺は松井監督を期待してたんだが、どうやら無理みたいだもんな」

大リーグで活躍した松井は、楠木のごひいきだった。松井を巨人監督にという声は大きいが、本人にその気はなさそうだという記事を読んだ。

「今度の監督は買いだと思いますよ。オープン戦でも見に行きますか」

悪くないな。

よし、気分も良くなったし、この勢いで松永の話を聞くとするか。お茶を飲み干し立ち上がると、浅丘が言った。

「ヤワラちゃん、今回は良い筋を摑んだ気がしますよ」

県警の柔道の星からついたあだ名で、本人は嫌がっているが、松永の教育係を務める浅丘はいつもそう呼んでいる。

松永が待つ取調室に行くと、テーブルいっぱいに資料が広げられていた。

「朝から急《せ》かしてしまって、恐縮です！」

松永は礼儀正しく立ち上がって、楠木を迎えた。

「まず、この写真を見てください」

粒子の粗い写真に、二人の男が写っている。

「ほお、小野田のオヤジか」

表向きは質屋だが、故買業を営んでいる老人だった。

「小野田玄太、七十六歳。盗品等関与罪で前科四犯です」

「贓物《ぞうぶつ》罪で三回、九十五年の刑法改正で盗品等関与罪に変わってから一回だ。だが、引退したと聞いたがな」

「この左側に写っている厳つい顔の男は、指名手配中の窃盗団のボスです」

写真の横に指名手配書の写真が置かれた。

金子忠、三十九歳。中華系マフィアの幹部だ。大がかりな窃盗を続けるグループのリーダーとみられている。

だが、写真を比較するには、小野田と一緒に写っている写真の解像度が悪すぎた。

「俺には、そこまで断言できんな」

「そう仰《おつしや》ると思いました。なので、鑑識に顔認証システムによる照合作業をお願いしました」

　俺の許可なしでか。

「相変わらずの暴走ぶりだな、松永」

「それと、小野田について調べてみました」

　彼女の場合、調べるというのは、力ずくで話を聞くということも含まれる。

「安心してください。自分もそれなりに学習しました。なので、まだ本人に接触していません。客になりすまして店に入ってみたり、同業者に探りを入れただけです」

　刑事の匂いは一キロ先からでも嗅ぎ分けられる——というのが、プロの犯罪者たちの常套句で、残念ながら、この指摘は概ね正しい。よほど潜入捜査に熟練した者以外は、一般人のふりをしたところで、身元はバレバレだ。

「小野田の爺さんの店に行ったのは、いつだ？」

「一週間前です。でも、本人には会えませんでした。店番をしていたのは三十代の男性で、息子だと言ってました。でも、小野田には」

「息子はいないな」

「です、です。この自称息子の話では、小野田玄太は引退して、五年前にその男に店を譲ったそうです」

「店の上が住居になっているはずだ。そこにオヤジは住んでいるのか」

「暫く張り込んだら、姿を見せました。ご安心ください。本当に、接触していません」

さらに話を続けようとする松永を止めた。

「なぜ、小野田のオヤジに目をつけた？」

「大窃盗団が、宮城市内でブツの一部を売りさばいているという噂をキャッチしました。そして、そいつが接触している故買屋が、小野田だという情報を摑みましたので」

宮城中央署の刑事課は、三つの係からなる。殺人や強盗などの強行犯捜査と窃盗を担当する第一係、知能犯罪の捜査と暴力団の取り締まりを行う第二係、そして庶務係だ。

楠木も松永も第一係に所属している。だが、異動して半年しか経っていない松永に、こんなネタをくれる情報屋がいるとは思えなかった。

「誰からキャッチした」

それまでまっすぐに楠木を見つめていた松永の目が泳いだ。

「松永、答えろ」

「浅丘さんに教えてもらいました」

なるほど、勉ちゃんの親心か……。

「この写真の出どころも、勉ちゃんか」

「違います！　これは、自分が三日間、夜間の張り込みをした成果です」

成果かどうかは、まだ分からんぞ、松永。

「写真を撮ったのは、いつだ？」

「昨夜です。二人は、なんだか激しく言い争っている風でした。ヤバイ雰囲気だったので、接近して様子を窺ったんですが、明日の晩、もう一度来るから、カネを用意しておけと金子が吐き捨てたのを、この耳で聞きました。なので、今晩、強行捜査する許可と包囲網の指示をお願いしたいんです」

バカか。

「オヤジと写っている男が、金子だという確証が出るまではダメだ」

「もうすぐ出るはずです」

「これが金子だとして、引退した男を、窃盗団のボスが訪ねる理由はなんだ？」

「分かりません。ただ、二人がホトケさんという言葉を連発していました。もしかして、殺しが絡んでいるんじゃないでしょうか」

またこれだ。自分が関わる捜査は何でもかんでも、重大事件に発展する可能性があると信じている。確かに、ホトケさんとは遺体を指すことはあるが、それだけとは限らない。

「相変わらず話が無茶苦茶だな。俺たちは、窃盗団のボスと故買屋の話をしてたんじゃないのか。なのに一足飛びに殺しか」

「そうです。確かに、ホトケさんと聞いたんです」

もう一杯濃いお茶を飲みたくなった。

「勉ちゃんを呼んでこい。それと、俺にお茶のお代わりを頼む」

「おっす！」

松永は、勇んで部屋を出て行った。

机の上に放り出された二枚の写真をもう一度眺めてみた。似ていると言えば似ているが、これでは課長を説得できんな。

何か、もっと決定的な裏付けがいる。

それにしても、「ホトケさん」とは、縁起でもない。

一旦テーブルに戻した写真をもう一度手に取り、目を凝らした。

最後に小野田に会ったのは、いつだっけ。

確か三年ほど前だ。本部の捜査一課から十一年ぶりに異動してきて、昔の馴染みに一人ずつ挨拶に回ったんだった。

前科四犯の小野田が最後に逮捕されたのは十二年前。恩があるという暴力団の男に脅されて、大量の盗品を買い取って捕まった。

孫娘が生まれたばかりなのに、借金まみれでお祝いもできない。それで、辞めると誓った故買に手を染めたと、小野田は涙ながらに自白した。

一年余り服役して出所してからは、真面目に生業に精を出していたと聞いた。三年前に会った時も、真面目に更生したらしいという印象を持った。

なんで今頃になって、昔の仕事に手を出したんだ。

勢いよくドアが開いて、松永が戻ってきた。浅丘を連れている。浅丘を椅子に座らせ、松永自身は彼の背後に立った。

「この話を、あんたはどう思うんだ、勉ちゃん」

浅丘は今でこそ庶務係でデスクワークばかりしているが、盗犯一筋にきたベテランだった。人情派で、彼の世話で立派に更生した犯罪者も多い。また、若手刑事を育成するのも大好きで、何度期待を裏切られても、いつも親身になって指導する。

「ヤワラちゃんの大金星だと思うがね」

「あんたのサポートがあってだろ」

「でも、女だてらに一人で三日間も張り込んだんだ。そこは褒めてやってくださいよ」

松永が嬉しそうだ。

「この写真次第だな。いずれにしても、いきなり今夜の包囲はないな」

それは、浅丘も認めているようだ。

「ところで、松永がホトケさんという言葉を聞いたというんだが、どう解釈する？」

「私もあれこれ考えたんですがね。あれは、仏像のことじゃないですかね」

「浅丘さん、それまんまですよ」

松永がえらそうに突っ込みを入れた。

「おまえ、窃盗団の盗品リストを持っているんだろ。そこに、国宝の仏像が数体含まれていなかったか」

浅丘に言われた松永が、慌ててファイルをめくっている。

「ありました！　国宝が三体、国の重要文化財も四体！」

写真付きの盗難届が、机の上に七枚並んだ。

「小野田のオッサン、仏像の目利きとしては、かなり有名なんですよ。また、国宝級の仏像なら幾らでも出すというコレクターの客も、数人抱えていたはずです」

浅丘の話を聞くうちに、楠木も思い出した。

「小野田は、既にご隠居の身なんだろ」

「みたいですな。ヤワラちゃんが会ったという息子が誰なのかが分からないんですが、引退したのは間違いないと思いますよ」

「そんな相手に、窃盗団のボスが何の用だ」

「係長、そんなことは逮捕《パク》ってみたら分かりますよ。今夜の包囲の指示をお願いします」

せっかちの松永が、辛抱できなくなったように訴える。

「松永、簡単に包囲とか言うな。それなりの人員がいるんだぞ。課長の決裁だっている」

責任を取ることを極端に嫌う課長なら、署長の許可を取れくらいは言いそうだな。

遠慮がちなノックがあり、五分刈りの黒縁眼鏡の男が顔を見せた。鑑識係の長尾茂彦だった。

「こちらだと聞いたので。松永、さっきの写真の解析ができたよ」

「入ってドアを閉めろ」と楠木に命じられて、長尾は従った。そして、解析結果の表を見せた。

「松永が撮った写真の粒子が粗いんでね、照合率は六四パーセントだけど、同一人物だと考えて良いと思うよ」

「よっしゃ！」

松永が派手にガッツポーズをした。

「これだけじゃ、足りない。もっと、小野田のオヤジの周辺を洗え。奴は本当に引退したのか。仏像関係に最近関わったりしていないか。それらを全部調べてこい。それと、自称息子の正体も明らかにしろ。タイムリミットは、今日の午後三時だ」

「それを、自分一人でやるんですか！」

「勉ちゃん、頼めますか」

「ああ、いいとも。他ならぬ愛弟子が手柄を挙げられるか、どうかだからな」

松永が恐縮して、何度も頭を下げている。

「資料は置いていけ。これから、課長に掛け合ってくる」

席に戻ると、生活安全課の渡辺が待っていた。

「おお、ナベ。何か用か」

「昨夜、行方不明だった年寄りの遺体が見つかりました」

「またか」

最近、徘徊老人の失踪と死亡が頻発していた。さすがに気になって、新たな遺体が見つかったら知らせて欲しいと渡辺に頼んでいた。

「当直長からの申し送りがあって、八十九歳のばあちゃんが用水路で死んでいるのが発見されたそうです」

　当直長からの申し送り書と現場検証の報告書を、渡辺は差し出した。

「事件性は？」

「ないようですね。外傷はなく、一応行政解剖はしますが、行き倒れ死でしょうね」

　少し前に見たＮＨＫの特集番組では、認知症を患う年寄りは五〇〇万人を超え、行方不明者が一万人を超えるとあった。ならば、高齢化率が高い宮城市でも、今後はこういうケースが増えるのかもしれない。

　辛い現実だった。

「例の仙台市議のオヤジさんについては、何か情報はあるのか」

「ないっすね。行方不明者届は出してるくせに、戻ってきても連絡もしてこない人はいっぱいいますから、案外、無事でケロッとしているかもしれません」

　それならそれでいい。

「それより、ちょっと気になるのが、昨夜のおばあちゃんは行方不明になって二ヶ月近く経っているんですが、遺体は死後せいぜい一日だと言うんですよ。じゃあ、死ぬまでどこにいたんですかねえ」

「なあ、ナベ、急がないんだけど、遺体で発見された年寄りの発見時の死亡推定時刻と、失踪期間をまとめてもらえないかな」

「いいっすけど、何か、引っかかるんですか」

「ちょっとだけな。まだ、妄想のレベルなんだ。でも、頼むわ」

もしかして、俺も松永の誇大妄想癖が感染《うつ》ったのだろうか。

8

篠塚が所長室に入ると、技官兼秘書を務める大友正之介は既に仕事に取りかかっていた。

今年で七十八歳になる大友は、頑強な体格で肌の色艶もよく、髪も豊かだった。技官とは、研究の地道なステップを遂行するのが役目だ。研究者には、必ず技官のサポートが必要で、技官が優秀ならば研究成果が飛躍的に上がるとまで言われている。

東大の先端生命科学研究センター在籍中からのつきあいで、篠塚がアルキメデス科研にスカウトされた時に、定年退職した大友を誘った。

確かな技術と豊かな経験は、青二才と批判されがちな篠塚の不足を補って余りあった。大友がいなければ、篠塚と秋吉は、フェニックス7を生み出せなかったとも言える。

「今朝、ウェブ版『BIO JOURNAL』に掲載された記事を、大友さんはご覧になりましたか」

「何のエビデンスもないくせに、よくもあんな酷い記事が出せたものです」

「麻井さんも気にしていました。あの記事掲載の経緯を調べられませんか」

優秀な技官は、国内外に広いネットワークを有している。大友にも、国際的なネットワークがあった。さらには、専門学術誌の編集者やジャーナリストの友人も少なくない。

「あんなものは、黙殺するに限ります」

「ですよね。でも麻井さんとしては、そうもいかないらしいですよ」

政府のお墨付きをもらえるかどうかのデリケートな時期だけに、可能な限りネガティブ情報を消し去りたいというのが、麻井の意向だ。

「アメリカのバイオ・ベンチャー大手とアメリカ政府が画策したのではという噂もあります」

「そんな厄介な話なんですか」

「篠塚所長《せんせい》の研究は、今や学会の注目の的です。アメリカといわず、ヨーロッパや中国、インドなど世界中の研究機関が、なんとかお二人の独走を止めたいと考えています。あの程度の妨害は、当然です」

再生医療は、既に研究のフェーズから産業化のフェーズに移行しつつある。日本では、人体での治験に及び腰だが、欧米中は驀進《ばくしん》中だ。

にもかかわらず、脳についての再生医療では、篠塚&秋吉チームの独走状態だ。それを何としても止めたいと考えるライバルはいくらでもいる。

「アメリカの大手って、アメリカン《A》・バイオ《B》・カンパニー《C》ですか」

「だと聞いています」

世界最大にして最強の再生医療企業であるABCは、アメリカ政府からの全面支援を受けた国策企業だった。彼らもアルツハイマーなど認知症を治療する再生医療研究に注力している。

「それにしても、アメリカ政府まで出てくるとは……」

「『BIO JOURNAL』は、どれだけカネを積まれても、デマは載せません。しかし、そこに政府が絡むのであれば、事情は変わります」

ロボットやAI、宇宙などと並び、再生医療は新たなる産業革命を起こす新分野だと言われている。これらの分野で圧倒的なパイオニアになれば、業界を支配できる。

そのため、新分野における産業育成は、先進各国の最重要課題であり、いずれもが国家プロジェクトだった。

競争はフェアであるべきだが、産業化によって転がり込んでくる利益の大きさを考えると、そんなきれい事など吹き飛んでしまう。

ライバルを潰すためなら、どんな手段でも取る――。常にそのスタンスで世界の覇権を握ってきたアメリカであれば、篠塚たちの研究にデマを流して妨害するなど、朝飯前だろう。

「じゃあ、日本政府に断固たる抗議をしてもらおうかな」

「それは、夢物語でしょうな」

だろうな。日本政府は、オールジャパン態勢で再生医療の産業化に向けて支援を惜しまないと謳《うた》うくせに、こういう時には、決して救いの手を差し伸べようとはしない。

外交問題に発展するのを嫌うからだ。普段は勇ましいことを言っている総理ですら、相手がアメリカだと分かれば、無視を決め込むだろう。

「アメリカ政府黒幕説についてもう少し確かな裏付けを取ってもらえませんか。麻井さんと今後の対策を検討したいので」

「畏まりました。それで、本日ですが、秋吉教授を仙台駅までお迎えに行かれる前に、祝田チーフが打ち合わせしたいと仰っています」

「すぐ会います」

サルの脳が暴走する件について、彼女に検証を依頼していたが、その結果がまとまったらしい。

「ところで、大友さん、最近、体調はどうですか」

大友はアルキメ科研に移籍した直後に、脳梗塞《こうそく》で倒れている。年齢よりも二十歳は若いと言われる体力の持ち主だったが、あの時は死の淵を彷徨う危機だった。

「ご心配をかけて恐縮です。おかげさまで、元気すぎるぐらいです」

「それは、良かった。薬は？」

「所長のご指示通りに服用しております。そのデータも、後ほどお送りします」

脳梗塞で九死に一生を得た人の回復支援にも、フェニックス7が援用できないかと考えている篠塚としては、生還者である大友の情報は貴重だった。

「それと、ＰＫ１２１に効果が表れてきました」

「それは朗報ですね。祝田先生との打ち合わせが終わったら、覗いてみますよ」

篠塚は白衣を羽織るとパソコンを立ち上げた。起動している間に、デスクにある文書のヘッドラインをチェックした。

大半が経費請求など事務処理的なもので、篠塚は機械的に押印していった。

メールソフトを立ち上げると、案の定、メディアと学会関係者から今朝の『BIO JOURNAL』誌の記事についての問い合わせが来ていた。

やれやれ。

嘆息したところで、卓上電話が鳴った。氷川理事長とのホットラインだ。

〝篠塚くん、ちょっと、私の部屋まで来てもらえますか〟

9

刑事課長を応接室に連れ込んだ楠木は、松永のネタを報告した。

課長は数分は黙って話を聞いていたが、全部の説明を終える前に待ったがかかった。

「楠木さん、その程度のネタで、外勤まで巻き込んで夜に包囲網を張らせるなんて、無茶でしょ。しかも、こんな写真が六四パーセントマッチだなんて、僕は信じられないなあ」

楠木より年下だが、肩書きは上位の警部である勝俣浩伸課長は、刑事というよりやる気のない県庁職員という風にしか見えない。

警察で偉くなる方法は、一つしかない。失敗をせず、昇進のための試験をひたすらクリアし続けるのだ。勝俣はその典型で、この男が刑事らしい働きをしたという話を聞いたことがない。

だから、目の前のリアクションは想定内だ。

「いや、ごもっともです。ただ、ちょっと困ったことがありまして」

「何ですか」

早くも勝俣は、警戒心全開になっている。

「つい先ほど、杉原課長から電話がありまして」

「杉原て？」

「捜三の杉原課長ですよ」

宮城県警本部で窃盗捜査を仕切る捜査三課長の杉原は、楠木の同期で、県警将棋同好会の幹事だった。松永の情報をぶつけたところ「面白い！」と興味を持ってくれた。

――中国人窃盗団が、国宝の仏像の処理に困って、県内の故買関係者に当たっているという情報が、ウチにもあってな。小野田の爺さんというのは、良い線じゃないか。

そして「なんなら、応援を出そうか」と言ってくれたのだ。そこで、勝俣に話を持ち込んだ。

「大規模な中国人窃盗団が、仏像の処理に困って、県内の故買商に接触しているそうです。それで、小野田の爺さんは、本当に引退したんだろうかと、杉原課長からの問い合わせがありまして」

「まさか、松永の与太話をしたんじゃ？」

「普通するでしょ。だって、ドンピシャの話です。松永のネタを我々がガセだと判断して報告を怠って、あとで当たりだったら、課長、責任とれますか」

咎めるように楠木を睨んでいた目が、動揺している。

「脅す気ですか」

「脅しているように聞こえますか。課長、ここは県警も巻き込んで、決行すべきだと私は思いますがねえ。たとえ無駄骨でも、県警への顔は立ちます。それとも、杉原課長にご自身で電話されて、そんな与太話の捜査に貴重な人件費を使うのはやめましょうと言ってくださいますか」

そんな進言をするはずがないのは、分かっている。勝俣が、必死で脳内で損得計算をしている。楠木は失礼と断って、電子タバコをくわえた。

あまり旨いものではないが、タバコ嫌いの課長の前では、これでも遠慮がちに飲んでいる。

「分かった。じゃあ、まずは、もう一つ確証を摑んでください。その上で、残業手当も県警持ちだという言質を取ってください。そしたら、許可します」

「そこは、課長なり署長なりが、杉原課長と交渉してくださらないと筋が通らないですよ。第一、そんな露骨なこと言ったら、先方の心証が悪くならないですかねえ」

署長の名が出た段階で、勝負あった。

勝俣は渋々だが、残業手当問題を引っ込めた。

「こうなったら、必ずこの金子って野郎を、ウチの署員にパクらせてくださいよ」

なるほど、この切り替えの早さと、自己利益優先の発想で、偉くなっていくのか。


楠木が刑事課の席に戻ると、渡辺が待っていた。

「なんだ、もうできたのか」

「迅速丁寧がモットーですから」

ローテクの武闘派にしか見えない渡辺がエクセル文書にこの三ヶ月の高齢者の行方不明者届を分かりやすくまとめていた。

「へえ、ナベにこんな才能があるとはなあ」

「こんなもん才能じゃねえっすよ。エクセル使えないと仕事になりませんから。それにしても、我が所管内の年寄りの行き倒れ、やっぱ、何かおかしいっすよ。所管内の高齢者の行方不明者数が、県内の平均値の二倍もあります」

「所管内での行方不明者が多いわけじゃないのか」

「急増しているのは五ヶ月前からっすね」

そう言って、渡辺がグラフを示した。確かに六ヶ月前までは、県平均より三割少なかったのに、この二ヶ月は県平均の二倍になっている。

「行政機関の見解が欲しいところだな」

「俺がやりましょうか」

「何だ、暇なのか」

「震災から随分時間が経ったせいか、カネになる話もなくなってきたみたいで、県外からの出稼ぎが減りましたから暴対も静かなもんです。それに、市役所の福祉課の姉ちゃん、チョー可愛いんで」

「趣味と実益か。じゃあ、頼むよ」

「喜んで。それはともかく、もっと重要なことがあります。行方不明者が遺体で見つかったケースが、県平均の四倍もあるんです」

この三ヶ月だけで、三七人に上っている。

認知症の患者が行方不明になって亡くなるケースは、全国で約一万件ほどだ。だとすると、人口一七万人の小地方都市としては確かに多い。

「しかも、遺体発見時の死後経過時間について、過去三ヶ月のケースを見ると、一三人がおばあちゃんと同じ状態で。みんな行方不明から一ヶ月以上経過した後に遺体で発見されているのに、死後一日程度しか経過していないんです」

「遺体の着衣の状態を知りたいな」

「は？」

「徘徊の挙げ句に死んだとしたら、相当酷い格好になっていたろう」

「なるほど。分かりました。もっとクソ丁寧に調べ直します。他に調べることありますか」

「昨夜、発見されたホトケさんだが、司法解剖に回したいな」

明らかに殺人事件だという疑いがないと通常は行政解剖のみで、警察の意向だけでは司法解剖ができない。疑わしい場合は、遺族の同意を取り付けなければならない。

但し、署長の許可があれば、やれる。

「遺体はどこに？」

「署と契約している診療所だと思いますが」

担当の監察医を聞くと、楠木のよく知った医者だった。課長が部屋に戻ってきたので、携帯電話を持って廊下に出た。

診療所に連絡を入れると、死体検案書は作成したが、遺体はまだ診療所にあるという。

「先生、その検案書、ちょっとそのまま保留にしてもらえませんか」

「何だ、事件性があるのか」

「詳しくは言えないんですが、気になることがあるので」

了解を取り付けると、東北大学の法医学教室に電話を入れた。教授は不在だったが、後ほど楠木がご相談に上がるので、よろしくとだけ告げた。

「係長、俺たちもしかして、とんでもないヤマにぶつかったんですかね」

廊下に出てきた渡辺が声を潜めた。

「とんでもないって？」

「連続殺人犯が、我が街にいるかもしれないとか？」

10

アルキメデス科研オーナーでもある氷川の理事長室は、本館の最上階にある。

広い理事長室からは、遠く太平洋が一望でき、晴れた日には、山側の窓から蔵王の峰が望めた。

呼び出しを受けた篠塚が部屋に入ると、氷川の他に理事長室長の乾《いぬい》数也がデスク脇に控えている。

「おはようございます。ご用件は、『BIO JOURNAL』の件ですか」

「朝から申し訳ないね。だが、こういう類の話は一刻も早い方がいいと思ってね」

氷川は今年で六十九歳を迎えるが、水泳で鍛えた体は、筋肉もあり若々しい。自慢の豊かな銀髪は、今朝もしっかり七三に分けてある。

電光石火が信条の氷川だ。

「事実無根とはいえ、あんな記事が出てしまって、申し訳ありませんでした」

ソファを勧められたが、腰を下ろす前に、まず詫びた。

「いや、私の方こそ心からお詫びする。こういう記事を出さないようにするのが、私の役割なのに、しくじってしまった」

頭まで下げられて、篠塚は恐縮した。

「理事長が謝られることではありません。そもそも我々の実験で副作用が出てしまったのが、原因ですから」

「実験の過程で、様々な副作用が出るのは当たり前だろう。だからこそ、実験を繰り返すんだからな。それを、まるで犯罪者のようなデマを流すなんぞけしからん。それで、ホールディングス調査部とアメリカ支社に活を入れて、記事が掲載された経緯を調査させている」

氷川は、本気で怒っている。

「あのような記事は、事前に学会内で噂が出たりするものだと聞いたんですが、何かそういう気配はございませんでしたか」

室長が尋ねた。

「まったく。すみません、私も秋吉もあまり活発に学会活動をしていないので、情報のネットワークも脆弱なんです」

「そんなネットワークなんぞ、脆弱で構わんよ。学会なんぞ、出来の悪い奴らの既得権保護団体だからな」

それは言い過ぎだが、そういう側面があるのは否めない。

「大友さんが得た情報ですが、どうやらアメリカ政府が仕掛けたんじゃないかという噂があるそうです」

「私の言った通りじゃないか。私は、あの記事を見てピンときたんだ。こいつは政治が絡んでるとな。だとすると、総理から厳重に抗議してもらうしかないな」

「確固たる裏付けがないので、難しいんじゃないですかね」

篠塚が言うと、室長が大きく頷いた。

氷川は腹立たしそうに、右拳を左掌に打ち付けた。

「じゃあ、せめて総理には『BIO JOURNAL』を非難していただこう」

「会長、ここは、総理が動くと問題が大きくなるばかりです。ひとまず、篠塚先生に緊急記者会見を開いて戴いて、全世界に記事が事実無根であることと、『BIO JOURNAL』及び執筆したジャーナリストを告訴する旨を発表して戴くだけで十分かと存じます」

「乾は、そう言って譲らないんだが、君の意見を聞かせてくれないか」

こんな話、黙殺すればいい。

空気を読むとしたら、乾室長の意見に追随するべきなのだろう。だが、篠塚は、そういう思考を持ち合わせていない。

「記者会見なんて、もってのほかです。あんな記事は黙殺すればよろしいかと。告訴もやめてください。『BIO JOURNAL』誌を相手に喧嘩したら、今後、重要な論文の掲載を拒否される可能性もあります。金持ち喧嘩せずと言うじゃないですか」

先ほどまで険しかった氷川の表情が崩れた。

「どうだ、この言いぐさ。我々がこれだけ心配し、怒っているのに、当人は余裕綽々で、黙殺せよと来た。凄《すご》いだろ、乾。これが、天才の流儀なんだよ。凡人の煩悩やメンツなんて気にもしない。それより、研究の邪魔をするなってことだな」

「畏まりました。では、そのように」

乾は感情や考えを顔に出さない。だが、篠塚が見る限り、『BIO JOURNAL』やジャーナリストへの告訴を主張したのは、彼ではなく氷川本人と思われる。少しでもメンツを潰されたら告訴するのは、氷川のスタイルだった。

「ですが、研究所の広報には、メディアや学術関係者からの問い合わせが殺到しております。それに対しては、記事は事実無根であり、研究者一同大変心を痛めていると回答致しますが、ご了解戴けますか」

「お任せします」

乾は頷くと部屋を出ていった。彼に続こうとしたら、氷川に呼び止められた。

「副作用問題は、解決できそうかね」

「問題なく。これから、祝田君とミーティングですが、解決策を見つけたようです」

「そうか。彼女の存在は大きいな」

「今やフェニックス7の研究は、彼女抜きでは考えられません」

当初、氷川は祝田の採用を渋っていた。女性を軽く見る傾向があるのと、祝田がフェニックス7のヒトへの利用について、「フェニックス7の原理解明の徹底を優先すべきで、それが分かるまでは、ヒトへの投与をしてはならない」という立場を強く訴えているからだった。

医学部出身者は、一刻も早くIUS細胞を治療に利用したいと主張する者が多い。一方、分子生物学者は祝田のような考え方をする。

「それだけがんばってくれるなら、給与を上げないとな」

これは、氷川流の最大の賛辞だった。大学への進学も叶わず赤貧を耐えて、世界的なIT企業を創り上げた氷川にとっては、善すなわちカネであった。

「ところで、最近、同じ会話を何度も繰り返したり、道順が分からなくなったりするんだ。医者は心配するなと言うが、どうも少しボケ出した気がしている。だから、一刻も早くフェニックス7の実用化を頼むよ」

氷川は、自身の両親がいずれも認知症の末に亡くなっている。そのため、自分は〝ないりやすい遺伝子〟だと断言している。それが氷川がこの研究所を設立した最大の理由だ。

世間には、震災の創造的復興に一役買いたいとか、先端医療は官民が競争してこそ加速すると訴えているが、ホンネは、自身をアルツハイマーから守るために、篠塚らの研究に懸けているのだ。

そのためなら、どんなことでもやる氷川のダイナミックな行動力に、篠塚は惹かれる。

そして、象牙の塔から飛び出して本当に良かったと思う。

医療は結果が全てだ。仁術こそ医だと主張する者がいるが、それでは患者を救えない。

「氷川さんのご期待を裏切るようなことはしません。そのために布石は打ち続け、次々と有効な成果を上げています。どうか、大船に乗った気持ちでいらしてください」

そもそも、アルツハイマーは遺伝だけで発症するようなものではない。環境因子などが複雑に絡みあってアルツハイマーへと辿り着くのだ。

「『BIO JOURNAL』が邪魔なら言ってくれ。あのジャーナリストごと私が叩き潰すから」

氷川の目は、それが冗談ではないと宣言していた。

退出しようとして、篠塚に、あるアイデアが閃いた。

「氷川さんは、日本でフェニックス7の治験を行うのに、こだわりがありますか」

「そんなものはない。そもそもフェニックス7は、日本のものではなく、我々のものだ」

「ならば、ＡＢＣは敵なんでしょうか」

篠塚の言葉の意図が、理事長に伝わったのが分かった。

11

丸ノ内ホテルのフレンチレストラン「ポム・ダダン」で、麻井はミネラルウォーターばかりを飲んでいた。手元のスマートフォンは、先ほどから何度もメールを受信している。

今は応じたくない記者からだ。

そして、会いたい記者は、待ち合わせに二十分以上遅れている。記者のくせに、彼女は遅刻の常習犯だった。こちらは情報提供者だというのに、詫びの電話一本寄こさない傲慢さに呆れていた。

早朝に『BIO JOURNAL』ウェブ版が伝えたフェニックス7の記事は、学会関係者だけではなく、政府にも瞬く間に伝わった。

出勤前の早朝に連絡してきた丸岡には、「二十四時間以内に事実無根だという裏付けを手に入れろ!」と怒鳴られた。

アルキメデス科研の篠塚や業界関係者から情報収集を行った結果、記事掲載の概要は判明した。

アメリカ政府の意向が背景にある——。

それが事実だと、さらにまずいことになる。政府の役人も審査会の委員も皆、アメリカという名を聞くだけで震え上がる。長年、アメリカと衝突が起きる度にかけられた圧力の恐怖体験が、トラウマになっているようだ。

アメリカのベンチャー・キャピタル出身の麻井は、政府と巨大企業の絆の強さと、複雑に入り組んだ利害関係を肌で体感している。表面上は自由競争とフェアな取り引きこそ資本主義大国の基本などと謳うくせに、実際は民間企業の先兵となった国家が国際競争で露払いし、ライバル国や企業を蹴散らす。「勝てば官軍」というが、アメリカの場合、「俺たちは官軍だから、勝たなければならない」と理屈をこねて無理を通す。

　そんな相手に対して怯えて尻込みしたら、ますます図に乗るのだ。

　時には戦ってでも成果を上げないと、弱肉強食の業界では生き残れない。にもかかわらず現実には日本政府にも学会にも、そんな度胸はない。その上、脳の領域での再生医療に及び腰の象牙の塔の重鎮らには、このネタは格好の撤退理由ともなりかねない。

　そんな情報を丸岡に上げるわけにはいかないから、香川を利用するのだ。

「すみません！　前の取材が長引いてしまって、気合い入れて走ってきたんですが、遅くなってしまいまして」

　香川毬佳が、勢いよく個室に入ってきた。

「やあ、急に呼び出して悪かったね」

「麻井さんからのお誘いなら、いつでも大歓迎です」

　高級ブランドのスーツに、記者にしては華美過ぎるブラウスを着こなす香川は、呼吸一つ乱れていない。どう考えても、大急ぎでやってきた風には見えない。

　ウエイトレスが注文を取りに来たので、麻井は一杯だけシャンパンを呑まないかと提案した。

「嬉しいですけど、午後二時から厚労省のレクがあるので、遠慮しておきます」

麻井は、ガス入りのミネラルウォーターを頼むと、コース料理を二人分頼んだ。

「『BIO JOURNAL』の記事をどう判断しましたか」

麻井は単刀直入に切り出した。

「悪意ある中傷記事ですね。篠塚先生や秋吉先生がお気の毒です」

いかにも心から心配しているような表情を貼り付けて、香川が目を伏せた。美人ではないが、女性らしさの使い方がうまい。また、これと決めた取材対象者にはとことん入れ込み、その人物に最大限の愛情を注ぐ――。

もっとも、それは贔屓《ひいき》の引き倒し的な様相を呈することもあり、学会や政府関係者の多くは、彼女から距離を置いていた。

一方、香川自身は自らを「愛されキャラ」だと信じているようで、相手の迷惑を顧みず、会いたいと決めたら、どんな手を使ってでも捕まえる。

それだけに、こちらの思惑をアピールして欲しいスピーカーとして、常に味方に引き入れておきたいカードであった。

そんな彼女のイチオシは、シノヨシ（篠塚と秋吉を縮めて彼女が命名した）コンビとフェニックス7だ。

「情報源は、摑めたかね」

「すっぱ抜いた媒体を考えると、ＡＢＣあたりでしょうか」

「浅いな。業界きっての高級誌である『BIO JOURNAL』は、一企業が利するようなネタを、軽はずみに載せないよ」

「ということは、もしかしてアメリカ政府あたりの介入があったんですか」

期待通りの反応を見せてくれた。それが麻井の戦略ではあったが。

良いタイミングで、ポタージュスープが運ばれてきた。

「君のような特ダネ記者が、スクープをモノにするためには、色々条件があるんだろ」

「なんですか、その持って回った言い方は。それに、私がスクープ記者でないのは、麻井さんが一番よくご存知じゃないですか」

「謙遜はいいよ。君が、全国紙の中で、最も優秀な医療記者であることは、私が太鼓判を押す。だから、答えて欲しい。スクープを書く時の条件とは何だね」

「難しいなあ。あくまでも私の主義ですが、誰かのお先棒を担ぐようなリークには食いつきません」

だが、自分が正しいと思ったら、たとえ裏付けが緩くても書く——それが香川毬佳という記者だ。

「あの記事を書いたのは、アメリカの敏腕記者トム・クラークだ」

「つまり、ＡＢＣだのアメリカ政府だのの提灯記事は書かないと？」

その通りだと言う代わりに、目で肯定した。

「なるほど。じゃあ、どこから……」

「これは、僕からの情報だというのは、もちろん伏せてくれるよね」

宣誓をするように、香川が右手を挙げた。

「加東審議官とウチの副理事長が、サンノゼで開かれている国際再生医療協力会議に出席しているのは知ってるよな」

「もちろん！　私も参加するつもりだったんですが、土壇場で上から止められたんです」

「そうだったのか。知らなかったなあ」

香川を同行記者団から外すべきだと進言したのは、麻井自身だ。

日本の製薬大手である山雅薬品が、アメリカの製薬会社との間で合併交渉を進めている。その大詰めを、サンノゼの国際会議の期間中に密かに行う予定だ。香川はこの合併工作を察知しているフシがあり、山雅薬品のM＆A担当専務が、麻井に配慮を求めたのだ。

ＡＭＩＤＩ革新事業推進本部長の麻井にとっては、業界の御用聞き的な役目も重大な職責の一つである。そこで嶋津大臣の威光を利用して香川を外したのだ。

「それで、サンノゼの国際会議がどうしたんです？」

「クラーク記者は、サンノゼの国際会議に出席して、加東さんや副理事長と会食したらしい」

「まじっすか。つまり、クラーク記者は、日本代表団からネタを取ったと」

またもや絶妙のタイミングで、メインディッシュが運ばれてきた。肉食の香川は子牛肉の赤ワイン煮、麻井はイサキのポワレだった。

「でも、なんでクラーク記者が、二人に接触したんでしょうか」

「よくは知らないが、随行団の一人の話では、クラークは、フェニックス7でトラブルが発生したのではという情報を得たが、確証が摑めなかったらしい。それで、加東審議官を捕まえたんだろうね」

「まさか、加東さんなり森下さんなりが、問題を認めたと？」

「でなければいいんだが……」

「前提として伺いますが、あの記事は事実なんですか」

まだ、料理に手をつけていない香川が、前のめりになった。

「まさか。実験の最中なんだから、いろんな課題は発生するが、記事にあるような深刻な問題は起こしていない。それは君が一番よく知っているだろう」

「アメリカ人記者が持ち込んだ国家プロジェクトについての誤情報《ガセネタ》を、政府の責任者たちが認めたと、麻井さんはお考えなんですね」

「私は、何もコメントする気はない。ただし、そんなことはあるはずはないと思いたい」

だが、実際はあったのだ、と香川は考えるだろう。

「政府関係者や我が機構内に、フェニックス7の研究に拒絶反応を示している連中がいるのは、君も知っているだろう」

「加東さんと森下副理事長が、その急先鋒であるのも知っています」

そりゃそうだ。それを教えたのは俺なんだから。

「――ということは、お二人がわざとクラーク記者のスクープ記事に乗ったと」

「考えたくないがね。しかし、今朝の内閣府の動きをみていると、あながちウソでもない気がするんだなあ」

いきなり香川が、拳でテーブルを叩いた。

「許せない！」

「同感だ。だから、君をランチに誘ったんだよ」

「篠塚先生か秋吉先生への独占取材をさせてもらえませんか」

「何とかしよう。その前に、内閣府と古い体質の医学界の重鎮たちの陰湿な体質について、聞いて欲しいんだ」

香川の上等なスーツの上着から、ＩＣレコーダーが取り出された。既に録音中だった。

12

祝田の研究室を訪ねると、動物実験棟にいるという。

実験棟につながる渡り廊下からは雪化粧した庭が見える。数日前に降った初雪でいよいよ冬らしい景色に変わった。綿をかぶったような樹々を見ると、朝から『BIO JOURNAL』の記事で、ささくれていた篠塚の気分も癒やされた。

セキュリティドアを通過して、篠塚が動物実験棟内に入ると、祝田がロビーで待っていた。

長い髪を後ろでまとめた痩身の祝田は、「わざわざすみません」と恐縮しながら自身の研究室に誘った。

「コーヒーでもいかがですか」と勧められたのだが、この後すぐに秋吉を迎えに仙台駅に向かうからと断った。

研究室を出て、実験動物が飼育されているエリアに入ると、独特の動物臭が鼻をつく。マウスやモルモット、サルなどを実験動物として利用しており、そのストックが途絶えないように、獣医学部を出た実験動物飼育のプロたちが飼育・管理している。フェニックス7の場合なら、さらに各動物を人工的にアルツハイマー病に罹患させる必要があるのだが、その技術も彼らが確立してくれた。

祝田がすれ違うスタッフに挨拶すると、皆が笑顔で挨拶を返してくれる。

研究者として一流なだけではなく、人望も厚い祝田は、所長の篠塚よりはるかに人気者だ。

「『BIO JOURNAL』の記事は、結構騒ぎになっているみたいですね」

「まあね」

「かなりバイアスがかかった悪意を感じますけど、発信源はどこなんですか」

「大友さんの話では、アメリカ政府じゃないかって言っている」

「厄介だなあ。でも、それだけ先生の研究が有望という証ですね」

「僕の研究じゃなくて、僕らの、だよ」

祝田が嬉しそうに微笑む。

「問題になっているのは、バージョン5の二例です。それで、改めて量を増やして実験しましたが、ご覧の通り、各マウスの状態は良好です。健康な脳細胞が増え、適量で再生増殖は止まります。アルツハイマー病も治まって、動きも活発になりました」

パソコンには、マウスの脳内細胞の変化が表示されている。確かに、順調だ。

「ところが、サルでは、一〇頭に一頭の割合で制御不能になる例が出現します」

一割というのは、深刻だった。

祝田はサルの実験室に、篠塚を案内した。ガラス張りの大きなケージが一〇個あり、サルが飼育されている。

「マウスでは出現しない暴走が、サルでは起きる原因は、今のところ未解明です。もっとも、この暴走を止める方法は見つけられそうです」

祝田は、モニターの前に篠塚を座らせると、マウスを操作した。

「秋吉教授にアドバイスをいただいて、生活習慣病の症状を持ったサルに、P7を移植しました。暴走が出現するサルには、共通項がありました。いずれも高血圧だったんです」

サルの血圧は、ヒトとほぼ同じといわれる。フェニックス7が増殖を続けた結果、脳が破裂してしまったサルは、いずれも最高血圧が二〇〇を超えたのだという。

「ＭＭ６６７は以前から高血圧で、やはりＰ７の暴走が始まりました。それで、血圧降下剤を投与したところ、この通り、アルツハイマー病もほぼなく、元気に生活していますす」

「すごいな、真希ちゃん。やっぱり、君は僕らの救いの神だ」

血圧の管理で解決できるなら、さして難しい問題ではない。

「まだ、検証の必要があります」

「もちろん。どんどん進めてくれ」

ＭＭ６６７が穏やかに仲間の毛繕いをしている。

サルは顔を上げると、篠塚を見た。目が合った瞬間、いきなり歯をむき出して攻撃してきた。サルはガラスに激突して額をぶつけ、反動でひっくり返っている。

篠塚がケージから離れ、祝田の方を見ると、何か言いたげにしている。

「何だね。遠慮なく意見を聞かせてくれ」

「この凶暴さが引っかかるんです。マウスでは発現しなかった暴走が、サルで起きたということは、人間でも起きる可能性が高いと考えるべきです。いや、それどころか、人間ではさらに深刻なトラブルが起きるかも……」

祝田は、慎重派だ。

「可能性は否定しない。そのあたりは、他の創薬と同様のステップを、丁寧に踏むだけ

する。

祝田は、フェニックス7が生まれるプロセスについて、徹底した解明が必要だと主張
「ガン細胞も、突然変異です。ですから、先生の理屈は説得力に欠けます」

「薬よりもっと安全なものだよ。全ては患者自身の細胞から抽出したものなのだから」

「でも、P7は、従来の薬というカテゴリーにはおさまりきらないと思います」

だ」


ヒトの体細胞に特定因子を導入すると幹細胞となり、人体の様々な組織を生み出すことが可能になる。

人工的に新しい幹細胞を生み出すこのマジックを他の研究者が論文通りに実験し、同じ結果を得られれば、それは本物の新発見であると証明される。

iPS細胞もIUS細胞も同様の検証を経ており、問題点が発覚するたびに、それを修正してきた。

この手法は、製薬でも同じだ。

たとえば、麻酔薬の効果の原理は完全には解明されていないのだが、それを利用すれば、手術中に痛みを感じることがなく、一定時間が経過すれば、眠りから覚めると証明されたから、利用されているに過ぎない。

そして、医学界や薬学界から「その薬の原理を解明せよ」という声は上がらない。

それが、医学なのだ。

「悪いが、その議論は改めてやろう。今日は時間がない」

「では、ひとまず現況については、リポートをまとめます」

物分かりの良さも祝田の美点だ。

細胞の制御不能は致命的な問題になるかと危惧したが、案外すぐに解決策が見つかって良かった。

これで、麻井を安心させられる。

窓の外を見ると、雪がちらついていた。

13

東北大学の解剖室はひどい底冷えで、楠木の膝下の感覚がなくなってきた。暖房が入っているにもかかわらず、あまりの寒さに、楠木は軽く足踏みして暖を取ろうとした。

だが、解剖を手際よく進める立田教授は、楠木より薄着なのに平然と手を動かして仕事に没頭している。

「あんた、その足踏みやめてくれないか」

「失礼しました。それにしても、ここは冷えますな」

「地下二階だからな」

今朝、用水路で死亡していた八十九歳の檜山妙《ひやまたえ》の司法解剖を、立田は快諾し、遺体を運び込むと、助手と二人ですぐに取りかかってくれた。

消毒薬の匂いがきつくて、楠木は無性にタバコが吸いたくなった。それを我慢する反動で、また貧乏ゆすりをしてしまったようだ。

「先生、ちょっと外に出ます」

「好きにしたまえ。あと三十分ほどで終わるよ」

外に出る理由がバレているようだな。いずれにしても、俺があそこにいても、何の役にも立たないんだ。廊下に出て温かい缶コーヒーを購入し、タバコをくわえた。

ライターを手にしたところで、壁の張り紙に気付いた。

〝学内は全面禁煙〟

ため息をついてタバコをしまった。

あの老女の死因に不審な点が見つかったら、どうしようか。

殺人事件なんて、滅多に起きない宮城市だ。殺人の可能性があるだけで、本部の捜査一課に情報を上げるべきなんだろうな。

だが、楠木は気が進まない。捜査一課長の喜久井に嫌われているからだ。

喜久井は、かつて楠木が鍛えた後輩だ。

駆け出しの刑事だった頃は、呆れるほどのぼんくらだった。刑事としては無能だが、世渡りだけは天才的に上手かった。そして、今や宮城県警における強行犯事件の指揮官だ。

昨年、宮城中央署管内で殺人事件が発生して、署内に捜査本部《ちょうば》が立った。深夜に女性の独り暮らしの部屋に忍び込み、強姦した上で殺人という凶悪事件だった。

当初は、被害者の関係者が犯人と思われ、すぐに解決するだろうと考えられていたが、めぼしい容疑者が浮かばず捜査は難航した。被害者がミス仙台という美人だったこともあり、マスコミの扱いが大きかった。

喜久井は自己アピールのチャンスと思ったらしく、張りきって陣頭指揮を執ったのだが、その指揮が酷すぎた。その上、功を焦って見込み捜査をしたために、あやうく無実の男を逮捕しかけたり、側近だけで情報を隠蔽したりと散々だった。

結局は、楠木ら所轄チームの地道な聞き込みによって、容疑者逮捕にまでこぎつけた。一件落着——となるはずが、宮城中央署刑事課のミスであやうく容疑者を取り逃がしそうになったというウソの情報を、喜久井が上層部に流した。楠木率いる所轄が真犯人を逮捕して、喜久井のメンツを潰したのが気に入らなかったらしい。

それほどに嫌われているのだから、行き倒れと思われた老人の死因が不審だから捜査したいと楠木が上申しても、おそらくは受理されないだろう。

とにかく確固たる物証を手に入れるまでは、内密に捜査する方が得策かもしれない。

「係長、教授がお呼びです」

法医学教室の助手に声をかけられて、楠木は残りのコーヒーを飲み干した。

「外傷はなかった。死因は、脳出血だと思われるな」

立田教授が遺体を前にして説明した。

「つまり、異常死ではないんですな」

「人は皆、死ぬのが自然なんだよ。生きるためには、努力がいるからな」

教授の口癖は聞き流した。

「遺体は、用水路で発見されているんですが、溺死ではないんですね」

「そうだね。肺に水は入っていない」

なら、脳出血で亡くなった後、水路に落ちたか……。

「死亡推定時刻は？」

「死後、二十時間から十二時間ぐらいの間かな」

前日の午後六時から午前二時の間だ。

「幅が広いですね」

「用水路に浸《つ》かっていたからね。体温変化が微妙なんだよ」

午後六時は既に日は暮れているものの、人や車の行き来がある時間帯だ。大きな市道沿いの用水路に落ちたのだから、目撃者がいてもおかしくはない。

「亡くなってから、すぐに用水路に落ちたのは、間違いないんでしょうか」

「それは、分からない。何だ、もしかして、脳出血で死んだ年寄りを、誰かが用水路まで運んで棄てたと考えているのか」

さすがにそれはおかしいな。だとすると、深夜に用水路沿いを歩いていて、発作が起きたか……。

「それにしても、いつもながらあんたの慧眼は、大したもんだ」

　何を褒められているのかが分からなかった。

「このおばあさんの、行方不明の届出があったのが二ヶ月前なんだろ」

　そうだと認めると、教授は遺体にかけてあったシーツをはいだ。

「この肉付きといい、胃の内容物といい、死の直前までは一般人と同じ生活をしていたと考えられるな」

　やはり、檜山妙は行方不明になった後、どこかで保護されていたのか。

「行方不明後の二ヶ月は、快適な生活だったと思われるな。この肌艶なんて、とても八十九歳とは思えんよ」

　教授が撫でる腕には、確かにシミもない。

「若々しいといえば、このおばあちゃんは、脳もなんだか若い印象があるな」

「と、おっしゃると」

　立田は、いきなり頭蓋を外した。

「脳というのは、他の細胞と違って、古い細胞が死んでも新しい細胞に入れ替わらないんだ。だから、二十歳をピークに脳細胞はどんどん死滅していく。アルツハイマーは、その死滅が速くなって、脳みそが減少し、ヘチマタワシのように鬆が出来るんだ。なのにこのおばあちゃんの脳には、まったくそんな様子もない」

「行方不明者届には、重度のアルツハイマー病を患っているとありましたが」

「この脳はどうみても、アルツハイマーじゃないよ」

どういうことだろうか。

考えられるとしたら、かかりつけ医が誤診した可能性か……。

かかりつけ医を聴取すべきかも知れない。

そして、檜山妙は、遺体として発見されるまで、どこで過ごしていたのか。別の場所で亡くなったのを、誰かが用水路まで運んだのだろうか。

「詳しい報告書は送るよ。あとは、あんたの腕次第だな」

そう言われても、現状では、これが事件かどうかすら判断できなかった。

14

「高血圧が、悪さをしていたのか。それにしても、真希ちゃん、頑張ったなあ。短期間で、原因の特定、検証、そして、対策まで終えるんだから。頭が下がるよ」

仙台駅直結のレストランで、牛タンとご飯を頰張りながら、鋭一はまくし立てた。しゃべるたびに、口の端から米粒が零れているのも、お構いなしだ。

「秋吉先生、食べるか、しゃべるか、どっちかにしてください。篠塚先生も私も不快です」

鋭一に心酔する、公私ともにパートナーの周だったが、師匠の行儀の悪さには容赦がない。

鋭一は、素直に詫びたが、食べることも話すこともやめない。隣に座っていた周が、祝田がまとめた文書を取り上げた。

「悪いと思ったら、改めてください。先生がまず専念するのは、食事です」

鋭一は、牛タンに集中したようだ。

代わりに周が、篠塚に言った。

「これで、問題解決でしょうか」

「何か、引っかかることがある？」

「今回の検証は、いずれも一つの疾病だけをチェックしています。でも、複数の症状が重なった場合も、実験した方が良いと思うんです」

「雪は、心配性だからな」

最後のご飯をお茶で飲み下した鋭一が、参入した。

「私たちが再生しようとしているのは、脳細胞ですよ。いくら心配しても、過剰ではないと思います」

小顔で細く優雅な鼻、尖りすぎない顎を持つ美女は、頭脳も鋭一に負けないほど優秀だった。そして、「中国人らしからぬ慎重派」と鋭一が唸るほど、拙速を嫌う。

「『BIO JOURNAL』の疑いを完全に拭い去るためには、もっと徹底した検証が必要じゃないでしょうか」

「そうかも知れないな。真希ちゃんに、相談するよ」

「それで、アルキメ科研としては、『BIO JOURNAL』に抗議するんだろ」

研究のことになると好戦的になる鋭一が、至極当然のように言った。

「理事長は、黙殺せよと、おっしゃっている」

「あのおっさんは、傲慢だからな。クソめ」

「抗議ではなく、反証を寄稿するべきだろうな。それと明後日、クラークが取材に来る」

「アメリカ人はフットワークが軽いな。ちょうどいいじゃないか。受けて立ってやろうぜ。ところで、お国はいつになったら、P7の治験に、ゴーサインを出してくれるんだ」

「麻井さんの話では、『BIO JOURNAL』に対しての反証が認められたら、大丈夫だと」

「アイツも、調子いいからな。志には共鳴するけど、どうもビジネス臭がプンプンするのが嫌だね」

「そんな風に他人の悪口ばっかり言ってると、唇を縫っちゃいますよ」

すかさず周のダメだしが出た。

「麻井さんは金融屋だからな。けど、彼が東京で戦ってくれているから、俺たちは研究に専念できるんだ。だから、明日は彼の質問にパーフェクトに答えて、安心させたい」

「よし、じゃあ、いざ我がユートピアに向かいますか」と鋭一が、トイレに立った。

その隙を狙ったように周が、そっと囁《ささや》いた。

「鋭一には、絶対言うなって言われたんですが、お伝えしておくことがあります」

遂に結婚するのか。

「先週の検査の結果、鋭一は膵臓ガンのステージ４だと診断されました」

15

署に戻る途中で、楠木は渡辺を呼び出した。

行きつけの喫茶店で待ち合わせたが、店に入ると、既に渡辺は奥のコーナー席に陣取っている。

まずは、立田が解剖で示した見解を説明した。

「なんだか、ホントにヤバくなってきましたね」

「ヤバいというのか、不可解というのか。俺のような凡人が調べるには、荷が勝つかもしれない」

「何をご謙遜を。これを見つけたのは、楠木係長ですよ」

「本当に見つけたんだろうか」

単に虫の知らせで動いたに過ぎない。事件の可能性が出てきたのに、さっぱり予測できないのだ。

「どう考えても、事件でしょ。ボケ老人が行方不明になって、野垂れ死んだのかと思ったら、何ヶ月か経ってから遺体で見つかる。しかも、行方不明の間、何やら快適に生活していたらしい。なのに、遺体の発見場所は用水路ってのは、おかしすぎます」

　確かに、状況が示すものは事件のようにも思える。

「だが、まだこの一件だけだ」

「そうでもないんですよ。俺が作った遺族リストのうち、二組ほどに電話で話を聞いてみたんです。そうしたら、お妙《たえ》ばあちゃんと似たケースがありました」

　渡辺が、二つの報告書をテーブルに並べた。

「こっちの爺ちゃんは、先月発見されました。認知症で夜の徘徊が酷かったそうです。それで行方不明になって約三ヶ月後に三本松の空き家で発見されました。死後二日ほど経過していましたが、事件性はなし、遺体の健康状態は良好でした」

　頑固そうな面構えの老人の写真がテーブルに置かれた。

「それからもう一人。こちらの遺体にもやはり外傷はなく心不全だと診断されています。行方不明になって一ヶ月半ほど経ってから発見されています」

　二つの遺体は、司法解剖を行っていない。いわゆる行き倒れ死として扱われたからだ。

　死因は心不全とされているが、状況は似ている。

「ナベ、なんだかつまらない事件に巻き込んでしまったね」

「つまらないどころか、とても刺激的っすよ。俺の守備範囲ではないですが、徘徊老人の不審死というのは、防犯を担当する生活安全課員としては放っておけない案件です」

圧倒的な人手不足の所轄では、刑事課と生活安全課は、頻繁に人材の貸し借りをする。

「これを本気で捜査する時には、あんたのサポートを、笹岡課長に頼むつもりだ」

生活安全課長の笹岡は若いが、楠木の上司の勝俣のような保身にこだわる男ではないから、許可してくれるだろう。

「楠木係長は、まだ本気になれないんっすか」

「というか、考えすぎじゃないかという疑念が拭えない」

「こんなに共通項があるのにですか」

「共通項はあるよ。でもな、たとえば、認知症老人の駆け込み寺に逃げ込んだとは考えられないか」

「ボケ老人をタダで受け入れる駆け込み寺なんて、この町の一体どこにあるっていうんです」

「タダかどうかは分からんぞ」

「本当にそんな駆け込み寺があったとしましょう。そんな奇特な施設なのに、最後は死体遺棄っすか。堂々と、救急車を呼べばいいじゃないですか」

いちいちごもっともだな。

「だが、殺人事件には見えないんだ。立田教授が解剖した檜山さんについても、死因は脳出血だ」

「他の二人の死因が分からないのが、残念っすねえ」

その一言で、立田の指摘を思い出した。

「ナベ、お妙さんの主治医に話を訊いてくれないか。できたらカルテの写しも欲しい。俺はこの二人について、もう一度監察医に確認してみるよ。漠然としすぎてウエには上げられん案件だが、少しでもすっきりさせたいからな」

「むしろ、好都合でしょう。勝俣課長は、殺人事件なんて起きて欲しくない人だから、中途半端な状態で相談したら、握りつぶされますよ。だから、ここは俺と楠木さんの二人で、隠密捜査しましょうよ」

「やけに前のめりじゃないか」

「最近、燃えるような事件がないじゃないっすか。どこか不完全燃焼なんすよね。それに、俺ずっと刑事課への異動を希望してるんで」

なるほど、そういう下心もあるのか。だが、その方が俺は気を使わなくていい。

「とりあえず、やれることだけでもやってみるっぺか」

「よっしゃ！」

氷だけになった空のグラスで、二人は乾杯した。

16

楠木が署のデスクに戻ると、険しい顔をした松永が駆け寄ってきた。

「どうした?」

「県警の応援が、キャンセルされたそうです」

県警に何を頼んでいたのか、すぐに思い出せなかった。

「さっき、課長から通達があって。今日の張り込みは中止だと」

小野田爺さんの故買屋を張り込む件か。なんでそんなバカな通達をするんだ。

「課長は、どこにいる?」

「署長室です」

だとすれば、ちょうど良いかもしれない。署長の棚橋は、捕物好きだった。

署長室を訪ねると、勝俣課長の他にもう一人、客がいた。県警本部捜査三課の杉原課長だ。

「やあ、楠木。お邪魔しているよ」

出直すと棚橋に告げると、「どうせ、夜の捕物の一件だろ」と言われた。

「まあ、そんなところです」

「俺も、その件でお邪魔したんだ。おまえさんらにお詫びを言わなくちゃいけなくてな」

杉原の詫びの意味が分からなかった。

「実は、例の故買屋の件だが、さきほどウチの方で踏み込んだ」

所轄を出し抜いたのか。

「そんな顔をするな。事情があったんだ。我々がマークしていた中国窃盗団のリーダーの金子が、今日の昼過ぎ、小野田のところに姿を見せたんだよ。それで、踏み込んだ」

「楠さんからの連絡を受け杉原君は、すぐに部下を故買屋に張り込ませたんだそうだ。そうしたら、金子が姿を見せた。しかも、何やら大きな品を二つも持っている」

だとしたら、踏み込んで当然だな。俺たちと違って、連絡を受けてすぐに小野田の店を張り込むところが、杉原の優秀なところだ。

「その二つの品は、盗まれた国宝の仏像だった。そこで、逮捕に至った」

「首尾は？」

金子の他に二人を逮捕したと、杉原が答えた。

「そういうわけで、端緒を摑んだのは、我が署のホープ松永千佳ちゃんだが、こういう事情では致し方あるまい」

棚橋の主張に異論はない。だが、勝俣は許せなかった。

「なぜ、松永に説明してやらないんですか」

「隠していたわけじゃないよ。まずは、杉原課長の説明を聞いた上でと思っただけです」

そうじゃないだろう。単なる意地悪だ。

「ちょうどいい。杉原君から、一言褒めてやってくれないか」

棚橋に明るく求められて、杉原が頷いた。

楠木が内線電話で呼び出すと、すぐに松永は駆けつけた。

「失礼します！　松永入ります！」

「さすが我が県警女子柔道部を、全国大会ベスト4に導いてくれただけはあるな。良い面構えをしている」

「ありがとうございます！」

杉原が午後の捕物について話すにつれて、松永の顔が輝いた。

「では、一網打尽にできたのでありますね」

「そうだ。君が地道な捜査で、端緒を摑んでくれたお陰だよ。感謝する」

わざわざ立ち上がって杉原は、松永に握手を求めた。

「微力ながら、お役に立てて感激です！」

実際は、自身の手で逮捕したかったろうに、松永はけなげに礼を言っている。

勝俣は苦々しげにそれを見ていた。

「君らに声をかけずに申し訳なかった」

杉原の言葉が救いだった。

「とんでもないことであります！　事件が解決できたのですから、それで充分であります」

17

祝田も交えたブレスト・ミーティングがお開きになった時には、午後十一時を過ぎていた。

「鋭一、ちょっと呑まないか」

疲れきった研究者たちがアルキメデス科研本館の最上階の会議室から出て行く中、ノートパソコンに向かったきり腰を上げようとしないパートナーに、篠塚は声をかけた。周と一瞬、目が合った。

よろしくお願いしますと言うように会釈して、周が先に部屋を出た。

「いいねえ。どこで呑む？」

「ゲストバーで。今日は誰もいないし、この時間ならバーテンダーも帰っている」

氷川は本館にＶＩＰ用のバーを設置している。既に氷川は東京に戻っているし、今日は無人のはずだった。

「じゃあ、たまには贅沢させてもらおうかな」

鋭一はさっさとパソコンを小脇に抱えると、バーに向かった。

パーティースペースとしても利用できるバーは広々としているが、今は、カウンターにあるランプが一つ灯っているだけだった。

篠塚は、時々、ここで一人で呑むので、勝手は知っている。しかも、今日は予めバーテンダーに声をかけてあったので、テーブルの準備は整っていた。

「シャンパンを開けるか」

「何のお祝いだ？」

「また、一つ問題を解決したことに」

「なら、真希ちゃんも一緒にお祝いだ」

スマートフォンを取り出し、祝田を呼ぼうとする鋭一の手を止めた。

「いや、今日は二人で呑みたいんだ」

「そっか。暫く二人で呑んでないもんな」

フランスの友人が「とっておきのお祝いの時に」とプレゼントしてくれたフィリポナという醸造所《メゾン》のシャンパンを抜栓した。二〇〇六年のクロ・デ・ゴワセだ。

「へえ、初めて聞く銘柄だ」

「おまえが酒の銘柄を気にして呑むことなんてあるのか」

「ドンペリやモエ・エ・シャンドンぐらいは知ってるぞ」

「まあ、呑んでみろよ」

フルートグラスに酒を注ぐと、篠塚は窓際のカウンターに移動した。

眺望はいいはずだが、深夜なので窓の外は漆黒の闇だ。

「フェニックス7に！」

二人は、声を揃えて乾杯した。

「シャンパンなのに、やけに主張するな、この酒」

「ゴワセというのは、フランスの古語で『重労働』という意味なんだそうだ。ここのメゾンの畑は、急傾斜にある。しかも、畑の下に川が流れていて、川面の反射でブドウの木の下からも太陽の光が当たる。ブドウは日光に当たれば当たるほど美味《おい》しくなる。それで、重労働と分かっていても急傾斜地でブドウを育てた逸品だから、そんな名が付いたそうだ。俺たちが祝杯を上げるにはぴったりの名だと思わないか」

友人からの受け売りだったが、こういう話を聞く度に、自然の仕組みの妙を感じる。

「ほんと、おまえは博識だよな。僕なんて、そういう蘊蓄《うんちく》を説明してもらっても、すぐ忘れちゃうよ。でも、『重労働』という名は、気に入った。おかわりをくれ」

鋭一の病気を考えると、もう一杯注ぐべきか躊躇った。

「そんなに飲んで、大丈夫なのか」

「なんだ？　雪がしゃべったんだな」

「ああ」

大袈裟にため息をつかれた。

「余命三ヶ月。医者からも、やりたいことをやれと言われている」

まるで他人事のように、あっけらかんとしている。鋭一らしい明るさがかえって辛い。

「誰に診てもらった？」

「ガン研の村本先生だ」

膵臓ガンの第一人者だ。

「彼なら、奇跡を起こせるかも」

「冗談言うなよ。僕のガンは手強いぞ。何しろ、僕の細胞の突然変異だからな。どんな過酷な試練も克服するぜ」

「何か方法はないのか？」

「僕は最期まで研究したい。だから何もしない。それで、好きにしろと言われた。心おきなくそうするつもりだ」

村本が、好きにしろなどというはずがない。どうせ、鋭一がひと暴れしたんだろう。

「だからって、研究から外すなんて言うなよ。Ｐ７だけが、僕の生き甲斐なんだからな」

「治療に専念してから、頑張ればいいじゃないか」

膵臓のＩＵＳ細胞による再生の可能性がないだろうか。重度の糖尿病患者の場合、膵臓移植が実施されるケースはあるが、ドナーが見つかるのが稀《まれ》なこともあって、ｉＰＳ細胞やＩＵＳ細胞で、本人の膵臓を再生する研究が始まっていた。

「ウチで、膵臓の再生細胞の研究もやるか」

「おまえバカだな。僕と同じぐらいバカだ。生命研の膵臓再生研究のチームに、それとなく現状を聞いてみた。だが、あと十年はかかりそうと言われたよ」

「けど、やってみる価値はあるんじゃないか」

「ないな。おまえの強引かつ楽観的な発想は好きだが、虻蜂取らずはダメだ。僕らが向き合うのは、Ｐ７だけでいい」

まさに命がけで、フェニックス７に挑むという決意表明だ。

「分かった。ただし、体調が悪い時は休んでくれ。それと、今日を境に、俺たちは酒を断とう」

「両方ともＮＯだ」

「鋭一、もう少し利口になれよ」

「僕は、我慢が嫌いだ。というか、余命宣告された以上、我慢はナシだ。体調がどうあろうとも、僕が大丈夫だと思ったら、研究を続ける。そのわがままは認めてくれ」

「分かった。おまえの好きにすればいい。ただし、酒だけはやめよう」

「いやだね。多少は長生きできるかも知れないが、そんなのは愉しくない。そもそも僕らは、Ｐ７を生成するまで酒断ちすると何度も誓った。けど、持って一ヶ月だ」

破ったのは、いつも篠塚だった。

「今度は、頑張って我慢するよ」

「頑張るな。おまえは、もう十分、頑張り過ぎだ。僕がガキみたいにワガママだから、対外的な問題や取材対応、さらにはカネを獲得する活動だって、全部おまえ一人に任せっきりだ。最後に晶《あき》ちゃんや淳平《じゅんぺい》君や早菜《さな》ちゃんに会ったのはいつだ。そんなことしてたら、おまえも長くないぞ」

反論できなかった。

鎌倉に住む晶子や子ども達とは、もう三ヶ月会っていない。冬休みになったら、こちらに遊びに来ることにはなっているし、蔵王にスキーに行く予定だ。しかし、こうもトラブルが続くと、その約束も守れそうにない。

「僕は何も我慢しない。だから、おまえも頑張るな」

鋭一がグラスを上げて乾杯を求めてきた。篠塚は渋々応じた。

「ここまでバレたら、一つ相談に乗って欲しいことがある」

「何でも言ってくれ」

「雪に、結婚を迫られている」

「それは、めでたい」

「めでたくないだろ。余命三ヶ月の男が結婚なんて無責任だろ」

だが、周はそこまで思い詰めているのだ。

「あいつはまだ二十七歳だ。しかも、祖国に帰れば大富豪の父親と党幹部の母親がいるんだ。なにも、死にかけの日本人と結婚する必要はない。おまえは、相談に乗ってくれると言った。それで、僕の相談は、雪に結婚を諦めるよう説得することだ」

「悪いが、それは無理だな」

頑固者という意味では、周も相当なものだ。

周が両親の反対を押し切って、東大の生命研に留学したのは、鋭一に憧れたからだ。上海で開催された国際再生医療学会での鋭一のプレゼンに感動し、弟子入りを切望した。鋭一が「喜んで」と返すと、二ヶ月で生命研に移籍してきた。

しかも、当初は無給だった。

鋭一の研究だけではなく、鋭一という人間にも惚れ込み、何をするのも、どこに行くのも離れなかった。

　モテるくせに恋愛はいつも長続きしない鋭一も、なぜか周だけは馬が合ったようで、既につきあって四年になる。

　両親や、清華大学の恩師からは、事あるごとに戻ってくるように催促されているようだが、周はすべて無視した。誰が何を言っても主張を曲げない頑固者の彼女に鋭一との結婚など望むなというのは、死ねというに等しかった。

「これは、僕なりの愛情表現なんだ。太く短くが僕の信条だ。だから、雪もきれいさっぱりリセットして、新しい人生を歩んで欲しい」

「おまえの願望を押しつけるのは、愛情でもなんでもないぞ。彼女が自分で決めることだ」

　どんな反対意見でも、それが正しいと分かると、鋭一は途端に無口になる。

「まあ、話だけはしてみるが、これは雪ちゃんの好きにさせてやるべきだ」

「なんだか面倒だな。だけど、とにかく話はしてくれ。あと、限られた時間を有効に使うために、僕をここに置いてくれないか」

「いいのか」

　成り上がりの氷川を嫌悪する鋭一は、これまで何度勧めても、東京から離れようとしなかったのに。

「カネの亡者は嫌いだが、視界に入れなければいい。研究施設としては、こちらの方が充実しているし、Ｐ７に専念できる」

「生命研の方は、どうする？」

「辞めてきた」

平然と言った。

「まじか。よくセンター長が許したな」

「いや、センター長はサンノゼに出張中なんで、辞職届を机に置いただけだ」

それは、「辞めてきた」ことにはならないんだが、まあ、なるようになるだろう。

「雪も一緒に来る」

それは鬼に金棒だな。

「ここで研究する以上は、おまえの極秘プロジェクトにも参加する」

「なんだ。その極秘プロジェクトって？」

いきなり振られて、下手な反応をしてしまった。

「Ｐ７の人体への治験だ」

暗がりの向こうで何かが光ったように見えた。季節はずれの稲妻が、凍てつく夜を引き裂いた。

第二章　接触

1

「ちょっと、呑みに行くか」

珍しく静かな一日が終ろうとしていた。杉原に褒められはしたものの、せっかく努力して摑みかけた大きなヤマを逃した松永のうさを晴らしてやりたくて、楠木は声を掛けてみた。

「ほんとっすか。ぜひ、お願いします！」

署から近い行きつけの居酒屋の暖簾《のれん》を潜《くぐ》ると、馴染みの女将が歓迎してくれた。カウンターにも席はあったが、テーブル席が空いていたので、そちらにした。

尿酸値が高い楠木は角ハイボールを、松永は生ビールを注文した。

「松永の頑張りに乾杯！」

「ありがとうございます！　いただきます！」

両手で大ジョッキを持って、元気よく呑む姿は、さすが柔道四段なだけはある。

「いつ見ても惚れ惚れする呑みっぷりだなあ」

「そうっすか。親からは、はしたないと叱られます」

確かに俺に娘がいたとして、こんなビールの呑み方をしたら、顔をしかめるかもしれない。

「今回はよく頑張ったな」

「でも、詰めが甘いっす。本部の先輩たちは、ちゃんと張り込みしていたのに、自分は夜に向けて英気を養うことしか頭になかったすから」

「それは、俺のミスだ。ガサ入れ前に、張り込むという基本を忘れていた」

「自分、肝心な時に、ポカするんです。悪い癖です」

「何の話だ」

「普段は、係長に叱られるぐらい前のめりなのに、肝心な時に、ぼーっとしてます。チコちゃんに叱られます」

ますます意味が、分からない。

「チコちゃんて、誰だ？」

「失礼しました。ＮＨＫの人気キャラっすよ。クイズの答えを間違うと、チコちゃんが『ボーっと生きてんじゃねえよ！』って活を入れるんです。自分、あれ見て、いつも気合い入れてます」

よく分からなかったが、聞き流した。松永の話は、相手が共通認識に立って聞いているという思い込みが多い。いちいちそれを問い質《ただ》しているだけで疲れてしまう。

「ともかく、松永は結果が欲しい気持ちが強すぎて、空回りするんだろうなあ」

「はい。手柄挙げたいっす」

手柄か。昭和時代の熱血刑事ドラマを地でいってるな。

女将が注文を取りに来たので、子持ちシシャモと枝豆、ホヤの刺身を頼んだ。

「おまえ、なんで刑事になりたいと思ったんだ」

「自分、『太陽にほえろ！』のゴリさんに、憧れてんす」

「おまえ、いくつだ？」

「二十七っす」

『太陽にほえろ！』という刑事ドラマが放送されていたのは、昭和の半ばだ。

「あの番組が放送されていた頃は、おまえはこの世に存在すらしていなかったろう」

「自分ちは両親共働きで、小学生の頃は、昼間ずっと祖父母の家に預けられてました。祖父が刑事ドラマのファンで、昼間の再放送を一緒に見てました」

ゴリさんに憧れたというのは、納得できる部分もある。柔道の有段者で直情的なキャラクター設定だった。

「ゴリさんは功を焦ったりしなかったと思うけどなあ」

「そうなんすけどね。ちゃんとしたデカになるためには、やっぱ、でかい事件をモノにしないとダメだと、自分は思うんです」

料理が運ばれてきた時には、松永のジョッキは空になっていて、お代わりを頼んだ。

「なんで、結果出せないんでしょうか」

「自己分析は、しないのか」

「そういうの、苦手で。柔道もですが、自分は本能でぶつかって、結果を出すタイプです。考えない方がいいんです。たまに頭を使おうとするんすけど、かえって無駄にリキむんです。今日もそうでした」

「つまり、おまえは反省しないんだな」

「反省しようにも、性分なんで」

「ダメだな。反省しない奴に、進歩はないし、おまえが喉から手が出るほど欲しがっている結果も出ない」

間断なく枝豆を口に放り込んでいた松永の手が止まった。

「係長は、いつもそうやって達観されてますが、どうしてですか」

「達観なんてしてないぞ」

「係長は、どんな事件の時でも、冷静で的確に行動されるじゃないっすか。自分、そういうのに憧れるんす」

おまえは、人に憧れすぎだな。

「人は焦ると失敗をするだろ。俺も、若い頃数々の恥ずかしい失敗をしてきた。そのせいで、逮捕できたはずの容疑者を逃したこともある。だから、事件が起きたら、まず深呼吸して、焦るなって自分に言い聞かせてから動くようにしている」

　松永が手帳を開いてメモを始めた。

「それと、おまえは辛抱が足りない」

「よく言われます」

「なら、直せ。若い者は失敗を恐れなくていいと、俺は思っている。だが、同じ失敗を繰り返すようなら、刑事は無理だ」

　分かりやすいぐらい、松永はショックを受けていた。

「なあ松永、事件に大きいも小さいもない。些細《ささい》な事件でも、俺たちが捜査して立件しなければ、被害者は泣き寝入りするんだぞ。自分が担当した事件は、すべて重要な事件だと思うことから、考えを改めろ」

「おっす」

「結果は出すもんじゃないんだ。しっかりと事件を追えば、必ず結果に至るものだ。それが、我々が期待したものかどうかは、別の話だ」

　えらそうに講釈を垂れているが、そもそも俺は、刑事としては二流だ。誰かに何かを教えるほどの実績もない。

　だからこそ、松永の苦悩が分かるのかも知れない。

　松永が、水滴で濡れているジョッキを見つめている。

「おまえは、さっき柔道は本能でぶつかれば、結果が出る、と言ったな。だが、最初から本能でやったら、柔道にならないだろ。受け身や形《かた》をしっかり身につけた上で、初めて勝負の場に立てる。つまり、まずは柔道としての基礎を体に覚えさせる必要があるわけだ」

「あっ。そうっす。おっしゃる通りです。でも、辛くて辛くていつも泣いてました」

「それでも、柔道で強くなりたいから、夢中で先輩やコーチの指導に従ったんだろ」

「そうっす」

「刑事になって、それができているか？　おまえは、刑事として闘う準備ができていないとは思わないか」

松永が考え込んでいる間に、楠木はシシャモを一本食べ、ハイボールを舐めた。

「その通りだと思います。自分、こんな当たり前のことを忘れていました。情けないっす」

「いちいち落ち込むな。捜査のいろはなんて誰も教えてくれんよ。先輩たちから盗み、叱られながら学習していくんだ。その過程は、柔道と変わらないはずだぞ」

強引なこじつけかもしれない。だが、松永は納得している。

「そっかあ。自分、それができなかったのかあ。ありがとうございます。明日から、励みます！」

急に元気になって松永は、残りの枝豆を残らず口に放り込んで、ビールを飲み干した。

「励むって、どうするつもりだ？」

「ですから、デカの基礎を体が覚えるまで繰り返し叩き込めばいいんすよね」

「どうやって？」

「えっと……、どうやれば、いいのかなあ。係長、良い方法を教えてくれませんか」

まったく、こいつは。

「そんなものはない。おまえが担当する事件をひたすら丁寧に、最後までやり遂げるしかない」

松永は、もっと刺激が欲しいと言いたげだ。

「あの係長、虫の良いお願いをしてもいいですか」

「内容次第だな」

「生安の渡辺巡査部長《ぶちょう》から聞いたんすけど、お二人でヤバいヤマを密かに捜査されているとか」

あのおしゃべりめ。

「そうだとしたら、なんだ？」

「渡辺先輩の話では、人手がいるとか。自分でよければお手伝いさせて戴けませんか」

その時、楠木の携帯電話が鳴った。妻の良恵からだ。

「どうした？」

〝ああ、お父さん、お仕事中ごめんんね。お義母さんが、また――〟

行方不明になったのか。

2

楠木の実母、寿子《ひさこ》は八十二歳になる。山形県の農家の出身で、仙台の百貨店「藤崎」に勤務していた時に結婚し、楠木を頭に一男二女を儲けた。「藤崎」では婦人服売り場を担当していた母は、派手ではないがお洒落で明るく社交的だった。

ところが、三年前に父を亡くし、さらに昨年に愛犬を見送ったあたりから、様子がおかしくなってきた。

愛犬が死ぬまでは、官舎から歩いて十分ほどの実家で独り暮らしをしていたのだが、腎臓を悪くして入院した今年の春から、楠木らが官舎を出て、同居を始めた。

愛する相手を立て続けに失った上に、体調を崩して入院したことで、母の中で生きていく支柱が折れてしまったようだ。

もの忘れが表出した。それが、この数ヶ月で顕著になり、夜、徘徊するようになったのだ。

楠木は「ここは奢りだから、ゆっくり呑んでいけ」と松永に告げて、先に店を出た。タクシーで自宅に急ぐと、自宅の灯りは灯っていたが、妻は不在だった。リビングのテーブルにメモがあった。

〝ひとまず、以下の順番で、捜してみます〟と書かれ、母が散歩の時に立ち寄る公園、父と愛犬の墓がある霊園、さらに母が新婚の時に住んだ公団住宅と続いた。

楠木は妻の携帯電話を呼び出した。

「俺はどこを当たろうか」

〝まさかだと思うんですが、「藤崎」の本店に行ったんじゃないかと思うんです〟

母が働いていた百貨店は、現在も仙台の繁華街にある。

〝今朝、「藤崎」で働いていた頃のアルバムを取り出して、懐かしいわあ、と何度も言ってたし。それに――〟

「母さんの行き先が、どんどん時間を遡《さかのぼ》ったところになってるからだな」

〝そうであります、係長〟

妻とは職場結婚だった。元気潑剌《はつらつ》の少年係婦警で、同じ署の刑事課にいた時に知り合った。なので、時々こういう返しをする。

「酒を飲んでるから、電車で行ってくるよ」

〝そうだと思って、匡《ただし》にさっきLINEしたの〟

長男の匡は、地元の東北学院大学を卒業して、仙台市役所に勤務していた。

〝あの子に任せるわ。係長は、自宅待機ってことで〟

「すまんな。ところで、交番には電話したのか」

五〇〇メートルほど離れたところに、宮城中央署管轄の交番があり、母が二度目の徘徊をした時に、協力を要請してあった。

まだというので、楠木が連絡を入れたが、不在なのか誰も応答しなかった。

やることがなくなり、楠木はリビングのソファに腰を下ろした。

長男の使命だと偉そうには言っているが、実際は、母の面倒は良恵に任せっきりだった。

仕事にかこつけているが、母と距離を置いている本当の理由は、別にあった。

子どもの頃からお洒落で明るい母が自慢だった。寡黙な技師の父を立てながら、家庭のムードを盛り上げてくれた母のお陰で、一家には笑いが絶えなかった。

その母が、今は別人のように見える。記憶が蒸発しているとでも言うべきか、週に数回は、楠木を父と間違うし、良恵を妹と思い込んで話すことが増えた。

身だしなみにも気を使わなくなり、髪には白髪も増え、突然遠くを見るようにぼんやりと立ち尽くしたり、自分の殻に閉じこもることもある。

これが、あの母なのか。

楠木はそれを認めたくなくて、母と関わるのを極力さけるようになった。仕事が早く終わった日は、縄暖簾を潜る日が増えた。今晩だって、松永の慰労だと言ったが、本当は飲みたかっただけだ。

挙げ句に、母の捜索にも役立たずだ。

そこで、電話が鳴った。

〝父さん！　見つかった〟

息子の声が弾んでいた。

「どこに？」

〝「藤崎」の通用口の前でぼーっと立ってた。今から、車でそっちに送りに行くよ〟

「助かる。ありがとうな」

〝やっぱ真剣に考えた方がいいよ。母さんが辛そうだから〟

言われなくても分かっているという言葉は飲み込んだ。

「そうだな。あとで母さんと相談して、本気で入所を考えるよ」

おまえは、母を棄てるのか……。

その自問は、妻に電話することでごまかした。

3

「これは、君がリークしたんじゃないのか」

朝一番で、内閣府先端医療推進室の吉野課長に呼び出された麻井は、挨拶する前に怒鳴りつけられた。

面倒くさいパフォーマンスか。

サンノゼにいる加東再生医療産業政策担当審議官が、暁光新聞のウェブ版の記事を読んで激怒したのだろう。そこで、腰巾着の吉野としては、麻井をデマの発信者と決めつけ、晒《さら》し者にして恫喝《どうかつ》する——。

それで、暁光新聞のスクープを止められなかった罪が減じられるとでも思っているなら、甘いな。

暁光新聞が今朝掲載した「フェニックス7開発を国内守旧派が妨害か。米国メディアの誤報を追認」という記事については既に、複数のメディアから麻井の元に事実確認が来ている。

「吉野課長、勘弁してくださいよお。私たちがあの記事にどれだけ迷惑しているか」

「なんだと！」

「だってそうでしょ。我々としては、アメリカの記者に適当な記事を書かれても、気にもしてなかったんですよ。それが、『暁光』のあの記事のせいで、朝から問い合わせに追われてます。そもそも、『BIO JOURNAL』の記事は、火のないところに煙を立てるガセネタですよ」

吉野はさらなる非難の言葉を探しているのか、目が泳いでいる。

「そんなつまらない濡れ衣を着せるために私をお呼びになったんですか、吉野課長」

「つまらないとは何だ。『暁光』が、内閣府はフェニックス7開発を快く思ってないとぶち上げたんだぞ。日頃から、審議官を目の敵にしている君の所の誰かが、リークしたに決まっている！」

「だから、それは一〇〇〇パーセント濡れ衣です。それよりその暁光新聞の記事に対して、内閣府としての対応をお聞かせください」

吉野が立ち上がった。会議室に来いという。

麻井は、成り行きを眺めていた職員に苦笑いを振りまきながら続いた。


「それで、審議官はどのように対応せよとおっしゃっているんですか」

会議室に入ると、吉野は不機嫌そうに腕を組んだきり口を開かない。

「吉野課長、私は内閣府の方針を頂戴したら、一刻も早くオフィスに戻るように理事長に釘をさされています」

「その点については、指示がないんだ」

これは、驚いた。

「では、黙殺ですか」

「私の責任で対処せよとのことだ」

なるほど、それであんたは切羽詰まっている訳か。

「では、吉野課長の方針を聞かせてください」

「分からん」

コイツ、確か東大卒のキャリア採用で厚労省に入省したんじゃないのか。

「それは困ります。ご指示を」

麻井の脳内でサディスティックな血が騒いだ。

「君ならどうする？」

「即刻記者会見を開いて、事実無根と明言し、クラーク記者と暁光新聞の香川記者を告訴すると宣言します」

「おいおい、そんな乱暴な対応は出来ないよ」

「なぜですか。黙殺なんてしたら、『暁光』は、政府内の不協和音について、さらに踏み込んだ続報を書きますよ」

「書かせておけば、いいじゃないか」

「本当に？　大臣や総理から、審議官がお叱りを受けるかも知れません。そんなことになったら、あなたも面倒に巻き込まれますよ」

吉野の虚勢が崩壊した。

「脅すなよ」

「脅していませんよ。リスクの可能性をお伝えしているだけです」

「大臣や総理が、あんな記事を気にするとは思えないが」

感度が悪すぎだな。

「吉野課長、お言葉ですが、フェニックス7は総理の肝いりであり、嶋津大臣イチオシの国家プロジェクトとして注目されているんですよ。その宝物に『暁光』は、いちゃもんを付けたんです。あんなプライドの高いお二人が見すごすなんて、私には想像できません」

焦りがピークに達すると吉野は、貧乏揺すりが出るらしい。

麻井は黙って、課長の次の言葉を待った。

「では、ひとまず、投げ込みのリリースを出して、暁光新聞の記事は事実無根であり大変遺憾であると表明しよう。そして、フェニックス7の研究に政府は全幅の信頼を寄せており、今後もそれは変わらないと言えばいいだろう」

「そんな弱腰でどうするんです。課長もご存知でしょう。あの記事を書いたのは、『暁光』の香川ですよ。彼女をつけ上がらせていいんですか」

「私たちは、『暁光』の記事を遺憾だと言っているんだよ。彼女にとってはダメージだろ」

どうやら吉野と俺の日本語の辞書には、「遺憾」について異なる意味が書かれているようだ。

「遺憾とは、思い通りにいかず心残りなこと、という意味だったと記憶しているのですが。非難や激怒という意味はないはずですが」

「我々の言いたいことは伝わるでしょう」

これ以上は、時間の無駄だった。

「畏まりました。内閣府は記事について遺憾に思っている程度でお茶を濁すようだ、と理事長に伝えます」

「待ちたまえ。まだ、そう決めたわけではない」

「では、方針を決められたら、リリースをください」

「そう言わず、相談に乗ってくれ」

追いすがるような目で、吉野は麻井を見上げていた。

「相談と言われましても、私の考えは先程お伝えしました。厳重抗議あるのみです。暁光新聞に対しては、内閣府とＡＭＩＤＩを無期出入り禁止にする。それぐらいの厳しい態度で臨むべきです」

香川が怒り狂う顔が目に浮かぶ。だが、あの女には、時々ムチも必要だった。

「無期出禁ねえ。それは、ちょっと、やりすぎじゃないかな。じゃあ、君が叩き台を書いてくれ。それを私が精査して、加東審議官のご判断を仰ぐ。それがベストな対応だ」

厄介ごとを手放したからか、妙に嬉しげな顔をして、吉野が立ち上がった。

4

「一部で騒がれているフェニックス7の重大欠陥というのは、欠陥でもなんでもなく、創薬の過程でごく普通に起きる出来事の一つだと理解してください」

朝早くから取材に訪れていた香川に、篠塚はそう解説した。

サルの実験棟をくまなく歩き回り、サルの状態や、実験設備などをカメラに収めながら、香川は納得したように何度も頷いている。

「祝田先生に伺いたいんですが。マウスでは起きないのに、サルで突然副作用が起こった理由は、どのあたりにあると考えられますか」

「マウスで起きなかったのかどうかは、まだ調査中です。言えるのは、サルではすぐにそういう反応が起きたというだけです。おそらくはマウスと比べると複雑で高等なサルの脳内では、即座に過敏反応が生じたのだと思います」

「つまり、一〇〇パーセント安全の太鼓判は押せないと」

「研究に一〇〇パーセントがないのは、香川さんもご存知かと思います。それでも、問題解決のための追究はやめません。実際、今回は高血圧のサルでは、フェニックス7の細胞再生が過剰に起きると分かったのですから、大きな成果だと考えています」

祝田は、取材に対して消極的だった。第一に、彼女は香川記者を警戒していた。

――自分の仮説に都合の良い証言だけを牽強付会《けんきょうふかい》するやり方が、不快です。

それに、メディアに確定的な情報を出せるほどの検証がまだできていないとも言う。

篠塚は「私がしっかり手綱を握るから安心してくれ」と祝田を説得し、検証の件については、高血圧症との併発で副作用が起きる可能性が高いという情報を流して、騒動を治めたいのだと説明した。

ドライで現実派の祝田は、それで引き下がり、香川に対し丁寧な説明と応対をしてくれている。

「篠塚先生も同じ評価ですか」

香川が矛先をこちらに向けた。

「全く同じですよ。私へのインタビューは、別の場所を用意しているので、そちらでお願いします」

「わかりました。それはそうと祝田先生、今度、理系女子《リケジョ》を集めた飲み会をやるんですけど、ご一緒にいかがです？」

祝田は、さっきより大袈裟に肩をすくめた。

「そういうの苦手なんで、遠慮しておきます」

祝田はさらに香川が嫌いになったな。

「いつお邪魔しても、素晴らしい施設だと感動しちゃいます」

動物実験棟を出てガラス・チューブの渡り廊下を移動しながら、香川はしきりにカメラのシャッターを切っている。

「恵まれた環境で研究できることに、感謝していますよ」

「前から伺いたかったんですが、先生と氷川さんは、いつ頃からのおつきあいなんですか」

アルキメデス科学研究所のオーナーである理事長の氷川は、一九八〇年代にＩＴベンチャーを立ち上げ、電子制御分野で世界的な成功を収めた。国際的な社会貢献を惜しまないだけでなく、米国大リーグ、サッカーのイングランドプレミアリーグのクラブチームのオーナーでもある。

そんな派手な大立て者と、地味な再生医療研究者とは、並の人脈では結びつかない。

「以前に話しませんでしたっけ」

「ある日、アポなしで氷川さんが、篠塚先生の研究室にいらして、君たちの研究を応援したい、いくら出せばいい、と言ったという都市伝説は知っています。でも、真相は違うのでは？」

「真相って？」

「氷川さんが、医療や生命科学に興味があったなんて話は聞いたことがありません。もっと別の理由があったのでは？」

こういう遠慮のない言い方のせいで、香川は敵を増殖させるのだ。

「でも、氷川さんがアポなしで我々の研究室に現れて、研究を支援したいとおっしゃったのは、紛れもない事実ですよ。『BIO JOURNAL』の論文で僕らの研究を知って、興味を持たれたそうだ」

「そんな話を信じたんですか。I&Hホールディングスでは、バイオどころか医療機器すら事業として扱っていません。なのに、再生医療の『BIO JOURNAL』を読んでいるのが、そもそも妙です」

「それが、今日のインタビューのテーマですか」

「いえ、そういうわけじゃないんですけど」

「香川さんは、それに関して何か情報を摑んでいるのかな」

「以前、氷川さんは、不老不死について研究していると発言したことがあるんです。ご存知でしたか」

「いや。それが望みで、我々の研究を支援したんだとしたら、筋違いでしょう」

「そうなんですけどね。でも、若さの維持のためには知性のキープが重要だとも、氷川さんはおっしゃっています。それで、氷川理事長は、不老不死を本気で考えてらっしゃるのではと考えたんです」

5

取材を終えて篠塚は、本館のフリースペースで昼食を摂っていた鋭一や祝田、周に合流した。

「お嬢ちゃんは、機嫌良く帰ったのか」

ざるそばを食べ終えた鋭一が尋ねた。

「機嫌良くではなかったがね」

日替わりランチの手ごねハンバーグにナイフを入れながら、篠塚は返した。

「あれだけ丁寧に応対してもらって、どこが不満だったんですか」

そう愚痴る祝田は、持参した弁当をほぼ平らげている。

「我々には大満足していたさ。機嫌が悪くなったのは、東京のせいだ」

「これですね」

雪が、ノートパソコンの画面を見せた。

内閣府、一部報道に厳重抗議
法的手段も検討か

という見出しがついた暁光新聞の記事だった。内閣府は、記事は事実誤認であり、極めて悪質な憶測だと抗議したのだ。

「そりゃまあ怒るよね」

鋭一が他人事のように言った。

「弱腰の内閣府にしては、珍しく強気ですね。天下の暁光新聞を名誉毀損で訴えると脅すなんて」

祝田の言う通りなのだが、事前に麻井から聞いていた篠塚は何も言えなかった。

「ポーズだろ。総理や大臣の手前、怒ってみせただけだ」

あまり政治に関心がないはずなのに、鋭一は時々鋭いことを言う。

「これって、私たちにとっては、プラスですかマイナスですか」

「マイナスに決まってるよ、雪。あんな与太記事、無視すればいいんだ。それを、こんな風に騒ぐと、『暁光』だけじゃなくて、他のメディアも面白おかしく書き始める」

「じゃあ、マスコミが、この研究所にも押しかけてくるんですか」

　鋭一の解釈に、周が顔をしかめている。

「大丈夫。ここは要塞だから、外に出なければ、ハエたちに騒がれることもない」

「ところで秋吉教授が生命研を辞めたって噂は本当ですかって、香川ちゃんが心配してたぞ」

「さすが地獄耳だな。で、篠塚所長は何て答えたんだ？」

「初耳だと返しておいた。今朝一番で、理事長におまえの希望を伝えたら、アルキメデス科学研究所は、秋吉鋭一主席研究員と周雪研究員を大歓迎すると返ってきたよ」

「今の話、ほんとですか！　篠塚先生、初めて聞きますよ！」

「思いがけない急展開でね。真希ちゃん、これからお世話になります」

「めっちゃ嬉しいです。じゃあ、今夜は歓迎会をやりましょう！」

「気持ちだけで、十分だよ」

「そんなこと言わず、このメンバーだけでもやりましょうよ。最近、私もくさくさしていたし、ちょうどいい。ねえ、雪ちゃん」

　祝田の提案に雪が乗った。

「じゃあ、適当に段取って。でも、研究所の外には出ないぞ」

「ウチのバーを使えばいい。今日も、誰も来ないよ」

篠塚がそう言ったと同時にスマートフォンが振動した。麻井からのメールだ。

〝東京が少しばたついているので、本日の訪問は見送ります。明後日にはお邪魔できるかと思うのですが、ご都合はいかがでしょうか。

それから、生命研の秋吉教授が辞表を出されたと聞きましたが？〟

6

出前で遅い昼食を摂りながら、楠木は暁光新聞を読んでいた。

一本の記事が目を引いた。管内にあるアルキメデス科学研究所について書かれており、ここでアルツハイマー病を治す特殊な細胞の研究をしているとある。

「勉ちゃん、アルキメデス科学研究所って知ってるか？」

浅丘巡査部長も昼食中だった。彼は、娘一家と同居していて、毎日、手作り弁当を食べている。

「いや、ああいう難しげなところは、ちょっとね」

震災復興を謳って建てられた巨大施設として有名で、宮城市内では、全国ニュースに取り上げられる機会がもっとも多い。知事は頻繁に足を運んでいるし、厚労大臣や総理なども立ち寄っている。

そういう時は、所轄の警備課や地域課からも護衛のサポートに課員が駆り出されていた。

「係長、診察でも行くんですか。ボケが気になるとか」

研究所には、認知症をはじめとした高齢者疾患専門の病院が併設されている。

「そういうわけじゃないんだが、ちょっと認知症について知りたいことがあってね」

思い立ったら即実行だと決めて、楠木は親子丼の残りをかき込んだ。

「お疲れっす」

朝から、宮城市駅で発生した事件対応に出かけていた松永が戻ってきた。手にファストフードの紙袋を持っている。その匂いが、瞬く間に拡散した。

「おっ、お疲れ。終わったのか」

「一応」

今朝の事件は、通勤ラッシュ中に、二十六歳のOLが駅の階段の上から突き飛ばされたというものだ。ただ、本人の証言が曖昧で、事件として立件するのは難しそうだった。

松永は被害者に付き添って病院に行き、怪我の状態の写真撮影と事情聴取をしてきたのだ。

「一応というのは、答えじゃないぞ」

「失礼しました。自分の感覚では、単に本人が躓《つまず》いたか、あるいは狂言のような気がします。ガイシャは自意識過剰なうえにノイローゼ気味らしく、ずっと誰かにつけられていると妄想しているんすよ」

「おまえが妄想だと決めつける根拠は、何だ」

「えっと、自分の勘っす」

　楠木が怒鳴る前に、浅丘が笑った。

「ヤワラちゃん、いつから勘が冴えるベテラン刑事《デカ》になったんだ」

「いや、浅丘さん、あの女、頭おかしいっすよ。どう考えても、ストーカーされるような女じゃないっすよ。なのに自分は、日本中の男を虜にするほど魅力的なんで、複数のストーカーにつけ回されてるって泣くんすよ。それで、被害届を出したかと尋ねたら、出したと言うんで、生安に問い合わせました。そしたら生安も相手にしていませんでした」

　何度注意しても、松永は独りよがりな推理で物事を進めたがる。

「ストーカー被害を訴えたのに警察が相手にせず、結局殺人事件に至るケースがあるのは、知ってるな」

「もちろんっす。でも、あんなデブでブスをストーカーなんてしませんよ」

　男の刑事が言ったら、セクハラで即炎上する。

「容貌は、犯罪を判断する際の条件じゃないぞ」

「係長にそう叱られると思って、私なりに頑張ってじっくり聞いたんすよ。でも、言ってることが無茶苦茶で」

「報告書を書け。判断はそれからだ」

わざとらしいため息が聞こえた。

「今のは、何だ」

「失礼しました。報告書、ちゃんと書きます。でも、お昼食べてからでもよいですか」

好きにしろと告げると、松永は早速、大きなハンバーガー二個と山盛りのポテトをコカ・コーラで流し込み始めた。ものの五分で、きれいに平らげると、早速、報告書の作成にかかった。

見ているだけで胸焼けがするので、楠木は滅多に使わないパソコンを立ち上げて、アルキメデス科学研究所のホームページを開いた。

ずいぶんと立派な施設で、見るからに一般人は近寄りがたそうだ。その上、施設概要や具体的な研究内容の大半は、何度読んでも、理解不能だった。

その一方で、付属のエイジレス診療センターには親近感が持てた。

高齢者が煩わされる様々な疾患について、懇切丁寧に対応するポリシーと設備などが分かりやすく紹介されている。

「報告書、できました」

松永が報告書を提出してきた。

事件の概要が簡単に述べられ、「当人の申告を裏付ける証言や証拠が発見できず、事故と事件の両面で捜査中」と締めくくっていた。

「ストーカー被害について、言及がないのはなぜだ」

「それを含めて、捜査中っす」

ふざけたことを。

だが、松永としては大真面目のつもりらしい。

「ちゃんと、それも書け」

「了解っす。あの、係長はお出かけですか」

「だとしたら、何だ」

「どちらへ」

「おまえに告げる義務はないだろ」

「自分、可能な限り係長にへばりついて、捜査のいろはを学びたいと考えています。なので、ご一緒させてください。報告書は、戻ってから書き直しますんで」

怒るのもバカらしくなって、楠木は腰を上げた。

「自分が運転します」

「いや、俺が運転する」

階級からすれば松永がハンドルを握るのが当然なのだが、彼女の運転は乱暴すぎて、助手席で思わず両足を踏ん張ることがしょっちゅうだった。

捜査車輛に乗り込むと、行き先を聞かれた。

「エイジレス診療センターだ」

「それって、あのアルキメデス科学研究所にある病院っすよね。ヤバいなあ」

「なんでだ」

「自分、動物好きなんっす。あそこ、動物がいっぱいいるじゃないっすか」

「おまえは、動物実験に反対でもしているのか」

カーナビに行き先を入力する気もなく、話しこもうとする部下に呆れた。

「なんでですか。自分は、あそこにたくさん動物がいるのが嬉しいって話をしたんすけど」

「ヤバいって言ったじゃないか。つまり、まずいってことだろうが」

「いえ、係長。ヤバいってのは、超サイコーってことっす」

楠木はそれ以上の会話を放棄して、車を発進させた。

7

「エイジレス診療センターに、どんなご用があるんすか」

松永は五分以上は黙ってられない女だった。

「おまえが若年性アルツハイマーかもしれないんで、先生に相談に行くんだ」

「自分、そんなにボケてますか」

「自覚ないのか」

「少しはあります。でも、これは頭が悪いんであって、ボケているんじゃありません。

冗談はさておき、本当の目的を教えてください」

なぜ、おまえがボケているかもしれないという重大問題を、冗談で片付けるんだ。

「おまえ、昨日、俺とナベが始めた内偵捜査に参加したいと言ったろ」

「確か、ボケ老人の失踪死事件っすよね」

「なんで、そこまで知ってるんだ」

「昨夜、係長が急用でご帰宅されたあと、もう少し一人で呑んでたんす。そしたら偶然、渡辺先輩がいらしたんす。それで自分も参加させてもらえることになったからと言ったら、概要を説明してくださいました」

前方の信号が赤になった。楠木は、腹立たしくてブレーキを強めに踏んだ。

シートベルトのおかげで、額をぶつけることはなかったが、それでも、松永を驚かせることはできた。

「係長、ヤバいっす。安全運転でお願いします」

「おまえの荒っぽい運転よりましだ。それより、俺は、まだ何も許可してないぞ」

昨夜は話の途中で、妻に呼び戻されたのだ。

「係長は、ダメな時は即座にそうおっしゃいます。沈黙はGOという意味では？」

こんなにあっけらかんと自分に都合の良い解釈ばかりできる松永が、心底うらやましい。

「俺の鞄の中に、資料があるから読め」

松永が、楠木のくたびれた革鞄を手にしたところで信号が青に変わった。

「失踪後、遺体で発見された年寄りは、皆認知症を患っていた。ただ、着衣は清潔だったし、死の直前までの健康状態も良好で、胃にも内容物があった。つまり、どういうことだ？」

鞄をごそごそと漁って資料を見つけた松永が、こちらを向いた。

「拉致されても、良い待遇を受けていたんでしょうね」

「ちょっと待て。誰も、拉致だなんて言ってないぞ」

「でも、行方不明になって、暫くしたらホトケになって発見されるわけっすよね。それって拉致られた後、殺されたってことじゃあ」

拉致、殺人——という言葉を、松永は臆面もなく口にする。こいつの誇大妄想は死ぬまで直らないのかもしれんな。

「昨日の俺の話を忘れたのか」

「事件に大きいも小さいもない——、心に響きました。名言だと思います」

こいつに名言と褒められても嬉しくない。

「おまえは辛抱が足りない——。そう言ったろ」

「はい、肝に銘じてます」

「じゃあ、なんですぐに拉致だの殺人だのと勝手に解釈して騒ぐんだ？」

「えっ、違うんすか。どう考えても、年寄りばかりを狙ったシリアルキラーの捜査だと思うんすけど」

今度は、連続殺人犯《シリアルキラー》追及妄想か……。

「そんな妄想は全て棄てろ。昨日、もう一つ大切な事を言ったろ」

「何でしたっけ？」

松永のすっとぼけた横っ面を思いっきり張り飛ばしたくなった。

「おまえは刑事としての形《かた》ができてない。だから、基礎をしっかり身につけろと言ったろ」

「あっ、それって柔道にたとえて係長が教えてくれた教訓っすね」

「そうだ。基礎力が身につくまでは、妄想的推理は厳禁だ。今度、妄想を口にしたら、捜査から外す」

「肝に銘じます」

銘じたところで、おまえの肝は朝になると全てを消去しているだろうが。

「エイジレス診療センターに行くのは、アルツハイマー病の専門家に、徘徊老人の特徴を聞くためだ」

「そうなんすか。そんなの、ネットで調べたら」

楠木は、車を路肩に寄せた。

「降りるか」

「いえ、失礼しました。黙って係長のご説明を拝聴したいです。ただし、なんでわざわざそんなことをなさるのかは、教えて戴きたいっす」

「行方が分からなくなった挙げ句、一、二ヶ月すると遺体で見つかる。その理由を知りたい。そこで、まずはアルツハイマー病の患者について、豊富な経験のある専門家から話を聞く。そして、事件の捜査過程で出てくる疑問をぶつけて、アドバイスしてもらうんだ。だから、日本でも有数のアルツハイマー病の研究機関に行くんだ。理解したか」

「一〇〇パーセントオッケーす」

到底、そうは思えないが、楠木は車を発進させた。

「あっ！」

ファイルを読んでいた松永が急に声を上げた。

「このお爺さん、自分、知ってます」

昨日、渡辺が調べてきた八十九歳の男性のファイルだった。

「知っているとは？」

「半年前まで勤務していた交番で、何度か保護したんす」

「間違いないか」

「椎名《しいな》権兵衛《ごんべえ》さん、八十九歳。間違いないです。しょっちゅう徘徊しては行方不明になるんで、何度か捜したこともあります」

我が家もそうだが、徘徊癖のある老人を抱えている家族は、交番の世話になることが多い。一度、地域課長に相談して、情報を集めた方が良いかもしれない。

「どんなお爺さんだったんだ」

「気の良いひょうきんな人っすよ。認知症って、いつもボケているわけじゃなくて、まったく正気の時もあるじゃないっすか。正気の時の権兵衛爺さんは、話し好きで。確か、戦後暫くは警官やってたって言ってました。その後、家業の土建屋を継いだんすよ。警官時代の面白エピソードは、抱腹絶倒でサイコーっすよ」

ファイルに挟まれた顔写真を横目で見ると、げっそりと痩せて、松永の言うような雰囲気は感じ取れない。

「その写真は、怖そうに見えるがな」

「初めて徘徊して、お嫁さんにこってり絞られた後に、撮られたからっすよ。この写真が凄く嫌いだって言ってました」

「ボケるとどうなるんだ？」

「結構、手に負えなくなりますね。暴力的だし、下ネタ連発で、お嫁さんを詰《なじ》るんです。こんな淫売《いんばい》と早く別れろと、息子さんに対しても喚《わめ》き散らします」

それは、嫁が可哀想だ。

「嫁さんが辛く当たるのは当然だな」

「そうっすねえ。でも、この人も犠牲に、ああいえ、お亡くなりになったんすかあ」

不意に松永がしんみりした。

「その権兵衛爺さんだが、発見された場所の記録はあるか」

「えっと、交番には記録があると思います」

「担当者が誰か分かるか」

「徳岡巡査部長っす。電話入れます」

そうしろという前に、松永はスマートフォンを取り出していた。

8

麻井の来訪がなくなったので、篠塚は所長室に籠もることにした。一人になりたかったのだ。

いよいよ研究が大詰めだというのに、悪いことばかりが続く。

今度こそ治験に進めると確信していたのに、ＡＭＩＤＩに却下されたのがケチのつき始めだった。

続いてこの期に及んで、深刻な副作用が起きた。研究所内にライバル社のスパイがいて、フェニックス７に細工をしたのかと勘ぐったほどショックだった。

絶対的自信を持つとミスに繋がると自戒しつつも、強気こそが、行動の原動力であると篠塚は考えている。

子どもの頃から、負けず嫌いだった。相手が根負けするまで、粘り強く闘った。

小学二年生で始めた硬式テニスも、ひたすら努力で腕を磨いた。中学で、ウィンブルドン・ジュニア選手権を目指す強化選手になれたのも、努力の賜だった。

全国レベルの大会に進出した時、どうしても勝てないライバル選手がいた。彼は球の力も技術も抜群で、何度対戦しても、歯が立たなかった。

ライバルのテニスは常に華麗で、見る人を魅了した。だから、自分もそんなテニススタイルで、好敵手に打ち勝とうと奮闘したが、才能の差は歴然だった。

壁にぶち当たった時、当時のコーチからアドバイスされた。

「華麗ではなく、勝てるテニスをしろ。おまえの強みは、粘り強さと下半身だ。それを生かせ」

だから、篠塚は下半身を鍛え、拾って拾いまくる〝忍〟のプレイヤーを目指した。試合に勝つために、華麗さは最優先事項ではない。

対戦者よりも一度だけ多くボールを相手コートに打てたら、勝つのだ。

それはどんな球でも良い。そして、そのチャンスが来るまでは絶対に失点しない。

〝忍〟のテニスを身につけると、メンタルにも変化があった。元々、篠塚はミスをすると、そこからすぐに立ち直れない弱さがあった。だが、攻めない代わりに、拾って拾い続けるテニスをものにした時、篠塚は二度とライバルに負けなくなった。

尤も、篠塚のテニスが通用するのは、全日本選手権レベルで、その先の高みを目指すには、圧倒的に他者より秀でたウィニングショットが必要だった。

それを、どうやって身につけるか、悩んでいる時に、父との諍いがあり、彼はテニスをやめた。

そして、医学の道を目指すことに専念した。勉学も研究も、テニス同様にけっして攻めなかった。目標を定めたら、あとはひたすらその達成を目指して地道な努力を続けた。

その姿勢と覚悟が、東大医学部への道を開き、フェニックス7の発明に至った。

シノヨシと言われても、自分は天才肌の鋭一とは別のタイプであることを、強く自覚している。発想力と独創性は鋭一に委ね、篠塚は徹底的に可能性を探り、細かい創意工夫に専念した。それが、シノヨシの強さとなったのだ。

鋭一は、学会や産業界、政府からの支援などにも興味を持たない。そこで、篠塚が資金集めや、両名による『BIO JOURNAL』への論文提出、そして、政府や学会との交渉などを一手に引き受けた。

東大生命研の科研費を、フェニックス7の研究室が独り占めしているというクレームが出た時は、生命研の素晴らしさを産業界に訴え、国内外の企業からの寄付や投資を取り付けるだけでなく、他の研究室への科研費も充実させた。

内閣府から注目され、様々な支援を受けるようになると、文部科学省の担当官には目の敵にされて、同省からの科研費を突然打ち切られたこともあった。

打ち切りを通告した医系技官は、篠塚の大学時代の同期だった。学生時代からソリが合わない相手で、篠塚の成功を妬ましく思っていたらしい。そんな個人的な感情で、科研費を削減するなんて許せないと抗議すると、内閣府まで巻き込んだ騒動になった。

最終的には、生命研の所長が文科省の上層部と交渉し、一部予算を復活してもらって決着した。

こうしたトラブルが続いては、おちおち研究もできない。もっと研究に専念できる環境を得る方法を、篠塚は必死で考えた。そんな模索の最中に、氷川からスカウトの声がかかったのだ。

アルキメ科研に移籍してからは、フェニックス7の研究は、充実した。

東京からの雑音も、氷川が防御してくれて、今では渦中に巻き込まれることもほとんどない。また、麻井の支援も大きく、政府との面倒な折衝も彼に一任できるようになった。

順風満帆――、フェニックス7の治験への道をまっしぐらに突き進んでいたというのに――。

なかなか気持ちの乱れの収拾がつかない。今日は、早退するか。こんな日はクロスカントリーでもして気を紛らわせるのが一番だ。

メールの受信音がして、PC画面を見た。

祝田から〝ご参考に〟というサブジェクトのメールが来ている。

〝お疲れ様です。

すでに、ご存知かも知れませんが、生命科学の専門誌で、こんな記事を見つけました。

念のため、送信しておきます。

祝田真希〟

記事のタイトルは、『再生医療が神の領域を冒す日』とある。またぞろ、生命科学の重鎮による再生医療の医学活用に対する拙速批判か……。

筆者を見て、呻いた。

篠塚幹生とある。父の寄稿だった。

〝昨今、再生医療が花盛りだ。

自分自身の細胞を、まったく新たに創造することで、移植よりも安全に臓器などを「新調」できる。あるいは、すでに再生不能となった細胞を「生まれ変わらせる」という代物だ。

長年、生命科学の研究に携わっていると、我々人間の体内は、つくづく神秘に満ちていると驚かされてばかりだ。

ある機能が衰えると、今までずっと眠っていた細胞が目覚め、機能を代替する。あるいは、生理的な制御機能に不具合が起きると、別のシステムが体内で起動し、制御を司ることもできる。

このような生命の神秘を考えると、再生細胞の誕生も、不思議でも何でもない。

ただ、そうした機能が働くには、人体内で取り決められたルールがある。つまり、いくら再生能力を体内に秘めていても、再生機能が働かない領域がある。

それを我々は今まで、摂理と呼んできた。

再生医療の発展は、この摂理を無視して、神の領域に踏み込もうとしている。まるで機械の部品を代えるかのように、あらゆる細胞を再生し、それを人体に移植しようと試みている。

批判を承知で敢えて申し上げる。

それは、神への冒瀆。いや、そもそも人間という生命体に対する冒瀆だ、と〟


そこまで読んで、不愉快が限界を超えた。

明らかにこれは、息子に対する嫌みだった。

本人が手を出せなかった領域で、息子が成功するのが疎ましいのだ。

かつては、日本の生命科学のカリスマと呼ばれた男が、こんな愚かな誹謗中傷を文字にするとは……。

医療用PHS《ピッチ》が振動した。

〝エイジレス看護師長の駒田です、エイジレス診療センターの事務長室にいらしてください。宮城中央署の刑事さんがいらっしゃってます〟

また嫌なことが一つ増えた。

「刑事さん？　いったい何の用です」

〝アルツハイマー病について、教えて欲しいっておっしゃってます〟

事務長室に刑事はいなかった。心配そうにそわそわしている事務長の岡持《おかじ》と対照的に、駒田は落ち着いて座っている。

「刑事さんは？」

「応接室で総務部長が応対しています」

事務長が刑事らの名刺を手渡してくれた。

二枚の名刺には、宮城県警宮城中央署刑事課第一係長警部補　楠木耕太郎と、巡査部長　松永千佳とある。

「刑事課ということは、何か事件でしょうか」

事務長は、センターの職員が何かしでかしたのかも知れないと恐れているようだ。

「でも、用件はアルツハイマー病について知りたいってことでしょう。しかも、私に」

なぜ私を指名してくるのだろうか。聞きたいのは、本当にアルツハイマーのことだけか。

「いや、必ずしも所長でなくても大丈夫みたいです。所長は予定が詰まっているので、別の専門医が応対するとお伝えしたら、それでよいと言ってました」

それを聞いて安堵したら、気が大きくなった。

「折角、いらしたんだ。私がお話しするよ」

「いや、所長、それはおやめになった方が」

　言ったのは事務長だが、駒田も同意見のようだ。

「何か問題があるかな？」

「所長ともあろうお方が、軽はずみに所轄の刑事の無理を聞き届けるべきではないと思います」

「じゃあ、どうして私を呼んだんだ。我々は地元に根付く活動を日頃から標榜しているんだろ。だったら、そんな上から目線はやめた方がいいな」

「私が反対するのは、事務長とは違う理由です。そもそも所長は、アルツハイマー病克服のための再生医療の権威でいらっしゃいますが、専門医ではありません。所長にお声掛けしたのは、警察の問い合わせに応じて良いかどうかをご判断いただきたいからです」

　駒田の主張の方が説得力があった。

「とにかく我々を頼って来られたんだから、協力しよう。それで誰が応対するんです？」

「前田医長にお願いします」

　前田は、まだ三十代半ばの若手の内科医だが、アルツハイマー病の専門医として、実績を積んでいる。

　確かに、彼が適任か。

「駒田さんの提案通りでいきましょう。ただ、彼らの意向を知りたいので、五階の特別面談室で対応してください」

　そこなら、隣室から面談室の様子を傍聴できる。

9

「なんだか、ＦＢＩの取調室みたいっすねえ」

　三分とじっとしていられない松永が、案内された特別面談室の中を歩き回っている。

「この鏡って、絶対、マジックミラーっすよ。やっぱ、ヤバい病院かもしれませんね」

「今のは、どっちのヤバいだ？」

「もちろん、悪い意味っす。大体、アルツハイマー病って何ですかってお尋ねしているのに、医者は出てこないし、面談場所を変えるだなんて、怪しすぎっすよ」

　それは楠木も同感だ。所長に会うのは難しいかもしれないとは思ったが、それにしてもやけに勿体《もったい》つけてくる。

　大きな鏡が壁に埋め込まれているのは、松永の言う通りかもしれない。

　病院がマジックミラー付きの面談室を有していても違法ではないが、そういう場所に、刑事を押し込んだのは気になった。

　総務部長が、白衣姿の男性と一緒に入室してきた。

「大変、お待たせしました。やはり本日は所長の都合がどうしてもつきません。アルツハイマー病についてのお尋ねであれば、前田医長がお答えできるかと存じます」

大きく後退した額の汗を拭いながら、総務部長が医師を紹介した。

「内科の前田といいます。具体的には、何をお尋ねになりたいんでしょうか」

「実は、最近、宮城市周辺で、お年寄りの行き倒れ死が増えておりまして」

楠木が概要を話し終えるまで、前田は静かに耳を傾け、一言も口を挟まなかった。それなりに興味を持って話は聞いているように見えた。

「痛ましい話ですね」

「そこで、先生に伺いたいのは、徘徊癖のあるアルツハイマー病のお年寄りの行動についてです。一般的には、徘徊した場合、本人と関わりの深い場所で発見されています。しかし、このたびの行き倒れ死で見つかった幾人かは、忽然《こつぜん》と姿を消して、思いがけない場所で遺体が発見されています。しかも失踪して二、三ヶ月は経っているはずなのに栄養状態は悪くない。一体、どこでどう過ごせばこうなるんでしょうか」

途中から腕組みをして考え込むように話を聞いていた前田が口を開いた。

「分かりませんとしか言えませんね。ですが、そもそも刑事さんには、認知症の方の徘徊について、誤解があると思います」

「と、おっしゃいますと？」

「認知症になると、若い頃や子どもの頃のことはよく覚えていて、過去と現在を行ったり来たりしてしまう。挙げ句が、昔の想い出の場所に行ってしまう――。そうお考えですよね。確かにそれは、特徴の一つではあります。でも、裏付けとなる科学的根拠は、まだないんです」

　そう、なのか。

「アルツハイマー病に罹《かか》ると、脳細胞が死滅して、大脳はヘチマのタワシのようにスカスカになる、という話を聞かれたことはありませんか。つまり、記憶力や判断力、思考力などの能力を司る細胞が消失するんです。ただし、それによって人の生活がどのように変化するかについては、多くの研究者が解明しようとしていますが、実際は、個々人で差が大きいんです」

　しかし、楠木の母の主治医は、認知症の行動パターンは同一のように説明していた。

「アルツハイマー病の原因についても、未解明のことが多いんです。それではご家族が不安になるばかりですので、ひとまず、患者さんの家族には一般的な例をお伝えするだけです」

　それじゃあ、医学でも何でもないじゃないか。

「なんか、科学的じゃないっすね」

　珍しく松永が的確な指摘をした。

「確かに。でも、人間という動物については、まだまだ科学的に解明されていないものがたくさんあるんですよ。人間の感情のメカニズムについても何となく分かっている、という程度に過ぎません。あるいは、理性と一言でいうけれど、果たしてそれがどのように制御されているのかも、まだまだ……」

「しかし、いきなり長期にわたって失踪したのちに、遺体が発見され、しかも健康が良好という理由について、我々は見当もつかなくて。何かアドバイスをいただけたら、ありがたいのですが」

「すぐには、思いつきません。というより、そういう例が増えるとなると、我々としても放置するわけにはまいりません」

「事件性があるかも知れないということですか」

松永のスイッチが入ったが、前田は苦笑いでかわした。

「今まで想定していなかった症例があるのかも知れないので、調査すべきだという意味です。私たちのセンターにも、毎日大勢のお年寄りが来院されますし、アルツハイマー病の方もいらっしゃいます。その中に、ご指摘のような例がなかったかを調べてみなければならないと思っています」

話が嚙《か》み合っていない。

「今回の件は、どうしても専門家の知見が必要です。何とかご協力をお願いします」

「少しお時間をください。何か分かったらご連絡します」

「助かります。ちなみに、そのようなお年寄りをこちらの病院で収容されたことはありますか」

ダメ元で楠木は尋ねた。

「徘徊していた方を、近所の方が見つけて、連れてこられるという例は稀にはあります。しかし、大抵は所持品などをもとに、ご家族か施設に連絡していますので」

その通りだ。楠木の母も、衣類に電話番号と名前を書いてある。

無駄足だったか……。

10

篠塚と事務長は、特別面談室の様子を隣室で傍聴していた。素人の思い込みに対して、前田は専門家として適切に答えている。ただし、刑事はそれでは合点がいかないようだ。

「無理矢理に事件をつくっているようですなあ」

話を聞くうちに、事務長は安心したらしい。刑事の目的が、エイジレス診療センターに対する疑惑ではなく、純粋に専門家にアドバイスを求めていると分かったからだろう。

「刑事の妄想というのは、凄まじいもんですな。なんでも、事件にしたがる」

こちらの会話は、面談室には一切聞こえないのをいいことに、事務長は言いたい放題だ。

「でも、心配な事件が存在しているのは事実ですよ。我々もできるだけ、お手伝いしなければ」

「所長、いけませんよ。そんなこと、頼まれていませんから」

「地域に貢献するのは、アルキメデス科研の方針でしょ」

そこで、面談が終わった。

「いずれにしても、先方も納得されているようですし、この件は、一件落着にしましょう」

事務長はそう言って、部屋を出ていった。篠塚は残って前田の院内PHSを呼び出した。

待ってる間に二人分のコーヒーを淹れた。

「ちょうど、コーヒーを飲みたいところでした。いただきます」

刑事を送り出して戻ってきた前田が嬉しそうに言った。前田は東北大学医学部出身で、センター発足時に篠塚が面接して採用した。高齢者特有の疾病について研究熱心なだけではなく、内科医として日々患者に向き合う姿勢も素晴らしく、患者の評判も抜群だ。

「さっきの刑事の話を、どう思う?」

「曖昧すぎるので評価しにくいですね。具体的なデータがあるなら、調べてみても面白いとは思いますが、さっきの話だけでは、税金の無駄遣いをしているかな」

「つまり、火のないところに煙を立てていると?」

「刑事課の刑事ですから、どうしても殺人とか傷害とかに結びつけちゃうんですかね。でも、遺体には不審点はなく、みな自然死なんでしょ。高齢者を拉致して殺したとかなら、話は別ですが」

「センターで、自宅が分からなくて保護されるような例は、月にどの程度あるんだ？」

「調べてみないと分かりませんが、せいぜい数例だと思いますよ。それに、すぐに家族なり施設なりに連絡して引き取ってもらっています。なので、そんな事件があることさえ知りませんでした」

　美味そうにコーヒーを啜っている前田と目が合った。

「所長は、何か気になるんですか？」

「いや。地域に貢献するアルキメデス科研としては、放置するのもどうかと思ってね」

「さすがですね。私なんて、刑事の妄想としか思えませんが」

「しかし、一応は、県内で似たような事例があるかどうか当たってみてくれないか。忙しい君に、また、いらぬ雑用を押しつけて申し訳ないが」

「いえ。それは構いません。私も、若干の興味はあるので。それより、フェニックス7でメディアが騒いでいる最中でも、地域への貢献に気を配ろうとされる所長の姿勢に感動しました。私には到底無理です」

11

　内閣府での所用を終えた麻井の腕を、嶋津大臣秘書の大鹿が摑んで、空いている会議室に引っぱり込んだ。

「いったい、何事です」

「現在、アルキメデス科研の氷川理事長が、米国企業と共同でバイオ・ベンチャーを立ち上げる話を進めています」

　情報通を自任している麻井ですら、初めて聞く話だった。

「米国企業？　相手はどこですか？」

「ＡＢＣだと聞いてます」

「まさか。ＡＢＣと言えば、アルキメ科研のライバルですよ」

「だからこそ、共同でベンチャーを立ち上げて、双方の成果を持ち寄るのが得策なんだそうです。氷川理事長は、アルキメ科研の売却すら考えているとか。私たち役人には、えげつない企業家の生理が理解できません」

　そんなことは、あってはならない。

「氷川さんは、カネに困っているんですか」

「というより、日本でフェニックス７の治験が進められないことに焦《じ》れているんですよ」

　バカな。

「実はまもなく三田大学学長を退任される板垣参与が、その新会社の会長に就く。そして、研究成果は日米で共有するとか。そのために、アメリカのしかるべき筋と交渉するようです」

米国のバイオマフィアと呼ばれている米国先端医療の政財界のサークルに、板垣が名を連ねているという噂は聞いたことがある。

実用化すれば、数十兆円単位の利益をもたらすと考えられているフェニックス7という果実を、米国が本気で折半するのかは、大いに疑問が残る。米国相手に共有などという幻想はない。

「それは政府もご存知なんですか」

「まったく。寝耳に水で」

「日米共同開発という美名のもとに話が進み、最後の最後に大統領がしゃしゃり出て、フェニックス7はアメリカ独自のものだと言われてしまうリスクを、板垣さんはご承知なんだろうか」

「どうでしょう。総理は、板垣さんの独断専行についてご不満の様子です」

麻井も同感だ。

これまでも、アメリカの横暴を散々目撃してきた。あの国は、自分たちさえ生き残れるならば、他国の犠牲なんて何とも思わない。

そもそも、日本に対しては対等のパートナーだとさえ思っていないだろう。つまり、シノヨシの努力も、俺の頑張りも無駄になる。

フェニックス7だけは、アメリカに関与されたくない。

「この一件について、私は動きにくい。そこで麻井さんに現状を探って欲しいんです。

何よりも、板垣さんの本心が知りたい」

望むところだ。

「板垣さんは、今、どちらに?」

「今朝から連絡を取ろうとしているのですが、さっぱり捕まらなくて」

話を終えて廊下に出たところで、麻井は意外な人物を見かけた。

アルキメデス科研の理事長、氷川一機だった。

12

「ご苦労様です!」

楠木とさして年齢の変わらない徳岡巡査部長が、胸を反り返らせて敬礼した。この年で、交番勤務はキツいだろう。

「ご苦労様です。いらぬ仕事を作ってしまって申し訳ないね」

「とんでもありません。私の管轄内での出来事について、係長のお尋ねに応えるのが、本官の職務でありますから」

「それで、椎名権兵衛さんの件なんですが」

「はい、準備しております」

徳岡は、デスクの前に楠木を座らせると自身は脇に立って、ファイルを開いた。椎名権兵衛の保護事案についての記録が几帳面な小さな文字で綴られていた。

権兵衛は、長男夫婦と同居していた。

戦後、何年かは警察官を務めていたが、やがて家業を継いだ。しかし、後継者が見つけられず、十年前に廃業し、七年前に妻を亡くしてからは、宮城市内の長男一家と同居していた。

社交的で世話好きな性格のおかげでご近所づきあいも充実していたようで、小学生の登下校時の交通指導員や、地元老人会のリーダーとしても活躍した。

そんな権兵衛の徘徊が始まったのが、約一年前だと、長男の妻が証言している。

「きっかけは、ゲートボール大会での怪我です。暫く自宅療養してたんですが、その頃から、ボケ始めて、やがて徘徊するようになりました」

半年前から、デイサービスセンターを抜け出して、仙台市のショッピングセンターの屋上で発見されたり、二〇キロも離れた砂浜で保護されたこともあった。

「私も、権兵衛さんには、大変お世話になりました。へぼ将棋の相手をしてもらったり、地元住民の争いごとの仲裁や、素行に問題のある中学生の面倒を見てもらったこともあります。それだけに、ご自身でも気づかない間に、遠くまで行ってしまい、自宅に戻れないというような状態を見るのは辛《つろ》うございました」

「最後に保護したのは、二ヶ月前ですか」

「はい。激しい雨の夜で、ご家族も本当に心配されていました。所轄の外勤にも捜索の応援要請を致しまして、通報が入って五時間後に、一宮中学校の校庭で見つけました。保護した時は高熱を発しており、ただちに病院に搬送しました。医師の話では、あと一時間発見が遅れたら、肺炎が重症化して命の危険があったそうです」

まるで、我が母の将来を聞いているようで、楠木は胸が痛んだ。

「権兵衛さんにＧＰＳ機能付き携帯電話を持たせるとか、家族は工夫しなかったんですか」

「随分前から、ＧＰＳ機能付きの携帯電話は持たせておられたようです。ただ、徘徊する時には大抵、持って出るのをお忘れになるそうで。それで、今度は、ＧＰＳ機能のある靴を履かせたり、ご本人が愛用されている古びたショルダーバッグに、ＧＰＳの発信器を縫い込んだそうです」

「なのに、またもや失踪して遂に帰らぬ人になってしまったと」

「残念です」

徳岡は、まるで自らの失態によって権兵衛を死なせたかのように項垂《うなだ》れている。

「報告書には、雨の日に行方が分からなくなったと届けが来て、ウチの外勤も駆り出して捜索とあるね。秘密兵器のＧＰＳについては、二時間後に自宅から二キロ離れた用水路から見つかっている」

「その通りです。朝になって、地元の方にもご協力戴いて、用水路を中心に捜しましたが、発見に至りませんでした」

その後、一ヶ月余り行方が分からなくなり、二週間前に市内の林の中で遺体で発見された。

死後、数日経っていたために、死亡直後の状態は不明だったが、行政解剖した医師の死体検案書には、事件性を匂わせる項目はなかった。

「権兵衛さんが発見された宮城市刀禰《とね》の林ですが、ここは、権兵衛さんにとって何か縁《ゆかり》がある場所だったのかな」

「特には。あの、係長、もしかして権兵衛さんは殺されたとお考えなのでしょうか」

徳岡は思いつめたように尋ねた。

「いや、そういうわけではない。最近管内で徘徊しているお年寄りの行き倒れ死が増えているんだよ。それで、気になることがあってね」

「と、おっしゃいますと」

「徳さん、それは事件の機密事項ですから、ちょっと」

珍しく沈黙を守っていた松永が、嬉しそうに持って回った言い方をした。徳岡は「失礼致しました！」と詫び、直立不動で恐縮している。

「いや、そんな大層なもんじゃないんだよ。実はね、行き倒れ死のお年寄りの多くは、やけに健康状態がいいし、衣類も清潔だったんだ」

「なるほど。確かに、奇妙です。そういえば、権兵衛さんがご遺体で発見された時、ご遺族は着衣に覚えがないとおっしゃっていました」

「どんな着衣で発見されたんだ」

「スポーツウエアの上下を着ていたと。しかし、権兵衛さんは洒落者で、外出するのにジャージ姿なんかで出歩かないし、徘徊するようになってからも変わらず、ちゃんとお着替えになって出かけたと言うんです」

「その時の写真は？」

「ございません。発見場所は、本官の管轄外でしたので」

だったら発見現場に駆けつけた署員が、撮影しているかもしれない。

「貴重な情報をありがとう。もし、今後新たに行方不明のお年寄りが出たら、遠慮なく私に連絡してくれないか」

楠木は名刺の裏に携帯電話の番号を記すと、徳岡に渡した。

13

大手町のＡＭＩＤＩのオフィスに戻ると、幸運にも理事長の丸岡が在室していた。しかも、来客の予定もない。麻井は最重要の用件だと秘書に告げて、十分間の面会許可を得た。

デスクに大量に積み上げられた文書の山に埋もれるように丸岡が座っている。

「なんだ、またもや問題勃発か」

普段から明るい性格の丸岡の空元気も、今日は辛そうに見える。

そんな丸岡の疲労を助長するのは申し訳ないと思いつつ、麻井はフェニックス7に関するバッドニュースを告げた。

「日米共同開発だと？　板垣さんは一体何を考えてるんだ。あの方にはそろそろ退場してもらわんといかん」

そんなことが、できるのだろうか。

総理すら思い通りに操る、フィクサーなのだ。丸岡は医療製薬業界の大物であるが、板垣ほど政治家との関係が深くはない。

「ちょうど、私が会議室を出た廊下で、アルキメ科研の氷川理事長とすれ違いました」

「板垣に、嶋津に、氷川か……。ますます厄介だねえ」

「私は氷川氏をよく知らないのですが、厄介な人物なんですか」

「地獄の沙汰もカネ次第、というのを、地で行く奴だよ。政治家から官僚、学者まで、あらゆるものを彼はカネで手なずけている。アルキメデス科研が優秀なのは否定しないが、あの設備も、シノヨシなどという日本の再生医療の二枚看板を取り込んでいるのも、全てカネだろ」

しかし、カネがなければ、日本は欧米との競争に負ける。そして、欧米の再生医療産業を牽引しているのも、資金力を潤沢に持つ投資家たちだ。

「あの男は不気味なんだ。たとえば、欧米のメディカル企業に投資する奴らは、ちゃんと投資効果を計算しているだろ。だが、氷川の投資には、経済的合理性とは異なるオカルティックな要素がある」

オカルト的というのは、印象としては分かる。

氷川は「不可能を可能にするために生きる」のが人生の目標らしい。

以前、読んだインタビュー記事で、「経済的合理性だの投資効果だのを声高に叫ぶ者に、成功者はいない。もっと直感的なディシジョン・マインドと、揺るぎない実現力が、最後の決め手になる」と明言している。

「フェニックス7の製品化に関して、氷川がカネに糸目をつけないのは事実だし、我々としても、大変心強い。だが、彼はフェニックス7を製品化する過程にこだわりがないのではないかと、前から懸念していたんだ。それが、今日、はっきりと分かったわけだ」

だが、それを止める方法はない。

「一度、シノヨシの二人とじっくり話をする必要があるね。彼らが無理を強いられていないか。そして、秘密はないのか。可能なら、氷川のオーダーは何なのかも知りたいね」

「畏まりました。さっそく宮城市に行って参ります」

14

篠塚の足は自然と、〝第2VIP棟〟に向いていた。

スーツの上に白衣を着ているだけなので、痺れるほど寒さが厳しいが、気にもならなかった。また周囲は、雪が積もった樹木が日光に輝いているのだが、その風景を楽しむ余裕もない。

まさか前触れもなく警察が訪ねてくるとは、夢にも思わなかった。

傍聴室のマジックミラー越しに見た限り、二人の刑事は、優秀そうには見えなかった。しょぼくれた疲れが目立つロートルと、体格の良い若手の女性刑事。

――このたびの行き倒れ死で見つかった幾人かは、忽然と姿を消して、思いがけない場所で遺体が発見されています。しかも失踪して二、三ヶ月は経っているはずなのに栄養状態は悪くない。一体、どんな風に過ごしていたんでしょうか。

刑事の疑問が、篠塚には不吉だった。

あのしょぼくれた刑事を甘く見ない方がいい。

まるで、『刑事コロンボ』だな。

母が、外国の刑事ドラマが好きで、よく見ていたドラマの主人公だ。

犯人は、自らが疑われないように巧妙な隠蔽工作をする。そこにいつもひょっこり殺人課の刑事コロンボが現れる。一見、ぼんくらで、頭が悪そうに見えるのだが、徐々に彼の術中にはまり犯人は追い詰められ、事件が解明されていくというドラマだった。

子ども心に、あんな刑事の企みにはまるなんて、馬鹿な犯人だな、と何度か思った。

その馬鹿な犯人に、俺はなろうとしているのか。

そんな訳にはいかない。そもそも、これは治験なのだ。ただ、アルツハイマー病で苦しむ年寄りに、福音をもたらそうとしているだけだ。

エイジレス診療センターとの境界に着いた。目の前には、高い鋼鉄製のフェンスが張り巡らされている。アルキメデス科研の研究の情報漏洩を防ぐための予防策だ。

従って、アルキメデス科研に抜ける鋼鉄製の扉も、ごく限られた者だけしか、解錠できない。篠塚がIDカードをセンサーに近づけ、暗証番号をキーパッドに打ち込むと、解錠音がした。

扉を抜けてアルキメデス科研側に入る。そこから先は、ほとんど人が歩いた跡がないため、新雪を踏みしめるように進むことになる。

このことを、大友に相談すべきか。

祝田のがんばりで、暴走の原因が判明した。その検証を迅速に済ませて、次のステップに進む準備をしたい。

篠塚としては、一秒たりとも研究を中断したくない。

〝ピア〟と呼ばれる特別研究室は、表向きは第2VIP棟と呼ばれている。

篠塚は、IDカードのチェックと暗証番号を打ち込んだ。

室内に入ると、心地良い暖気が頰を撫でる。

ホッとして体がリラックスしていく。

無意識に寒さのせいで体に力が入っていたようだ。

「あっ、先生、どうされました？」

〝ピア〟専属の看護師が目ざとく篠塚を認めて、近づいてきた。

「お疲れ様。ちょっと、皆さんの顔を見たくてね」

「そうですか。ほとんどの方は、談話室にいらっしゃいます」

「異常はない？」

「ええ。高血圧の方には、降圧剤をお出ししましたから、安定しています」

談話室の方に進むと、複数の人の笑い声が聞こえてきた。

彼らに気づかれないように、そっと戸口で眺める。

誰もが笑顔で生き生きとしていた。高齢者がはつらつと動き、談笑を楽しんでいた。

紛れもなくここは、高齢者のユートピアなのだ。

15

宮城中央署の刑事の訪問後、篠塚の心配するような動きは何も起きなかった。

その日、篠塚は珍しく、エイジレス診療センターを回診した。

センターには、高齢者の認知症予防施設が併設されており、碁や将棋などの頭脳ゲームが楽しめるコーナーや、指先のトレーニングに効果的なプラモデル工作室、手芸室などもある。

高齢者が幼児とふれあうと、生に対して前向きになると言われているが、それを科学的に検証する保育園「竹取園」や、自然との共生が精神にどのような効果をもたらすかを研究する「極相の森」などという大がかりな施設まで揃っている。

一番の目玉は、地域の子どもや社会人相手に授業を行う「極意塾」だ。認知症の兆候がある高齢者を講師にして、高度な数学や哲学から絵画や刺繍《ししゅう》のコツまで、彼らが現役時代に身につけた技術や知恵を学ぶという無料の私塾で、評判がとても良い。

初期の認知症の高齢者に講師を務めさせるのは、アルキメデス科研が開発した独自の治療法だ。科学的な治療に加え、人に教えるという脳に対する能動的な刺激によって、重度の認知症に陥るリスクを軽減できると考えている。

今日も、大半の教室が〝授業〟で埋まっていた。廊下から、その様子を眺めていた篠塚は、白衣姿の高齢者が熱弁を振るう教室に入った。

「いいかね君、私が一番指摘したいのは、リーマンゼータ関数が、1を除くすべての複素数で定義されるという前提なんだ」

老人の名は、諸積物一朗《もろづみそういちろう》。東京大学理学部の元教授だが、二十数年前から隠居生活をしている。八十七歳とは思えぬ明晰な頭脳で、ミレニアム懸賞問題の一つであるリーマン予想の解明の一歩手前まで来ている。

諸積は暇さえあれば個室に閉じこもって数式と格闘しているが、週に二度、教室で講義を受け持っていた。ただ、あまりにも授業のレベルが高すぎるため、受講生はわずか四人で、しかも諸積のかつての弟子ばかりだ。そこに、鋭一も加わっていた。

「先生、その前提って僕も以前考えたことあるんですけど、二三四桁目からおかしくなるんですよ。だから、ダメでしょ」

「ダメだと決めつけるんじゃない。二三四桁目問題も既に解決済みなんだ」

授業が白熱する中、篠塚は授業に立ち会っている担当研究員に目くばせして、廊下に誘い出した。

「相変わらず絶好調だな、博士は」

「驚異的と言えるんじゃないですかね。ここで過ごすようになってからは、朝起きる度に新しいアイデアが浮かぶそうで、それを午後には、数式化しているんです。あれは、もはや天才なんてなまやさしいレベルじゃない。日々進化しています」

「諸積博士の健康記録データをみせてくれないか」

データを表示するタブレットが手渡された。

「血圧が高いな。血圧降下剤はちゃんと服用しているんだよな」

「そのはずです」

「はず、とは？」

「毎朝目覚めると、個室に直行して凄まじい勢いで数式を書き出すんです。そんなわけで、朝食を運び込んで、召し上がってもらうのが精一杯です。薬の服用もうるさいくらいに注意していますし、食事と一緒にトレイに置いた薬はなくなっていますから、飲んでいるはずです」

その時、教室内でうめき声が聞こえた。

慌てて中に入ると、諸積が床に倒れてくの字になってもだえている。

「博士、どうしました？」

篠塚は、床を転げ回って苦痛を訴える諸積に駆け寄った。

「頭が、爆発しそうだ。痛くてたまらない」

ストレッチャー！　と篠塚が叫ぶ前に、鋭一が教室を飛び出してそれを持って来た。

呆然と立ち尽くす研究員を怒鳴りつけて、三人がかりで諸積をストレッチャーに乗せた。

「頭が割れそうだ。爆発……」と言ったところで、諸積は意識を失った。

「幹、これは何だ？」

鋭一の叫びより視線の鋭さが辛かった。だが、説明している余裕はない。

館内ＰＨＳで、脳神経外科部長を呼び出した。

「急患だ。頭が爆発しそうなくらい痛いと叫んで、意識を失った」

「患者の名前を教えてください」

名を告げた。

「過去歴はないですね」

「ないが、ＶＩＰ棟の患者《クランケ》だ」

「分かりました。では、まずＭＲＩを撮ります」

「いや、そんな余裕はない。すぐ、オペだ！」

ストレッチャーがエレベーターに乗った。

ドアが閉まる直前に乗り込んだ看護師が、諸積の両目にペンライトを当ててチェックしている。

「反応が、ほとんどありません」

ストレッチャーが手術室の手前まで辿り着いた時だ。諸積の両目がカッと開いた。目が血走っている。

「諸積博士！　聞こえますか！　篠塚です！」

だが、声に反応する様子はない。やがて、体をエビ反りにしたかと思うと、最後にうめき声を漏らして、脱力した。

「諸積さん！　聞こえますか」

看護師が叫ぶ中、篠塚は諸積の脈を探した。

無反応。

のど元に指を当てたが、こちらも同じだ。

「心肺停止！　蘇生！」

篠塚が心臓をマッサージしている。

「所長、代わります」

脳神経外科医が現れて、手ぎわよく諸積の衣類を剝いだ。

「諸積さんは、ＰＫか」

諸積のそばから離れて壁際に寄りかかる篠塚に、鋭一が押し殺した声で聞いてきた。

ＰＫ――すなわちフェニックス7を移植したクランケだ。

「暴走が起きたのか？」

「そんなことは、分からない。しかし、今朝測った血圧は二〇〇の一六〇だった」

鋭一は、それ以上何も言わなかった。

光に照らされた手術台が、はるか彼方にあるように思えた。

心臓マッサージを続けながら、外科医が「電気的除細動《カウンターショック》！」と叫んだ。

いよいよダメか……。

カウンターショックの電圧を上げるものの、諸積は反応しなかった。

「所長！　これ以上は、無理かと」

「ありがとう。遺体は、解剖します」

医師は声こそ発しなかったが、マスクの上方から覗く目が驚いている。

「クランケから、献体の許可を戴いている」

「なるほど、分かりました。では、そのように」

若い研修医に指示をして、外科医は手術室を出て行った。

「解剖は、僕も立ち会う」

鋭一が断言した。

篠塚は、諸積の死に顔を凝視しながら半年前、彼から相談を受けた時のことを思い出していた。

16

半年前――

五月だというのに真夏のように暑い日の午後二時に、篠塚は那須塩原にある諸積の別荘を訪ねた。

八十七歳の諸積が、日本の学術界においてどのような存在であるのかは、畑違いの篠塚でも知っていた。

日本の数学者の最高峰であり、リーマン予想の解明を成し遂げる最右翼と呼ばれていた。

そんな諸積の願いは永遠の頭脳だった。

フェニックス7を投与して欲しい――。

氷川を介して諸積の希望が伝えられた時、篠塚は言下に拒否した。

既に国家プロジェクトとして、フェニックス7のガイドラインが作成され、実用化に向けた実験は着実に進んでいる。そんな時に、イレギュラーな実験をすれば、全てが水泡に帰す。

だが、氷川は表情も変えずに、「とにかく会ってください。日本一の天才があなたを頼りにしているんだ」と繰り返すばかりだった。

インターフォンを鳴らしてもすぐに応答はない。何度か鳴らしたが、同じだった。場所を間違えたのかと地図を確認したが、間違いなかった。

その時、庭の方で物音がして、刈り込み鋏《ばさみ》を手にした老人が姿を現した。麦わら帽子にシャツと作業ズボンという格好はしていたが、まぎれもなく数学の巨人だった。

「失礼しました。篠塚でございます」

「おお、もうこんな時間だったか。君が来るまでに、少しは庭を片しておこうと思ってね。つい夢中になってしまった。さあ、入ってくれ」

大きな鋏を手にしながら、諸積は玄関を開けた。

「普段は家政婦がいるんだが、今日の話は誰にも聞かせたくなかったんでね。街まで買い物に行かせた」

諸積は篠塚を応接室に案内すると、「シャワーを浴びてくるので、ここで暫く待っていてくれたまえ」と告げて、部屋を出ていった。

応接室も、掃除が行き届いていた。インテリアや応接セット類も古びていたが、磨き上げられている。

自由に飲んでくれと言われていたので、ポットの紅茶をカップに注いだ。それを手にして壁に飾られた大量の写真を眺めた。

ほとんどは諸積が教え子たちと一緒に撮ったらしいスナップ写真だが、研究者らしき外国人と握手しているものもある。また、ハンティングの成果を誇らしげに見せる諸積とハンター仲間の記念写真もある。

諸積のような数学の天才ともなると、ハンティングをする時も、数学的な計算をして獲物を捕捉し射撃するんだろうか。

バカげたことを考えていたら、諸積が戻ってきた。

「いやあ。お待たせしてしまった。そして、私の無茶なお願いを聞き届けてくれたことを感謝します。ありがとう」

もっと頑迷な老人かと想像していたのに、素直に礼を言われて驚いた。

「恐縮です。数学の巨人である諸積先生にお目にかかれるならば、飛んで参ります」

「学者には似合わず、お追従が上手いな。趣味は？」

「いえ。無趣味な無粋者です」

「研究一筋の学術バカか。でもな、息抜きできる遊びを覚えんと、良い研究なんぞできんよ」

言いたい放題だが、口調からすると悪気はないらしい。

「知っての通り、私もいつの間にか八十七歳だ。体力が心許なくなったが、何より最近ボケが酷くてね」

とても、そんな風には見えない。歩行もしっかりしているし、篠塚に向ける眼差しにも力がある。

「実は夜、徘徊しているようなんだ。朝には正気を取り戻すんだが、手足が汚れていたりと、身に覚えのないことが多くなった。そのうえ、頭が混乱して、何をすればいいのか、わからなくなるんだ」

一方的に話した上で、諸積はテーブルにあったノートパソコンを開いて、画面を篠塚の方に向けた。

「脳のMRIだ。大脳で細胞の死滅があるだろう」

確かに、脳細胞の欠落が顕在されていて、細胞が死滅しているようにも見える。

「このMRIは、どちらで?」

「東大病院だ。担当医は、アルツハイマーが始まっているかどうか、何とも言えないそうだ。だが私には分かるんだよ。日々、我が脳内でアルツハイマーが進行しているのが」

大脳細胞が欠落しても痛みはない。無論、「分かる」という自覚もない。

「そこで、氷川君に無理を言って、君に来てもらった。日本の再生医療が、再生医療等安全性確保法によって縛られているのは、知っている。しかも、フェニックス7はまだ、人の治験のフェーズに至っておらず、患者への移植は最低でも十年先なこともね」

「我々の不徳の致すところで」

「いや、別に君に抗議しているんじゃない。私がそんなに待てないだけだ。全責任は私が負うし、私に移植したことは一切口外しない。そして、死後は全財産を君らの研究に寄附しよう。だから、私にフェニックス7を移植して欲しい」

　似たような要請が、毎日のようにアルキメデス科学研究所に寄せられる。希望者は、国内に留《とど》まらない。著名な芸術家や作家、さらには大富豪までいる。そして、その何百倍にも及ぶ名もなき市民からも、「どうか、この体を実験台にしてください」「先生の努力に少しでも貢献したい」などという移植希望者が後を絶たず、既に一〇〇人を超えている。

　その全てに対して、科研は丁重なお断り状を返している。

「現状では、まだフェニックス7は、人に移植できるレベルに達していません」

「サルでの実験は大成功の連続だと聞いているぞ。ならば、そろそろ人間で試してみるべきだ。あと、一年。いや半年あれば、宿願のリーマン予想が解けるんだ。なのに、私のポンコツ脳は、敵前逃亡をしようとしている。そんなことは許せないんだ。これは、私の身勝手な欲望じゃない。数学界にとって為さねばならない絶対的選択なんだ。この通りだ」

　諸積は両膝に手を突いて頭を下げた。

「諸積博士、お気持ちは分かります。私だって、認知症で苦しむ患者やその家族を救いたいという一心で、フェニックス7の研究に取り組んでおります。しかし、だからこそ、段階が重要なんです。大変、心苦しいのですが、お断り致します」

「君はなぜ、医者になったんだね」

思いも寄らない問いが飛んできた。

「成績が良かったので、先生に強く勧められて医学部を受けたんです。気がついたら、医者になっていました」

「篠塚幹生への反逆では、ないのかな」

個人的領域にいきなり踏み込まれて不愉快だった。目の前の老人は、そういう篠塚のリアクションに満足らしい。

「私が、なぜ父に反逆しなければならないんです」

「生命科学の泰斗であるお父上は、再生医療に大いに貢献している。だが、彼は再生細胞の人体への移植に強く反対している。そういう旧弊な父上の態度が君は許せないんだろう」

「父子関係ごときで、自分の将来を決めたりはしません」

「だとすれば、君の大好きなお祖母《ばあ》様のせいかな。アルツハイマーになってご苦労されたそうじゃないか」

数学バカだと思っていたが、俺のプロフィールを調査するくらいは世知に長けているわけだ。

「医者は人の命を救うのが仕事だ。だが、誰も、本当の意味で命を救っているわけではない。ただ、延命しているだけだ。そんな医者は許せない。さらには、君の父上のような優秀な生命科学者が、研究成果を人体に活用すれば、もっと多くの命が救えるのに、それをきれい事で逃げるのも許せない」

「父のことは関係ありません。フェニックス7の研究は、私の個人的な経歴とは無縁です」

「私は、知恵の輪が嫌いだった。私よりも勉強ができない奴の方が私より上手に解いたからだ。以来、私は、解けない問いが許せなかった。その強い衝動が、今の私を作った。君も同じだ」

父と諸積はよく似ていると感じた。彼らが真理だと信じている事柄について、他者が理解できなかったり、実現できないことを絶対に認めないのだ。

篠塚は、それに気づいて苦笑いした。

「図星だろう。なあ、篠塚教授《せんせい》、一刻も早く君のお祖母様のような不幸を止めるんだ。そのために手段を選んではいけない。だから、私にフェニックス7を移植してくれ。秘密は守る」

先ほどまでの居丈高な態度が影を潜め、諸積が乞うている。

諸積にフェニックス7を移植できたら、その成果は計り知れない。アルツハイマー病に罹患した「数学界の巨人」を、フェニックス7によって完治させることができたら。

己の欲望が打算に傾斜していく……。

「ありがたいお言葉です。しかし、フェニックス7には、問題が多いんです。場合によっては、命を落とす危険もあります」

「脳が死んでいるなら、生きていても意味がない。リスクは承知だ。君も私も、それでも前に進まねばならないんだ」

第三章　亀裂

1

ダウンジャケットを着込んでも震えが止まらないほど冷え込む日の午前一時、篠塚と鋭一、そして大友の三人が、遺体の前に集合した。

前日の午後、急死した諸積惣一朗の解剖を行うためだ。

死亡診断書は既にできており、夕刻、宮城市役所に死亡届も提出している。死因は急性心不全だ。署名は篠塚自身が行った。

したがって、これから始める解剖の目的は別にあった。

「では、始めようか」

篠塚は、解剖室に響き渡った自らの声に戦《おのの》いた。

ダメだ、思った以上に緊張している。

三人の中で一番落ち着いている大友が、開頭作業に取りかかった。手際良く頭蓋骨の頭頂部が外された。

脳出血が起きていた。だが、それ以上に目を引いたのは、肥大化した脳だった。

「大友さん、頭蓋骨にヒビが入っていませんか」

鋭一が問うと、大友は頭頂部を裏返して、拡大鏡でのぞき込んでいる。

「数ヶ所、亀裂の痕があります」

内側から膨張圧力がかかり、骨が耐えきれず亀裂したと思われる。

「頭蓋骨は、詳細に撮影して記録しましょう」

「いや、幹、これは保存だな」

鋭一の言う通りだった。

諸積がフェニックス7を利用するに当たって結んだ契約書で、死後は、アルキメデス科学研究所に献体するとある。したがって、亀裂の入った頭蓋骨を保存するのは問題はないのだが、なんとなく気が引けたのだ。

「それにしても、こんな状態になっていたとは」

フェニックス7が移植された脳細胞を初めて見る鋭一が、青ざめている。

脳細胞は、タンパク質がモザイク状に密集して形作られている。だが、諸積の頭蓋内は、脳が噴き出したようにはみ出しており、まるで育ちすぎたカリフラワーだ。

「これはP7投与で死んだサルの脳の状態だ」

鋭一が数枚の写真を見せた。

「そっくりだな。つまり、高血圧の患者にP7を投与すると、サルと同様に、人間の脳細胞もこんな風に増殖して爆発するっていうことか」

爆発という言葉に違和感はあるが、細胞が再生し続けた挙げ句に脳が頭蓋に収まりきらず、やがて頭蓋骨に亀裂を入れる——のは、間違いない。高血圧症の患者にフェニックス7を移植すると、暴走が起きるという祝田の分析は正しかったのだ。

大友が一眼レフを構えて撮影している。室内にシャッター音が響きストロボライトが明滅した。その間、篠塚も鋭一も何も言わなかった。

この状況を、どう考えるべきか。

2

午前六時半に宮城市内のビジネスホテルで起床した麻井は、ジョギングに出掛ける準備をした。

スポーツ好きというわけではないが、心身の健康維持のために、毎朝のジョギングだけは欠かさない。

四十五歳を過ぎて内臓脂肪が気になったのと、人間ドックで高血圧を指摘されて以来、一念発起したのだ。

ジョギングを続けていると、思わぬ効果が生まれた。日頃のストレスが解消されて、新しいアイデアが浮かんでくるのだ。

軽く汗をかき、脳の回転を活性化する日課はクセになる。

だから、出張先が寒冷地や灼熱のアフリカであっても、朝のジョギングだけは続けている。

今朝は、普段よりウエアを一枚多く重ねたにもかかわらず、ホテルを出た瞬間、寒さで身が竦《すく》んだ。

じゅうぶんに足踏みをして体をほぐしてから、麻井は速足のペースでスタートした。

丸岡には高らかに宣言したが、結局、昨夜は篠塚に会えなかった。今日なら時間が取れると聞いたので、昨夜の最終の新幹線で宮城市に移動したのだ。

ホテルに落ち着いてからは、氷川が経営するI&HホールディングスとABCに関連した情報収集に時間を費やした。

ネット上では、ほとんど何も拾えなかった。だが、それは当然で、企業のM&Aや合弁などは、発表まで極秘でなければ、成功は難しい。そのため、大抵は経営トップ同士の二人しか知らない状況で交渉は進められる。

I&Hは氷川がオーナーであり、ABCも、製薬業界の巨人アンドリュー・バロン・チェイスが一代で築き上げたものだ。

したがって、氷川とチェイスによるトップセールスで、合弁会社ぐらいは簡単に設立できた。

二十一世紀の製薬ビジネスの競争は熾烈を極めている。再生細胞の人体への移植が実現すれば、この先数十年は悠々自適で業界に君臨できる。

そのため各社がしのぎを削っているのだが、業界の上位企業は、もっと賢明な手段をとっている。

すなわち、ライバル同士がパートナーシップを結んで共存を図るという手段だ。この「負けない戦略」によって、大手はさらに強靱になり、世界中の製薬と再生医療ビジネスを、数社が牛耳るところまで来ている。

その雄が、ＡＢＣだった。一方のＩ＆Ｈは製薬業界では門外漢だが、企業自体は多国籍化して成長しているし、それに何より、世界がその動向に注目しているシノヨシを抱えるアルキメデス科研が傘下にある。

双方が手を結ぶのは、とても賢明であり、合弁会社ができれば、無敵になる可能性が高い。

もっともＡＢＣだけの情報ならネットでもそこそこ摑めた。再生細胞研究が、暗礁に乗り上げているだけでなく、再生医療関連製品を使用した結果、激しい副作用が起きた例が頻出しているという記事もあった。

つまり、ＡＢＣは行き詰まっているということだ。ならば、氷川からの申し出は、渡りに舟だったに違いない。

電話の着信があった。スイスの再生医療研究所の友人からだ。昨夜東京を出る前に、再生医療ビジネスの最新情報について欧米の知人に尋ねていた。

走りながら応答した。

〝こっちからも連絡をしようと思っていたんだ。元気か、ヨシト〟

「なんとかな。君こそ、腰の調子はどうだい、フランク」

フランク・シュルツ、四十九歳。ドイツ系スイス人で、ＥＵ内の再生医療ビジネスのキーマンの一人だ。美食家で、体重が一二〇キロを超えていて、ずっと腰痛に悩まされている。

〝寒い季節になってきたからね。キツいさ。だから、昨夜のディナーでは、キャビアを我慢した〟

「凄いじゃないか。やればできるってことだな」

〝まあね。でも、その分フォアグラを食べ過ぎたから、意味ないけどね〟

シャトー・ディケムを片手にフォアグラのソテーを頬張るシュルツの姿が目に浮かんだ。

〝それはともかく。氷川一機という男について、ヨシトに聞きたかったんだ〟

「氷川が、なぜ君のアンテナに引っかかったのかを教えてくれたら、喜んで」

〝我がスイス国立再生医療研究所《SRMI》に、共同研究を持ち込んできた〟

「フェニックス7か」

〝そうだ。もし、共同研究としてフェニックス7を一〇〇人に治験すれば、三〇〇万ドルを寄附すると言っている〟

麻井はジョギングを諦め、Uターンした。

「それだけか」

〝そうだよ。ふざけやがって、そんなのは共同研究とは言わん〟

その通りだ。

〝氷川が、アルキメデス科学研究所のオーナーなのは知っているが、そもそも彼は医療や創薬系ではビジネスしていない。なのに、いきなりウチで治験させろとは、俺たちも舐《な》められたもんだよ〟

確かにな。

「氷川に成り代わって、非礼をお詫びするよ。だが、奴はそういう男だ」

〝野蛮な来訪者って奴か〟

「そうだ。で、SRMIはどう対応したんだ」

〝まだ、回答していない。SRMIはこのところ資金不足なんだ。となると、フェニックス7の研究に参加できるのは、ありがたい〟

「だが、氷川は、ABCとの合弁会社を計画しているんだぞ」

〝だから、電話したんだ。その情報はどれぐらい正確なんだ〟

「まだ、噂程度だ」

〝氷川に、直接聞いてくれないか〟

そうだった。フランクは自分勝手な男だった。

「じゃあ、あんたは、アンドリューに裏を取ってくれよ。確か、グルメ仲間だろ」

〝まあな。いいだろう。明日、奴がジュネーブに来るんで、ディナーを約束している。ついでに聞いてみるよ。その代わり、氷川を頼む〟

頼まれても困るのだが、なんとしてでも、アンドリュー・バロン・チェイスの腹の内を知りたかった。

通話を終えた時、ちょうどホテルに戻ってきた。

運動のせいだけではないが、体は温まった。もっとも、精神状態は最悪だったが。

3

「楠木様、楠木寿子様。第三診察室にお入りください」

中待合の長いすで背筋を伸ばしてファッション誌を読んでいた母が、立ち上がった。

「ほら、呼ばれたわよ」

隣でうたた寝していた楠木は妻にこづかれて目を覚まし、女たちの後に続いた。

所轄内で、不可解な老人の失踪死事件が起きているだけに、夜間の徘徊の頻度が増えてきた母を、施設に預けるのは急務だった。

事件が発覚する前から、二ヶ所、老人ホームを視察したのだが、いずれも母の拒絶反応が強く断念していた。

この際、入所して心身の機能回復訓練を行い、在宅への復帰を目指す施設である老健に入所しようかと検討していた矢先に、エイジレス診療センターに老健があることを知ったのだ。

それで、一度母を連れて行かないかと、妻に提案した。何事も迅速がモットーの妻がすぐにセンターに連絡を入れたところ、翌日の午前十時の時間帯だと予約できると言われて、楠木は半休を取った。

診療センターと同様、老健のロビーも高級ホテルのような空間で、見学予約の旨を告げると、「まず、センターで、問診を受けてください」と言われてここに案内されたのだ。

「こんにちは。楠木寿子さんですね。どうぞ、こちらにおかけ下さい」

中年の女医が、母に椅子を勧めた。

「お世話になります。楠木でございます」

母は丁寧に挨拶してから、椅子に腰を下ろした。

「恐れ入りますが、ご家族の方は、後ほどお話を伺いますので、中待合で少しお待ち戴けますか」

夫婦で顔を見合わせた。

「ほら、二人とも、先生のご指示に従って」

母に追い立てられて、二人は部屋から出た。

「一人で大丈夫かしら」

「ここの治療は、日本の最先端だという噂だ。お任せしよう。俺はちょっと一服してくる」

「日本の最先端治療の病院に、タバコが吸えるところなんて、あるのかしら」

軽く非難されたが、楠木は聞き流してロビーに向かった。

妻の言う通り、喫煙室など見当たらない。

仕方なく、屋外に出た。

ダウンコートのポケットからタバコ、ライター、そして携帯灰皿を取り出したところで、手が止まった。

何の騒ぎだ。

前の広場に人が群がっていた。テレビカメラやスチールカメラを構える連中がいた。

その一団から外れてタバコをくわえて立つ男が、知った顔だった。楠木はさりげなく男に近づいた。

「火を貸してくれませんか」

「あっ！　楠木さん！　何でこんな所に」

男は、仙台ラッキー7放送の記者だった。楠木が県警捜査一課に所属していた頃に、何度か酒席で一緒になったことがある。

「ご無沙汰。今日は半休取って、お袋の診察に来たんだ」

群がっているメディア関係者の誰もこちらに気づいてない。楠木は、彼らに背を向けるようにして立った。

「そっかあ。大変っすねえ」

「まあね。ところで、何の騒ぎだ？」

「諸積惣一朗って数学者が、昨日ここで亡くなったんです。急性心不全らしいですよ」

「有名なのか」

「諸積さんって、世界的な数学者なんですよ。それで、東京のキー局から、亡くなった時の様子をリポートしろという指示がきましてね。今、エイジレス診療センター長の会見待ちです」

　世界的な数学者が、こんな辺鄙《へんぴ》なところに入院していたのか。

「その諸積って人は、地元の人なのか」

「いや、東京の人だと思いますよ。東大の名誉教授ですから。その後は、栃木県だか長野県だかに住んでいたそうですが」

「じゃあ、なんで、ここに？」

「ここの老人ホームには、ＶＩＰ棟ってのがあるそうなんですが、そこで、ずっと研究を続けてきたと聞いています」

「研究って、もう退官したんだろ」

「ええ。でも、世界中の数学者が解けない問題の解明を、ずっとライフワークにされていたとか。それで、センター長の会見の後、特別室も取材させて欲しいと、メディア側から要請しているんですけどね」

　何かが引っかかった。

「さっき、ここの老健は凄いって言ってたけど、どの辺が凄いんだ。ちょうどウチのお袋もお世話になろうかと思ってるんだけどね」

「ここは、認知症の研究機関が併設されていますから、ボケないためのエクササイズとか、リハビリが充実してるって話です。半年ほど前にウチの局で、一時間のドキュメンタリー番組作ったので、それを差し上げましょうか」

「それは助かるな。ぜひ、頼むよ」

「じゃあ、局に戻ったらすぐに。お母様、相当お悪いんですか」

「まあ、八十二歳だからね。年相応だよ」

「ウチも、両親が七十代後半なんで、これからが大変だろうなって、嫁と言ってるんです。もし、ここにお母様が入所されたら、色々教えてください」

4

「これで、何例目だ？」

　鋭一がいきなり尋ねてきた。

　篠塚が高度情報処理室に閉じこもり、諸積の脳細胞の解析を行っている最中だった。

「何例目とは？」

「諸積さんが、最初じゃないだろう。他にもＰ７を移植して死んだクランケがいたはずだ」

篠塚は、それに答えるつもりはなかった。鋭一は、何も知らない方が良い。

「諸積先生が、最初だ」

「ウソつけ。おまえ、解剖の時の手際が良すぎた。チェックすべき箇所も、心得ていた。あれは、何度も似たような症例の遺体を解剖してきた者の手際だよ」

「おまえの妄想力は相当なもんだな。こんなことは、諸積先生が初めてだ」

鋭一がいきなり部屋の灯りを切った。室内は、機器類が発する青や赤の明滅の灯りだけになった。

「僕が、そんなに信用できないか」

鋭一が篠塚の手首を握りしめた。

「心から信頼しているよ」

「だったら、隠し事なんてよせ」

鋭一の手に力が籠もった。

「僕はもうすぐ死ぬんだぞ。だから、洗いざらい情報を教えてくれ。そうしなければ、おまえの研究は、成果を上げられない」

それは正しいと思う。

人体へのフェニックス7移植の成功率が、予想よりも低いのだ。祝田の検証によって、高血圧症のクランケでは、脳細胞の増殖が止まらないのが確認できた。その解決策は見つかりそうだが、他にもまだリスクが出現しないとも限らない。

しかし、研究に制約が多く、腰を据えた検証作業ができていない。

「なあ幹、僕は何もかも知ってるんだ。おまえが、なぜ生命研での栄光を棄てて、こんな山奥に籠もっているのか、そのために氷川のおっさんとどんな取り決めをしたのかも。だから、全部教えるんだ」

氷川の冷酷な笑みが脳裏に浮かんだ。

自分がしていることを鋭一にぶちまけたら、彼もまた研究者失格の烙印を押されてしまう。

だが、黙っていれば、余命わずかな鋭一は善意の第三者として俺の研究を手伝ってくれるだけで済む。

「幹、P7はおまえだけのものじゃない。僕がいたからこそ、完成を見たんだ。もっとはっきり言えば、僕がいなければ、おまえはまだ生命研の期待の星のままくすぶっていた。だから、僕には知る権利がある。僕のP7が人体にどんな影響を与えるのかをな」

挑発してきたか。

しかも、鋭一の指摘は間違っていない。シノヨシなどと世間では言われているが、独創的な発想を持つ鋭一がいなければ、フェニックス7は絶対に完成しなかった。

俺の代わりはいくらでもいる。

「分かった。おまえの意向に従おう。フェニックス7を移植したのは、総勢で四七人だ」

「思ったより多いな。期間は？」

「四年半になる」

「つまり、アルキメ科研が出来た直後から始まっていたんだな。それで現状は？」

「生存一年以上の例が三例」

「最長は？」

「四年半」

「すげえな。つまり、まだ生きてるのか。いったい誰なんだ？」

篠塚は、ノートパソコンを開いて、顔写真を見せた。

「マジか！　いや、凄いな。もう学会で発表できるじゃないか」

「俺も最初はそう思った。だが、それ以外は約三〇例連続で、三日以内に死亡した」

「四年前、P7に使う細胞を変更したいとおまえが強く言ったのは、それが理由か」

iPS細胞と同じく、IUS細胞でも、ガン化しやすいという問題があった。それで、作製に利用する細胞を様々に組み換えた。おかげでフェニックス7自体のガン化は防げたが、フェニックス7によって刺激された細胞がガン化するという事態が起きた。

それで、サルのデータを提示して、鋭一に相談したのだ。

「結果として、クランケの生存期間が飛躍的に長くなった。それでも、せいぜい数ヶ月止まりだったがね」

「そして、バージョン5の登場となるわけだな」

フェニックス7はこれまでに四回、根本的な細胞の遺伝子変更をしている。最新型がバージョン5だった。

「バージョン4でも改善が難しく、〝治験〟を止めたんだ。そして、一年前から再開し、良好な状態が暫く続いていた。一年以上の生存者のうち二人は、この時期に移植している。それが、なぜかここに来て、異変が続いた」

「高血圧が原因だったんだろ。諸積さんも、ここ数日血圧降下剤の服用を怠ったのが、原因じゃないのか」

「そうだ。だが、延命できなかったクランケの中には、血圧は正常値の人もいたんだ」

「高血圧症以外にも、P7の増殖制御を狂わせる症状があるということか」

鋭一は独り言を呟きながら、室内を歩き回った。

何か考え事に集中する時の彼の癖だった。

その間に、高血圧症ではなかったのに、フェニックス7が暴走した患者のカルテを、篠塚は画面上に呼び出した。

「この三人が、そうだ」

鋭一が席に戻ってきた。今度は、忙しない貧乏揺すりが始まった。また、ぶつぶつと言葉が零れる。

「三人とも、まるで生活習慣病の百貨店だ。これじゃあ、特定は難しいか。この三件の検証、僕に任せてくれないか」

「何をする気だ？」

「真希ちゃんに手伝ってもらって、複数の生活習慣病を持ったサルで、実験してみたいんだ」

「真希ちゃんを、巻き込むな」

「大丈夫。彼女には、あくまでもサルの実験で、検証をしたいと言うから。それから、もう一つ聞きたいんだけど。どうやって実験台を調達しているんだ？」

5

楠木が昼過ぎに所轄に顔を出すと、待ち構えていた松永に取調室に引っ張り込まれた。

「なんだ？　また内偵捜査でもしたのか？」

「係長、徘徊老人連続殺人事件の件っすよ」

「おまえ、そんな事件名、他の誰かに言ってないだろうな」

「えっと、渡辺先輩にだけは」

頭を叩こうかと手を上げたが、自重した。

「誰にも言うな。年寄りが失踪して、行き倒れただけかも知れないんだ。殺しだの連続だのと口走ったら、おまえを離島の駐在に飛ばす!」

「すみません! ちょっと、先走りすぎで」

「先走りじゃない。おまえは、事件を勝手に作ってるんだ。いいか、松永、俺は冗談を言ってるんじゃないぞ!」

松永がしょげかえったのを見て、楠木は責めるのを止めた。

「で、話とは何だ?」

「諸積惣一朗氏の死亡届の件です。確かに宮城市役所に提出されていました」

死亡届の写しを、松永はテーブルの上に置いた。死亡したのは、昨日の午後三時十三分とある。

「俺たちが、エイジレス診療センターを訪ねた日じゃないか」

「えっ!」と言うなり、松永が身を乗り出して、文書を覗き込んだ。

「ほんとっすねえ。いや、うっかりぽんでした。これって、なんか臭いますか」

「何も臭わんよ!」

こいつには、一〇〇パーセント証拠が揃って逮捕状を請求するまで、疑惑の片鱗も窺わせたくない。

診断書に目を通すと、死因は、急性心不全とある。

それから担当医の氏名欄で、目が留まった。

篠塚幹、だと。

「アルキメデス科研の所長の名は、何て言う？」

「調べます。ちょっと、待ってください」

松永がスマートフォンで検索するのを待つ間、楠木は、死亡届と死亡診断書を再読した。諸積の本籍は、東京都杉並区荻窪にある。ただ、血縁はいない。だとすると、遺体は誰が引き取るんだろう。

「お待たせしました！　篠塚幹です」

松永は、顔写真付きのプロフィールを見せてくれた。

東京大学医学部卒業とある。しかし、いくら医者だからといって、科研の所長ともあろう立場の者が死亡診断書を書くというのに、違和感がある。諸積氏がＶＩＰ待遇の入所者であるのを差し引いても、妙な話である。

「係長、何か見つけましたか」

「その前に、ナベを呼んできてくれ」

そもそもなぜ、諸積はエイジレス診療センターの施設にいたのだろうか。

東京にはいくらでも良い施設があるというのに。エイジレス診療センターのサービスはそれ以上に凄いのだろうか。

テレビ局の記者は、諸積が〝ＶＩＰ棟〟で暮らしていたと言っていた。

「お疲れっす」

渡辺が入ってきた。

「忙しいところ呼び出して悪い。俺の気のせいだと思うんだが、こういう人物が、昨日、エイジレス診療センターの施設で急死した。ところが、死亡診断書に署名したのは、アルキメデス科研の所長。奇妙だと思わないか」

諸積の経歴を簡単に説明して、死亡診断書を渡辺に手渡した。

「なるほど！　それで、私に所長のことを調べさせたんっすね！　ＶＩＰが死ぬと、そんな偉い先生が死亡診断書を書くもんなんですかねえ」

興奮する松永を無視して、楠木は渡辺の意見を待った。

「ナベはどう解釈する？　普通に考えたら、アルキメ科研の所長は、診療センターになんて顔も出さないと思うんだがな」

「たとえば所長と面談中に急性心不全を起こし、所長が応急処置をしたが、助からなかったとか」

なるほど。それは、想定していなかった。

「善は急げっす。エイジレス診療センターに、行ってきます」

「松永、待て！　軽はずみに動くな」

「係長、不可解なことは、現場に行って検証しなくっちゃ!!」

「病死と判断している診療センターに行って、疑義あり！　と叫ぶのか。しかも、相手は世界的に名を知られた人物なんだぞ」

「でも、事実っすよ」

楠木に怒鳴られても、松永は怪訝そうだ。

「松永、落ち着け。もうちょっと、楠木さんの話を聞くんだ」

渡辺にたしなめられた松永は、パイプ椅子を二人のそばに引っ張ってきて座った。

「ナベの言う通り、諸積さんは、アルキメ科研の所長と面談中に倒れたのかもしれない。だが、俺はそもそも世界的な数学の権威が、宮城くんだりの施設に入所していることの方が、気になる」

「確かに、それはそうだ。係長は、なぜだと思うんですか」

「見当もつかない。だが、診断書を書いたのが、アルキメ科研の所長となると、ますます気になるな」

「自分の友達《ツレ》がセンターにいます。ちょっと聞いてみましょうか」

「いや、必要になったら頼むが、勝手に動くな。いいな」

「了解っす！」

携帯電話が鳴った。東北大法医学教室教授の立田からだ。

〝先日、君に依頼されて解剖したホトケさんのことで、伝えたいことがあるんだ〟

今すぐ、東北大にお邪魔すると楠木は返した。

6

アルキメデス科研の応接室で、麻井は既に三十分以上待たされていた。なのに、篠塚はまだ現れない。

手持ち無沙汰でスマートフォンを見ていたら、気になるメッセージがあった。麻井の部下で、アルキメデス科研の情報を毎日収集している若手からだ。今朝は、ニュースチェックどころではなかったので、寝耳に水の情報だった。

〝昨日午後、アルキメデス科研付属診療所であるエイジレス診療センターの施設で、数学の世界的権威である諸積惣一朗氏が急性心不全で亡くなったという記事が数件みつかりました〟

諸積といえば東大でも指折りの天才で、数学界最高の賞といわれるフィールズ賞とアーベル賞の両方を受賞した世界的な巨人じゃないか。

そんな人物が、ここにいたのか。

確か諸積は、八十歳を過ぎても、ライフワークであるリーマン予想の解明に情熱を注いでいると、以前、ＮＨＫが放送したドキュメンタリーを見た記憶がある。

あれは三年ほど前だが、その時は、那須塩原で隠居していると語っていた。

氷川と何か関係があったのだろうか。

エイジレス診療センターには、国内外のＶＩＰを対象にした棟が存在した。氷川と交流のある人物やその家族などに、格安で提供する高級老人ホームだった。

おそらく、諸積が暮らしていたのも、そこだろう。

もしかして、その数学の巨人が亡くなったことが、俺が待たされている理由に繋がっているのだろうか。

麻井は、アルキメデス科研の総務部長を携帯電話で呼び出した。

「今、科研にお邪魔しているんですが、面会相手の篠塚所長が、待てど暮らせど現れない。それで、理由をご存知かと思いましてね」

〝少々お待ち戴けますか。確認の上、折り返します〟

待っている間、手あたり次第に諸積の関連記事を読んだ。

昔ながらの研究一筋の変人で、周囲にいる者の迷惑も顧みず、自らの探究心だけで突き進むタイプだ。アメリカには、まだそういう変人がたまにいるが、日本では完全に絶滅したと思っていたのに……まだ生息していたのか。

いや、俺の知り合いにも、一人いたな。

その時、ノックもなしにドアが開き、まさにその一人が現れた。

7

立田教授は、研究室で待っていた。

地下の底冷えのする解剖室ではないことに楠木は安堵した。

「やあ、呼び出してしまって申し訳ないねえ」

立田は、年代物の手動のミルをごりごりと回しながら、デスク前にある椅子を示した。

「折角、来てもらうんで、とっておきのコーヒーをご馳走しようと思ってね」

電気コンロには、注ぎ口が細いドリップケトルがセットされている。

「恐縮です」

立田はまるで証拠品を扱うように慎重に、挽き終わった豆をコーヒードリッパーに入れた。良いタイミングでお湯が沸いた。

ケトルを手にして、ドリッパーに少しずつお湯を回し入れると、室内に独特のコーヒーの甘い香りが漂った。それをウェッジウッドのコーヒーカップに注ぐと、楠木に差し出した。

「ありがとうございます。とても、良い香りですね」

「世界屈指の絶品コーヒーだからね。飲むとまた別の至福がもたらされる」

立田が言うのを聞きながら、一口啜ってみた。今まで味わったことのないコーヒーだった。

「うまい！」

「だろ。コピ・ルアクだからね」

それが、このコーヒー豆の名前なのか。

「すみません、不勉強で。初めて聞く銘柄です」

二口目になると、さっきとは別のまろやかさを感じる。

「私と同業の友人が、インドネシアにいてね。自宅で作っているんだ」

コーヒーを自宅で作るのか。

「大農園をお持ちなんですな」

「それほどでもないんだけどね。ジャコウネコを数匹飼っている」

「ジャコウネコですか」

話が見えなくなった。

「そうか、君はこいつの名を知らなかったんだから、意味が分からないだろうな。このコーヒー豆は、ジャコウネコのフンから作られとる」

口に含んだコーヒーを吐き出しそうになった。

「勿体ないことをするなよ。別に、フンの臭いなんぞせんだろ。東京あたりでは、一杯八〇〇〇円もふんだくる店だってあるんだ。しっかり味わい給《たま》え」

なんとか口中のコーヒーを飲み込んだ。

「本来はジャコウネコは肉食なんだが、コーヒーの果実も好物なんだ。ただし、豆は消化できないので、そのままフンに出る。知っての通りジャコウネコの会陰腺から分泌される体液は、香水の補強剤や持続剤として利用されておる。そういう特質があるからだろうな。体内を通過したコーヒー豆は、酵素によって発酵し、そこにジャコウネコ独特の体液も混ざるので、こんな高貴な香りと味が生まれるんだよ」

そう説明されても、飲む気は失せた。

「大変、素晴らしいものをありがとうございました。それで、ご用件ですが」

「ああ、そうだった」と言って立田は、コーヒーを飲み干すと、デスクの側面に立てたシャウカステンの電源を入れた。

数枚のレントゲン写真が貼り付けられてある。

「遺体を徹底的に見て欲しいと、君は言っただろう。それで、CTも撮ったんだよ。すると、見落としがあった」

礼儀としてコーヒーを残さず飲んでから、楠木はシャウカステンの前に立った。

立田は指示棒を伸ばして、フィルムのある箇所を指した。

「ここを見て欲しい」

楠木は老眼鏡を取り出して、顔を近づけた。頭蓋骨に真っ直ぐ筋が入っている。

「これは?」

「頭蓋骨を開頭した痕だと思う」

「立田先生が、ですか？」

「いや、私より先に、誰かが開頭したことがあるんだ」

「つまり、ホトケさんが、頭蓋骨を外して施術しなければならない脳の手術をしたという意味ですか」

「まあ、そういう可能性もなくはないが、私の見解は違う。私より前に、誰かが解剖をしたんだと思う」

　立田の言葉が腑に落ちるのに数秒かかった。

「つまり、行き倒れ死で発見される前に、遺体を誰かが開頭したと？」

「その可能性が高いな。そうなると、あれは行き倒れ遺体ではなく、遺棄された死体となる」

　少なくとも死体遺棄罪という刑法が、犯されたわけか。

「既にご遺体は荼毘に付してしまったので、細かいチェックができないのが残念だが」

　初めて、連続失踪行き倒れ死が事件であるという重要な証拠が出た。

「教授、なぜ、死後に開頭したと思われるんですか」

「開頭した部位だ。この線は、耳の上のあたりから横に、きれいに頭蓋骨を外している。こんな大きく頭蓋骨を外す治療はまずない」

　なるほど、それも説得力がある。

「この話は当分、私と教授の間だけのものにしておいて戴きたいのですが。そして、次に同様のホトケさんが発見された時は、ぜひ、そのあたりをチェックして戴けますか」

「そのつもりでいるよ。丁寧に頭蓋骨を見ていれば、もっと早くに気づけたのに。私としたことが面目ない。この失敗は、必ず挽回してみせる」

8

「秋吉教授、ご無沙汰です」

思わぬところで、変人天才が目の前に現れたものだ。

「ほんと、久しぶりですねえ」

鋭一はチュッパチャプスをくわえたまま、麻井と握手した。

「幹にご用なんですよね」

「まあね。でも、秋吉教授にもお伺いしたいことがありまして」

「僕に聞きたいことって？」

鋭一は、麻井の正面に腰を下ろした。

「フェニックス7について『BIO JOURNAL』で取り上げられた件について、直接お話を伺いたくて」

「ああ、あれね。問題は、解決。というより、あれは悪質なデマでしょ」

鋭一が学術誌の指摘を軽視しているのが、言葉以上に態度から見て取れる。

「ですが、フェニックス7の増殖活動が止まらず、実験用のサルが死んだのは事実では？」

「僕は動物愛護の精神を大切にしているけど、時に、命を落とすこともある。最近、実験用のサルで異変が起きていたのは事実です。でも、原因は解明できました。高血圧症が原因でしたから、既にその対策も講じました。だから、安心です」

体を斜めにして椅子に座っている鋭一は、麻井と目を合わせようとしない。鋭一を知らない者からすれば不実に思える態度だが、鋭一は極度の人見知りで、人を正面から正視できない。

したがって、嘘をついているから目を合わさないというわけではない。

そこへ、篠塚が現れた。

「鋭一、ここにいたのか？　真希ちゃんが捜していたぞ」

「あっ、忘れてた。実験につきあう約束だったな。麻井さん、ここから先は、所長に聞いてください」

麻井が返答する前に、鋭一は部屋を出ていった。

「大変、お待たせしてしまいました。申し訳ありません」

「諸積氏がお亡くなりになった影響ですか」

篠塚の顔つきがこわばったように見えた。

「と、いうと？」

「世界的な数学者が亡くなったわけですから、アルキメ科研としても、マスコミ対応が大変かと思いましてね」

「いや、諸積先生は、エイジレス診療センターに入居されていたので、私は直接関係ありませんよ。別の事務作業に追われていましてね。それで、『BIO JOURNAL』の記事の件ですよね」

鋭一が手をつけなかったお茶を、篠塚が一口飲んだ。

「その件は、秋吉教授から伺ったので、解決しました。高血圧が原因だと」

「まだ、確定ではないですが」

「でも、比較実験もなさったんですよね」

「ええ。なので、問題はほぼ解決したと考えていいとは思います」

「それを聞いてホッとしています。いずれにしても、後ほど実験棟も見学させてください」

篠塚は頷くと、スマートフォンでどこかに連絡している。

「実験棟の責任者である祝田君の許可がいるので、彼女に連絡しなくちゃならないんです」

「そうですか。ところでもう一つ、おたくの理事長が、ＡＢＣとの合弁会社を立ち上げようとされているという噂があります」

「まさか。我々は、そんな話、全く知りませんよ。そもそもウチのボスは、ＡＢＣと何をする気なんです」

篠塚が惚《とぼ》けているようには見えない。

「フェニックス7の治験遂行、及び製品化だと聞いています」

「治験というけれど、我々の研究がまだ、そのフェーズに辿り着いていないのは、麻井さんが一番ご存知じゃないですか」

「だからこそ、驚いて飛んできたわけです。何かご存知ないかと」

篠塚は腕組みをすると、大きなため息をついた。

「ヒアリングする相手を間違っていませんか」

「理事長に直接尋ねろと？」

「ええ。あるいは、I&Hホールディングスの企画戦略室長とかじゃないですか。私たちは、研究以外は何も知りませんから」

「しかし、フェニックス7に関連した動きなんです。何か、氷川理事長からそれらしい示唆があったと思うんですが」

記憶を辿るように篠塚が考え込んでいる。

「そのような話を聞いた覚えはないですね」

本当に何も知らないようだ。だが、そんなことがあり得るのだろうか。

「ではこの件は、氷川さんに直接伺います。今日は、理事長はいらっしゃいますか」

「いや、不在です。東京じゃないですかねえ」

「ちなみに篠塚さんが想定されている、フェニックス7の治験開始時期はいつ頃ですか」

「まあ、早ければ早いほどいいですけどね。高血圧問題が起きるまでは、来年度早々にでもと思っていましたが、もう少し先になりそうですねえ」

「氷川さんは、もっと早くせよとおっしゃるのでは」

「それは今に始まったことじゃない。理事長としては、こんな良い環境を提供してやってるんだから、とっとと結果を出せと考えているんでしょうが、そう思い通りにはいきません」

　拙速に事を運んで、取り返しの付かない失敗をして欲しくない。そう願う一方で、一刻も早くフェニックス7の実用化を実現したい——。

　麻井だけでなく、関係者の総意だ。それは篠塚も重々理解しているだろう。それでも焦らないのだから、大したものだ。

「だから、氷川さんは、人体への治験に前のめりなアメリカでの治験をお考えになったのでは？」

「どうでしょうねえ。治験に踏み切るかどうかの判断については、私に一任されています。現段階では、たとえアメリカに行っても治験に踏み切るつもりはありませんよ」

「そうですか。それを聞いて安心しました。とはいえ、氷川さんがスイス国立再生医療研究所《SRMI》に、共同研究を持ち込んだという情報もありますから、一度、そのあたり確認された方が良いかもしれません」

また、篠塚は考え込んでいる。

「そういう確認は、私の立場からは難しいですね。麻井さんご自身、あるいは丸岡理事長の方で、氷川さんに問い合わせて戴いた方が良いと思います」

やけに無関心じゃないか。

本題よりも、篠塚の態度の方が気になった。

9

麻井と鋭一、さらには祝田も交えた会食を終えて、篠塚は本館に戻った。氷川から〝麻井氏と別れたあとで、私の部屋に来るように〟という連絡を受けていた。

鋭一の耳に入れようかと迷ったが、鋭一は麻井と共にカラオケに行くと張り切っているので黙っておいた。

タクシーが本館に近づいた時に、建物を見上げた。ほとんどの部屋の照明は落ちていたが、氷川がいる理事長室だけが、明るい。

篠塚は自室で顔を洗い、白衣を羽織ると理事長室に向かった。施設内では必ず白衣着用というのは、氷川が掲げる厳しいルールだ。

それにしてもなぜ、こんな日に呼び出すのだろう。予定では、氷川は今夜、ミラノスカラ座のオペラを鑑賞していたはずなのに。以前から楽しみにしていたそれを取りやめて、アルキメ科研に戻ってきたというのは、余程の事態が起きたと考えるべきだろう。外国でのフェニックス7治験に関して何かあるのだろうか。

エレベーターを降りて廊下を歩いていると、オペラの楽曲が流れてきた。氷川の部屋のドアが開け放たれているらしく、近づくにつれて音量が大きくなった。扉をノックしたが、目を閉じて音楽に耽《ふけ》る氷川には聞こえないようだ。

「お楽しみのところ、失礼します。篠塚です。ただ今、戻りました」

声を掛けると、氷川は手を挙げて、少し待てと示した。

篠塚は一旦廊下に出て、待つ間にスマートフォンを見た。

大友からLINEが入っていた。

〝PK121の容体が急変し、三十分前に実験終了に至りました。午前零時に、お待ち申し上げております〟

またか！　まだリスクが潜在しているのか……。

篠塚が〝了解〟と返したところで、声がかかった。

「失礼した。どうしても、この曲を聴いておきたくてね」

テーブルに、歌劇『オテロ』と書いたCDジャケットがある。

「『オテロ』をやらせたら、ぶっちぎりの世界一と言われるホセ・クーラを、今夜は生で堪能できるはずだったんだ。それが、ダメになった。だから、せめてもの慰めだ。待たせて申し訳なかった」

「まったく問題ありません。それより、楽しみにされていたオペラ鑑賞を諦めるほどの事態とは何事ですか」

「呑むかね？」

「戴きます」

氷川から酒を勧められて、拒否できるわけがない。

篠塚はロックグラスを手にすると、氷を入れて、年代物のラフロイグを注いだ。勧められるままに、アームチェアに腰を下ろした。

「ＡＭＩＤＩの麻井が来たそうじゃないか」

「ええ。例の『BIO JOURNAL』の記事の件で、事実確認にいらっしゃいました」

「目的は、それだけか」

「もう一つ、理事長がＡＢＣとの合弁会社を計画しているのを知ってるかと尋ねられました」

氷川が、グラスを揺らして氷を鳴らしている。

「両社で合弁会社の設立を目指している」

氷川は変人だが、篠塚には正直だった。

「フェニックス7の治験を行い、製品化するための会社だと、麻井さんはおっしゃってましたが」

「それが最優先課題だが、君の意見次第だとも思っている」

さすがは電光石火の氷川だ。先日、篠塚が仄めかしたプランをすぐに実行している。

「不満か？」

「とんでもない。大変ありがたいです」

「諸積さんの死因は、何だね」

話題が変わった。

「諸積教授《せんせい》は、高血圧症で、降圧剤を服用しなければならないのに、それを怠りました。バージョン5は、高血圧の持病があると、暴走します」

氷川も、このところ血圧が高い。毎日降圧剤の服用を欠かさない。

「つまり、自業自得だな」

身も蓋もないことを。

「まあ、そうですね」

「最近、物忘れが酷くなった。君のアドバイスを守って毎朝メモを取っているが、昨日の行動さえ思い出せないことが増えた」

どうやら、アルツハイマー病になったのでは、と心配しているらしい。

「荻田先生に、相談は？」

「あいつは、ダメだ」

荻田は、氷川の主治医だ。優秀で、患者に寄り添うのもうまいが、その丁寧すぎる物腰が、氷川は気に入らないらしい。

「彼ほど優秀な脳神経内科医はいませんよ」

また氷が揺れる音がした。

「私にはもう時間がない。だから、アメリカやヨーロッパで治験しようと考えたんだ」

「それはビジネスとしてですか、それとも、理事長ご自身のためですか」

「決まっているだろう。この研究投資は、ビジネスじゃない」

すべては、氷川自身のためだ。

五年前の激しい雨の降る夜に、氷川が言ったのだ。

「私の脳内で起きるアルツハイマーを止めて欲しい。そのためには、カネも人も、環境も惜しまない」と。

10

五年前のその夜、篠塚は一人、東京大学先端生命科学研究センターの研究室にいた。

「篠塚准教授《せんせい》、少し時間を戴けないだろうか」

研究室の入口に、老紳士が立っていた。贅肉のない鍛えた体で高級スーツを見事に着こなしている男――。以前、フェニックス7の支援をしたいと研究室に飛び込んできたＩＴ長者の氷川一機だった。

「氷川さん、お久しぶりです。どうされたんです、こんな遅くに？」

既に時計の針は、午前一時を回っていた。フェニックス7研究の大支援者の一人ではあったが、それでも、セキュリティが厳しいセンターに、許可なく勝手に入れるはずがない。

「センター長とは、旧知の仲でね。無理を言って入ったんだ」

センター長の本所卓也が、午前一時過ぎの来訪者を認めるとは思えなかった。だが、相手は氷川だし、こんな時刻に、センター長を電話で叩き起こして確認する勇気もなかった。

「君に話があるんだが、その前に、研究室と研究内容について教えて欲しい」

財界を揺るがす風雲児とあだ名されるだけはある。篠塚の困惑など気にもせず、一方的に要望を押しつけてきた。

支援者は大切にしなければならない――。篠塚は氷川のリクエストに応えた。

彼に誘われるまま、氷川いきつけの茗荷谷《みょうがだに》のバーについていった。

至るところに大理石を使った贅沢な店は、どうやら氷川がオーナーのようだった。ひんやりと冷たい空間に落ち着くと、バーテンダーは「では、お先に失礼致します」と言って、帰ってしまった。

「二人っきりで話したいのでね」

ギリギリまで音を絞ってはいるが、テノールがアリアを高らかに歌い上げている中、氷川は本題に入った。

「東日本大震災の創造的復興のために建設したアルキメデス科学研究所を知っているかね」

「名前だけは。確か、氷川さんが理事長を務めてらっしゃいますよね」

「アルツハイマー病をはじめとする高齢者の疾病を研究するために私財を投じた。だが、実際のところ、なかなか成果が上がらず苦労している」

噂は聞いていた。世界中から研究者を集めたのだが、氷川が成果を性急に求めすぎて、研究者が居着かず、最近、スイス人の所長が辞めたという記事も読んだ。

「根気のいるジャンルですからね」

「君も苦労しているようだね」

ここに連れ出された理由が、まだ見えなかった。

「まあ。我々のような研究は、金食い虫ですから、もっと貪欲かつ積極的に研究するためには、研究費が足りません」

「どうだろう。ウチの所長になってくれないか。カネはいくらでも出す。もちろん秋吉君も一緒だ」

カウンターで隣り合わせに座っているので、どんな表情で氷川が切り出したのか分からない。

「冗談を言っているわけではない。聞けば、君は最近文科省のお偉いさんと衝突して、国からの補助金を大幅にカットされたそうじゃないか」

順番が逆だった。補助金を切られたから、大喧嘩したのだ。もっとも、そのお偉いさんは、大学時代の同期生で、当時から良好な関係とはいえなかった。

「よくご存知ですね。ですが、私は今の研究室が気に入っていますので」

「まもなく、君の研究室は閉鎖されるのを知っているのかな」

フェニックス7については、篠塚と鋭一それぞれの研究室で研究が進められていた。それを科研費削減を理由に、統合すると、氷川は教えてくれた。

「僕らが知らない情報をご存知なんですね」

「私は政府の審議委員をいくつも務めているからね。その伝手《つて》だよ。君が所長を務めてくれるなら、今の君の研究室の三倍の規模と一〇倍の予算を約束する。研究員の費用は、別途考えてもいい」

なんだって。

「そのような好条件を、なぜいきなり我々に与えるんです？」

「君が窮地に立っていると知ったからだ。そして、本所君も、そろそろウチで研究した方がいいかもしれないと後押ししてくれた」

本当のところ、本所は、体の良い厄介払いができると思っているのではないか。本所は理解者ではあるが、支援者ではない。

金食い虫のフェニックス7の研究に対しては、本所も色々思うところがあるらしいと、聞いている。

「話が突然かつ衝撃的過ぎて、即答できません。それに、そんなに我々を買い被って大丈夫ですか」

「私の家系は、皆、七十歳を超えるとアルツハイマー病に罹患する。中には、若年性アルツハイマーを発症した者もいる。だが、私はまだボケるわけにはいかないんだ。だから、私は君に期待している」

「つまり、あなたは我々の研究成果を利用なさりたいと？」

「私が七十になるまでに、アルツハイマーの特効薬を作って欲しい。そのためには、カネも人も、環境も惜しまない。頼む」

傲岸不遜な風雲児が、小生意気な准教授に頭を下げている。冗談のような光景だ。

「暫く、お時間をください」

「二十四時間だけ待つ。これは、君達二人と私の人生を大きく左右する重大な決断ではある。だが、考える時間が長いと、人は必ず誤った決断をする。二十四時間で十分だろ」

氷川の言う通りだと思った。

篠塚は、二十四時間じっくり考えて、結論を出した。

「我々の間に秘密は、なしだ。だから、教えて欲しい。フェニックス7の暴走は、高血圧だけが原因なのか」

暫くの沈黙の後、氷川が尋ねてきた。

「いえ。それだけでは、解決できない要因があります」

「それは、何だね？」

氷川が腹を割って話しているのだ。篠塚が逃げるわけにはいかないだろう。

「複数の生活習慣病が重なると起きる可能性があるようです」

「秋吉君は、何か摑んでいないのか」

「明日から、そのテストを始めます。ですが、サルをそのような状態にするのに、時間がかかります」

氷川が、低いうなり声を上げた。

そして、グラスを叩き付けるようにサイドテーブルに置いた。

「時間、時間、時間か……」

氷川は立ち上がると、自身のグラスと、空になっていた篠塚のものに、二杯目の酒を注いでいる。

11

「もっと早くやれないのかね」

「世界規模で優秀な研究者を集結させること、スーパーコンピューターをもう一セット戴ければ、実験の前に有力因子を絞り込めるはずです」

「はず？」

「曖昧な言い方で申し訳ありません。確約できないんです。しかし、少なくとも可能性は一桁までは絞り込めます」

「すべては、カネの問題だな」

まあ、そうだ。

「いくらいる？」

「具体的には、世界レベルの分子生物学者が二人、再生医療の専門家が二人、獣医が二人、スパコンを自在に操れるエキスパートが二人。そして、我々を支えてくれる研究員らが二〇人ってところでしょうか」

氷川は紙ナプキンを手にすると、希望追加人員についてもう一度尋ね、メモしていたが、すぐに破り捨ててしまった。

「君の希望を一から準備するのは時間の無駄だ。てっとり早く解決するなら、ＡＢＣの据え膳を食うのが一番だ」

「氷川さん、それほどまでに急ぐ理由は何ですか？」

「今朝、目が覚めたら、私の隣に知らない女が裸で寝ていたんだが、何も覚えてないいんだ」

それが、オペラ鑑賞をすっ飛ばして、科研に飛んできた本当の理由なのだろう。

「理事長、好き嫌いを言っている場合ではありません。明日、朝一番で荻田さんをここに呼びます。よろしいですか」

「君がそうすべきだと思うなら」

篠塚は、廊下に出て荻田の携帯を呼び出した。

「大変申し訳ないのですが、朝一番で、科研までいらしてもらえませんか」

〝氷川理事長が、どうかされましたか〟

「もしかすると、アルツハイマー病を発症したのかもしれません」

暫く沈黙があった。

〝分かりました。では、始発でそちらに向かいます。具体的にどういう症状なんでしょう〟

篠塚は、氷川から聞いた症状を伝えた。

〝なるほど……。では、明朝〟

「無理を申します」

〝いえ、そういう兆候を見落とした私の責任は重いですから、お気遣いなく〟

窓の外で雪が舞っていた。

12

「雪が降ってきましたよ」

交通事故の処理から戻った渡辺が、ストーブの前で手を合わせている。

楠木は当直長のテーブルで、アルキメデス科研の記事を読んでいた。

「こいつは、早朝に道路凍結のための事故が増えるかもしれんなあ。仮眠シフトをちょっと変更すっかな」

渡辺は同行していた若手二人に先に寝るように指示した。

「なんだ、おまえさんは、いいのか」

「俺は、ちょっと係長に一局お手合わせ願おうかと思いましてね」

つまり、別室で密談したいという意味か。

「おい、サブちゃん。ちょっと座敷に行ってくるわ」

テレビドラマを見ていた交通課の坂上三郎巡査部長は、軽く手を挙げて応じた。

座敷の正式名称は、第二休憩室という。八畳の和室で、昼食時には、婦警たちが弁当を広げているし、時にはロートルたちが将棋や囲碁を楽しむ場所にもなる。

当直の時には、仮眠室として使用されたりもするが、今夜は誰もいなかった。

代わりにテーブルの上に、缶コーヒーが三つ置かれている。

「夕方、ちょっと立て込んでいてご報告できなかったので」

渡辺が缶コーヒーを楠木に差し出した。カネを払おうとしたら、おごり、だと言う。

「まず、諸積氏の方です。診療センターのガードが堅かったですが、なんとか事務局員から事情を聞けました。エイジレス診療センターには、VIP棟なるものが七室あるそうです。ランクがAからCまであって、AとBが二室ずつ、Cは三室あるそうです。いわゆるVIPが利用しており、入居するには、途方も無い順番待ちをしなければならないそうです」

渡辺の金釘文字で七人の入居者名が記されていた。

諸積はランクAの入居者で、もう一人は、楠木でも名前を知っている東京財界の大物だった。

「Bランクの二人は、どういう経歴なんだ」

「七〇三号室の菅野毅は、宇宙工学では有名な先生だそうです。年齢は八十八歳。七〇五号室の今居昭子の方は、原子物理学者で九十一歳です。これに加えてCランクの七〇六号室の泉田堯彦《いずみだたかひこ》ら三名が理事長枠だそうで、理事長の推薦者しか入居できないそうです」

「あそこの理事長は、IT長者だったな」

「ええ、氷川一機ですね。世界長者番付に名を連ねる大富豪です」

冷たい目をした表情のない顔写真をテレビや新聞で何度か目にしたことがある。

「で、残りCランクの二人は、元宮城県知事と元国会議員です。ここは、地元の名士優先だとか」

その二人の名前も知っていた。どちらも、かつて捜査二課が汚職で追いかけたことがあった。

「入居費は、高いんだろうな」

「べらぼうに。Cランクでも、差額ベッド代が一日二〇万円とか。AとBは氷川の会社が仕切っているそうで、料金の詳細は不明です」

日本でも着実に貧富の差が広がっていると言われている。なかなか表面化しないのだが、高齢者が入居する特別室の料金を聞いていると、明らかにそこには格差社会が存在している。

「で、諸積氏が入居したきっかけですが、理事長推薦なのは当然ですが、篠塚アルキメ科研所長が、事前にヒアリングしたようだと」

「理由については？」

「エイジレス診療センターに入居したのは、アルツハイマー治療で大きな成果を上げているからだと、諸積氏が自ら言っていたのを聞いたそうです」

「諸積氏は、アルツハイマーを患っていたのか」

「分かりません。話を聞いた事務局員の話では、エイジレス診療センターは、アルツハイマーの進行を遅らせて改善を目指した様々な治療ができるんだとか」

「諸積氏のアルツハイマーのレベルは？」

「すみません、それも未確認です」

令状を取って、諸積氏のカルテを押収したいところだが、現状では令状の発行は難しそうだ。もう少し、不審点がないと。

「何か、引っかかりますか」

「俺もエイジレス診療センターのアルツハイマー治療には定評があると聞いた。だが、諸積氏が死ぬ直前まで数学の問題を解いていたのであれば、そんなことは、アルツハイマーの患者にできることじゃない」

「確かにそうですねえ。だとすると、諸積氏は、アルツハイマー病ではなかったのかなならば、渡辺が言っていた入居理由が意味をなさなくなる。

「もしかすると諸積氏は、何らかの兆候に気づいて、アルツハイマー病に罹患する前の予防として入院したかも知れんな」

だが、八十七歳にもなれば、記憶が曖昧になるのは、自然なことだ。どれが、健全なボケで、どれがアルツハイマーの影響による記憶障害だと判別できるのだろうか。

「もっと丁寧に聞いてくれればよかったですね。すみません、ボンクラで」

「ボンクラじゃないさ。実は些末なことに過ぎないかもしれない。しかし、大数学者が、わざわざ宮城くんだりまでやって来るんだから、それなりの革新的な治療があるのかも知れないと思ってな。諸積氏には、付き添いや家族は？」

「いなかったようです」

「お疲れっす！」

署内一の軽はずみな奴が姿を見せた。松永は、そのままシベリアに行けそうなぐらいの分厚いダウンコートを着て、耳当てまで着けている。

「そんなに寒いのか」

「まあ、ここは暖かいっすけどね。雪降ってますから、用心に用心を重ねなくっちゃ。で、お二人に差し入れ持ってきました」

コンビニの袋から出されたのは、ハーゲンダッツのカップのアイスクリームだった。

「なあ、松永、そんな防寒しておいて、差し入れがアイスってどんな神経してんだ」

渡辺も呆れている。

「変っすか？　寒い日は、暖房効いた部屋でアイスってのが、オツっすよ」

理解不能だと口にするのも、馬鹿馬鹿しい。

「で、ナベ。行き倒れで発見された年寄りの死体検案書だが」

渡辺が、書類袋から中身を取り出した。

思ったよりも、枚数が多かった。

「念のため一年分を取ったんですが、予想外の多さです。一〇八人もいました」

一ヶ月当たり、九人か。

「ただ、アルキメ科研の篠塚先生の署名があった診断書は、一通もありません」

「まじっすか！」

一人でさっさとアイスに取りかかっていた松永が驚いている。

諸積は特別だったわけか。

「で、それが分かったので、諸積大先生が倒れた時のことを聞き込みました。数学の議論をしている最中に苦しみだし、倒れたそうです。そして、その場に偶然、アルキメ科研の所長が居合わせて、蘇生術を行ったとか」

それなら、別に篠塚所長が死亡診断書を書くのは不自然ではない。

「どうも、俺の考え過ぎだったようだな。で、松永の方の収穫は？」

「えっと、今日は二家族のご遺族に話を聞きました。両方ともに共通項はなく、エイジレス診療センターで診察を受けたこともなかったようです。ただ、どんどん徘徊が酷くなり、行方不明になる前の数回は、明け方まで家族総出で捜したりもあったそうです」

缶コーヒーも飲んで、すっかり夜食を楽しんでいる松永が、メモを読み上げた。

暢気《のんき》な口調で報告する松永に、楠木は腹が立ったが、怒るエネルギーすら無駄に思えた。

「つまり、収穫ゼロだな」

「いやあ、それじゃあ、さすがにお恥ずかしいんで、ちょっと面白い話を耳にしました」

「おまえ、もったいつけずに先にそれを言えよ」

こたつに足を突っ込んで、アイスクリームの蓋を開けた渡辺が文句を言った。

「自分、おいしいもんは、後にとっておきたいタイプなんで。実は、徘徊を繰り返していた八十二歳の母親がある日、誘拐されかけたと大騒ぎしたことがあったそうです。大騒ぎしたのは、成瀬ツルさんです。誘拐されかけたと訴えたのは失踪する一ヶ月前で、黒いワンボックスカーに乗っていた男に、無理矢理連れ込まれそうになったそうです」

「ツルさんが、失踪したのは？」

渡辺に促されて、松永は手帳を開いた。

「えっと、七月二十日頃だそうです」

「行方不明者届は出ているんだな」

「はい、二十一日には」

「その時に誘拐されかけた件を家族は話していないのか」

「届けを出した時には、話していないそうです」

「じゃあ、誘拐されかけたと訴えた時は、警察へ通報していないんだな」

「と、思います」

「思うだと？」

要領を得ない松永に、楠木の我慢が切れそうだった。

「届けを確認していないので」

「明日一番で、確認しろ。で、遺体で見つかったのは？」

また、松永がメモをめくりながら答えた。

「八月十一日っすね。見つかったのは、山上町《やまがみ》の竹林っすけど、事件性はないと記録されていました」

渡辺がため息をついて、質問をやめた。

「誘拐騒動について、ご遺族から詳しく聞いたか」

「係長、もちろんっすよ。でも、遺族の話は曖昧で。ツルさんが散歩をしていたら、黒いワンボックスカーが停まって、車内に連れ込まれた。そこで薬をかがされたんだけど、暴れたお陰で逃げ延びたそうです。だけど」

「何だ」

「家族が警察に届けないので、ツルさんは何度も誘拐の模様を繰り返し訴えたそうなんですが、それが、毎回話が変わるそうで」

だから、誰も信用しなかった。

その一方で、誘拐されそうになったと本人が何度も訴えるというのに、引っかかった。

「黒いワンボックスカーと男という二点は、どうだ。そこも食い違っていたのか」

「すみません、そこまでは尋ねませんでした」

もどかしいな。

「いっそのこと屋外で亡くなったお年寄りの遺族全員に、聞いて回りますかねえ」

アイスクリームを食べ終えた渡辺が、真っ当な提案をした。

「そうだな。だったら、そろそろ課長に上げるべきかな」

「いや、係長、それはまだいいんじゃないっすか。あの課長に、中途半端な状態の情報を上げると、ろくなことないっすよ」

その口の利き方はなんだと、松永を叱る前に、渡辺が「同感」と話を進めてしまった。

「それにしても、一体、何が起きてるんですかね」

渡辺の疑問は、楠木の疑問でもあった。

徘徊老人の行き倒れ死が増えている。しかも、いずれのお年寄りの遺体にも不審な点がある。だが、事件の輪郭すら描けていない。

そんな状況で、これを事件として上にあげるのは、さすがの楠木にも躊躇いがあった。

13

午前零時、解剖室に降りると、ＰＫ１２１が横たわり、準備万端整っていた。

緑色の解剖衣をまとった大友が、篠塚に黙礼した。部屋の奥には、やはり解剖衣姿の鋭一がいる。

「カラオケは、どうした？」

「麻井のオッサンが下手すぎて、逃げてきた」

麻井の歌は大半が英語やドイツ語だが、プロはだしだ。下手なのは、鋭一の方だろう。

「じゃあ、大友さん、始めましょう」

手際よく大友が解剖を進めるのを、篠塚はサポートしている。その背後で、鋭一はカメラを構えて、作業を覗き込んでいる。

頭蓋が外された段階で、三人がうめいた。大量の血液とともに脳が勢いよく盛り上がってあふれ出したからだ。

「凄い膨張だな。諸積先生の時とは比べものにならない」

鋭一の指摘は正しかった。鋭一がシャッターを切る度に閃光が飛ぶ。その明滅の中で、篠塚は拡大鏡で、脳の状態を精査した。

「このPKも高血圧だったのか」

暫し作業の手を止めていた大友が、ディスプレイをチェックしている。

「プラス糖尿病と神経痛です。降圧剤服用とはありますが」

やはり、別のNG因子があったか……。

「条件付けした実験が必要だな。真希ちゃんに急ぎやってもらうしかないな」

「だが、糖尿病を患っていても、何の変化もないPKもいる。神経痛もだ」

鋭一は判断が早すぎる。

「大友さん、二つ以上の持病を持っているPKは？」

「すぐには、分かりかねます。ただ、秋吉教授の指摘は、重要かもしれません。一つの持病では問題なかったのが、重なると何らかの作用をするという可能性を、今まで見落としていました。高血圧症ではなかったのに亡くなった方の持病を、再度検証してみます」

フェニックス7の暴走する原因が他にもあるのだろうか。

こんな状態では、氷川に移植するなど到底無理だ。

「ちょっと、いいか」

解剖なら、大友一人で十分やれるので、鋭一に続いて廊下に出た。

「理事長様の話は、何だったんだ？」

「なぜ、それを知っている？」

「おまえのスマホを、ハッキングしてるからだよ」

睨み付けると、鋭一が嬉しげに白い歯を見せた。

「理事長がアルキメ科研に来たと、雪がＬＩＮＥで教えてくれたんだ。すると、その三十分後に、おまえに急用ができた」

ミステリおたくの鋭一からすれば、この程度の推理は楽勝だろうな。

「なるほど、おみそれしました。ホームズ君」

「いや、僕の好みは、ファイロ・ヴァンスだ」

二十世紀前半に一世を風靡《ふうび》した米国探偵小説家のヴァン・ダインが創出した名探偵の名だ。

「それはともかく、理事長様の用件は？」

誰もいないのは分かっているのに、篠塚は思わず廊下を見回してしまった。

「アルツハイマーを発症した可能性がある」

「そいつは愉快だな。おっさん、びびりまくってるんだろう」

「笑い事じゃない。俺たちの成果を求められる時がいよいよ来たんだ」

「なのに、原因不明の暴走か……」

そして氷川は焦っている。

「複数の疾病がシンクロして暴走するという仮説なんだが」

篠塚が切り出すと、鋭一はうつむき加減で首を振った。

「あれは思いつきだ。科学的根拠があったわけじゃない」

「視点としては面白い」

「まあな。だが、気が遠くなるほどの実験がいるぞ」

「ひとまず、高血圧症のマウスを糖尿病と神経痛に罹患させるところから着手できるだけでも、ありがたい」

鋭一は「うーん」と唸って考え込んでしまった。

「なんだ、名案を思いついたんなら、話せよ」

「名案じゃない。いわゆる最後の手段ってやつだけどな。たとえ暴走原因の全てを解明できなくても、理事長様に移植すればいい」

「鋭一」

「人として許されないという倫理を気にする必要はない。なぜなら、僕たちはＰ７と一緒にヤツに買われたんだ。医薬品医療機器総合機構《PMDA》に認められなくても、理事長様に躊躇なく移植するためだ。だから、やるしかない」

「俺は、フェニックス7を、氷川さんと心中させるつもりはない」

「心中なんてしないさ。氷川はＰ７実用化の礎になるだけだ」

激しい頭痛を訴えて昏倒して帰らぬ人になった諸積の最期の姿が、篠塚の脳裏に鮮明に蘇った。

「所長、処理が終わりました。閉じますが、よろしいですか」

大友が声を掛けてきた。

14

夢の中で、大勢の年寄りがバタバタと道端に倒れていくのを、楠木は手をこまねいて眺めている。

何をしている！　彼らを抱きかかえて、何があったのかを尋ねるのが、おまえの職責だろう。

その時、目の前で黒いワンボックスカーが急停車したかと思うと、正体不明の男が降りてきて、バックドアが開いた。そこに近づこうとするのだが、体が動かない。車内を覗き込んでいた男が、軽々と荷物を肩に乗せた。

小柄な女性がぐったりとして、肩に担がれている。母だ。

「やめろ」

男には聞こえないのか、前を歩いて行く。そして、突然、用水路に女性を投げ入れた。

そこで、楠木は飛び起きた。仮眠室のベッドが固すぎて変な夢を見てしまった。

「すんません、楠木さん。また、出ました」

渡辺が、ベッドの側に立っていた。

「出たって?」

「お年寄りの行き倒れ死です」

反射的に、腕時計を見た。午前六時四分だ。

まだ、夜は明けていない。

「新聞配達の兄ちゃんが見つけました。場所は、北《きた》の杜《もり》一五八七番地の用水路脇です」

ベッドから這い出ると、一気に冷気が足下から忍び寄ってきた。

「雪は?」

コートを羽織りながら尋ねた。

「えっ?」

「雪は、まだ降ってるか」

「一時間ほど前にやんでます」

「一一〇番通報は?」

「二十分ほど前です。ひとまず、当直遅番三人に、現場に向かわせました」

「ダメだ。現場手前一〇〇メートル以内に近づくなと伝えろ！」

「は？」

「昨夜の八時前から雪が降っていたんだ。現場に、死体遺棄をしたヤツの車のタイヤ痕や靴跡が残っているかもしれんだろ」

現場を荒らされたくないのだ。遺棄時刻によるが、雪上に様々な手がかりが残されている可能性が高い。

渡辺は慌てて出ていった。

証拠が手に入るかもしれない。そのチャンスを逃すわけにいかなかった。

ハイビームで走る捜査車輛のフロントグラスに、雪が吸い寄せられるように打ち付けられる。再び、雪が激しく降っている。

楠木は舌打ちした。

こんなに降ると、証拠がどんどん消えていくじゃないか。

しかし、この悪天候では、ハンドルを握る渡辺に飛ばせとも言えない。

「クソっ！　さっきまでやんでたくせに！　もう降るなよ！」

「ナベ、焦ってもしょうがない。ここは安全運転でな」

「いやあ、でも、やっぱむかつきますよ。せっかくのチャンスなのに」

楠木は、現場に到着している巡査を無線で呼び出した。

「遺体に近づいて、周辺に車のタイヤ痕とか靴跡がないか調べろ」

〝了解です！〟

「さすが、楠木さん。俺はもうカッカして、そこまで気が回りませんでした」

「いや、俺だって、気づいたのは今だ。間に合うといいがな」

雪道でハンドルを取られるのを、渡辺が上手に操っているうちに、前方にパトカーの赤色灯が見えてきた。

渡辺がアクセルを踏み込んだようで、後輪が空回りした。

「すんません！」

なんとかコントロールして、捜査車輛は、パトカーの後部で停止した。

楠木は、鑑識道具を詰めたバッグを後部座席から引っぱり出して、外に出た。

冷気と雪が襲ってきた。

楠木はロングコートの襟を立て足下に気をつけながら、スマートフォンで撮影している警官に近づいた。

「どうだ！」

「あっ、係長、お疲れ様です。タイヤ痕と靴跡を、かろうじて撮影できたと思います」

そう言って提示したスマートフォンの画面には、思ったよりは良好にタイヤ痕が映っていた。

「でかしたぞ！　今度、酒おごる！」

画面を覗き込んでいた渡辺が叫んだ。

楠木は鑑識バッグを渡辺に手渡した。

積雪の影響で、かなり曖昧にはなっているが、それでも、タイヤ痕と靴跡の型を取っておきたかった。

渡辺は手先が器用だ。積雪した雪を刷毛《はけ》で払って、できるだけ鮮明に型どりしてくれるだろう。

楠木は、懐中電灯をともすと、遺体の側にしゃがみ込んだ。顔は横向きで身体は俯《うつぶ》せに倒れている。高齢の女性が雪の中で眠るように横たわっている。

苦悩や痛みを感じさせるような表情はない。セーターとズボンを着て、ウォーキングシューズを履いている。このいで立ちでは、凍えるほど寒かったはずだ。尤も、死んでから運ばれたのであれば、寒さも感じなかっただろう。

ざっと見る限り、立て続けに発見される行き倒れ死の特徴と合致している。

楠木は分厚いゴアテックスのスキー手袋を脱ぎ、鑑識用の白手袋を嵌めた。そして、静かに女性の頭に指を這わせた。

先日、東北大法医学者の立田教授が示してくれた開頭の部位を思い出しながら。

指先に何かが引っかかった気がした。手を頭から離して懐中電灯を照らしてみると、白い手袋の指先が赤く染まっていた。

「ナベ！」

渡辺が近づいてきた。

「見ろ」

手袋の指先を示すと、「血ですか。どこに？」と尋ねながらシャッターを切った。

「ガイシャの頭をなでたら、ついた」

「つまり？」

「死んでから、開頭して調べた奴がいる」

「死体遺棄事件で、やれますね」

そういうことだ。楠木は立ち上がると、刑事課長の携帯電話を呼び出した。

第四章　事件

1

〝宮城中央署では、連続する認知症高齢者の失踪と、死体遺棄の関連について調べています〟

次のニュースに移ったところで、篠塚はテレビを消した。

そこに大友が現れて、頭を垂れて謝った。

「ご迷惑をおかけしてしまい、大変申し訳ございません」

「大友さんが謝ることではないでしょう。責任はすべて私にある」

「いえ、私がこんな事態を引き起こしてしまいました」

エイジレス診療センターには時々、徘徊老人が運び込まれていた。その中で、自分の名前も分からない彼らを、フェニックス7の〝治験〟に利用すべきだと進言したのは、大友だった。

「認知症が進み、人間としての理性や知性を失い記憶が混濁しながらも生き続けることが、本当に幸せなんでしょうか。それは、何より罹患経験者である私自身が痛感致しております。人間の尊厳のために役に立つ方が、価値のある人生と言えるのではないでしょうか。しかも、回復する可能性まであるんです」

そう言って押し切ろうとする大友に、篠塚は抗えなかった。いくらサルでの実験を繰り返してもヒトとは決定的に違う何かがある。地球生物の中で最も知能の高い人間の脳の仕組みには、余りにも不明点が多すぎた。

そして、その実験対象に最初に名乗り出たのが、大友だった。

アルキメデス科研に移籍した篠塚は、優秀な技官の確保に苦労していた。そこで、フェニックス7研究の初期からサポートしてくれた大友の復帰を望んだ。

定年退職した大友が、山梨県内で暮らしていると聞いて、篠塚は会いに出かけた。東大在職中に妻を亡くし、一人娘が嫁いだ先の近所で借家住まいをしていた。

二年ぶりの再会だった。

大友は見る影もないほど老け込んでいた。

「孫を誘って、太公望を気取りますよ」と送別会で笑っていた敏腕技官の鋭い目は、もはやすっかり消えていた。

仕事人間だった反動か、日がなする事もなく過ごしている内に、少しずつ認知症が進んだようだ。

再会した時には、まだ一日の半分ぐらいは正気を保っているが、時々何もかも分からなくなると、大友は自嘲気味に笑った。

「もはや、所長方《せんせい》のお役には立てないと思います」

悔しげに唇を強く結ぶ大友に、篠塚はかける言葉がなかった。

ところが、夕食の席で、大友は居住まいを正して、お願いがあると言った。

「私に、フェニックス7を移植して戴きたいんです」

予想していなかった提案に、篠塚は笑い飛ばすこともできなかった。

それどころか、篠塚の頭の奥底で少しずつ溜まりつつあった黒い願望が、大友の提案に激しく反応したのだ。

動物実験は順調に進んだ。だが、審査機関は、フェニックス7の治験を認めようとはしない。磨き上げたフェニックス7には、自信がある。

否定的な意見を並べる斯界《しかい》の重鎮たちを見返すために、人体への移植を試してみたい、という誘惑に駆られたことは一度や二度ではない。

「氷川さんとお約束があるのは、私も知ってますよ。そのためには一人でも多くの移植例が必要です。それに今度また徘徊し、知らない地で保護されるようなことがあれば、私は自殺します」と大友も煽《あお》ってくる。

その時は、大友の状態を徹底的に調べた上で相談しようとなんとかなだめて、結論を出さなかった。

結局、篠塚は誘惑に勝てなかった。

そして、大友へのフェニックス7の移植は成功した。

この成功がなければ、いくら強く求められても諸積に移植しなかった。

やがて、夜間に徘徊している老人を、大友が保護し、フェニックス7を移植するようになる。

鋭一にすら告げずに、篠塚は禁断の〝治験〟に、我を忘れて没頭した。そして、ようやく治験の申請まであと一歩のところまで辿り着いた。

その過程では、様々な副作用が起き、その都度PKが命を落とした。

——所長、差し出がましいですが、この方たちは、ここに運ばれて来た段階で、既に死に体です。徘徊して、元の場所に戻れなかったということは、誰に看取られることもなく野垂れ死ぬのです。

そんな惨めな死が待つ彼らを、所長は救っているのです。皆、失われた正気を取り戻し、思い残すことなく、あの世に旅立っていきました。

それを幸せと言わずして、何と申しましょうか。

誰もが納得し、涙ながらに所長に感謝したではないですか。そして、皆さんは自発的に、〝治験〟の承諾書にご署名もくださいました。

ですから、どうか罪の意識を持たないでください。

大友の鬼気迫る励ましに、篠塚は自身を正当化した。

「遺体の処理方法を再検討しました」

大友の決然とした発言で、篠塚は現実に引き戻された。

「これ以上はダメだ。このトラブルは、警鐘だ。暫く治験は控えよう」

「所長、そんな弱気でどうするんですか」

「弱気じゃない。とにかく、昨日の患者《クランケ》の脳の状態を徹底的に検証したい。暫く治験者を連れてくるのは、控えてください」

本当にそれでいいのか。大友の目がそう訴えている。

だが、篠塚は頑として譲らなかった。

「承知しました。ですが現在も特別滞在クランケがおります。この方たちに万一のことが起きた場合は、私が穏便に処理します」

「どうやって？」

「所長は、ご存知ない方がよろしいかと」

それは卑怯《ひきよう》だと思った。だが、何か言う前に大友は背を向けて部屋を出ていった。

いずれこういう事態が起きるのは分かっていた。だが、いざ現実に起きてみると、我ながら呆れるほど動揺している。

大きなため息をついて、篠塚は椅子の背もたれに体を預けた。気づくと、両手が震えている。

怖いのか。

バカな。

覚悟して、禁断の果実を食べたのではないのか。氷川のためではなく、アルツハイマー病を持つ多くの高齢者とその家族の地獄を、一刻も早く解消したい。

子どもの頃に見た祖母の信じられない光景が脳裏をよぎる。

あれは、家族の絆をぶった切るほどの破壊力があった。

あんな事態は日本から消滅させなければ――。そう誓って医者の道を選んだんじゃないのか。

大友に唆《そそのか》されたわけでも、氷川のプレッシャーに屈したわけでもない。自分自身の信念を貫いただけだ。

医者は、病の苦しみから人を救うために存在する。そのために、やれることは何でもやる。医療が進化する道程に保身の入る隙はない。

院内PHSが鳴った。鋭一だった。

〝今、真希ちゃんと、複数の持病があるクランケの実験シミュレーションを検討しているんだが、意見を聞きたいんだ。実験棟まで来てくれるか〟

「分かった――おまえ、大丈夫か」

〝大丈夫って？　なんだ、二日酔いなのか〟

昨夜、解剖の後、二人で明け方までワインを飲んだ。

「まあな。鋭一は、問題なしか」

〝僕は、朝から元気ビンビンだ。二日酔いに効く良い薬、持っているけど〟

「遠慮しておく。どうせ、無認可の秋吉スペシャルとかだろ」

〝鋭いなあ。けど、市販のどの薬剤より効くぞ〟

こんな時は何を飲んでもダメなのだ。忙しくすること、それが一番の薬だった。

2

朝から、失踪高齢者連続死体遺棄事件捜査班用に用意した電話一〇台が鳴りっぱなしだった。

報道発表すれば、少しは有意義な情報が集まるのではと思った楠木の思惑は、想像以上の大当たりとなった。

〝ウチのばあちゃんも、きっと誰かに殺されたんです〟

受話器の向こうで、男性が早口でまくし立てている。

「申し訳ないんですが、まず、お名前とご住所、そして、おばあさまの名前を教えてください」

電話番号はディスプレイ上に出ているので、既に控えている。

それにしても、市外局番０９８ってどこだ。

〝ばあちゃんの名は、豊見城《とみしろ》ともってんだ。とにかく、こっちきて話を聞いてくれないか〞

場所を聞いたら、沖縄県那覇市と返ってきた。

「申し訳ありません。ちょっと遠すぎる。那覇市内の警察に連絡してもらえますか」

相手はまだ喚《わめ》いていたが、楠木は電話を置いた。

会議室の入口で、刑事課庶務係の浅丘巡査部長《ぶちょう》が、手招きしている。

早くも課長からお小言か、と思って廊下に出た。

「署長室に、お客だよ」

「誰?」

「捜一の管理官だそうだ」

動きが早すぎないか。

とはいえ、わざわざ仙台市の警察本部からお越しなのだから、丁重に話を伺わねばならないだろうな。

「大丈夫か。俺も手伝おうか」

浅丘が見かねて声をかけてくれた。

「ありがたいが、また怒られるんじゃないか」

庶務係は刑事部屋の留守居役と決めつける刑事課長は、浅丘が業務外の仕事をするのを嫌う。

「平気さ。今は、暇だしな。気にするな」

浅丘はそう言うと、楠木の席に座った。楠木は階下に降り、署長室をノックした。

「よお、忙しいところ悪いね」

相変わらず陽気な署長の棚橋が、右手を挙げて挨拶した。隣に座れと言っている。その前に、立ち上がっている若いエリートに挨拶した方がいいな。

「ご苦労様です。宮城中央署刑事課刑事第一係、係長の楠木耕太郎です」

「宮城県警刑事部捜査一課、管理官の門前純一《もんぜんじゅんいち》と申します」

着任挨拶の文字が赤のゴム印で押された名刺を差し出してきた。ご丁寧にも着任日まで記されていたが、四ヶ月以上も前の日付だった。

県警の刑事同士で名刺交換もないだろう、と思ったが、棚橋が頷いているので、慌てて名刺入れを引っ張り出した。

「門前管理官は、今回の楠さんの手腕に感服されて、ぜひ勉強させて欲しいとおっしゃっているんだ」

こんな厄介者を背負い込みたくないんだが。

「あの、私の手腕とおっしゃいますと？」

「行き倒れのお年寄りの死に不審を抱き、事件の存在を察知された刑事としての嗅覚と申しましょうか、慧眼と申しましょうか。ぜひ、おそばでじっくり学ばせていただきたいんです」

「お言葉ですが、私から学べるようなものは、何もありません。そもそも、単なる妄想かもしれませんから」

「おいおい楠さん、謙遜しなさんな。もしかしたら、連続殺人犯が逮捕される可能性だってある」

棚橋は、完全に面白がっている。

「捜査のお邪魔は致しません。階級のことは忘れて、顎《あご》で使ってください」

救いを求めるように棚橋を見た。楽しさが押えられないような笑みを浮かべている。

「これは、喜久井のお願いでもある」

捜査一課長の名を出すとは、卑怯な。

「分かりました。ただし、一週間で勘弁してください」

門前はわざわざ立ち上がって、頭を下げた。やれやれ、松永だけでも大変だというのに、また、勘違い野郎のお守りか。

その時、良いアイデアが浮かんだ。

だったら、二人でコンビを組ませればいいんだ。

3

麻井は今朝もまた、電話に叩き起こされた。

〝起こして悪かったな〟

ＡＭＩＤＩの理事長、丸岡だった。麻井は体を起こして、ベッドサイドに置いた腕時計を見た。午前七時三分だ。こんな早朝から電話を入れてくるのだから、とてつもなく良からぬ事が勃発したのだろう。

「いかがされましたか」

〝Ｉ＆Ｈと　Ａ　Ｂ　Ｃ《アメリカン・バイオ・カンパニー》が合弁企業　フェニックス７米国で治験か――暁光新聞の一面の見出しだ。これで官邸が大騒ぎしている〟

クソ！　香川、こういう情報を事前に送る仁義がないのか！　ネタを取る時は下手《したて》に出る癖に、大事な時には連絡もしてこない暁光新聞の女記者が許せなかった。

「すみません、事前に察知すべきでした」

〝裏取りでもされたのか〟

「いえ、まったく」

〝ならば、おまえさんが謝ることじゃない。それよりも、Ｉ＆Ｈの氷川会長が、アルキメ科研にいるらしいぞ〟

うっそ、と言いかけた瞬間、昨夜、篠塚がカラオケに行かなかった理由が分かった。

なんだ、どいつもこいつも、俺を蔑ろにしやがって。

「氷川に会ってきましょうか？」

〝どんなことをしても、捕まえて欲しい。そして、記事を否定させるんだ。これは、総理のご意向だ〟

「だったら、私ではなく板垣さんから説得してもらった方が、よろしいのでは？」

〝それが板垣さんと連絡が取れないらしい〟

厄介だな。

〝とにかく、すぐに氷川を捕まえて、事実確認してくれ〟

丸岡の声が切羽詰まっている。すぐに動いた方がよさそうだ。

〝分かっていると思うが、午前中が勝負だ。他紙の夕刊やＮＨＫの正午のニュースで流れたら、取り返しがつかない〟

電話を切ると、フロントにタクシーの手配を頼んだ。

そして、顔だけ洗い、すぐにチェックアウトした。

タクシーに乗り込むと、麻井はノートパソコンで暁光新聞の記事を検索した。

問題の記事はすぐに見つかった。執筆署名は、サンフランシスコ特派員・道尾晴哉とある。初めて見る名前だ。

サンフランシスコ郊外に、ＡＢＣの本社があるが、製薬業界の事情を知らない者が、こんな大きなスクープは書けない。

香川を呼び出した。

数コールで相手は元気良く出た。

「今、サンフランシスコか」

〝あっちゃあ、さすがだなあ。麻井さん、早朝からお疲れ様です〟とあっけらかんと返された。

「特ダネ命の君が、手柄を同僚に譲るなんて、どうした?」

〝いやあ、さすがに、私の署名が入るのはまずいでしょ。AMIDIは出禁になるだろうし、嶋津大臣も電話に出てくれなくなるし、シノヨシにも相手をしてもらえなくなる〟

勝手な女だ。

「それが困るなら、協力しろ」

〝いいですけど。代わりにコメントもらえますか〟

「先に、俺の質問に答えてからだ」

〝かなり強引ですね。太平洋を挟んでも、お怒りの顔が目に浮かぶ〟

「情報源は、誰だ?」

〝ABCの幹部です〟

ウソだな。この手の情報漏洩を、アメリカ企業は企業の内部統制として認めない。特に、製薬会社の機密保持はどの業界よりも厳しい。

「板垣さんだろ」

〝ノーコメントです。ていうか、私は今、サンフランシスコにいるんですよ。板垣さんと会えませんから〟

発信源が板垣なら、香川は板垣と一緒に、サンフランシスコに飛んだ可能性がある。

だったら、板垣と連絡が取れないのも頷ける。

「この後、何が出る？」

〝と、おっしゃいますと？〟

「惚《とぼ》けるな。君がシスコにまだいるのは、次の花火を打ち上げるためだろう」

〝麻井さん、ホント鋭いですねえ。確かに、第二弾でもっと凄いのを準備しています。でもそれは言えません〟

麻井はさっきから、自分が何か重要な情報を見落としているような気がしていた。それが何か、今、分かった。

「サンフランシスコにいるというのは、ウソだな。君がいるのは、サンノゼだ」

先頃、国際再生医療協力会議が行われたサンノゼには、アメリカが多額の投資をして米国国立再生医療総合研究所《NRMRI》（National Regenerative Medicine Research Institute）がオープンしたばかりだ。

相手が黙り込んでいる。

「アメリカ政府の再生医療プロジェクトの誰かからコメントを取ったんだな」

そこで電話が切れた。

もう一度電話をかけようとしたがやめた。

そして、丸岡宛にメールを送った。

〝『暁光』へのリークの背後に、米国政府の存在の可能性。第二弾でもっと大きな爆弾が炸裂するようです。仕掛け人は、板垣と香川。板垣氏はサンノゼかも知れません〟

アメリカ政府としては、一刻も早く日米のフェニックス7治験プロジェクト情報をオープンにして既成事実にしたい。そうすれば、フェニックス7の研究成果を日本が独占できなくなるからだ。

だとすれば、たとえ氷川が否定コメントを出したとしても、何の効力もない。

なんてことだ！

そもそも厚労省や官邸は何をしていたんだ。アメリカ政府が板垣を巻き込んで、泥棒まがいのことをしているのを、誰も気づかなかったのか。

日頃、アメリカ大統領との親密な関係を自慢している総理も、とんだ役立たずだ。

すぐに丸岡から、返信が来た。

〝たった今、ＡＢＣが、合弁企業設立の交渉を認めた。締結間近で、日米で夢のプロジェクトを推進したいというチェンバー副社長のコメントまで出ている〟

麻井は丸岡に電話した。

「この期に及んで、氷川に会う必要がありますか」

〝いくら板垣さんが暗躍したところで、ＡＢＣとの合弁企業設立に関するすべての決裁権は氷川にある。とにかく、奴の腹の内を探って欲しいんだ。一体、奴は何を焦っているんだ。Ｐ7の研究は順調に進んでいるという話なのに〟

「分かりません。とにかく探ってみます」

〝それと、ついでにシノヨシを我が方に引っ張り込んでおきたい〟

また面倒なことを。簡単に言わないで欲しい。

「彼らに、雑音を入れるのは、逆効果では？」

〝しかし、彼らが日本でやりたいと思ってくれるのであれば、やり方はある。二人をアルキメ科研から引っぺがし、同等以上の待遇を保証して、東大に戻ってもらう〟

4

濃いめのコーヒーを啜りながら、篠塚は暁光新聞の一面の記事を読んでいた。

Ｉ＆ＨとＡＢＣが合弁企業
フェニックス７米国で治験か

相変わらず、暁光新聞は派手に書き立てているな。もっとも、記事の量は多いが、中身は薄い。それでも、日本の再生医療学会と業界は、大騒ぎだろうな。

前夜の氷川の様子から、いずれこういう記事が出るだろうとは予想していたせいか、あまり驚きはなかった。

麻井が、大騒ぎしている。

氷川の秘書の話では、早朝にアルキメデス科研に乗り込んできて、氷川に会わせろと居座っているそうだ。だが、秘書は「理事長は不在」を押し通している。

篠塚のスマートフォンにも、さっきから何度も着信があるが、無視している。

麻井に話すことなど何もない。

そもそも篠塚は、答える立場にない。

麻井は鋭一にも連絡を入れているだろうが、鋭一は就寝中に、通信機器の類を全てオフにしている。そして、彼の起床時間は昼過ぎだ。

理事長室秘書から連絡が入った。

〝荻田先生が、お見えになりました〟

「すぐそちらに行く。それから、絶対に、麻井さんを私の部屋に入れないように。あと、鋭一にも接触させないように、周雪にも伝えてくれ」

篠塚は白衣を羽織るついでに秘書に言い残して、理事長専用診療室に向かった。

理事長専用診療室は、アルキメデス科研の最上階にあるが、表向きは氷川専用のスポーツジムで通っている。

その存在を知っているのは、理事長秘書と篠塚、さらに、氷川専属の主治医と看護師だけだった。

診療室では、主治医の荻田護がいて、カルテをチェックしていた。

「氷川さんのアルツハイマーが進行しているとのことですが、篠塚所長からまず、お話を伺えればと思いまして」

篠塚は、勧められた患者用の丸椅子に腰を下ろした。患者用といっても氷川専用なので特注品だ。

篠塚は、フェニックス7の治験や開発の話題は除いて、昨夜の氷川の様子を伝えた。細かくメモをしていた荻田の手が止まった。

「所長がご覧になった感じは、いかがですか」

「印象としては、普段と変わらなかったですね。理事長は、大変ストイックな方ですから、本当のところは分かりません。もっとも、ご自身が自覚したという点は、重要だと思っています」

「気づくきっかけがあったんでしょうか?」

「それについては、聞いていません。ご承知のように、理事長はアルツハイマー病罹患に神経を尖《とが》らせています。そのため、ちょっとした物忘れが続くと、いよいよ来たかと不安に思う傾向がありますから」

体験した全てのことを、自覚的に記憶している人などいない。記憶には刻まれていても、つい忘れてしまうのは、年齢に関係なくよくあることだ。むしろあまりに神経質になりすぎて、疑似罹患になる場合もある。

人の思い込みは恐ろしい。マイナス思考のスパイラルに陥った途端に、体に異常はなくとも、痛みや苦しさを体感するのだ。氷川もその状態なのではないかと、篠塚は分析している。

「ひとまずは、理事長からお話を伺うしかないですね。所長は、同席されますか」

篠塚は「差しつかえなければ」と返した。

看護師の瀬田鏡子が氷川を呼びに行った。

「それにしても、朝からメディアが騒がしいですね」

篠塚は苦笑いでごまかした。

荻田が気になるのは分かるが、何も教えられない。

「ところで所長、個人的な興味で伺いたいんですが、フェニックス7は、治験まで、あとどれくらいかかるんでしょうか」

「まだまだですよ。越えなければならないハードルが幾つもあります」

「フェニックス7の移植が可能になると、我々内科医は、商売あがったりになりそうですね」

荻田は、父から引き継いだ大病院の理事長兼病院長だ。本来、現場にいる必要もないのだが、本人は内科医として臨床に関わりたいらしい。

「再生細胞だけで、全ての疾病が完治するわけがないと思いますよ。何より、患者と向き合う臨床医がいなければ、医療はできない」

篠塚は、本気でそう思っている。

医療とは、患者と向き合うことから始まるサービス業だ。その窓口となる臨床医が、患者とコミュニケーションを取り、病を診断しなければ、治療方針は決まらない。

だが、再生医療の研究が進むにつれて、臨床医の多くが、喪失感に苛《さいな》まれている。

今後は医療従事者との協働についても検討し、新しい医療サービスのあり方を選ばなければならないと篠塚は考えている。

「やあ、わざわざこんな片田舎まで呼びつけて申し訳ない」

瀬田に付き添われた氷川が明るく言った。早朝から、暁光新聞のスクープで騒々しかったことなど、おくびにも出さない。

「まずは心音を」と言って荻田が聴診器を手にすると、氷川は、素直にシャツをまくり上げた。

「事情は、篠塚所長から伺いました。今までにも似たような出来事がおありでしたか」

「いや、初めての経験だ」

——目が覚めたら、知らない女が裸で寝ていたんだが、何も覚えていないんだ。

氷川が告白した時のこわばった表情を、篠塚は鮮明に覚えている。恐怖に怯えた子どものようだった。

「一昨日について伺います。朝は何時に起床されましたか」

氷川はしばらく考え込んでいたが、やがて、顔を上げるとよどみなくしゃべった。

「起床は、普段と同じ午前五時二十七分だったな。まず、自宅周辺を三キロジョギングした後、筋トレを二十分。朝食を摂って——」

その調子で、日中の行動について切れ目なく説明が続いた。それが、午後六時二十五分に会社を出たと言った直後に止まった。

「ちょっと待ってくれよ。あの日は、誰と食事したんだろう」

理事長秘書が、さりげなく篠塚にタブレットを提示した。

〝午後七時、赤坂割烹「津やま」、板垣内閣参与、大鹿大臣秘書官と会食〟とある。

こんな重大な会合を忘れたのか。

「おかしいな。ぽっかり抜け落ちている」

「では、夜の会食後は？」

「ダメだ。それも分からない。どういうことだ！」

大きく目を見開いて氷川が、篠塚の方を向いている。それは怒りの表情なのだろうか。あるいは、怯えか。

氷川は急に立ち上がると室内を歩き回った。そうして体を動かせば、記憶が蘇《よみがえ》ってくるとでもいうかのように。

しかし、十分経っても、そこから先の記憶は蘇ってこなかった。

「氷川さん、では、もう少し先に進みましょう。次に記憶があるのは、いつ、どこですか」

「翌日、寝室で目覚めた時だ。あの日は珍しく寝坊した。起床は午前七時十九分だったか」

そして、彼のベッドに裸の女が寝ていたと、氷川は躊躇なく口にした。

「いっしょにいらした女性は、お知り合いですか」

聞きにくい問いを、荻田はあっさりと口にした。

「いや、一度も会ったことがない。だから、その女に聞いたんだ。あんたは誰で、ここで何していると」

「女性は、お答えになったんですか」

「相手も、自分が起きた場所と私を見て、驚いていた。タクシーを呼んでやるから待つようにと言ったんだが、そのまま部屋を出ていった」

相手の女性の反応も不可解だった。

氷川のプライベートについては、与《あずか》り知らない。三十代で結婚しているが、三年ほどで離婚している。娘が一人いると聞いたことがあるが、現在は接触がないそうだ。以降、女優やモデルと浮名を流したが、いずれも短期交際で、特定の交際相手がいるのかも知らなかった。

「分かりました。では、ＭＲＩを撮りましょう」

アルキメデス科学研究所本館の地下二階に、氷川専用のＭＲＩ室があった。

「おい、俺は一昨日、誰と食事をしたんだ？」

氷川に尋ねられて秘書は、答えた。

氷川は、端で見ていても分かるほど、大きなショックを受けていた。

「そんな重大なことを、俺は覚えていないのか」

握りしめられた拳が、震えている。

5

「五分でいいから、氷川さんか篠塚さんに会わせてもらえないでしょうか」

既に一時間以上、麻井は受付で粘っている。同じやりとりを一〇回以上も繰り返して、受付嬢に懇願していた。

「麻井さま、何回言われましても、氷川は不在ですし、篠塚所長は、本日は終日、重要な研究の最中でございまして」

受付嬢の胸ぐらを掴んで怒鳴りつけてやりたかった。だが、そんなことをしても、通報されるだけだ。

ひとまず、ここで待つのは無意味だと判断した。

どういう作戦で攻めようかと考えながら正面玄関から出たら、声をかけられた。

「ＡＭＩＤＩの麻井さんですよね」と言って、顔見知りの新聞記者が近づいてきた。他のメディアも集まってきて、麻井は囲まれてしまった。

「アルキメ科研には、どんなご用で？」

「視察ですよ、視察。昨日からお邪魔していてね」

「じゃあ、麻井さんは、ＡＢＣとの合弁会社の件をご存知だったんですね」

「ご冗談を。あれは、寝耳に水でしたよ。で、偶然視察に来ていたので、その事実関係も尋ねようと思ってね」

「で、門前払いされたんですよね」

嫌な言い方だな。

「こちらでは、その問題については答えられないと言われた」

「それにしては、随分粘っていたじゃないですか」

「せめて、篠塚所長に事情を聞きたかったんだけど、実験中で面会が叶わなかったんだ」

「ＡＭＩＤＩとしては、アメリカでの治験について、どう思われますか」

「事実関係を確認しているところだから、お答えする状況にありません」

「でも、既にＡＢＣは、Ｉ＆Ｈとの合弁企業設立もフェニックス７の治験の実施も認めているんですよ。これ以上、どんな事実関係を確認するおつもりですか」

自分を囲む記者たちの口調がだんだん熱を帯びてきた。

「アメリカ企業がどう言おうと、私たちとしては、フェニックス７の研究を行っている当事者に話を聞きたい。それが筋でしょう？　申し訳ないが、急ぐので」

取り囲んだ輪を強引に割って、麻井は空車のタクシーに駆け込んだ。

「どちらに？」

運転手に尋ねられて、どこに行くつもりなのか考えていなかったことに気づいた。

6

「楠木君、ちょっと見てみたまえ」

遺体解剖を進める立田教授が、声をかけてきた。本当は、頭蓋骨なんて見たくもないが、そうも言っていられない。

県警捜査一課管理官の門前が、解剖室を飛び出していった。気分が悪くなったのだろう。松永は、楠木の肩越しだが、なんとか遺体を見ている。

「ここだ。頭蓋が側頭骨から外されている」

モスグリーンの手術用の手袋に握られたメスの先が、開頭痕を指し示している。

「やはり、先に解剖した者がいたんですね」

「そうなるな。それに、今回のホトケさんは、頭蓋骨の至る所にヒビが入っている。頭蓋を外すと、とんでもないことになるかもな」

解剖助手の女性が、入念に写真撮影したあとに、立田が頭蓋を外した。

中から白子のような脳が勢いよく溢れ出てきた。

「うぉ！　なんすか、今の。脳みそが破裂したんっすか」

松永の声が裏返っている。

「破裂というより、脳が膨張している。こんな脳は見たことないな。まるで増殖しているようだ」

「教授《せんせい》、脳の量は成人したらもう増えないと仰《おつしや》っていませんでしたか」

脳細胞は一度形成されると、あとは死んでいくばかりなのだと、楠木は聞いている。

アルツハイマーはそれが激しくなった状態で、脳細胞が萎縮して次々と死んでいく。

そのために脳機能障害が起きるのだ。

「その通り。だが、このホトケさんの脳は、増殖したとしか言いようがないな」

「悪い薬でも打ったんすかねえ」

松永が余計なことを口にした。

「そんな薬を私は知らんがね。いずれにしても、脳細胞が大増殖し、頭蓋骨に収まりきらずヒビが入るほどになった。そうだとすると、脳内の血管が圧迫され血液が流れなくなったり、破裂もするだろうな」

「そんな。いったい原因は、何なんすか」

「不明だ」

「病気っすか」

「そんな病気などない」

「じゃあ、殺しってことっすよね。でも、どうやって?」

「お嬢ちゃん、私の仕事は、解剖だ。殺人事件の捜査は、あんたがやればいい。だから、暫く黙っていてくれ。それができないなら、出て行け」

楠木の背中に隠れるようにして遺体を覗き込んでいた松永は、「失礼しました」と謝っておとなしくなった。

暫くの間、解剖を進める作業の音と、立田が録音用に吹き込む所見の声だけが解剖室に響いた。

脳全体が取り出されたところで、楠木が遠慮がちに尋ねた。

「死因は、何だと思われますか」

「脳内の血管が何本も破裂しているから、脳出血だと思われる」

「だとすると、血の量が少なくありませんか」

開頭した時から気になっていた。

「そうだな。先に開頭した時に、流出したんだろうね」

背後で松永がもぞもぞしている。また、質問の虫が騒いでいるんだろうが、自重しているようだ。

ともかく、捜一に本気で相談すべきかもしれんな。どう考えても、これは単なる死体遺棄事件では済まない。

「ざっと見た限りでは外傷はない。だから、私の口から他殺という言葉は出ないと思ってくれたまえ」

「分かりました。でも、死体遺棄の前に、解剖が行われたことがほぼ裏付けられました。さらに、前回と同様、脳に異変があったと、確認できましたから、充分です」

立田は、助手に脳についての検査すべき項目を指示している。

それを終えたところで、楠木が頼んだ。

「東北大学で、脳について詳しい教授をご紹介戴けませんか」

立田は暫し考えた末に答えた。

「脳神経内科部長の安房《あわ》君かな。それとも、生命科学で脳の研究をしている梨本君か」

慌てて手帳を開いた松永が、「フルネームを教えてください」と割り込んできた。

「そんなもの、知らんよ。安房君は部長だから、分かるだろう。生命科学に梨本という教授は二人いるが、脳の研究をしているのは、女性だ」

「ありがとうございます。先生の死体検案書をいただいた上で、ご相談してみます」

楠木が告げると、立田が頷いた。

「なるべく早く出せるようにするよ。それと、二人には私から話をしておく」

「それは、助かります。では、私はこれで。松永と門前は残していきますので」

門前が、ようやく解剖室に戻ってきた。だが、彼はトレイの上に置かれた脳を見るなり、再び、部屋を飛び出していった。

「あの坊やは、ここに残すより連れて帰ってやった方がいいんじゃないのかね」

「いえ、彼は志願して捜査に加わったんです。貴重な体験を、しっかりと味わってもらいます。松永、無駄口を叩くなよ」

ペンを持ったまま、松永が敬礼した。

7

ＭＲＩの検査結果データを、篠塚は食い入るように見つめた。

脳の一部で萎縮が始まっているようにも見える。

「荻田先生は、どう見ますか」

「微妙ですね。これは脳神経外科医に診てもらうべきだと思います」

エイジレス診療センターに脳神経外科の医師が一人いる。だが、彼は今、手術中だ。

「こちらの画像は、一ヶ月前に撮影したものです。比べると、脳が萎縮しているようには見えます」

荻田が、二つの画像を重ねた。

確かに、大脳の左の一部に、細かい穴が開いているようにも見える。

どれほど医療や生命科学での研究が進んでも、脳の機能については、謎だらけだ。

右脳は創造力、左脳は論理的な思考などとよくいわれるが、ごく限られた実験から推測される程度の裏付けしかない。アルツハイマー病で起きる帰巣本能の欠如や記憶の欠落なども、実際、脳のどの部分が損なわれると発生するのかはまだ未解明だ。

「理事長は、明確な診断を欲しています。そして、診断結果に一喜一憂されています。私が楽観的なことを言うと、必ず疑いの目で睨まれます」

「いっそこの画像を見せましょうか」と篠塚は押してみた。

アルツハイマー病だと断定される方が、安堵するのかもしれない。

「いや、それはよしましょう。それより、健全な生活態度やストレスレスな時間を増やしていただくことが一番です」

荻田の言う通りなのだが、多忙を極める氷川には無茶なアドバイスだ。

ノックと共に、氷川の秘書が入ってきた。

「あと、三十分でご出発です。診断結果のご説明をお願い致します」

「どちらへ行かれるんですか」

「今晩、サンノゼに飛びます」

荻田が推奨するようなライフスタイルなど、できるわけがないな。

秘書が下がったのを確かめてから、篠塚は言った。

「荻田先生、この画像を理事長に見せましょう。そして、少し生活態度を改めない限り、進行すると伝えます」

「僕は反対です。専門家の裏付けもない状態で、患者を不安にさせるのは無意味です」

なるほど、こういう内科医の良心を振りかざすから、氷川は荻田を嫌うのか。

「荻田先生、私も脳の専門家ですよ」

「なのに、この程度で、理事長はアルツハイマー病ですと断言なさるんですか」

「断言する必要はありません。ありのままを見せて、最終判断まで時間は要するが、それまでの間、仕事をセーブして欲しいと伝えるんです」

「うーん、それも僕のやり方じゃないなあ」

「先生のやり方を破っていただくのは忍びないです。けど、理事長の性格を考えると、本人にデータを洗いざらい見せないと、我々のアドバイスには耳を貸しません」

その結果、フェニックス7の実用化は、さらに急《せ》かされることになるだろう。

「分かりました。では、篠塚所長からご説明ください」

そう来たか。


理事長室では、氷川がスマートフォンに向かって、厳しい口調で話している。英語で話しているということは、相手はアメリカの誰かだろうか。

篠塚と目が合うと、氷川は電話を切り上げた。

「急かして、申し訳ないね」

「お気遣いなく」

握りしめていたスマートフォンがすぐに着信を伝えたが、氷川は無視してソファに座った。篠塚もそれに倣う。

「聞かせてもらおうか」

「限られた時間ですから、確実な診断は無理です」

氷川は渋い顔で頷いた。

「ただ、一ヶ月前のＭＲＩと今日のを比べると、気になる箇所がありました。まもなく、解析データが、アルキメ科研のデータベースに載りますので、それでご説明します」

「じゃあ、左端のデスクトップを使ってくれ」

氷川の机の上には、三台のＰＣが並んでいる。左端のそれは、彼の体調記録をはじめ、アルツハイマー病をはじめとする認知症に関する情報だけを集めている。

パソコンは既に立ち上がっている。待ち受け画面には、Ｉ＆Ｈグループのロゴである不死鳥《フェニックス》が羽ばたいていた。

アルキメデス科研のデータベースに繋ぎ、先月の検査結果と今日のデータを呼び出した。

「これが、一ヶ月前の検査のもの、そして、こちらが今日のものです。ここに、萎縮の可能性が見られますが、とにかく精査が必要です」

氷川は眼鏡をかけて、画面を凝視している。

「間違いない。脳細胞の萎縮が始まっている」

「理事長、その判断は時期尚早です。私の経験則からすれば、まだ、疑いのレベルすらありません」

荻田が、異議を唱えた。

「君は、どこを見てるんだ。明らかに、ここの部分は、萎縮しているだろうが！」

「理事長、荻田先生の見立てに私も賛成です。これだけで判断するのは、性急過ぎます。

結果が出るまでは、仕事をセーブしていただきたい」

「それは、無理だ。ＡＢＣとのベンチャーを立ち上げるのは君らも知っているだろう。これからサンノゼに行って、契約の詳細を詰めてくるんだ」

「それでは治るものも治りませんよ。昨日の出来事は、異常なストレスが招いたのかもしれません。記憶を失うのは、アルツハイマー病に限った症状ではありません。極度の疲労や長時間ストレスがかかる状態が続けば、健康なアスリートでも似たようなことが起こります」

「分かっている！」

氷川は怒りにまかせてデスクを叩いた。秘書が姿を現した。

「ご出発の時間です」

「理事長、一つご提案があります」

篠塚はとっさに思いついたことを口にした。

「瀬田看護師を同行させてください。彼女が、日常生活をサポートします」

8

「ちょっと車を停めてくれないか」

ＪＲの宮城市駅に向かっていた麻井は、上空を通過したヘリコプターが気になっていた。

「ドアを開けてくれ。外の空気を吸いたい」

既にヘリコプターの機影は小さくなっていた。それでも、アルキメデス科研の本館屋上にあるヘリポートに着陸したのは見えた。

「くそっ！　やっぱりいたんじゃないか」

そのヘリに、氷川が乗り込んでいるという確固たる裏付けはない。だが、ヘリコプターが黒一色に塗装されており、底面にフェニックスをあしらったI&Hのロゴが見えた気がしたのだ。

I&Hのヘリが使えるのは、限られた幹部だけだ。つまりは、氷川だと直感した。

AMIDIに勤務する元I&H社員に電話を入れた。I&Hに在職していた時は、車輌の管理をしていた人物だ。

「I&Hは、東北にヘリを常駐させているのか」

〝いきなりなんですか〟

一緒にゴルフを楽しむ間柄とはいえ、さすがに唐突すぎた。最低限の情報を伝えた上で、もう一度、問いを繰り返した。

〝アルキメ科研用に、仙台空港にヘリを駐機していたと記憶しています〟

「プライベートジェットは？」

〝普段は、茨城空港に駐機しています〟

羽田や成田空港の駐機枠には制限があり、しかも駐機費用がバカ高い。そのため、企業のプライベートジェットは地方空港に預け、必要な時に、羽田や成田に飛ぶのが一般的だ。

「昔の知り合いに頼んで、ヘリとプライベートジェットの状況を探ってくれないか」

タクシーに戻ると、麻井は運転手に仙台空港に行くように告げた。

ヘリには勝てないが、プライベートジェットの離陸までには間に合うかもしれない。

移動中に麻井は、丸岡に現状を報告した。

〝私はあと三十分で、官邸に行くんだが〟

「丸岡さんが？　どうしてですか」

〝総理が、暁光のスクープに、怒り心頭なんだ〟

「じゃあ、板垣さんは総理に事前の説明もなく暴走したんですか」

〝分からない。今、俺は内閣府の嶋津大臣の部屋で大臣の戻りを待っているんだが、情報がまったく入ってこないんだ〟

ニッポンの再生医療を束ねるＡＭＩＤＩに、最新情報が入らない――それは事態の深刻さを物語っていた。

「舞台の中心は、サンノゼのようです」

〝どういうことだ？〟

「サンノゼには、米国国立再生医療総合研究所《NRMRI》が、オープンしたばかりです。そこに、板垣参与も暁光新聞の香川もいます。おそらくは、氷川もそこに向かうのではと」

珍しく丸岡が、英語で悪態をついた。

〝つまり、売国奴が、サンノゼに集結しているわけか〟

売国奴という言葉には違和感がある。彼らは現実主義者なだけなのだ。

「売国奴かどうかは、ともかく。フェニックス7の命運は、サンノゼで決まるでしょうね」

〝サンノゼにいる裏付けはあるのか〟

「まだですが、すぐに確認できます」

〝大至急やってくれ〟

「了解です。その場合、私もサンノゼに行った方が良いと思うんですが」

〝そうだな。じゃあ、麻井君、それも頼む〟

丸岡との通話を終えた麻井は、次にＮＲＭＲＩにいる昔の同僚に連絡した。

9

署長室で楠木が報告を終えると、まず勝俣刑事課長が口を開いた。

「立田教授は、他殺までは言及していないんだろう。だとすれば、殺人事件と断定するのは、時期尚早だな」

　事なかれ主義が染みついている勝俣が、そう言うのは想定内だった。

「しかし、本当に殺しだった場合、捜査一課が怒るかもしれません」

「なんだ、なんだ。脅すのか」

　勝俣が不快感をあらわにした。

「リスク回避のご提案を述べているだけです。しかも、門前管理官殿も捜査に参加しているんです。彼の口から喜久井さんの耳に届く可能性もあります」

　勝俣の不快指数が限界を超えたのだろう。唇を歪め腕組みをしたきり、何も言わなかった。

「私から喜久井に、一声かけておこうか」

「署長、助かります。お願い致します」

　棚橋署長は、捜査一課の喜久井と親しい。捜査一課でコンビを組んだこともある。

「まかせておけ。で、捜査の目処については、どうだね?」

「死因解明が急務です。あと、今回は雪のお陰で、遺留品もそれなりに集まりました」

　楠木は写真を、テーブルに並べた。雪に残されたタイヤ痕や靴跡の写真だ。いずれも分析に回している。

「ホトケは遺棄される前に解剖されています。それが捜査の重要な鍵になると思います。解剖は、どこでもできるものではありません。それなりの設備が必要です。そこでこれから市内及び周辺市町村の病院を当たります。可能性が高いと思われるのは、閉院した医療施設です」

たとえば、市民病院だ。宮城市は財政難で、三年前に市民病院を閉鎖しているが、今もまだ、建物は残っている。また、個人の診療所の中にも、簡単な手術が行えるところはある。

「そこで、サイコ野郎が、メスを振るっているんだな」

そんな事件の捜査経験が楠木にはないが、基礎知識としては、その手の事件には異常性が遺体に残る。しかし、今回の遺体には外傷はない。また、先週発見された檜山妙の遺体からも、毒物は検出されていない。そこが気になるのだ。

「何か引っ掛かるのかね?」

棚橋に気づかれてしまった。

「私の浅い経験値ですが、どうも連続殺人犯《シリアルキラー》の犯行には見えないんです」

「楠木さん、下手をすれば連続殺人事件の可能性があるんだぞ。どう考えても、異常者の犯行だろう」

暫く、沈黙していた勝俣が、急に息を吹き返した。

「今朝見つかった遺体は、まだ、解剖中です。しかし、先週発見された檜山妙同様、立田教授は、今回も他殺の可能性は低いとおっしゃっています」

「すると、ホシは徘徊老人を拉致監禁して、死んだら解剖して、それで棄てたというの

「そうかもしれません。ただ、それなら病院の死体安置所から遺体を盗む方が楽ですよね」

棚橋の突飛な発言も、あながち否定できない。

「解剖マニアかな？」

「まさしく」

か？」

棚橋は納得したようにうなり声を上げた。

「奇妙奇天烈な事件だな」

その表現なら、楠木も同感だった。

「もう一つ、檜山妙と今回の遺体に共通点があります」

楠木は迷った挙げ句に、切り出した。

「二人のホトケさんは、いずれもアルツハイマー病を患っていました。立田教授の話では、アルツハイマー病というのは脳細胞が萎縮するため、脳内はヘチマのタワシのようにスカスカになっているとか。ところが、このお二人の脳はいずれも、そういう状態にありませんでした」

楠木の脳裏に、立田と共に見た脳の状態が蘇った。脳細胞が大増殖して、それで血管を圧迫し、頭蓋骨にヒビまで入っている――。

そこで署長室のドアがノックされて、渡辺巡査部長が入ってきた。

い。

「失礼します。今朝のホトケの身元が割れました」

遺体の身元は、宮城市内で米穀店を営む高木昇の母、高木トメ八十二歳の可能性が高い。

行方不明者届が出されたのは、約三ヶ月前だ。

楠木は渡辺を連れて、高木トメの自宅に向かった。

単純な行き倒れ死なら、身元確認のために、家族に署に来てもらえばいい。だが、今回はこちらから出向いて、事情を聞きたかったのだ。

「脳みそが爆発しそうだったと、松永が言ってましたが」

ハンドルをしっかりと握って、渡辺は慎重に雪道を走行している。

「そうだ。もしトメさんがアルツハイマー病だったなら、主治医に会って、カルテや脳のＭＲＩ結果を借りて来いと立田教授から言われている」

「というと？」

楠木は、アルツハイマー病の症状を簡単に説明した。

「つまり、生前の脳と遺体発見後の脳の状態を比較するわけですね」

「そうだろうな」

「で、脳の状態がまるで違っていたら、どうなるんですか」

「分からん。そもそも、教授は、あり得ないことだと言っていた。また、それがガイシヤを死に追いやったのかも不明だ」

「なんだか、ホラー映画みたいですね。一体、何が出てくるのか」

まさしく、楠木も同じ心境だ。


高木米穀店は、国道沿いに店を構えていた。規模は大きく、店構えにも歴史を感じた。

店内では、若い従業員が忙しそうに米袋を台車に積み込んでいる。

渡辺が身分を名乗って、主《あるじ》を呼んでもらった。

「主人は、ただ今配達に出ておりますが」

応対に出てきたのは、五十代ぐらいの女性だった。高木昇の妻だという。

「実は今朝、女性のお年寄りの行き倒れのご遺体が発見されまして」

「――もしかして、ウチのおばあちゃん？」

「その確認を、お願いしたいんです」

渡辺が一番生気を感じさせる遺体写真を見せると、妻は「ああ……」と言って息を呑んだ。

「主人をすぐに呼びますので、ちょっと待ってもらっていいですか」

女性は奥に引っこんだ。すぐに夫と電話で話す声が響いてきた。

「そう！　今、警察の人が来て」

携帯電話で話しながら高木昇の妻が、戻ってきた。

「あの、夫はどちらに行けばいいでしょうか」

「ひとまず、自宅に戻ってきていただけませんか」

まだ、解剖が終わったという連絡がない。だとすると、遺体との対面には、時間がかかる。

10

午前十一時に篠塚が所長室に戻ると、〝実験棟に、ちょっと来てくれ〟と書かれた鋭一のメモが、パソコンのディスプレイに貼りつけられていた。

篠塚は、秘書に実験棟に行くと告げた。

「取材は、全てお断りでよろしいんですよね」

「なんだ？　誰か気になるのがいるのか」

「アメリカの医療ジャーナリストのトム・クラークさんです」

そうか、日本に行くので取材したいと、クラーク記者から連絡があったな。

「クラークは、どこにいるんだ？」

「宮城市内だそうです。予定は、本日の午後三時からだったのですが、リマインドの電話が、三十分ほど前にありました」

「それで、断ったのか」

「はい。クラーク氏には納得していただけませんでしたが。随分前にアポイントメントを取っていたし、所長に会うためにアメリカから来たんだから、何としても時間を取って欲しいと」

クラークの訴えは当然だった。問答無用で断るのは、さすがに失礼が過ぎる。

だが、そもそもクラークが書いた記事のせいで、氷川はフェニックス7の治験を急ぐようになったんだ。ある意味、騒動の発端なのだ。

ホンネを言えば、そんな人物からこのタイミングで取材を受けて、さらに騒ぎを広げたくない。かといって、無下にするわけにもいかない。

「今日ならいつでもいいとおっしゃっています。どうされますか」

「分かった。じゃあ、取材に応じるよ」

篠塚は、部屋を出た。

いよいよタイムリミットまでの針が動き始めた。もはや、一刻の猶予もない。

ＡＢＣと設立する合弁会社の研究所は、既にアメリカで準備が整っていると、氷川は語っていた。

その方が、治験が進むからだ。

フェニックス７の治験が行えるのであれば、どこに研究所があっても、氷川としては問題ないのだ。研究開発者だって、シノヨシである必要もないと思っているかもしれない。

自らの明晰な頭脳を維持するためには、氷川は何一つ躊躇《ためら》わず、ベストチョイスだけで突き進むだろう。

その船に、篠塚と鋭一は乗り遅れるわけにはいかない。

そして、他の誰でもない自分たちこそが、フェニックス7で、人類に福音を与えるんだ。

実験棟に行くと、鋭一と祝田がコーヒーを飲んでいた。

「おっ、お疲れ！　今日は、大騒ぎだな」

鋭一は上機嫌だ。篠塚のためにコーヒーを用意しようと祝田が立ち上がった。

「さっきヘリが来ていたが、ボスが乗っていったのか」

「世界を股にかける男だからな。けど、ここにいる君らには雑音も聞こえないんだから、いいじゃないか。ところで何の用だ？」

本題に入ろうとしたところで、祝田がマグカップをテーブルに置いた。

コーヒーを一口飲んでから、篠塚は手近な椅子に腰かけた。

「真希ちゃんのコーヒーは、なんでこんなに旨いんだろう。おかげで、生き返ったよ。ありがとう」

「そいつは何よりだ。じゃあ、祝田先生、お願いします」

「P7の暴走の要因を、もう一つ、見つけた気がします」

画面に映っているのは、二匹の実験用のサルだった。

「P7の暴走の原因を調べるために、様々な生活習慣病のマウスを用意しました。さらに、万が一を考えて、複数の持病を持つサルも用意したんです。そしてこのサルに、P7を移植したところ——」

祝田が新しい画面を開いた。

フェニックス7の増殖が止まらなくなり、サルが死に至る様子が映し出された。

「降圧剤で高血圧症を抑え込んでも糖尿病を併発しているサルは、ほぼ死滅しました」

「血圧は正常値なのに？　なぜだ」

「原因は、まだ解明できていません。推測ですが、高血圧症が完治したわけではないからでは？」

「つまり、糖尿病を併発していれば、脳細胞の増殖が止まらないということか」

ありそうな話だ。

「人体の神秘ってやつだな」と鋭一は、軽く考えているような口ぶりだ。

「秋吉先生、神秘なんてもんじゃありません。私たちは、薬で病を治療している気になっていますが、それは間違いだという証ですから。薬は所詮、その程度なんです」

生命科学の専門家らしい言い分だったが、篠塚にはどうでも良かった。

「糖尿病を抑え込んだら、どうだ？」

「糖尿病の原因である血中の高血糖を抑えることはできますが、それもまた、完治ではありません。なので、どこまで効果があるか」

血糖値を下げても効果がない場合、重大な問題が生じる。

厄介だな。

このままでは、アメリカでの治験も先が思いやられる。

いずれにしても、祝田をアメリカに連れて行く必要がある。だが、彼女は治験を時期尚早だと考えているようだ。

さて、どうすればいい……。

「あの……、P7をアメリカで治験するってニュースサイトで読みました。あれは事実なんですか」

祝田が思いつめたように尋ねてきた。

「まだ、決定ではないが、I&HとABCが合弁ベンチャーを作るのは事実らしい。そこで何をするのかは、不確定のようだけれどね」

「では、場合によっては研究の拠点が、アメリカに移るんですね」

「それも分からない。ちなみにアメリカに拠点が移るとしたら、真希ちゃんは一緒に来てくれるかい？」

「即答できません。でもホンネを言うなら、ここで続けたいです」

11

「やはり、今回の合弁については、アメリカ政府が深く関与しているようです」

米国国立再生医療総合研究所《ＮＲＭＲＩ》に勤務する知人から得た情報を、麻井は丸岡に伝えた。

電話の向こうで、丸岡が悪態をついている。

〝つまり、Ｉ＆ＨとＡＢＣの合弁会社はアメリカ政府主導ということか！〟

「大統領の側近と板垣さんは、サンノゼで会っているという情報もあります」

〝側近の名は？〟

「カール・ハイアセンだと」

丸岡が、名を聞いて黙り込んでしまった。

〝そんな大物が出てきているのか〟

カール・ハイアセンは、大統領首席補佐官で、米国の次なる成長産業の創出が彼の最大のミッションだ。元々はハーバード大学の戦略論の教授で、その後、現大統領に請われて、政策立案の中枢を担うようになった。

ハイアセンは立案だけではなく、自ら交渉の最前線に立って米国の覇権復活に奔走している。

〝板垣さんは、何を考えているんだ〟

そこが、麻井にも不可解なところだ。

「まったく分かりません。ただ、嶋津さんの秘書なら、何か知っているかもしれません」

〝大鹿君か〟

「ええ。彼は板垣さんとべったりのようです」

〝分かった。で、氷川の方は接触できそうか〟

「分かりませんが、頑張ります。それより丸岡さん、総理にも頑張ってもらってください。ご自身が三顧の礼を尽くした内閣参与が、日本を裏切ろうとしているんです。どんなことをしても、それを阻止すべきです」

〝ああ、私もそう申し上げるつもりだ〟

電話を切ると、元I＆Hの同僚からメールが来ていた。

〝氷川会長のプライベートジェットの出発時刻は午後〇時十五分〟

「クソ！　運転手さん、もっと飛ばして」

タクシーは高速道路を飛ばしてくれたが、空港に到着したのは午後〇時三分だった。

タクシーから飛び出した麻井は、プライベートジェットの搭乗口まで一気に駆けた。

「氷川さん！」

ちょうど、氷川が搭乗口に向かっていたところだった。

氷川は電話で誰かと話している。代わりに秘書が近づいてきた。

「氷川さんに、五分だけお時間を戴きたい」

電話を終えた氷川に秘書が伝言を伝えると、「三分だけなら」と返ってきた。

「お急ぎのところ、申し訳ありません。ABCとの合弁ベンチャーの件です。あれは、事実なんでしょうか」

「まだ、何も決まっていませんよ。これから、その最終交渉に行くんです」

「ベンチャーの目的は、フェニックス7の早期実用化ですよね」

「それも、未定です。ABCの会長から連絡がありましてね。とにかく会って話をしようと言うんで、その準備をしているところに、あんな記事が出ちゃったんです。まったく、メディアは厄介だね」

氷川の言葉は、一言も信用できない。麻井の疑念は、確信に変わった。

「フェニックス7は今、大切な時です。拙速に成果を上げようなんて思わないでください。どうか、日本の宝となるフェニックス7を大切にしてください」

「もちろんだよ」

いきなり氷川に握手を求められた。

「ありがとう。今の言葉を、しかと受け取った。では」

氷川の柔らかな手は、やけに汗ばんでいた。

12

「これが、高木トメさんのカルテです」

遺族から許可を得ると、楠木と渡辺は大急ぎで令状を取った。トメの主治医を訪ねた時には既に午後二時を回っていた。

カルテによると、トメの徘徊は約二年前から始まっており、それで宮城市内にある病院に通院していたようだ。

「こちらで、入院もされていたんですね」

「一ヶ月ほど。楠木さんもご承知のように、ウチは認知症患者さんの長期入院を受け入れていないんで」

そうだった。楠木の母、寿子もここで受診しており、主治医もトメと同じだ。

「アルツハイマーは進行していたんですか」

「ゆっくりと進行中という感じでした」

見るからに温厚そうな主治医の松前勇人は、忙しいはずなのにいつも丁寧に応対してくれる。

「行方不明になったのは、ご存知でしたか」

「お嫁さんから聞きました。診察日にいらっしゃらなかったので、問い合わせたんです」

「先生の見立てとしては、どんなことが考えられますか」

「それは、楠木さんの方がご専門でしょう。徘徊は通常、ご本人と縁がある場所を巡るのが一般的です。すぐに見つかると考えていたんですが、ご不幸なことになってしまって」

楠木は、法医学教室で撮影したトメの死顔の写真を提示した。

「発見時のトメさんですが、何かお気づきの点はありませんか」

松前は、写真を手にして暫く眺めた。

「なにしろ毎日、大勢の患者さんを診察するもので……。正確なことは言えませんが、どことなく以前よりも健康的になったような印象があります」

死人に健康的というのも変な表現だが、松前の言いたいことは理解できる。

息子夫婦もこの写真を見て、「こんなにふっくらして」と驚いていた。

「ご遺体が発見されたのは、行方不明になって約三ヶ月後です。我々の経験則からすると、行方不明になったお年寄りの場合、どこかで行き倒れて亡くなっているという場合が多いです。しかも、先生が仰るとおり、失踪前より健康的な状態で見つかるとなると、奇異です」

「確かにそうですね。考えられるとしたら、どこかで保護されていたのに、また、徘徊して戻れなくなってしまったということかな?」

「そんな奇特な場所があるんですか」

「ないですね。というより、保護するくらいなら、ご家族に連絡するか警察に届けを出すのでは？」

そういう通達は以前から出している。

「これは、事件なんですね」

「ええ。この聴取もそのためです。ところで、このＭＲＩ写真を見ると、素人の私でもトメさんの脳が萎縮してるのが分かります」

渡辺がＭＲＩの写真を、松前に見せた。

「かなり進んでいましたからね」

「だとすると、こんな状態になるのは、あり得ないと思われませんか」

そう言って次に見せたのは、解剖時のトメの脳の写真だった。

「トメさんを開頭したら、脳みそが溢れ出てきました。脳細胞が膨張して、頭蓋骨にヒビまで入っています」

松前は解剖写真を見て、息を呑んでいる。

「あり得ないですね、こんなこと……。健常者でもあり得ない。こんな奇妙なものは初めて見ます。これは何ですか？」

「トメさんの脳です」

「そんなバカな。そもそも脳細胞は増えるようなものではないんです」

科学者である松前は、明らかに拒絶反応を示している。

「考えられる可能性は、ありませんか」

「ありませんね。僕の知る範囲では、こんな現象はあり得ない」

13

篠塚がトム・クラークに会うのは、半年ぶりだった。前回は、スイスのジュネーブの学会で発表した時に取材を受けた。そして今日は鋭一も一緒だ。どうしても立ち会うと言って譲らなかったのだ。

篠塚は、メディアの取材攻勢のせいでクラークに不快な思いをさせたことを詫びた。

「ドクター篠塚は悪くないですよ。むしろ、とんでもないビッグニュースが飛び込んできた時に、お二人にお会いできるのは、幸運です」

一八〇センチを超える長身のクラークは、切れ味鋭い原稿とは異なり、穏やかな哲学者のような印象がある。

「クラークさん、大変申し訳ないのですが、I&HとABCの合弁ベンチャーについては、私たちは一切お答えできません。ご理解ください」

「ベンチャーには、興味はありません。それよりも、アメリカで治験が行えるほどに、フェニックス7の完成度が上がったことに、興味があります」

紳士的なクラークらしい婉曲《えんきよく》的な切り込みを、篠塚は愛想笑いと共に聞き流した。

「トム、取材を受ける前にまず、君にも謝って欲しい」

黙って聞いているだけだと約束していたくせに、鋭一がさっそく割り込んできた。

「何を、お詫びするんですか」

「まともに取材もしないで、君がＰ７に重大な問題発覚と書いた記事についてだよ」

「それは、ご挨拶だなあ。問題が発覚したのは事実でしょう？」

「Ｐ７は、まだ研究中なんだぞ。トライアル＆エラーを繰り返すのは、当然だ」

「高血圧のサルが、皆、脳細胞の増殖が止まらなくなって死んでるじゃないか。さらに、その暴走は、マウスでは起きなかったのに、サルでは多発した。そんな重大な問題を無視するわけにはいかない」

「皆じゃない。一〇％以下だ。しかも、原因も突き止めた」

「ドクター篠塚、高血圧が原因なのですね」

クラークが涼しげに言い放った。

麻井など限られた関係者には報告しているが、どこにも発表していない情報だ。

「誰がそんなことを」

クラークは紳士の微笑みを返してきた。

「では、つまらぬ詮索はやめます。脳細胞増殖が止まらなかった理由については、まだ未発表ですが、クラークさんには、正しくご理解戴きたいんで、正直に申し上げましょう」

篠塚の譲歩にクラークは、「光栄です」とだけ返して、ノートを開いた。

「副作用の原因は、おっしゃる通り高血圧でした。但し、それは降圧剤の投与で治まりました」

「血圧の上限値は？」

「一二〇の八〇前後です。あとで、実験棟にご案内して、動物実験の責任者の祝田が、詳しくご説明します。いずれにしても、これはトラブルではありません。様々な状態のサルに対して、フェニックス7を移植して、その効果を検証しています。その過程で、大きな発見があった、ということです」

「サルで暴走した理由は？」

篠塚が答えようとしたら、鋭一が割り込んできた。

「今のところ、検証中だ。でも、P7が活躍するのは、脳なんだ。霊長類の複雑怪奇な脳の仕組みの大半は、解明できていない。だから、マウスとサルの反応の違いについて解明できるのは、P7が実用化されてからかもしれない」

「脳の再生細胞の場合は、そうした点も解明してから実用化するべきでは？」

「治験で、安全性と効果の安定性が証明できればいいと考えている」

この世には、仕組みが解明されていないのに、実用化されている薬剤は山のようにある。

実際、IUS細胞であるフェニックス7も、それより広く知られているiPS細胞も、時間を逆行させて受精卵と同じ状態に戻す〝初期化〟を可能にする仕組みは未解明なのだ。

　クラークは、医療の先進化に幾分懐疑的な立場を取っている。人は必ず死ぬのであり、治療には限界を設けるべきというのが、持論だ。だから、現状ではフェニックス7の人体への移植に反対している。

「実はごく最近、フェニックス7について、もう一点、課題が存在することが分かりました」

「ほう。ドクター篠塚、具体的に教えて欲しいな」

「それを聞きたいのであれば、我々の交換条件に応じて欲しい」

「僕が、情報の取引はしない主義だと知っていて、持ちかけるんだね」

「君がわざわざここまで来たのは、フェニックス7の実態を知りたいからだろう。その熱意に敬意を表して重要な情報を君に渡す。その代わりに、教えて欲しい情報があるんだ」

「条件を聞いた上で判断する」

「君は、政府機関にも友人が多いだろう。アメリカ政府は、どのタイミングで、我々の研究を飲み込むつもりなんだ」

　鋭一の研究仲間が、アメリカ政府は、最後は実力行使でフェニックス7の成果を横取りするつもりだ、とご注進してくれた。

クラークは、相変わらずポーカーフェイスだ。何を考えているのかは類推すらできない。

「悪いけど、それは僕にも分からない」

「知らないのか」

鋭一が詰め寄った。

「まったく知らないわけじゃない」

もったいつけた言い方だな。

「じゃあ、知っていることを教えてくれないか」

クラークは大きく息を吸い込んだ。

「分かった。この点について僕は、アメリカ政府のやり方に異論があるから教えるよ。アメリカ政府は、I&HとABCによる合弁ベンチャーを後押ししている。そして実用化の目処がついたところで、政治介入するらしい」

第五章　相克

1

二十六年前――

その日、父は晴れがましく演壇に立っていた。背後には「祝　ガードナー国際賞受賞東京大学　篠塚幹生教授」という横断幕が掲げられている。

ガードナー国際賞というのは、生命科学と医学分野におけるノーベル賞に匹敵する「凄《すご》い！」賞なのだと、母が誇らしげに教えてくれた。

この賞を取った多くの学者が、その後、ノーベル賞も受賞していると言っていた。

だが、幹は、あんな嬉しそうな笑顔で人前に立つ父が、恥ずかしかった。

十五歳、中学三年生という思春期の真っ盛り独特の拗《す》ねた感情のせいだろうか、と冷静に自己分析してみた。

いや、違うな。

もっと、根の深い部分にある父への不信感が、この軽蔑の源だ。

あの人は、こんなものを手に入れるために、家族を犠牲にしてまで研究室に籠もっていたのか。

こんなものなんて言うと、多くの研究者に叱られるかも知れない。何しろ、脳の老化について、画期的な発見をしたそうだから。

しかし、父の研究は、研究のための研究に過ぎない。

幹が幼かった頃に、父は自身の仕事について語ったことがある。

「お父さんは、人間という生き物が、どうして生きているのかを勉強しているんだ。特に、脳がどのように働くのか。そして、年を取ったら、脳がどんなふうに変化するかを研究している」

幹は、「どんな病気でも治る？」と聞いた。父は、「病気どころか、幹が大きくなったら、年を取らずに生きられるようになるかもしれないねえ。老人がこの世からいなくなるんだ」と嬉しげに答えた。その時は、父は凄い！　と誇らしく思った。

幹が長じて小学校の高学年になって、この話を父にすると「覚えてないな」と冷たく返された。

ただし、誰にも真似できない「凄い！」研究なんだと、父は繰り返した。

なのに、父は、自分の大便を喰らうほどに壊れてしまった祖母（父にとっては実母だ）の脳を治せなかった。

珍しく家族が揃《そろ》ったある日の夜、幹は父にお願い事があると言った。

「お父さんの研究で、おばあちゃんを治療してあげて」

「それは、無理だな」

「どうして？」

「お父さんの研究成果は、治療には使えない」

「なぜ？」

「お父さんの研究は、生命科学なんだ。医学じゃない」

意味が分からなかった。

母が説明してくれて、少しだけ違いは分かった。

「でも、病気どころか老人にもならない研究だって、昔、教えてくれたじゃないか」

「理屈ではな。だが、そう簡単じゃない。幹もう少し大きくなったら、分かる」

「じゃあ、いつもお父さんは自分の研究を凄いって言ってるけど、おばあちゃんの病気は治せないんだ」

父の顔つきが変わった。

「なんだと」

「お父さんはウソつきだったんじゃん」

生まれて初めて、父にぶたれた。

そのショックと父の欺瞞《ぎまん》に腹が立って、父に茶碗を投げつけた。するとさらに平手打ちを数発、見舞われた。そこで、母が割って入った。

「止めてください！　幹は間違ったことは言っていません。それに、ご自身の苛立《いらだ》ちを子どもにぶつけるなんてどうかしてます！」

母の怒りに、父はその場で固まってしまった。

「幹もショックだったんです。大好きなお義母《かあ》さまの大変なところを目撃して。それを」

父は黙ってテーブルから離れると、家を出て行った。

「なんで、逃げるの！」という幹の叫びを無視して。

以来、幹は父を軽蔑するようになった。


そして、今、「脳の劣化と老化の構造」という研究で、外国の「凄い！」賞をもらって嬉しがっている男が許せなかった。

どうせ、人は治せないんだろ。

象牙の塔で、いつまでもささやかな生物の反応の変化や培養の成功で、一喜一憂していればいい。

世の中は、あんたの研究なんて必要としていない。

「ちょっと幹、何をふて腐れているの。記念写真撮るわよ」

暴君のような父に仕え、義母のために、特別養護老人ホームに毎週通う母は、いつだって前向きで明るい。

「ほら、幹！　笑顔！」

母には、いつも笑顔でいて欲しい。その思いから、スピーチを終えた父と三人での記念写真に収まった。

「成績優秀だそうだな。その調子で、父さんの跡を継いでくれよ」

上機嫌の父が、無邪気に言った。

冗談だろ。俺はあんたの跡なんて継がない。

きっと、父は激怒するだろう。

その顔が、見たかったのだ。


だが、現実はそうならなかった。

母が突然、脳梗塞《こうそく》で倒れたのだ。

2

取材を終えて、トム・クラークとコーヒーを飲んでいる時に、秘書が声を掛けてきた。

「所長、よろしいですか」

クラークと鋭一の二人は実験棟を見に行くと言うので、彼らを送り出してから秘書に用件を聞いた。

「お父様が、お見えです」

「誰の？」

「所長のです」

正夢になったか！

昨夜、久しぶりに、父と猛喧嘩《もうげんか》するという夢を見たのだ。

「アポなんか入ってたっけ？」

「東北大にご用事があったようなのですが、早く終わったので、立ち寄られたそうです」

七十六歳になっても、父は元気だ。政府がつくばの産業総合研究所に新設した生命科学進化研究センターの顧問を務め、研究も続けている。

脳科学の分野では世界的な権威であり、今なお海外からも講演などの依頼が後をたたない。

いきなり訪ねて来られるのは迷惑だが、追い返すわけにもいかない。

「ここに通して」と秘書に言ってから、鋭一にＬＩＮＥで事情を伝えた。

よりによって、こんな忙しい日に、なぜやってくるんだ。

ベランダに出ると、雲一つない快晴だった。前夜に降り積もった雪に、太陽の光が乱反射して眩しい。

両手を広げ、大きく深呼吸した。

肺の奥まで冷気が入ってきた。

良い気持ちだ。

このあと、久しぶりにクロスカントリーにでも出かけよう。

アルキメデス科研に来てから覚えたクロスカントリー・スキーは、篠塚の性に合った。山を滑降するスキーとは異なり、幅が狭く長いスキー板で、林の中を走る。それなりに技術が身につくと、ランニングよりもはるかに快適だ。しかも、素晴らしい景色の中を疾走できるので、リフレッシュにもなる。

クラークも父も、とっとと追い出そう。

「やあ、突然お邪魔して悪いな」

長身の父が右手を挙げて、いかにもすまなそうに笑う。年を取ってから覚えた技だった。生命科学の世界的権威が、なんと謙虚なことか、と周囲が褒めてくれるのが嬉しいのだ。

「いらっしゃい。どうしたんです、突然」

ソファを勧めたが、「この高さが、腰にいい」と言って回転椅子に腰を下ろした。

父がおもむろに紙袋を差し出した。

「これ、孫たちの好物だろ」

「都電もなか」だった。確かに、幹の子どもたちは、かつてこのお土産を喜んだ。それも十年ほど前の話で、高校生と中学生になった今では見向きもしない。

妻が、一人で「ああ、懐かしい」とお茶のお供に食べているだけだ。

だが、父にとっての孫たちは幼稚園児のまま時が止まっている。いや、もしかしたら息子の俺ですら幼稚園児の時代で止まっているんじゃないかと思うことがある。

「父さん、家族は鎌倉ですよ」

「あっ」と言って、父は、豊かな黒髪を撫でた。

「そうだったな。いやはや、私も耄碌《もうろく》したよ」

そんなことは毛ほども思ってないくせに。

「それで、今日は、どうされたんですか」

「メディカル・メガバンクの江戸川君に相談があってお邪魔したんだが、思ったよりも早く用が終わったんで、おまえの顔を見てから東京に戻ろうと思ってな」

東北メディカル・メガバンクは、東日本大震災の創造的復興のシンボルとして設立された、生命科学の先端研究所だった。

「そうですか。江戸川名誉教授《せんせい》は、お元気でしたか」

「ああ、元気潑剌《はつらつ》だったな。元気さでは誰にも負けないと思っていたが、奴の方が上手《うわて》だ」

「江戸川名誉教授は、父さんよりひと回りほども年下でしょう。当然です」

「まあね。それにしても、今朝は、P7で大騒ぎだな」

そのことが知りたかったのだろうか。

父は、世間の動きにあまり関心がないが、自身の研究分野とも重なるフェニックス7については、さすがにアンテナに引っかかるらしい。それに研究の中心人物が息子なのだから、関心があって当然かもしれない。彼なりに心配しているのであれば、ますます迷惑千万だった。

「研究は、順調なのか」

「おかげさまで」

「想定外の暴走が起きたりしているそうじゃないか」

アルキメデス科研内には、生命科学の研究者もいる。彼らは皆、父を尊敬しているし、弟子もいる。彼らが、父に情報を流しているのかもしれない。

「父さん、想定外の事ばかり起きるからこそ、実験する意味があるのでは？」

「まあそうだ。じゃあ、順調なんだね」

「ご覧になりますか」

「いや、やめておく。私のような原始人には、おまえの領域は、意味が分からない事ばかりだから」

ご謙遜を。父は、昨年もまた脳科学の分野で新しい発見をして、世界から賞賛された。

そこで秘書が、紅茶を持ってきた。

英国に留学したこともあって、父は紅茶しか飲まない。しかも、熱く濃いめのアールグレイが好きだった。

偉大なる研究者を前にして緊張しているのか、ソーサーを持つ秘書の手が震えている。

秘書が部屋を出てから父は、紅茶の香りを楽しみ、一口啜《すす》った。

気まずい沈黙が流れた。

「父さん、何かご用件があるのでは？」

「氷川君は、アメリカでＰ７の治験をやるようだが、おまえはどう思っている？」

「理事長がお決めになることを、とやかく言う資格はありません。何しろ、あの方のお陰で、私は思う存分研究できる環境を得ているので」

「おまえは科学者として、どう思う？　日本で許可されないからアメリカに持ち込む安易な行為に後ろめたさはないのか」

嫌な問いかけだ。

父は、昔からこういう言い方をする。

組織としてとか、社会人としての有り様には、まったく興味がない。大切なのは、科学者としての能力だった。

「理事長は、常に私の研究の一歩先の研究環境を準備してくださいます。そういう意味では、ありがたいと考えています」

「つまり、おまえは、もう治験に踏み込んでよしと考えているわけか」

世界的権威らしい厳しい両眼《まなこ》が、こちらを見つめている。

ごまかすことでもないので、肯定した。

「凄い自信だな。その割には、論文や研究成果の公開が少ないのは、なぜだね」

科学者は、常に自らの研究を公開し、積極的に論文を学会誌《ジャーナル》に発表するのが義務だと父は考えている。そして、世界中の同朋と情報提供をし合い、厳しいチェックを受けてこそ、成果となる。それが、父の生き方だった。

「私の怠慢です。まもなく、新情報が発表されます」

「氷川君が、アメリカでの治験実施を画策しているのは、日本国内では相手にされていないからじゃないのかね」

「日本の特定認定再生医療等委員会が、フェニックス7をどう考えているのかは、私には分かりません。それは、理事長も、同じだと思います」

つまらぬ議論だと思った。

「ホトトギスは鳴くまで待つものだ。おまえは氷川からのプレッシャーに負けて、力ずくで鳴かせようとしている。一つ間違えば人類にとって唯一無二のホトトギスを殺すかも知れないんだぞ」

「父さんは信長がお好きだったじゃないですか。私はアルツハイマー病に苦しむ患者さんやご家族を救いたいという一心で、一刻も早いフェニックス7の実用化を目指しているんです。危険性を無視したり、リスクを軽減せずに治験しようなんて思っていません」

「おまえは、負い目がある時は、いつも、炎が飛び出すような目で、私を見つめる。子どもの頃から変わらないな」

「なぜ、私が負い目を感じなきゃならないんです」

「それは、知らん。いずれにしても幹、成果を急いではいかん。慎重の上にも慎重に、石橋を叩いて渡るんだ」

「一つ、伺いたいんですが。父さんがアルツハイマー病になった時に、目の前に未承認のフェニックス7があったとして、使用したいと思いますか」

「愚問だね」

「と、おっしゃると？」

「使うはずがないだろう。なぜなら、治験を行い、効果と副作用の抑制の審査を受けて合格した時に、はじめてそれらは医療に用いられるんだ。それまでは、単なる研究物に過ぎない」

だから、研究で、祖母を救おうなんて考えず、特別養護老人ホームに押し込んで、あとは見舞いにも行かなかったわけか。

「なあ幹、おまえは私が母を見殺しにしたと思い込んでいるようだが、それは間違っているぞ。第一に、あの当時、私の研究レベルでは母のアルツハイマーは救えなかった」

何を今さら。祖母の病状悪化など気にもしなかったくせに。

「たとえ、研究成果が出ていたとしても、それをいきなり人体には使えない。それこそ、科学者としての常識だろう」

ならば、俺は科学者ではないんだろうな。

今自分が徘徊老人たちに行っていることを、父にぶちまけてやれば、父はどんな顔をするだろう。

「おまえは信じないかもしれないが、私はおまえを誇りに思っている。いや、おまえのような偉大な科学者が登場したことに畏敬の念を抱いている。おまえが息子であるのが、自慢だ。おまえは、私なんかとは違って正真正銘の天才だ。お願いだから、結果を焦るな。このまま地道に階段を上がれば、十年以内に、おまえはアルツハイマー病を撲滅できるんだ」

そう言われて、篠塚はたまらなく腹立たしかった。

なぜか、侮辱されているように思ってしまう。

「父さん、お褒めの言葉、身に余る光栄です。父さんのアドバイスを、今しっかり受け止めました。ご期待を裏切ることなど、致しません」

話は以上だと告げる代わりに、篠塚は立ち上がった。

3

氷川を見送った麻井は、仙台空港のカウンターに急いだ。

サンノゼへの直行便に乗るには、成田経由になるのだが、成田へ行く足がなかった。

仙台から成田へは一日三便運航しているが、最終便も出たあとだという。

「じゃあ、羽田行きの便は？」

「羽田に飛ぶ便は弊社を含め、ございません」

東北新幹線が開通してから、なくなっていた。

とにかく東京に帰るしかない。

〝今日のサンノゼ行きには、間に合わなかった。今晩、サンフランシスコかロスに飛ぶ便がないか調べてくれないか〟

サンノゼとサンフランシスコ間は六〇キロ余り、サンフランシスコから車を飛ばせばいい。ロスだと五五〇キロは離れているが、それでも国内便があれば問題ない。

仙台空港鉄道の普通電車の中で、秘書にメールを送ったら、全身から力が抜けそうになった。疲労困憊だ。

朝から諸事に振り回されて、結局何一つ成果を上げられなかった。

それどころか、時間を追うにつれて問題は拡大かつ複雑化している。その上、喫緊の課題が多すぎて、優先順位の付けようがない。

そもそも、自分は何をしにサンノゼくんだりまで行こうとしているのだ。

フェニックス7の治験を米国で行って、製品化を目指そうとしている氷川の動きについての事実確認をするためだ。氷川の会社とＡＢＣによるバイオ・ベンチャー企業の事業内容を、確認するためでもある。

それは、サンノゼに行けば、解決できるのだろうか。

いや、氷川かＡＢＣの動きを把握している人物を摑まえて、真相を聞き出せなければ、何の意味もない。

では日本で探る方法はないだろうかとも思うが、氷川の側近に、知り合いはいない。ABCの知り合いは何人かいるものの、日本支社の者が米国本社のトップシークレットの詳細を知っているわけはないだろう。

それ以外のキーパーソンは？

すぐに思いついたのが、暁光新聞の香川だ。彼女はサンノゼにいる。

サンノゼに行って、彼女に事情を聞くべきか。

尤も、彼女がサンノゼのどこにいるのか知らないし、そもそもあの女は腹を割って話せる相手ではない。記者なんぞ、そんなもんだ。

とにかく、嶋津大臣の秘書官、大鹿に話を聞くのが先だな。麻井はさっそく電話を入れた。

〝ああ、麻井さん、ちょうど、私からもご連絡をしようと思っていました。今、どちらですか〟

「仙台駅に向かっています。今から東京に戻ります」

〝えっ。まさか、氷川さんとお会いになっていたんじゃ〟

「さすが、大鹿さん。ご名答」

〝どんな話をされたのか、伺えますか〟

「それは、言えないなあ。それより、あなたは、どちらに？」

〝決まってるじゃないですか。官邸ですよ。総理が、氷川さんの暴走に激怒されて、嶋津大臣を呼び出されたんです。なのにそれっきりで、大臣と二人、ずっと会議室で待ちぼうけですよ。だから、氷川さんとどんな話をされたのか、教えてください〟

ほお、焦ってるじゃないか、大鹿。

「板垣さんが、サンノゼにいらっしゃるのは、ご存知ですか」

〝ええ、まあ〟

麻井が質問に真っ直ぐ答えなかったのが、大鹿は不満のようだ。

「板垣さんが、ＡＢＣのみならずホワイトハウスと繋がって、フェニックス７を、アメリカに売り渡そうとしているのも、ご存知なんでしょ」

〝それは、誤解ですよ。先日も申し上げましたが、板垣先生は、アメリカの暴走を抑えるために、新しく立ち上がるベンチャーのトップに就かれるんですから〟

「なら、どうして総理が激怒されているんです？　そもそも板垣さんは、総理の知恵袋でしょ」

〝うーんと、そこはもう少し事情が複雑でして。どうでしょう。私が東京駅に参りますから、会ってお話ししませんか。それで氷川さんは、今回の合弁会社の件について、どのようにお考えなんですか〟

大鹿が粘った。

「氷川さんの腹は固まっているみたいですよ」

根拠のない麻井の推測を口にすると、大鹿は〝やっぱり……〟と言ったきり絶句してしまった。

「どれだけ役に立てるか分かりませんが、とにかくサンノゼに行ってみます」

〝では、後ほど東京駅で。新幹線に乗ったら車輌番号を教えてください。ホームまでお迎えに上がります〟

4

行き倒れの老人の遺族から聴取を終えた頃、楠木の携帯電話に棚橋から連絡が入った。

〝県警本部に向かってくれるか。刑事部長と捜査一課長が会いたいそうだ。俺も同席する〟

捜査一課長はともかく、刑事部長まで出てくるとは……。

「何事ですか」

〝おまえさんも知っての通り、門前管理官が、捜一で大騒ぎしたそうでな。喜久井の話では、大がかりな捜査本部《ちょうば》を立てるそうだぞ〟

「つまり、年寄りの連続行き倒れ死を、大事件だと、本店が断定したってことですか」

〝まだ、迷っているようだがな。それで、おまえさんと俺の意見を聞きたいんだそうだ。で、実際のところ、どうなんだね。門前管理官は、解剖で驚愕の事実が飛び出したと騒いでいるらしいぞ〟

「間違ってはいません」

〝どんな大事件なんだ？〟

楠木はざっと説明した。

〝オカルトのような事件だな〟

「先ほど東北大学法医学教室の立田教授からご連絡があり、東北大の脳の専門家のお二人から、一度、アルキメデス科学研究所に、脳細胞の異常増殖について尋ねてみたらどうだろう、というアドバイスを戴きました」

〝また、アルキメ科研か〟

棚橋がため息をついている。

「どうされました？」

〝アルキメ科研に捜査支援を要請せよと、本部長の命令が出た。既に、平中《ひらなか》警務部長が、科研に向かっているらしい〟

「刑事部長がアルキメ科研のアドバイスを、とおっしゃっているんですか。それはまたどうして」

〝門前少年の強い訴えのせいだよ。本来、脳細胞が萎縮しているはずのアルツハイマー病の老人だが、遺体の脳細胞が増えていた。その原因を知るためには、専門家の意見が、絶対必要だと訴えたそうだぞ〟

門前は、優秀な捜査官なのだろうな。だが、物事には、適正な手順というものがある。

それを怠ると、トラブルが起きる。

門前管理官を焚きつけたのが、松永でないことを祈るばかりだ。

〝それで、喜久井としては、自分の知らないところで、どんどん話が決まることにお怒りなわけだ。それで、至急このヤマの説明をせよ、と〟

で、俺が貧乏くじを引くというわけか。

「確認ですが、警務部長がアルキメ科研に行かれるのは、アドバイスの依頼だけが目的ですか」

〝そう聞いているぞ。それ以外に、何かあるのか〟

かつては、敏腕刑事としてならした棚橋だ。覚悟して回答しないと腹の内を見通される。

「いえ、ありません。では、後ほど本部で」

憂鬱がのしかかってきた。

だが、むしろ今は、大がかりな捜査を歓迎すべきかも知れない。

5

夕方になって、鋭一が篠塚の部屋に顔を出した。

既に、父が飲んだ紅茶のカップは片付けられていたが、なんとなくまだ、その存在が部屋を占拠していた。

「篠塚大先生様は、何の用だったんだ？」

鋭一がレッドブルを飲みながら聞いてきた。

「東北メディカル・メガバンクに用があったので、立ち寄ったそうだ」

「大先生は、相変わらずウソが下手だな」

否定する気はない。

「で、本当は、理事長様のご乱行が気になって、お越しになったわけか」

「まあね。いつものように立派なご託を並べられたよ」

「つまり、大先生は、息子の暴走に勘づいてらっしゃるんだな」

「さすがに、それはないよ。暁光の記事に加えて、業界の噂を耳にしたみたいで、理事長の口車に乗るな、と釘を刺しにきた。欲しい物は何でもカネで買うような男を、父は侮蔑している。そういう強欲な男の支援を受けている息子を恥だと思っているんじゃないか」

「大きなお世話だな。再生医療を国の基幹産業にするなんてぶち上げても、政府はカネを出さない。説教するのであれば、カネをくれってんだよな」

その通りだ。だが、そんな悲痛な叫びは父には聞こえない。

「不思議なのは、これだけメディアが騒いでるのに、理事長様が沈黙を守っていることだ。会見を開いて否定すればいいのに」

「理事長はメディアがお嫌いだしな」

それに、沈黙の効果というものを、氷川はよく知っている。

氷川が情報を出さなければ、メディアだけではなく政府やＡＭＩＤＩを翻弄できる。

「そういえば、さっき雪が言ってたけど、今朝から、Ｉ＆Ｈ株が急上昇しているらしいぜ。そういう打算もあるのかな」

鋭一の助手兼恋人の周は、投資家としても優秀らしく、Ｉ＆Ｈ株も大量に保有している。

「俺たちに道を拓《ひら》くためでもあるだろうな」

「というと？」

鋭一がレッドブルの空き缶を、ゴミ箱に放り込んだ。

「日本での治験開始までには、まだ相当な時間が必要だが、アメリカは前のめりだ。ならば、アメリカでやって、我々の悲願を一刻も早く実現する。合理主義者の理事長らしい発想だ」

「なるほどな。しかも、ご自身の状態の変化も実感しているとなると、氷川特急はもう誰にも止められないかもしれないな」

それが、この現状を作り出している一番の原因だからな。

「とすると、おまえはアメリカに引っ越すわけだ」

「アメリカに？　どうして」

「治験のレベルを上げるためには、現場にいるべきだろ」

「鋭一は？」

鋭一は、父がお土産に持ってきた都電もなかの箱を開けて物色している。

「僕と真希ちゃんは、こっちに残って、アメリカからフィードバックされてくる問題解決のために実験をやる」

「だとしても、渡米は、もう少し先の話だろうな」

「いや、幹は早めに行くべきだと思うぞ。おまえが求めている研究施設の具現化プロセスは、理事長様には分からないだろう。幹が現地でしっかり提案しないと、せっかくの施設も無意味だ」

いちいちもっともだが、こいつ、妙に俺をここから追い出そうとしている気もする。

「その時は、大友さんも連れて行けよ」

「鋭一、どういう意味だ」

「別に。それより、そろそろ警察の動きをケアした方がいいぞ」

鋭一は、デスクに並んだ夕刊の一部を取ると、篠塚に渡した。

宮城日報という地元紙だ。

不可解な徘徊老人の連続変死
事故ではなく、殺人の疑いも

「記事は曖昧だけど、少なくとも、事件として警察とメディアが注目しているのは、間違いない」

だが、認知症と診断された年寄りの失踪が相次ぎ、二、三ヶ月経過してから遺体で発見されるということ以上には、記事は踏み込んでいない。

「彼らには、何も摑めないいさ」

「そうかな。ついさっき、宮城日報がこんな記事をネットに配信したぞ」

鋭一は、今度はスマートフォンを見せた。

脳細胞が爆発的に増加した不審死体
異常者による人体実験か

「法医学者が遺体の脳を解剖したら、脳細胞が大増殖していたと書いてある。思った以上に警察は、僕たちに迫っていると考えた方がいい」

「僕たちじゃないよ。俺にだ」

「大友さんもだろ。だから、おまえと大友さんは、一刻も早くアメリカに行くべきだ」

記事には、東北大学医学部法医学教室の解剖で、遺体の脳細胞が異常に増えていたことが判明したと書かれている。しかし、具体性に欠けるのは、記事が、法医学者が直接コメントしたものではないからだろう。

この調子なら、真相に辿り着くには、まだ時間がかかる。

「人体への治験を行うためには、今日の真希ちゃんの発見が、事実かどうかを確かめる必要があるんだ」

「まさか、まだやるつもりなのか」

「あと、数人、新しい験体が欲しい」

「おまえ、どうかしてるぞ！」

そうだろうな。

「現代医療では治せないから、国内では未認可の治療法でアルツハイマーに悩む人たちを助けている。治験協力者全員が、同意書に署名しているのは、おまえだって知っているだろう」

それは、ウソではない。もっとも、大抵は事後にだが。

濃霧の中をひたすら彷徨《さまよ》うように生きていた人たちが、明晰な意識と頭脳を復活させる。それに驚き、感動してくれる。

彼らは一様に、ありったけの感謝の言葉を漏らし、治療を続けてくれと懇願した。

ほとんどの場合、そんな快適な時間は二ヶ月ほどしか続かないが、それでも、みな幸せそうだ。

「ＡＢＣは明日にでもＰ７の治験を実施したいと表明って、ネットニュースに出てたぞ。

だからもう少しだけ我慢しろ」

「鋭一、おまえのアドバイスは真っ当だと思う。だが、物事にはタイミングというのがある。フェニックス7がブレイクスルーするために勝負をかけるのは、今なんだ」

鋭一は二つ目のもなかを頬張っている。

「じゃあ、この先はおまえは治験から手を引け。代わりに僕がやる」

「なんだ、それ？」

「おまえより、僕の方がフレキシブルに対応できる」

なぜならば、フェニックス7の設計の大半と生物学的な反応の対策も、鋭一が主導したからだ。

「それなら、鋭一こそアメリカに行けよ。これから本格的な治験が始まる。そこでの方が、おまえのフレキシビリティも発揮できるぞ」

鼻で笑いやがった。

「三つの理由で、ＮＯ！　だ。まずアメリカが嫌いだ。そして、アメリカの米はまずい。第三に」

「三番目は、何だ？」

「僕は、日本で死にたい」

デスクの内線電話が鳴った。

〝お取り込み中すみません。受付から連絡がありまして、宮城県警の平中さんという方が、所長にどうしてもお会いしたいと、お見えになったそうです〟

6

篠塚は、宮城県警警務部長の平中洋之介と、特別面談室で会うことにした。この部屋はマジックミラーがあり、隣の部屋で鋭一がモニターしていた。

相手は県警本部の警務部長というが、篠塚にはどんな職種なのか見当もつかない。尤も、目の前の小柄な男は、警察官というより、高級官僚に見える。

もう一人連れがいて、「警務部長室次席　警部補　林埜五朗《はやしのごろう》」と書かれた名刺を差し出した。こちらは警官らしい立派な体格だ。

「ご承知の通り、現在、宮城中央署管内で徘徊老人が行方不明になり、数ヶ月後に遺体で発見されるという事件が相次いでいます」

メタルフレームから覗く平中の目は冷たい。

声に動揺が滲むのをおそれる篠塚は、黙って話の続きを待った。

「司法解剖の結果、遺体の脳細胞が膨張して、脳血管を圧迫していたことが分かり、それが死因ではないかと考えられます」

「脳細胞が膨張するですって。ちょっと私には想像できないんですが」

「脳の専門家である所長なら、ご存知かと思ったのですが」

「私の専門は、アルツハイマー病に対する再生医療です」

「アルツハイマーになるのは、確か脳細胞が死滅するからですよね」

「まあ、そうですが。それにしても脳細胞が膨張するというのは、聞いたことがないですねぇ」

平中が、部下の方に顔を向けた。

「法医学者の所見では、遺体で発見されたお年寄りは皆さん、夜に徘徊するほどの認知症だった。にもかかわらず、遺体で発見された時には、脳細胞が多すぎるほどあった。これは、不可解だという見立てなんですが」

自信なさげに林埜が説明した。

「確かに不可解ですね」

「篠塚所長は、ＩＵＳ細胞を使って、アルツハイマー病の治療法を研究されているとうかがっています。失われた脳細胞を再生して、アルツハイマー病を治すんですよね」

「おっしゃる通りですが」

「そこで、折り入ってお願いがあって、お邪魔しました。次々と発見される遺体を分析するにも、我々では限界があります。ぜひ、アルキメデス科学研究所の専門家に、ご協力戴けないかと思いまして」

それまで張りつめていた篠塚の神経が、一気にほぐれた。

「我々でお役に立てるなら喜んで」

「遺体の脳の状態を見て戴き、脳細胞が膨張する原因と、捜査陣へのアドバイスを頂戴できたらと思うのですが」

最悪のジョークだな。だが、警察の捜査に協力するのは、むしろ有利かもしれない。

「捜査とおっしゃいますが、そもそもこの現象は、事件なのですか」

平中の口元が緩んだ。どうやら苦笑いしているらしい。

「それを含めて、アドバイスを戴きたく」

これは飛んで火に入る夏の虫なのか、虎穴に入らずんば虎子を得ずなのか――。

「我々にそんなお手伝いができるのかどうか。我々は、アルツハイマー病を治療するIUS細胞の研究に追われています。総理の要請もあって、一刻も早く結果を出すように求められているんです。そういう状況下で、専門家を捜査に派遣するというのは、かなり難しいですね」

「四六時中、捜査本部に陣取ってくださいとは申しません。東北大の法医学教室での、遺体の精査や、法医学者や脳の専門家の先生たちとの意見交換を戴いた上で、何が起きているのかをご説明いただければ十分です。可能な限り、拘束時間は短くて済むように対応致します。なので、ぜひ一度、遺体を見ていただけませんか」

見なくても、どういう状況なのかは知っている。だが、警察の捜査状況が分かるチャンスは、やはり生かすべきか。

突然、ドアが開いて鋭一が現れた。

「失礼します。遅くなりました。私は、フェニックス7を現場で研究開発している秋吉と申します。ご依頼の件、私がお引き受け致します」

止める間もなく、鋭一が宣言してしまった。

7

一九九一年に完成した宮城県警察本部庁舎は、地上七階、地下二階からなるライトブラウンの建物だ。警察本部という厳《いか》めしい印象とは異なり、窓を大きく取ったデザインは、少しでも市民に親しみやすくありたいと願っているようにも見える。

だが、この日の楠木にとっては、親しみやすさとは正反対の近寄り難い建物に思えた。

楠木がロビーに入ると、宮城中央署長の棚橋が、既に待っていた。

「よっ、ご苦労さん！」

片手を軽く挙げて棚橋は、楠木を労《ねぎら》った。

「お待たせしました。それにしても、急展開ですね」

「本部長は即断即決がモットーだからな」

「大山鳴動して、の可能性もありますが」

「だが、大事件を見過ごしてしまうよりはいいだろう」

何事にも前向きな棚橋らしい。

二人はまず、喜久井捜査一課長を訪ねた。

松永と門前管理官が揃ってソファに掛けている。二人は、棚橋署長を見つけると立ち上がった。

「ご苦労様です！」

松永はどこにいても威勢がいい。

「部屋を取っているので、そっちへ」

喜久井に続いて第一会議室に入ると、最後尾の松永がドアを閉めた。

「一体、どういうつもりなんですかねえ、楠木さん」

長テーブルの中央の席に乱暴に腰を下ろした喜久井が、不快そうに言った。

「どういうつもりとは？」

「惚《とぼ》けないでくださいよ。あんた、これだけの大事件を、ずっと一人で抱え込んでいたんだ。これは、重大な職務規程違反だ」

なんだ、喜久井、まだ手柄が欲しいのか。

馬鹿馬鹿しい。最初の頃に話を持ち込んだら「あんたこそ、認知症じゃないのか」と嘲ったに決まっている。

「それは、言いがかりだろう。行方知れずだった高齢者の行き倒れ死が続いただけでは、あんたに知らせるレベルではない」

「そんな独断がいつから、通用するようになったんだ」

「まあまあ喜久井君、そんな喧嘩腰にならずに。別に楠さんは、ネタを隠していたわけじゃない。ただ、事件になるかどうかを見極めていたわけで」

いきなり両手で、喜久井はテーブルを叩いた。

「ふざけるな！　いつから事件の見極めを、所轄が勝手にやるようになったんだ。少しでも事件性を感じたらすぐ、本店に上げる。それが、ルールでしょう」

筋としては正しい。

「しかも、我々が知らない間に、メディアに事件の詳細が出てしまっている。これは、重大問題だ」

そんな話は知らない。

楠木は、まさかと思って松永を見た。松永は、目を伏せたまま直立不動している。

「喜久井課長、それは私のミスでして」

松永を庇《かば》うように門前が発言した。

「門前さん、黙っていてください。宮城日報のオンラインニュースに、事件の特ダネが出ている。しかも、県警は殺人も視野に入れているとある。一体、この県警とは誰を指すんだ！」

松永の握りしめた両拳が震えている。

おまえが、軽はずみに記者にしゃべったのか。

「ですから、それは私が知り合いの記者に、雑談として」

「あなたは、黙っていろと言ったはずです、門前管理官。いいですか、棚橋さん、独断専行の上に、メディアへの情報漏洩ときたら、これは、厳しい内務監査が入ると思った方がいい。刑事部長からの沙汰をお待ちください。いずれにしても、楠木は二時間以内に事件の詳細をまとめた報告書を提出するんだ」

　喜久井が部屋を出ていった。

　重苦しい沈黙が、室内に漂った。

「申し訳ありませんでした！」

　松永が声を振り絞っている。

「なんで、おまえが謝るんだ」

「自分が、無駄話をしたばっかりに、こんな事態になってしまって」

「おまえがおしゃべりでダメな奴なのは、とっくに知っている。そんなおまえに、管理官のお守りをさせたのが間違いだった。だから、気にするな」

「いいえ、悪いのは僕の方です。調子に乗って、聞きかじった情報を知り合いの記者に伝えてしまって」

　門前が、青ざめた顔で詫《わ》びている。

「管理官、申し訳ないんだが、出て行ってくれないか」

　棚橋が突き放すと、門前は逃げるように部屋を出ていった。

「さて、楠さん、どうするね」

棚橋が渋い顔で腕組みしている。

「私にはどうすることも。それに、捜一が後をしっかり引き継いで事件を解明してくればいい話ですから」

「係長、この事件は、係長なくしては発覚しなかったんすよ。なのに、ここで引き下がるんですか！」

松永が威勢の良い台詞《せりふ》を吐いた。

「俺たちは兵隊なんだ。司令官の命令通りに動く。俺の捜査は規律違反のスタンドプレイだと、刑事部長が判断するならば、引き下がるだけだ」

「それは、おかしいっすよ。理不尽っす」

松永は両肩を震わせて怒っている。ここに喜久井がいたら、いきなり得意の背負い投げを食らわして、寝技で締め上げそうだ。

「自分、刑事部長に直談判してきます！」

「バカなことは、やめないか！」

楠木は思わず怒鳴ってしまった。

「バカはバカなりに筋を通しますっ」

「松永、気持ちだけ受け取っておく。あとは、俺に任せろ」

松永の肩を叩いて、棚橋が出て行った。

松永はまた謝った。顔を見ると涙が頬を伝っている。

「若いってのは、いいな」

「なんすか、それ」

「喜怒哀楽がはっきりしていて、泣きたい時に泣き、怒りたい時に怒れる。だがな、警察組織で生き抜きたければ、辛抱を覚えろ」

「辛抱ばかりしなければならないんだったら、警察なんか魅力ありません」

「じゃあ、辞めろ。今なら、違う人生を選ぶのも遅くはないぞ」

「なんで、そんな酷《ひど》いこと言うんですか。自分は、おしゃべりでお調子者です。でも、楠木係長のようになりたくて、毎日必死で頑張ってんすよ。なのに、辞めろだなんて」

楠木は呆《あき》れながら、この愚かな部下を可愛いと思った。

「だったら、そのよく滑る口を黙らせる習慣をつけろ」

携帯電話が鳴った。渡辺からだ。

〝鑑識から面白い情報が出ました〟

「なんだ」

〝高木トメさんの現場で見つかった靴跡ですが、ちょっと珍しいものだそうです〟

「詳しく話してくれ」

〝何でも、ドイツ製の登山靴で、十年前に会社が倒産して、製造中止になっているとか。日本にも、輸出されたことがないそうです。もしかして、外国人の犯行ですかねえ〟

そんな可能性があるのか……。

約束通り、大鹿は東京駅の東北新幹線ホームで、麻井を待っていて、「成田まで、お送りします」と言った。クールなポーカーフェイスが売りのはずなのに、すっかり疲れ果てている。

8

大鹿の後について八重洲口改札を抜けると、黒塗りのレクサスが停まっていた。

「麻井さんの迅速な対応に、大臣はいたく感動されています」

「恐縮です。それで、総理のお怒りは収まったんですか」

「まったく。板垣先生に裏切られたと喚き散らし、嶋津大臣には今すぐ辞表を書けとおっしゃっています」

困ったものだ。まるで、駄々っ子じゃないか。

「総理のお怒りの大元は何ですか」

「氷川さんの裏切りですよ。実は、I&HとABCによる合弁会社設立の噂を聞いた総理は、密かに氷川さんとお会いになりました。板垣先生も同席されたとか」

自らを有言実行の男と称している総理ならやりそうだ。

「席上、総理は氷川さんに、合弁会社の設立は止めないが、フェニックス7の研究拠点は、日本で続けて欲しいと伝えました」

そんな約束をしたら、合弁会社の意味がない。

「その場で総理は、三ヶ月以内に必ず日本でフェニックス7の治験を行えるようにするとまで、おっしゃったそうです」

「そんな無茶な」

「私もそう思います。でも、総理の約束です。無理を実現する目算がおありになったのではないでしょうか。しかも、同席されていた板垣先生まで追認されたんです」

やりとりが目に浮かぶ。

「では板垣さんは、氷川さんの計画に待ったをかけたんですか」

「そう聞いています」

なのに、ＡＢＣは、合弁会社が設立されたらＰ７の治験をアメリカで行うと発表してしまった。しかも、そこに板垣も関与している。

「板垣さんが、医療ビジネス関係のアメリカ大統領補佐官であるカール・ハイアセンと会っているという情報を、ご存じですか」

「えっ、そうなんですか」

大鹿は全く知らなかったようだ。そんな重要な情報も手に入れられないのか。

「ですから、氷川さんと板垣さんは、グルだったんですよ。総理は二人に裏切られたんです」

「いや、それは違います。ハイアセンに会ったのも、アメリカ政府の介入を自重してもらうために決まっています」

「あなたや嶋津さんが、それほどまでに板垣さんを信用されているのが不思議ですね」

窓の外を見た。夕焼けの深い茜色が、高層ビルの灯《あか》りと共に大都会を彩っている。

「疑う余地がどこにあるんですか。総理は、板垣先生に頼り切ってるんですよ。それは嶋津大臣も一緒です。そんな愛弟子たちを、板垣先生が裏切りますか」

「板垣さんを失望させたら、切り捨てるのでは?」

大鹿は驚かなかった。

「もしかして、あなたは板垣さんの指示で動いているのではないですか。あくまでも、私の感触に過ぎないんですが、あなたのボスは嶋津大臣ではなく、板垣さんではないんですか。間違っていたら謝りますが」

怒るかと思ったが、大鹿は固まっている。

図星か。

「あなたは、板垣さんの真意をご存知では? それを総理に説明すればいい」

「私も何も聞いてないんです」

「どうして」

「分かりません。やはり、私が官僚だからではないでしょうか」

大鹿は経産省からの出向で、嶋津の秘書官を務めている。

「ボスよりも省のメリットを最優先すると、板垣さんに思われているとか?」

「いや、板垣先生はボスではありません。大学の恩師なんです」

経産省のキャリア官僚が、三田大学の医学部出身だというのか。

「私の実家は、静岡で病院を経営しています。それで後継者として医学部に進んだんですが、どうも医者という職業が合わなくて。それで、板垣先生のゼミに潜り込みました。板垣先生から強く勧められて経産省に入省したんです。日本の医学界の閉鎖性や国際競争力の低さは、国益を著しく損なっているだけではなく、国民の命をも危うくしています。だから、板垣先生が推進される再生医療の発展に共鳴はします。だからといって、アメリカにフェニックス7を売り渡すなんてことは、断じて許せません」

人は見かけによらないな。大鹿は、もっとドライな奴だと思っていた。

「板垣さんの渡米はご存知でしたか」

「いえ。ただ、渡米される直前にお会いしています。その時に、日本がグズグズしていると、フェニックス7もやられるぞというお叱りは受けました。しかし、フェニックス7は、危険すぎると。だからもっと時間をかけて精査すべきだと申し上げました」

「板垣さんは、なんと？」

「激怒されました。そんな悠長だから、日本はダメなんだ。アメリカと共同開発しても、ハンドルを我々が握ればいい。だから、老体に鞭《むち》を打って一肌脱ごうとしているのに、と」

それが、板垣の暴走宣言だったのか。

「それと、サンノゼに到着した先生からメールがきました。君の忠告を無にはしない、安心しろと」

で、こいつは今でもその言葉に縋《すが》っているのか。めでたいな。

「まだ、板垣さんを、信じているんですね」

「麻井さんは、違うんですか」

「ええ。国益や日本人のためという発想は、板垣さんの頭の中にはないでしょうね。板垣さんは、どんな事でもすべて、ご自身の思い通りにやりたい方だ。そして偉大なる人物として科学史に名を残したいと思っている。そういう方に、国益を守るなんて発想は通用しないのでは？」

「では、先生は日本を裏切って、アメリカにフェニックス7を売り渡したと？」

「それも違うなあ。きっと世界の再生医療界に君臨したいんじゃないですか。国家も日本国民の幸せも、どうでもいいんですよ。それより、世界が驚嘆する魔法の薬を創った神になりたいのでは？」

「神、ですか……。氷川さんの目的は、なんですか。カネを湯水のように使っていますが」

大鹿が途方に暮れている。

「板垣さんと同様、欲望に忠実なのでしょう。日本への貢献なんて掲げていますが、そこに真実なんて一パーセントもない。やはり、目的はカネでしょう。フェニックス7につぎ込んでいるカネは、経済的合理性からすると、あり得ない額です。ライバル社に先を越された途端に、彼は破滅する。だから、ライバルとすら手を組もうとするんです」

医は仁術じゃないのか、などという青臭いことを言うつもりはない。カネがなければ、夢の新薬は生まれないし、カネを使えば、夢も買える。

板垣や氷川は、それを証明しているだけだ。

9

棚橋の尽力で、楠木らを含む宮城中央署刑事課も、「失踪高齢者連続死体遺棄事件」の捜査本部の末席に加わった。

だが、割り当てられた仕事は管内の失踪高齢者の洗い出しと、足取り捜査だった。

「俺たちが見つけたヤマなんだぜ。なのに、なんで、そんなどうでもいい仕事しか、割り振らないんだ」

宮城中央署大会議室で開かれた捜査会議を終えて刑事課に戻ってきた渡辺は、怒りを隠さない。

「でも、外されるよりは、ましっすよ」

松永が虚勢を張る。

「悪いが、この事件は、君ら三人だけでお願いしますよ。私は、タッチしない旨、署長もご了解ですから」

事情を知っている刑事課長の勝俣は、帰宅の準備をしながら言った。

「色々ご迷惑をおかけして、申し訳ありません」

内心では喜びつつも、楠木は神妙に詫びてみせた。

「まったくテレビの刑事ドラマじゃないんですから、もうちょっと組織で動く努力をしてほしいもんです」

捨て台詞と共に、勝俣は刑事部屋を出て行った。

「なんですか、あの言い草は！　最初、捜査本部が立つって決まった時は、狂喜乱舞したくせに」

勝俣の姿が見えなくなると、渡辺が吐き捨てた。

「まあ、これで誰に気兼ねすることなく捜査ができるんだから、いいじゃないか。それで、失踪中の高齢者の捜査だが」

「それは、自分が既にリストにしてあります！」

松永が、声を張り上げた。

「いいなあ、松永。さすが逆境に強い」

渡辺が茶々を入れたが、松永は笑わなかった。

「この事件、何が何でも係長に、犯人を逮捕して欲しいんす。そのためなら、死んでも悔いはありません」

「悪いが、俺は死にたくないから、早くリストを見せてくれ」

宮城中央署捜査班用に借り受けている小会議室に移動すると、渡辺が、行方不明者届の束を机の上に置いた。

渡辺の指示で、松永が管区内の地図を貼った。六十五歳以上の行方不明者を抽出し、その居住地を一覧にするのだ。

「既に行き倒れ死として処理された高齢者の遺体発見現場を赤のピンで、居住地を青ピンで留めてくれ」

全部で五本の赤いピンは市内全域に点在している。川縁《かわべり》もあれば、空き地もあるし、林道でも発見されている。

青いピンも、広範囲だ。

「何か、気づかれましたか」

地図を睨む楠木の隣で渡辺は顎を撫でている。

「法則がまったくないね」

「強いて言うなら、住所と発見場所が、いずれもかけ離れているぐらいでしょうか」

地図を眺めながら、楠木は自分が見落としているものがないか探した。

「何か引っ掛かるんだが、その何かが分からないなぁ」

「遺体発見現場が、皆、我が署から遠いですねえ」

確かに宮城中央署周辺には、赤いピンが一本もない。

「死体遺棄が恣意的である、と言えないこともないですね」

裏付けとしては弱いが、状況証拠ぐらいにはなるかもしれない。

そう言おうと思った時に、携帯電話が鳴った。

妻からだ。

「どうした？」

〝お父さん、お仕事中ごめんなさい。お義母さんがいなくなったの〟

第六章　暴露

1

　夜明け前の町を、楠木はひたすら車で走っていた。母の行方が分からなくなって四日目になろうとしている。

　母を捜し続けた疲労がついに限界を超え、突然、視界が真っ暗になった。けたたましいクラクションで我に返り、目を開くと、一〇トントラックが、バックミラーに間近に迫ってきた。

　慌ててハンドルを左に切る。トラックは悲鳴のようなクラクションと共に、行き過ぎた。

　楠木の車は、道路際に積み上がった残雪の壁にフェンダーを突っ込んで停まった。

　母が姿を消した時、妻は入浴中だった。風呂から出ると、就寝しているはずの母の姿がないので、妻はまず最寄りの交番に連絡をした。楠木が母の状況を伝えてあったので、交番はすぐに対応した。

それから妻は、母が立ち寄りそうな場所を捜したが、見つからなかったので、楠木に連絡を入れた。

妻からの報《しら》せを受けて、楠木は署長に報告した。認知症の老女が失踪したという情報はすぐに捜査本部に届き、二〇〇人態勢で、夜通し捜索された。

捜査員が手分けして、自宅半径一キロ四方の住民を戸別に訪ね歩いたが、母を目撃した者はいなかった。自宅周辺で悲鳴を聞いた者、不審な車を見た者もいなかった。

結局、手がかりがまったく摑めないまま初日の夜が明けた。朝を迎えて、さらに捜査員を増やし、捜索範囲も広げた。

二日目も、三日目も成果は上がらず、もはや、捜索も限界だった。

今日の午後五時、捜査本部長でもある刑事部長から、捜索の打ち切りが宣言された。

楠木は諦めきれずに、一人、夜の宮城市内を自家用車で探し回った。その挙げ句が居眠り運転では、お粗末すぎた。

雪のガードレールがなければ、二メートルほど下の田んぼに転落していただろう。アクセルを慎重に踏んで、後退すると、メリメリという嫌な音と共にフェンダーが雪の壁から抜けた。左のライトは点灯しない。

これでは、捜索にならない。一旦署に戻ることにした。

片ランプの状態で、楠木は署に向かった。

〝今、どちらですか〟

携帯無線から渡辺の声が流れた。

「署まで、あと数分で到着する。何か分かったのか」

〝無線を署活系四番にしてください〟

つまり、県警本部の通信指令室の当直には、聞かれたくない話をするつもりだ。

〝新しい遺体が見つかりました〟

急ブレーキを踏んでしまった。車が横滑りして停止した。対向車と後続車がなかったのが幸いした。

〝楠木さん、大丈夫ですか〟

「それで……」

ガイシャは母なのかとは聞けなかった。

〝お母様ではありません。ただ、厄介な相手です〟

「どう、厄介なんだ」

〝父親が行方不明だと怒鳴り込んできた仙台市議、覚えてますか〟

「ああ、高飛車で傲慢な男だったな」

確か江崎龍一郎とか言ったな。

〝あの傲慢野郎の父親が、遺体で発見されたようです〟

俺も行った方がいいのだろうが、俺は敬遠されている。捜査一課長から目の敵にされている所轄の警部補は、おとなしくしていた方が無難だ。遺体発見現場には、本部の精鋭が行くだろう。

だが、渡辺には、そんなつもりがないから、署活系の無線で話をしているのだ。俺も行くべきだろうな。

「場所を、教えてくれ」

〝署に、あと数分で到着されるんですよね。だったら、戻ってきてください〟

「なぜだ？　一刻も早い方がいいだろう」

〝死体は逃げませんから。それに、ちょっと遠出して戴く必要があるので、休養十分の松永を運転手につけます〟

普段なら、断固拒絶するが、今夜は喜んでお願いしたい。

「分かった。それで、遠出とは、現場はどこだ？」

〝福島県相馬市です〟

2

空調のせいなのか、問題山積のせいなのか、サンノゼ行きの機内で、篠塚は眠れなかった。

うとうとするたびに、夢を見た。

子どもの頃に父に反抗した時のことや、アルツハイマー病に侵されていく祖母の姿、そして、数日前に会ったばかりの老いた父の薄笑い……。それらが、めまぐるしく場面転換して、篠塚を苦しめた。

「お客様、空調の温度を下げましょうか」

ＣＡ《キャビン・アテンダント》に耳元で囁《ささや》かれて、篠塚は目を開けた。

「いや、大丈夫だ。悪いけど、シャンパンを一杯もらえないか。水も一緒に」

ＣＡの笑顔が、妙に篠塚に安らぎを与えた。

どうやら俺は今、相当追い詰められているらしい。だから、とってつけたような優しさでも、心が揺れる。

危険信号だった。

頭も体も休めと言っている。

父に言われるまでもなく、フェニックス7を人体に使用するのはまだ危険すぎる。

だが、氷川から最後通牒《つうちょう》を突きつけられた以上、一刻も早く目標を達成しなければならない。

それは、鋭一のためでもあった。

本人は言わないが、周の話では、鋭一の体調はさらに悪化しているらしい。人前では軽口を叩いているが、周と二人きりになると痛みに悶絶するので、鎮痛薬が欠かせないらしい。

もって三ヶ月と本人は告白していたが、本当のところは、もっと厳しいのだとも聞いた。

そんな中、警察が距離を詰めてきた。県警が求めているのは脳神経に関するアドバイスだが、本当にそれだけなのか。

シャンパンと水が運ばれてきた。まずは、水を飲み干し、続いてシャンパンをゆっくりと啜った。

眼前に対岸が見えても、そう簡単には着岸できない。極端なことを言えば、九九パーセント成功していても、最後の一パーセントで、多くの開拓者が、フロンティアの壁に立ちはだかられ、破滅していく。

俺たちも、そうなのだろうか。

暗い機内は、まるで今シノヨシが置かれている状況そのものだ。

真っ暗ではないが、光は仄《ほの》かで、この明るさで、できることなどたかが知れている。

こんな環境で、俺たちはミクロ単位のミスも許されない難行に挑もうとしている。

いや、表現が違うな。

目隠しをして、摩天楼の間を光速で飛行しようとしている、と言うべきか。

——つまらん発想だな。

わずかばかりのアルコールのお陰で、篠塚の中でふさぎ込んでいた傲慢で強気の本性が目覚めたようだ。

機内が明るくなった。

「みなさま、おはようございます」

ＣＡが、爽やかにアメリカの朝を告げた。

3

雪道だというのに、松永は時速一〇〇キロ近い速度で疾走している。しかも、赤色灯を回しサイレンを鳴らしている。

「もう少しスピードを落とせ。到着する前に俺たちが遺体安置所行きになるぞ」

「大丈夫っすよ。この車、スタッドレスっすから」

「スタッドレスでも、スリップはするんだ」

「マジっすか。ほんと、係長って物知りっすよねえ」

恐ろしいことに、松永はわざわざ助手席の方を向いて感心してくれた。

「バカ、前を向け。速度、落とせ！」

慌てて前は向いたが、松永は、なかなか速度を落とそうとしない。

「松永！　速・度・だ！」

声を荒らげると、ようやくアクセルを踏む力を緩めてくれた。

「それにしても、福島県警は、やけに情報提供が早かったな」

「連絡は、福島から来たわけじゃないんす」

「どこから来たんだ？」

「江崎先生から、お怒りの電話があって。渡辺先輩が電話を取ったんですが、ウチのせいで父は死んだんだと喚いていたそうっす」

「意味が分からん。言いがかりを付けられるいわれはないぞ」

「もっと早く捜査本部を立ち上げていたら、父は死ななくて済んだと」

「無茶な話だな」

「そうっすよ。だって、それなら係長のお母様はどうなるって話っすよね」

楠木の胸に重いものがずっしりと沈んだ。

「ああ、すみません！　なんでこんなバカなんだ。係長、あの、自分、悪気があったわけではなくて」

悪気がない方が辛《つら》い——とは言わなかった。

仙台市議の父親も連続犯の被害者だとしたら、犯人は警察の動きを察知して遺棄場所を変えたのだろうか。

だとすれば、良い兆候だ。

楠木の長い刑事生活の中でも、連続殺人犯の捜査なんて初めての経験だった。頭のおかしい犯罪者を追いかけた経験はあるが、そういう連中は警察の捜査なんて気にせず、やりたい放題する。

警察の捜査に反応してくれるということは、既に精神的に追い詰められているのかもしれない。

だとすれば、大々的な捜査を展開し、もっと追い詰めれば、やがてボロを出すだろう。

除雪された常磐自動車道に入ると、松永は再び加速した。

「これって宮城・福島で合同捜査本部が立つんすかね」

松永の鼻息が荒くなっている。

「おまえや俺が考えることじゃない」

「そうっすねえ。でも、ホシは対策を練ってきているって思うんですよねえ」

また、松永の顔がこちらを向いた。

「前を向け。おまえ、教習所で、運転中に助手席を見るなと習わなかったのか」

「すんません。ちょっと興奮してしまって」

ちょっとではなく、メチャクチャ興奮してるんだろ、松永。

相馬まであと五キロという標識が出た。

4

サンノゼまで来たものの結局、麻井は、板垣を捕まえられなかった。

携帯電話に何度かけても、留守番電話になる。

大鹿が探し当てたホテルにも連絡を入れてみたが、何度やっても〝外出中でいらっしゃいます〟と言われるばかりだ。

ＡＢＣの知り合いに、板垣の行方を尋ねてもみたが、「教えられない」と返された。あまり、接触したくなかったのだが、暁光新聞の香川にも連絡した。だが、彼女の電話も繋がらなかった。

しかたなく翌朝、板垣が宿泊しているホテルに出向いて、フロントで呼び出してもらった。

「昨夜はお戻りになってらっしゃいませんね」

つれなく返されたが、電話をして欲しいとダメ元でメッセージを残した。そして、フロントの向かいにあるラウンジに陣取った。

日本では、Ｉ＆ＨとＡＢＣによるバイオ・ベンチャー設立のニュースの衝撃は、徐々に沈静化してきたという。

関係者の不安を一掃するような情報があったからではない。官邸を含め、誰もこの問題に言及しなかったうえに、官邸がメディアに、さりげなく圧力をかけたらしい。

良策とは思えないが、ひとまず、騒ぎが沈静化してくれたのは、助かった。

それでも、麻井は立場上、事実を把握しなければならない。

丸岡は二時間ごとに携帯電話を鳴らしてくるが、麻井は何も報告できなかった。

何としてでも板垣を捕まえたかった。

だが、待ち人来たらず、時間だけが無為に過ぎていく。

朝食を摂り、その後、数回飲み物を頼んだあたりで、ラウンジのマネージャーが声をかけてきた。

「お客様、大変恐縮なのですが、そろそろランチタイムになりますが」

入口には客が列をなしている。無意味な長居は迷惑らしい。

「じゃあ、一番上等なランチを一人前、お願いできないかな」

マネージャーは渋い顔をしたものの、引き下がった。

四〇〇グラムはありそうな、分厚いステーキが運ばれてきた。これまでにも飲み物を何杯も注文して飲んでいたので、食欲はなかった。それでも、鉄板の上で肉汁が音を立てているステーキにナイフを入れる。

一時間以上かけてのらりくらりと昼食を摂ったところで、再びマネージャーが近づいてきた。

ひとまず出るしかないか。

諦めて腰を上げた。

総額で二〇〇ドル余りを支払うと、腹ごなしとばかりに、フロントを見渡せる範囲で、ロビーを歩き回った。

それも三十分もすると疲れてしまって、ソファに沈み込んでしまった。

午後二時を過ぎた。だが、板垣は現れない。どうしたものか。

昨夜も戻ってないところを見ると、ＡＢＣやアメリカ政府が、別の宿泊先を用意しているのかもしれない。だとすれば、ここで待ち伏せしても無駄なのか。しかし、ここ以外に行く当てがないいんだ。

「失礼ですが、麻井さんですか」

スーツ姿の見知らぬ黒人男性が声を掛けてきた。

「はじめまして、私はアーノルド・ブラウンと言います。板垣博士のお使いで参りました」

「もしかして、先生に会わせていただけるんでしょうか」

「はい。一緒に来てください」

待った甲斐があった。

気合を入れて、麻井はブラウンに続き、ホテルの車寄せの端に停まっていた黒塗りのセダンに乗り込んだ。

「どのくらい、待ってらっしゃったんですか」

車が動き出すと、ブラウンに尋ねられた。

「六時間ほどです」

「それは、凄い！　日本人は我慢強いと言われますが、本当なんですね」

自分が、日本人の代表のように語られるのには異論があったが、適当に話を合わせた。

使いの者としか言わないブラウンの素性が知りたくて、麻井は名刺を差し出した。だが、ブラウンは会釈して受け取るだけで、自身の名刺を出そうとしない。

「失礼だが、ブラウンさんと板垣先生とのご関係を、教えてください」

「スタンフォード大学で、博士に師事していました。現在も、そこで研究を続けています。先生が西海岸で所用がある時は、秘書を務めています」

つまり、大鹿のアメリカ版か。

あの人は、こういう僕《しもべ》を世界中に抱えているんだろうな。

「研究テーマは？」

「ＩＵＳ細胞による脳タンパクの再生です」

シノヨシと似たような研究テーマだな。

「フェニックス７を知っていますか」

「もちろんです。私が目標としているものであり、いつか、シノヨシを超える研究者になりたいとも考えています」

アメリカ人研究者の口から「シノヨシ」というコンビ名が出て、麻井は嬉しくなった。

「じゃあ、あなたも、Ｉ＆ＨとＡＢＣが共同で設立するバイオ・ベンチャーで働くんですか」

「板垣博士には、誘って戴いていますが、まだ迷っているんです。私にとって、フェニックス７の開発に携われるのは、素晴らしいチャンスですが、私は、誰かの研究のお手伝いではなく、自分自身のチームの開発を優先したいんで」

　立派な心がけだ。

「ブラウンさんから見て、フェニックス7は、治験レベルにあると思いますか」

「分かりません。我々に公開されている資料やデータは限定的ですから。でも、ちょっと急ぎすぎているという印象です」

　アメリカの創薬や再生医療の実用化は、日本とは比べものにならないほど短期間でなされる。それだけに、ブラウンの発言は意外だった。

「どのあたりを懸念しているんですか」

「当初、フェニックス7は、脳細胞の増殖コントロールに問題があると言われていました。それについて、シノヨシは解決済みとしていますが、その方法は、現在のところ未公開です。にもかかわらず、治験フェーズに入るというのは驚愕です。フェニックス7は、本当に治験フェーズに入れるレベルなんですか」

　麻井には答えようがなかった。

「詳細なデータや記録がないので、なんとも言えません。でも、板垣先生なら、いろいろとご存知なのでは？」

「残念ながら、私は何も聞かされていません」

　それは、ブラウンが信頼されていないからだろうか。それとも、シノヨシに近い研究を行っている者には、いくら愛弟子でも、研究データを開示しないという厳格なモラルからか……。

「ちなみに、我々はどこに向かっているんですか」

「I&HとABCが共同出資するバイオ・ベンチャーのフェニックス社です。あと、三十分ほどかかります。よろしければ、ビールでもいかがですか？」

ブラウンは車載の冷蔵庫から缶ビールを取り出した。

5

福島県警相馬警察署に到着し、玄関で立ち番している警官に挨拶すると、地下に行くように指示された。

遺体はすでに地下の霊安室に安置されているのか……。

本当は、遺体は発見現場に残しておいて欲しかった。だが、行き倒れ死体が発見された程度では、現場保存をすることはまずない。そもそも、今日の午後に本件の捜査本部が立ち上がったばかりだ。

霊安室の前にある椅子に座っていた男が、こちらに気づいて立ち上がった。

「相馬署当直の元木であります」

制服の肩章を見ると、巡査部長だ。

「ご苦労さまです。ご遺体は、この中ですか」

「はい。既にご遺族の方もいらっしゃっています」

　楠木はネクタイの歪みを直すと、ドアをノックした。

　部屋に入ると、大柄な男が、喧嘩腰で誰何《すいか》してきた。遺体のそばには、中年女性が跪《ひざまず》いて遺体の手を握りしめている。

「宮城中央署の楠木と申します」

「おまえか！　どう責任を取るつもりだ！」

　胸を強く突かれて、楠木はよろめいた。

「あの、失礼ですが」

　松永が、果敢に二人の間に身を入れた。

「おまえは、何だ？」

「同じく宮城中央署の松永と言います。おそれいりますが、どちら様ですか」

「死んだ年寄りの身内の者だ。父の行方が分からなくなった時に、あんたらがしっかりとした捜索をしなかったから、こんな事になったんだ。だから、どう責任を取るんだと、聞いている」

「本当にご愁傷様です。心からご冥福をお祈り申し上げます。ですが、我々に責任を問うのは、筋違いです」

「おい、松永よせ」

　楠木が松永を脇にやろうと肩に手を掛けたが、仁王立ちした柔道家はビクとも動かない。

「筋違いとは、どういうことだ」

「お父様の行方が分からなくなったというご連絡を戴いて、楠木警部補以下、当直の警官が総動員で、捜索致しましたが、結局発見できませんでした」

「それは職務怠慢だろ」

「その後、所轄のみならず、周辺署にまで、お父様のお写真を添付したチラシを配布しました。我々としては、それが限界です」

「限界を決める権利など、おまえらにはない」

「あります。県民の皆様の安寧を守るため、私たちの職務には、優先順位がございます。警察の職務は、無限ではないからです」

「生意気な。おまえ、そもそも女のくせに、その偉そうな態度は無礼だぞ」

「失礼は、ご容赦ください。しかし、市議、女のくせにというお言葉は、セクシャル・ハラスメントでございます」

いきなり江崎が、松永の胸ぐらを摑んだ。だが、松永は平然とかわして、江崎の太い手首を捻《ひね》りあげた。仙台市議の巨体が、床に転がった。

「市議、暴行罪の現行犯で逮捕もできます。しかし、お互い、そんな面倒は避けたいですよね」

松永に摑まれた手首が痛いらしく、市議は声も出ないようだ。

「松永、やめろ。そこまでだ」

「係長、もう少し。市議、お父様を失った悲しみと自責の念については、心からご同情致します。しかし、警察の捜索に対する言いがかりは、どうか、おやめ戴きたい」

「分かった。だから、手を離してくれ」

そこでようやく江崎を解放した。

「ご理解を感謝します」

「それで江崎さん、大変恐縮なのですが、お父様は司法解剖させて戴くことになると思います」

楠木が言うと、再び、江崎が声を荒らげたが、松永が立ちはだかると、江崎は静かになった。

「ご存知のように、宮城中央署管内では、お年寄りが行方不明になった挙げ句に、行き倒れ死体で発見されるという事件が多発しています。その捜査のためです」

「つまり、父も事件の犠牲者だと？」

江崎の父親も、見る限り栄養状態も良いし、身につけている衣類も清潔に見えた。

「その可能性が高い、と思われます」

「その程度の理由で、父を切り刻むのを認めるわけにはいかない」

ドアが開いて、門前が入ってきた。

「失礼します。宮城県警捜査一課管理官の門前純一と申します。江崎元義《もとよし》さんのご遺体を、司法解剖致します」

　ご丁寧なことに門前は、遺族の同意がなくても司法解剖ができる地裁の「鑑定処分許可状」を提示していた。

6

　サンノゼ郊外を横断する州道を、三十分ほど車を走らせて、車が砂埃《すなぼこり》にまみれた頃、都会が忽然《こつぜん》と現れた。

「アメリカが第二のシリコンバレーを目指して建設を進めている、サンクチュアリ・シティです」

「なるほど神域か。すごい名前をつけたものだな」

「元々、野鳥の保護区域だったそうです。でも、今やまさに再生医療という神の領域に挑む街に生まれ変わろうとしています」

　まったく、傲慢極まりないな。

　街は、建設ラッシュに沸いているようだ。至る所で、工事が行われている。

「中央に見えるのが、サンクチュアリ・センターで、この未来都市の中枢となる施設です。コンベンション・ホールや政府機関の出先機関が集まります。さらには、レストランなどのテナントも入ります」

どこを向いても建設途中の建物ばかりが並ぶ中で、ガラス張りのドーム型の施設が見えた。

「あれは?」

「フェニックス社です」

合弁会社設立を正式に発表すらしていないのに、こんな施設が完成していたのか。全体の印象はアルキメデス科研にそっくりだ。

もしかしたら、随分と早い段階から、氷川とＡＢＣとの間で手打ちがあったのかも知れない。

「あれは、いつ完成したんです?」

「三ヶ月前だと聞いています。当初はＡＢＣの再生細胞研究施設になる予定だったそうです」

そこに氷川が乗っかったわけか。

「既に、研究施設として稼働しているんですか」

「そこまでは分かりませんが、従業員は少数です。研究者はまだほとんどいないようです」

ゲートに到着すると、厳重なチェックが行われた。

正面玄関の前でも金属探知機を当てられたりの入念な荷物検査を受けてようやく、入館証を得た。

麻井は吹き抜けの広大なロビーを見上げながら、ブラウンに続いた。

エレベーターに乗り、最上階に案内された。やたらと広い部屋の真ん中に板垣がいた。日本人にしては大柄な板垣が、巨大な部屋と豪華なインテリアに埋もれて、やけに小さく見えた。

チャールズ・チャップリンの映画『独裁者』を思い出した。

「やあ、麻井君。よく来てくれた。まずは乾杯しよう」

背後で心地良い抜栓音がしたかと思うと、ブラウンがシャンパン・ボトルを手に近づいてきた。ドン・ペリニヨンだった。

そんな気分ではない。乾杯の前に、まず板垣の独断専行について、申し開きして欲しかった。

「フェニックス7の未来に！」

日本の至宝をアメリカに売り渡した張本人なのに、全く悪びれていない。いかにも芝居じみた歓迎を演出したりするのは、罪の意識よりも、日本政府をだし抜いたのが嬉しくてたまらないのだろう。

「事情を伺うまでは、乾杯はできません」

非礼を承知で、麻井はグラスを手にしなかった。

「なんだ、無粋《ぶすい》な奴だな。ちゃんと説明する。とにかく、まずは乾杯だ」

相手は、なんでも思い通りにやりたい男だ。仕方なく、板垣のグラスに、自分のグラスを重ねた。

「板垣さん、いったい何が起きているんでしょうか」

「新しい時代だよ。人類が待望していたアルツハイマー病を撲滅する日が、現実になってきた。これを祝わずして、どうする？」

「フェニックス7の現状を、先生はご存知なんですか」

「何だって？」

「私が知り得た情報では、まだ、治験までには時間が必要だと」

「タイム・イズ・マネーだろう。もたもたしていたら、誰かに先を越されてしまうぞ」

タイム・イズ・マネーか。それは、語るに落ちるんじゃないのか。

板垣が空のグラスをテーブルに置くと、ブラウンが注ぎ足した。

「深い意味に取るなよ。私が言いたいのは、放置していれば治らない患者のうち、三〇％でも改善が期待できるなら治験を始めよという意味だ」

「移植によって、残り七〇％の命を奪うかも知れないんですよ」

慎重になるのは、当然だ。タイム・イズ・マネーとは別次元の話だ。

「先生は、総理から信頼され、再生医療をアドバイスされる内閣官房参与であるというご自覚がおありですか」

「あるよ。だから、先程、雨宮君宛に辞表のメールを送っておいた。これで問題はなかろう」

「問題はあると思います。フェニックス7の完成は、日本国民の願いであり、そのため政府も莫大《ばくだい》な資金をつぎ込んでいます」

「勘違いしちゃいけない。P7は、人類の夢なんだ。アルツハイマー病に苦しんでいる世界中の人を救うことが、P7に課された使命だよ」

「その点に異論はありません。しかし、フェニックス7は、日本の研究者が生み出し、政府が後押しするプロジェクトなんです。それをアメリカに持ち出すのは、いかがなものでしょう」

板垣に鼻で笑われた。

「日本では、十年経っても治験すらできんよ。日本はフロンティアになるのを恐れる国だからな」

「でも、板垣先生のような勇猛果敢な方々のお力を借りて、その道を拓こうとしているんです。それが水泡に帰するんですよ」

「君に私の無念が分かるものか。私はもう日本を見切ったんだ。一刻も早く手を打たなければ、シノヨシも可哀想だし、P7を待ち焦がれる人たちに申し訳が立たないからな」

フェニックス7は、あんたの私物じゃない。

「いいかね、麻井君。私と氷川君が実現しようとしているのは、日本の救済なんだよ」

「仰っている意味が分かりません」

「ABCは、治験の準備を完了している。P7はシノヨシの産物ではあるが、既に世界中の研究者が、彼らの論文に沿った精製法でＰ７に近いＩＵＳ細胞を完成させている。発明当初は、圧倒的にリードしていた研究だったが、治験に手間取ったのが命取りになった。あと三ヶ月もすれば、シノヨシのＰ７と同じ精度のものを、ＡＢＣが完成させるんだ。だから、私と氷川君が手を打ったんだ」

新たな再生細胞を生み出すと、研究者は学術誌に製法を公開する。世界中の研究者が、それを実際に生成できれば、信憑性が担保される。

尤も、それはあくまでも原型で、実際のヒトのアルツハイマー病に効果を及ぼす実用版の製品化には、バージョンアップが必要になる。

シノヨシが葛藤しているのは、そのための試行錯誤だ。

それは、世界のライバルたちも同様で、独自のバージョンアップを経て、シノヨシ版に迫っている研究機関が存在するのも、事実だ。その最有力機関が、ＡＢＣの研究施設なのだ。

「だったら、なぜＡＢＣはアルキメ科研と共同研究を行おうと持ちかけたんです。それは、彼らが生成するフェニックス７には、致命的な欠陥があるからじゃないんですか。なのに、あなたと氷川さんは、その欠点を補うための切り札を、ＡＢＣに与えようとしている」

「それでいいじゃないか。シノヨシだけでもダメ、ＡＢＣだけでもダメなのだから、双方は対等のパートナーになればいい。そして、治験に積極的なこのアメリカで、成功の果実を分かち合う。それが、世界に福音を与えるんだよ」

だが現実は、ＡＢＣが大きな富の果実を根こそぎ持って行くのだろう。

今は、対等のパートナーだと言っているが、実用版フェニックス7の成果を、ＡＢＣがＩ＆Ｈと共有する保証はない。ましてや、この合弁には、アメリカ政府の影もちらついている。

日本ではそれなりの影響力を持つ板垣とて、アメリカから見れば虫けらだ。

「なあ、麻井君。私がなぜ、君をここに呼んだと思う？」

「まったく分かりません」

「君には、私の考えが分かると思ったからだよ。君は、日本のバカどもにうんざりしているはずだ。医学界も生命科学学会も、そして、政府も皆、旧態依然として既得権益を守ることしか考えていない。このままでは日本は滅びる。私はそれを阻止したい。だから、アメリカと渡りあえる君のような男が、必要なんだ。私の約束が信用できないならば、君自身がＡＢＣやアメリカ政府に目を光らせればいいじゃないか。そうすれば、日本の国益も、多くの日本の老人たちの不安も解消できるだろう」

俺は、この男に見込まれているのか……。

「日本人の夢や国益にこだわりたいんだろ。だったら、私と組みたまえ。それが最良の選択だ」

ブラウンがホテルまで送るというのも断って、麻井は一人部屋を出た。すぐにブラウンが追いかけてきた。

「氷川さんとの面談をセッティングすると、先生がおっしゃっていますが」

「氷川さんもここにいるんですか」

「私には分かりませんが、そう伝えるようにと」

「分かりました。ぜひ、お会いしたい」

7

門前管理官は、江崎の抗議にも怯《ひる》まなかった。

「異論がおありなら、仙台地裁に異議申し立てをなさってください」

「勿論、そのつもりだ。あんたらがやっているのは、国家権力の濫用だ！」

門前は薄笑いを浮かべた。

「江崎市議、仮にもあなたは、仙台市の賢明なる有権者から選ばれた市議会議員なんでしょう。つまり、市民の模範になられるべき方ですよね。そんな方が、県警の捜査を妨害するような行為をなさっては、議員バッジに傷が付くのでは？」

勝負あった、と楠木は思った。そして、門前の意外な一面を見た気がした。だてに警察庁のキャリア官僚ではないらしい。

「兄さん、この人の言う通りよ」

妹にもたしなめられ、江崎は進退窮まったようだ。

「名刺を出せ」

「何ですか」

「父の遺体を不必要に損壊した時のために、訴える相手を知っておきたい」

門前は冷然と名刺を差し出した。

「改めまして、宮城県警察本部刑事部捜査一課管理官の門前純一です」

「必ず父を殺した奴を探し出せ。そして迅速に、父の遺体を返却しろ」

江崎が霊安室を出ていこうとしたら、門前が呼び止めた。

「失礼ですが市議、あなたの名刺も頂戴できますか」

江崎は投げつけるように名刺を渡した。

妹の方は去りがたいらしく、「搬出されるまでは、ここにいます」と言って父の遺体から離れなかった。

彼女に一礼を返した門前は、楠木に声をかけて霊安室の外に出た。

「僕は司法解剖は苦手なので、楠木さんに立ち会いをお願いできませんか」

門前が悪戯《いたずら》っぽく笑った。

ほお、そんな気配りができるのか、この男は。

「管理官、やりますね！　私、惚れました！」

松永に言われて、門前は嬉しそうだ。

「東北大法医学教室の立田教授も、楠木さんを信頼されています。それに、過去二件の解剖にも立ち会われている方にしか分からないこともあるかと」

「御配慮に感謝します、管理官」

「それで、ご相談したいことがあるのですが」

門前は空室の部屋に、二人を誘った。

「アルキメデス科研を、どう思われますか」

「どうと言われると？」

「遺体の特徴は、脳細胞の膨張です。そして科研では、再生細胞を用いてアルツハイマー病を治療する研究が行われています。事件と研究が無関係とは思えないんです」

「管理官、意味が分かりません」

松永が無邪気に疑問を口にしたが、門前に気分を害した様子はない。

「松永先輩、アルツハイマー病がどのように発症するのか、ご存知ですか」

階級は上だが、年下である門前が、松永に敬語を使った。楠木の門前に対する評価がさらに上がった。

「すみません、自分、不勉強で分かんないっす」

「脳内の細胞が死滅して、萎縮していくんだそうですよ。そこで、科研では、フェニックス7という特殊な再生細胞を用いて、脳細胞を増やす研究をしてるんだそうです」

「そんなことができるんすか！　びっくりっす」

なんだ、今さら。その説明は既に俺がしてやったじゃないか。

「脳細胞を増やして、萎縮した脳を元に戻すと、認知症のような症状が治せるとか。でも、脳細胞を増やすって簡単に言いますが、そんなにうまく増えてくれるもんですかねえ」

楠木は、門前が言わんとしていることを察した。

「つまり、アルキメ科研がデータを取るために、徘徊するお年寄りを拉致しているとお考えなんですね」

「過激すぎますかね。楠木さん、どう思われますか」

そう言いながらも、過激だと思っていないらしい門前が続けた。

「すべての創薬は、まず、動物実験から始まるんですが、いずれは人間に効果があるかどうかをチェックしなければならない。いわゆる治験ですよね。でも、フェニックス7には、なかなか治験の許可が下りない。それで、人体実験をしているんじゃないでしょうか」

「管理官、簡単に言いますが、そんなものを人知れずやるって、状況としてちょっと無理がありませんか」

「僕も、そこが引っ掛かっているんです。複数犯の可能性はありますが、さすがに科研を挙げての犯罪とは考えにくいでしょう」

楠木もアルキメデス科研には、注目している。だが、まだ容疑対象というほどではない。アルツハイマー病の治療を目指す世界的研究所のお膝元で、アルツハイマーの高齢者が行方不明になり、脳細胞の膨張が原因とみられる理由で亡くなっているという偶然が気になるだけだ。

「フェニックス7は、アメリカで治験を行うというようなニュースが出ていませんでしたか」

「つい最近、話題になりましたね。でも、それだったら、わざわざ人体実験などやる必要がないんですけれどね」

楠木も同感だ。

「単なる愉快犯による犯行という線も捨て難いですね」

「楠木さんは、そうお考えですか。でも、このヤマに科研が無縁だとは考えにくいと私は思うんですが」

門前の違和感は理解できるが、とはいえ事件と科研を関連づけるものは何ひとつない。

「それで、管理官は何をなさりたいんです」

「既にご承知かと思いますが、今回の解剖以降、科研からも専門家を派遣して欲しいと要請し、先方は快諾してくれました。その人物に、捜査協力をお願いしてみようと思うんです」

「いったい何を協力してもらうんです?」

「任意で、アルキメデス科研をガサ入れしたい。その許可が下りるように、口添えを頼もうかと」

話にならない。

「管理官、その件については捜査一課長とご相談いただきたい。僭越ながら申し上げますが、政府が肩入れしているような団体を捜査するには、推理ではなく確たる証拠が必要です。将来のある方が、それを無視なさってはいけません」

楠木は一礼して、部屋を出て行った。

8

篠塚は、フェニックス社の研究施設に圧倒されていた。あまりにもスケールが大きいのだ。そして、その充実ぶりは、研究者にとっての理想郷だった。

「どうだね、お気に召したかな?」

フェニックス社の社長イアン・クーパーと並んで案内してくれる氷川も満足そうだ。

「驚きました。いつの間に、こんな施設を準備されていたんですか」

「私は何もしていないよ。ABCが打倒フェニックス7を目論んで研究施設を完成したところで、合弁を持ちかけただけだ」

策謀家・氷川の面目躍如というところか。

「サンクチュアリ・シティは、再生医療特区なんですよ。したがって、研究の制約は最小限です。日本では難しい実験や研究も問題なく行えます。実験動物についても、いくらでも調達しますので」

クーパーが誇らしげに説明している。

アメリカの再生医療研究者に知人は多いが、クーパーとは初対面だった。氷川の話では、米国国防総省《ペンタゴン》で医療戦略の責任者を務めていたという。

日本では想像しにくいが、化学兵器や細菌兵器など、医療分野が軍事利用されるのは珍しいことではない。また、バイオテロが現実味を帯びているだけに、その対策には彼らの知識が不可欠だ。優秀な科学者、医学者なども大勢働いているらしい。

もっとも、クーパーがペンタゴンで関わっていた研究については、「国家機密」だと氷川に煙に巻かれた。

「祝田君らスタッフも、こちらに移ってもらおうと思うんだが、どうだね?」

「急な話なので、即答できません。それに、祝田にも都合があるでしょうし」

既婚の彼女には、五歳の娘がいる。

「家族へのサポートも、日本よりはるかに充実している。私からではなく、君から一度、祝田君に話をしてみてくれ。彼女ももうすぐ、こちらに到着する」

そんな話は聞いていなかったが、氷川は一度動き始めると電光石火だ。アルキメデス科研をそっくり引っ越しさせるぐらいは、朝飯前だろう。

「では、スーパーコンピューター・ゾーンにご案内します」

クーパーが、無人電気自動車に乗り込んだ。目的地を告げれば、自動運転で目的地まで運んでくれる。

フェニックス社は一平方キロの敷地を有しており、そこに七つの建物が点在し、それ以外は森が広がっている。建物間は、巨大なガラスのチューブで繋がっていて、チューブの中に、自動運転車専用ゾーンと歩道が整備されている。

日本では屈指の設備を誇るアルキメ科研が色褪《いろあ》せて見えるほどだ。未来都市などとは恥ずかしくて口にはしたくないが、近い将来、こんな施設が当たり前になるのだろう。

無人電気自動車は、専用ゾーンを時速三〇キロで進んだ。

ほどなく、横長の倉庫のような施設が見えてくると、ゲートが開いた。

館内はハードディスクの高い壁が聳《そび》える要塞《ようさい》だった。天井付近に設置された冷却用のファンの唸る音がうるさい。

「AIなどの最新テクノロジーを駆使したいと考えているため、従来のバイオ研究施設のスパコンの倍の容量を用意しています」

クーパーがファンの音に負けじと声を張り上げた。

一体、総額でいかほどの投資をしたのだろうか。チャンスと見れば、集中的に莫大な投資を行うのが常識で、資金を惜しめば、敗北が待っている、というのがアメリカ的発想だった。勝つことだけを考えて、資金を惜しまなかったのだろう。

それは勝者の論理として正しい。

「勝つためには手段を選ばない。こういう発想が日本にはできない。ここならラストスパートも可能だろう」

氷川が日本語で囁いた。

「では、次は治験棟にご案内します」

屋外は冬とは思えない太陽が眩《まばゆ》い光を放っている。チューブの中にいると、外気温は分からない。

電気自動車に隣りあって座る氷川が、肩を叩いた。

「麻井君が、ここに来ているんだ」

「AMIDIの麻井さんが？　何の用ですか」

「ウチとABCがフェニックス社を立ち上げたことに対しての事実確認じゃないかな。政府機関としては、フェニックス7がアメリカに横取りされるのではないかと恐れているらしい」

他人事のように氷川は、薄笑いを浮かべている。

「どうなさるおつもりですか」

「一応、板垣会長に対応をお願いしたんだが、私も会っておくべきではないかと、会長はおっしゃっている」

この場で麻井の訪問を伝える氷川の意図が分からなかった。

「それで、私にも会えと？」

「それには及ばない。むしろ君にはそんな無駄な時間を使って欲しくないから、もし彼から連絡が来ても、無視してくれ」

ここで、氷川は所用があると言って見学ツアーの一行から先に抜けた。

9

麻井は、広く見晴らしの良い部屋で待たされていた。

氷川の執務室のようだ。さっきの部屋より広い。

窓際に立つと、視界一八〇度は砂漠しか見えない。澄んだ空気のお陰で、はるか向こうにラスベガスが浮かんでいるように見えた。

サンクチュアリ・シティは、陸の孤島だった。それは、研究施設の集積地としては、良い立地とも言える。脇目も振らず、研究に集中できるし、秘密も守りやすい。

さらに、万が一事故が起きた場合も、被害の拡大を抑え込める。

フェニックス社のようなバイオテクノロジーの先端研究所が、ここで再生細胞や薬を創造することによって、近い将来、アメリカの新しい基幹産業の拠点となるのだろう。

このダイナミズムが、我が国にも欲しい。

アメリカの医療関連の巨大企業に籍を置いていた麻井は、何度そう思ったことか。その夢を実現すべくＡＭＩＤＩに参加したのだ。

ところが実際は、日本の医学・薬学学会の旧態依然としたしがらみとメンツばかりが先に立ち、肝心の選択と集中による日本発の再生医療製品が生まれる機会は、日に日に失われている。

挙げ句に、切り札と期待したフェニックス７の研究の主舞台まで、ここに移ろうとしている。

賢明なるライバルは、敵視するのではなくタッグを組んで、ウィン＆ウィンを狙っているのだ。

これもまた、勝者の論理だ。

板垣の誘いに乗るべきかも知れない。「日本単独」という非現実的なお題目を捨て、フェニックス７の実用化という果実のおこぼれを少しでも多くつかむべきなのだ。

ノックの音で振り向くと、氷川が立っていた。

「麻井さん、わざわざこんなところまでお越し戴き、感謝します」

氷川の手が、力強く握手してきた。

「こちらこそ、図々しくて恐縮です」

「図々しいのは大歓迎ですよ。日本の政府機関は遠慮が過ぎますからな。それで、私にお話とは？」

氷川は眺望が見晴らせるソファに腰を降ろし、麻井にも座るように勧めた。

「フェニックス社についてです。あまりに突然の合弁会社設立で驚いております」

「共同で夢を実現しないか、というありがたいオファーをＡＢＣから戴いたんです。ここをご覧になったら、そのオファーがいかに意義深いものか、お分かりでしょう」

「本館以外は見ておりませんが、それでも、施設の素晴らしさは分かります」

「規模といい、設備といい、実験環境といい、こんな理想的な施設は滅多にない。それを惜しげもなく、ＡＢＣは提供してくれたんです」

要するに氷川は、それに引き換えおまえたちは、何をしてくれたと、暗に言ってるわけだな。

「確かに素晴らしいオファーです。ですが、フェニックス7の実用化は、日本国民の夢です。できれば、日本で研究を続けて成果を上げて戴きたかったです」

「日本に義理は尽くしましたよ。でも、あなた方は、我々の邪魔ばかりする。それでは、フェニックス7の研究開発に携わるスタッフに申し訳ないでしょう」

「ごもっともではありますが、あれだけの大発明だからこそ、最後のフェーズは慎重を期するべきで」

「十分に慎重を期してきたよ。なのに君らは、言いがかりをつけて足を引っ張ってるだけじゃないか。いいかね、篠塚君も秋吉君も、人生の全てをかけて、アルツハイマーで悩む世界中の患者を救おうと必死に闘っているんだ」

「氷川さん、少し落ち着いて戴けませんか。私は、あなた方がおやりになることを、全面的に反対する立場にありません。なので、もう少し穏やかにお話を伺えませんか」

不意に氷川の表情から険しさが失せた。

「これは、失礼した。ええと、君、名前は何だっけ？」

「麻井です。氷川さん、大丈夫ですか」

得体の知れない不気味さを感じたが、麻井は気を取り直して尋ねた。

「大丈夫に決まっているよ。それで麻井さんは何をお知りになりたいんです？」

「フェニックス7の研究は、こちらが拠点になるんですか」

「まだ、決めていない。それは、篠塚君や秋吉君が決めることだろう」

「お二人は、まだ視察されていないんですか」

「していないよ。この話が正式に決まったのは、数日前だからね」

二人の顔が浮かび、彼らは迷いなくフェニックス社での研究を選ぶに違いないと確信した。

「それで、最終的にフェニックス7が実用化された際には、どちらが特許を保有するんですか」

「それは、当然、私だよ」

「ABCとの折半ではないんですか」

「彼らには全米とヨーロッパでの独占販売権を与える。それだけだ。フェニックス7は、私のものだ」

「つまり、I&Hが保有するんですね」

「違うよ。氷川一機個人が保有するんだ」

意味が分からなかった。

「それは、I&Hも了承済みなんですか」

「無論だ。知らないのかね、フェニックス7への投資は、最初から私の個人資産から出しているんだ。篠塚君らスタッフの費用も私の個人負担だ」

「なぜそこまで肩入れをされるんですか」

「フェニックス7が必要だからだ」

「おっしゃっている意味が分かりません」

「分からなくて、結構。だが、私はフェニックス7が必要だと確信している。……ああ、いや。……私が彼らの応援を始めた頃は、投資の対象としてはリスクが高すぎた。だから、私個人で投資したんだよ」

私財を抛《なげう》ってまで、フェニックス7を欲しがる氷川の執念は、いったいどこから来ているのだろう。

10

楠木と松永は、相馬署刑事課の捜査員らと共に、相馬市西部、宮城県丸森町との境界近くに位置する羽黒山の麓《ふもと》にある林道の近くにいた。そこで江崎元義の遺体が発見されたのだ。

　雑木林に囲まれて視界が悪いうえ、五〇センチほど積雪している。

「こんな場所で、よく発見できましたね」

「ここはハンターの進入路なんです。といっても、地元の者か、猟友会の連中しか知りませんが」

　土地勘のない者が、ここなら見つからないだろうと遺棄したのだろうか。

「発見時刻は、午前七時頃ですよね。まだ、辺りは暗かったのでは？」

「猟の時は早朝から山に入るんで。それと、犬が吠《ほ》えたんで、すぐにわかったようです」

　黄色の立入禁止線が木の幹に渡してあるものの、遺体を回収した署員らによって現場はすっかり荒らされてしまっている。隣県の警察にとっては、単なる行き倒れ遺体に過ぎない。現場から手がかりを得るのは難しいだろう。

　そうは思いつつも、楠木はしゃがみ込み、目を凝らして地面を観察した。しかし、目に入るのは、荒らされた雪面と、落ち葉や小枝ばかりだ。

「何を見つけたら、いいんすか」

　そう言って、松永が並んでしゃがみ込んだ。

「それぐらいは頭を使って考えろ」

　一時間ほど粘ってみたが、得るものは何もなかった。頼みの綱は、遺体だけか。

望み薄だとは思いつつも楠木は、犯人のものとおぼしき靴跡の写真を鑑識責任者に渡した。

立田教授の計らいもあり、江崎元義の司法解剖は最優先で行われると聞いて、楠木は相馬署から東北大学法医学教室に直行した。

「なあ、松永。なぜ、門前管理官は解剖に立ち会えと言ったと思う？」

「係長が敏腕刑事だと、管理官はお考えなんだと思います」

「管理官が俺を、そんな高く買う理由がわからないな」

「管理官は、ヤマさんに憧れてるんす」

「誰だ、それは？」

「『太陽にほえろ！』のヤマさんっすよ。管理官に言わせると、楠木係長は、ヤマさんそのものだと。だから、係長の下で修業したいんだと」

聞くんじゃなかった、と後悔した。

「係長、今、自分のこと馬鹿にしませんでしたか？」

「まさか。松永が褒めてくれたんだから感謝してるよ」

「そうっすよ。刑事ドラマ史上、ヤマさんを超える敏腕はいませんから！」

楠木も、そのドラマを見ていたし、確かにヤマさんは優秀だった。だからと言って、彼に憧れて刑事になったわけではない。

キャリアが、何を馬鹿なことを言ってるんだ。

いや、さすがに門前が刑事ドラマにかぶれているわけはない。きっと意図があって、楠木に解剖の立ち会いを託したのだろう。

「係長、話しかけても良いですか」

沈黙が嫌いな松永が、口を開いた。

「前を見て運転しながら、話せるならな」

「オッス！　門前管理官は、自分と一緒にいた時に、繰り返し言っていたことがあるんです」

「何を繰り返してたんだ？」

「何とか、アルキメ科研内に入れないものかって」

解剖に来た科研の研究員に、協力を頼もうと思っている――。門前は、そう言っていた。楠木から彼らに頼んで欲しいと門前は考えているのだろうか。

解剖が始まれば、門前はずっと屋外で吐き続けて使い物にならない。それを見越して……。

考えすぎかも知れない。

だが、楠木も抱く、科研に対するモヤモヤをどうにかしたかった。

第七章　破綻

1

「はじめまして、アルキメデス科研の秋吉と言います」

東北大法医学教室で、楠木と握手をかわした男は、華奢《きやしや》で少年のような顔立ちだった。

フェニックス7の開発者の秋吉鋭一か。そんなに偉い博士にはまるで見えない。

「あの、もしやシノヨシ先生っすか！」

松永が、割り込んできた。

「まあね」

「秋吉先生、ご無沙汰しております、梨本です」

東北大学で生命科学を研究している梨本教授が、緊張して挨拶した。

「あっ、どうも。ご無沙汰……ってことは、どこでお会いしましたっけ？」

「ジュネーブの国際生命科学学会や、東京で何度か」

「そうでしたっけね。ごめんなさい。僕、人の名前や顔を覚えられなくって」

秋吉は、落ち着きなく体をもぞもぞと動かして話す。

「ほお、天下の秋吉先生自らお越し戴けるとは、至極光栄だ。どうぞ、よろしく。法医学者の立田です」

「よろしくです。こっちの女性は、助手です」

「助手の周雪です。梨本教授、お久しぶりです。次からは、私一人がお邪魔します」

秋吉より長身で細身の女性が挨拶した。

「周さんは、中国の方っすか」

「はい、北京出身です。よろしくお願いします」

周は丁寧な日本語で松永に答えた。

「いやあ、日本語、お上手っすよねえ。しかも、秋吉先生の助手ってことは、めっちゃ頭良いんすよね」

「雪は、僕より天才だよ。なので、本当は僕なんかがしゃしゃり出なくてもいいんだけど、まあ、科研としても、この事件は蔑ろにできませんので」

「では、早速、始めますか」

立田の合図で、皆が解剖室に入った。

「あの管理官、ちょっと、いいすか」

門前がホッとしたように、松永のあとについて解剖室を出て行った。

「まず、ホトケさんの頭の状態を確認します」

立田がホトケの頭部全体を慎重に撫でた。

「どうやら、このホトケさんも、開頭されているな」

開頭部が分かるように立田が髪の毛をかき分けると、カメラを構えた立田の助手が近づいてシャッターを切った。

「どういうことですか」

秋吉が尋ねたが、立田は楠木の方を向いたきり黙っている。

「メディアには未発表なのですが、一連の死体遺棄事件の被害者は皆、死後に開頭されているんです」

「つまり、犯人が解剖したってこと？」

「そうなります」

秋吉は、口元をすぼめた。

「皆さん、よかったら、もう少し手術台に近づいてください。そして、頭蓋骨を外した直後の脳の状態をご覧ください」

秋吉が、前のめりになって遺体の頭部を覗き込んでいる。後ろに下がっていた楠木は、秋吉と周の表情を観察したくて、場所を移動した。

立田が頭蓋骨を外すと、白い脳が溢れ出た。

秋吉の表情は、ビクとも動かない。

これが、専門家のリアクションなのだろうか。

しかし、梨本教授は小さく悲鳴を上げて、後ずさりした。

「過去二体の脳も、こんな状態でした。ほら、頭蓋骨もよく見るとヒビが入っています。相当な膨張力が働いたせいだと考えられます。おそらくは、細胞の増殖による膨張で、脳内の血管が圧迫されていた痕跡もあります」

立田が、脳血管の状態を、秋吉に見せている。

「なるほど、これは実に奇妙な現象ですね。そもそも脳細胞の膨張なんてありえないんだけどなあ」

秋吉は、首を傾げている。

周は遺体に近づいて、凝視している。さらに、スマートフォンを取り出して、写真を撮っている。

「脳細胞を持ち帰ってもいいですか。科研で詳しく調べますので」

「それは、助かります。で、秋吉先生、所見としては、いかがですか」

立田がメスを使う手を止めて、尋ねた。

「こんな現象を見たことがないので、何とも申し上げられませんが、もしかすると脳細胞が増殖したのではなく、何かの刺激によって脳細胞が膨張した結果、こんな事態になったのかも知れません」

そう説明する秋吉に、周は厳しい視線をぶつけていた。

「周さん、何かお気づきの点があれば、教えてください」

「私には、何の見解もありません。本当に不思議な現象が起きていると思います」

本当にそう思ってるのだろうか。

「素人考えで恐縮なのですが、たとえば、先生方が研究されている再生細胞のようなものが働いて、膨張した可能性はありませんか」

「それは、ないなあ」

秋吉が即答した。

「理由を伺えますか？」

「これがフェニックス7のような移植された再生細胞であったとしても、こんな暴走はありえないです。それに、僕らの研究は、まだ、サルの実験で停滞しています。だから、ヒトにフェニックス7が移植されることはありません」

2

「少しだけ、お時間を戴いてよろしいですか」

東北大の教授らを交えてブレストを終えると、楠木は秋吉に声をかけた。

「すみません。今日はこの辺で。長時間拘束されて、先生はお疲れなんです」

秋吉が答える前に周が遮った。

「短時間で結構なので、なんとかお願いしたいのですが」

「先生が大変お疲れなのが、分かりませんか！」

それまで控え目な態度だった周が、有無を言わせぬ語調で言った。その横で秋吉はペットボトルの経口補水液《OS-1》をうまそうに飲んでいる。

「雪、いいよ。楠木さん、どうぞ」

立田が部屋を用意してくれた。楠木が座ると、隣に松永が座った。本当は追い出したかったが、本人にそのつもりはなさそうだ。そこで、楠木は手帳に、〝一言でもしゃべったら、追い出す〟と走り書きして見せた。

「で、ご用件とは？」

「秋吉先生は、先程の遺体の脳の状況は、再生細胞による増殖ではないと断言されました。しかし、理由については、経験上としかおっしゃらない。もう少し、具体的な理由を伺えませんか」

秋吉は唇を歪めている。怒っているのではなく、考え込んでいるようだ。

「具体的な理由は、ないなあ」

「なぜですか」

「あんな状態の脳を見たことがないからです。尤も、僕は脳の専門家じゃないんで」

「先程のブレストでもお分かりのように、脳の専門家も途方に暮れています。それで、私は素人の勘ぐりで、あれは再生細胞がしでかしたことではないかと考えたわけで」

「素人さんがどう思おうと自由ですよ。でも、僕らがフェニックス7で人体実験したんじゃないかという邪推なら、断固たる抗議をしなければならないなあ」

　秋吉のリアクションには驚いた。そこまで楠木は踏み込んでいない。なのに、自らが疑惑を誘発するような発言をするなんて。

「そんな疑いは、持っていません。先生が先程ご指摘くださったように、脳細胞が爆発寸前まで膨張するようなことが不自然だとしたら、そのような遺体が、宮城市ばかりで立て続けに発見される理由を知りたいんです」

「それは、僕も同感。だからといって、僕らを疑うのは、どうなんだろう」

「先生、ご不快にさせてしまったならば、お詫び申し上げます。繰り返しますが、先生方に疑惑の目を向けているわけではありません。フェニックス7を研究されている研究所の周辺で、不可解な脳細胞の増殖による死者が出るのはなぜか。ぜひともお知恵をお借りしたいんです」

「それは、そちらが考えることでしょ」

　堂々巡りしそうだ。

「では、私の考えを述べさせてください」

お好きにと言いたげに、秋吉は体を椅子の背もたれに預けた。

「たとえば、アルキメデス科研に勤めている所員や研究員が、先生方の目を盗んで、フェニックス7を盗むことは可能でしょうか」

「どうだろうねえ。僕は、科研のセキュリティには詳しくないからなあ。雪は、知ってる？」

「三重のセキュリティでガードされてますよ。限られた人しか、フェニックス7の保存庫を開けられません」

中国人とは思えないぐらい、周は日本語が堪能だった。

「だそうですよ、刑事さん。なので、盗むなんて無理だろうなあ」

「限られた人とは、具体的にどなたですか」

「それは僕らには分からないなあ」

「このままいくと、私だけではなくメディアも、疑惑の目をアルキメデス科研に向ける可能性があります。そこで、ご相談なんですが、科研が事件にまったく関与していないことを、秋吉先生に証明して戴けませんか」

「証明って？」

「この数ヶ月のうちにフェニックス7が盗まれたことがないかどうか。そして、フェニックス7に近づける方のお名前を教えて戴きたいのです」

「大胆なお願いだなあ。どっしようかなあ」

「刑事さん、ウチの先生を利用しないでください。解剖に立ち会うのすら、私は反対したんです。そういうお願いは、科研の事務局に言うべきです。行きましょう、先生」

周が秋吉の手を取って立ち上がった。

「いや、もう少しだけお待ちください」

楠木は、それでも追い縋った。

「アルキメデス科研では、サルを使ってフェニックス7の実験をなさっています。その実験で、脳細胞の増殖が止まらず死んだ例はなかったですか」

「僕は、動物実験を担当していないからなあ」

「実験で動物が死亡した場合は、研究をされている秋吉先生にも情報が伝わると思うんですが」

「まあね。確かに、そういう例もあったかな」

「その時は、死んだサルの脳を解剖されてますよね」

「当然」

「サルの脳と、先程のご遺体の脳の状態と、違う点はありますか」

秋吉は、また口元を歪めた。

「悪いけど、覚えてないなあ」

「でも、記録は保存されていますよね」

「何の記録ですか」

「脳細胞の増殖が止まらず死んだサルの、脳の状態を撮影した記録です」

「あるでしょうねえ、きっと。僕では分からないので、それも事務局に尋ねてください」

周が再び秋吉を連れて行こうとした。

「すみません。最後にもう一つだけ。図々しいお願いなんですが、一度、そちらの研究所を見学させて戴けませんか」

3

フェニックス社の視察を終えた篠塚は、氷川の執務室に案内された。

氷川以外には顔見知りが三人、初対面が四人、一斉に篠塚を囲み、挨拶した。

「フェニックス７の治験を行う主要責任者だ。選りすぐりの研究員は、来週には全員揃う」

揃っているのは、脳生理学者、アルツハイマー病の専門医、看護師長、さらには、弁護士、フェニックス社の幹部だと氷川が紹介した。

「フェニックス７の治験の早期実現に向けて、三つの課題があります」

フェニックス社業務推進担当執行役員であるマーク・ロビンソンが切り出した。

「第一に、フェニックス７の治験を進めるに当たってアメリカ食品医薬品局《FDA》に申請する文書一式が必要です。これについては、Ｉ＆Ｈの知財管理室と私が連携してまとめます。ただ、具体的な実験内容や評価については、専門家のアドバイスが必要です。そこで篠塚博士の研究チームからアドバイザーをお願いできませんか」

「フェニックス７研究班の助教、千葉達郎が適任だと思います。彼は、日本でも治験申請の窓口を務めていました」

「彼以外の方をお願いできませんか。彼にはアルキメデス科研を辞めてもらったので」

「なんですって⁉　どういうことです？」

ロビンソンが、気まずそうに氷川に視線を送った。

「アメリカでの治験に、反対したからだ」

渡米直前に、千葉から「お話ししたいことがあるので、お時間を戴けませんか」と頼み込まれたのを思い出した。

余裕がなくて、帰国後にと返した。すると、千葉がいつになく険しい表情で「アメリカでの治験実施について、先生に抵抗感はないんですか」と詰め寄られた。

「ない」と返して篠塚は、そのままアルキメデス科研を出てしまったのだった。

「千葉は、フェニックス7の治験には欠くべからざる研究員なんです。私に無断での馘《かく》首《しゅ》は越権行為です」

「君が、千葉君を買っていたのは知っている。だが、彼はアルキメ科研の研究員に、アメリカでの治験反対の署名活動をしていたんだ。そんな造反は認められない。それに、彼よりもっと優秀な研究員を世界中から集めた。だから安心したまえ」

話は以上だと言いたげに、氷川はスマートフォンを操作している。電話が入ったらしく、通話しながら席をはずした。

「篠塚博上、どなたに致しましょうか」

ロビンソンが聞いてきたが、篠塚はまだ納得できなかった。

千葉とは苦楽をともにしてきた。その相棒をこんなにあっさり切り捨てるなんて。

「すみません。少し時間をください」

「分かりました。それでは、二番目の課題です。『BIO JOURNAL』誌上で指摘された、サルの実験での事故について、事実確認及び対策を文書にしたいと思っています。叩き台は、こちらで作成しますが、問題は解決されたと考えてよろしいですか」

「問題は解決しました」

「実際には、何が起きたんですか」

尋ねたのは、脳生理学者のフィリップ・ドナルドソンだ。篠塚とは学生時代からの親しい友人だ。

「脳細胞の増殖が止まらず、脳内で血管が破裂して脳出血を起こしました」

「それで、原因は?」

「高血圧症です」

「ほお。じゃあ、降圧剤を併用すれば、治まるんですね」

治験者らの増殖した脳を思い出した。

「動物実験の責任者である祝田に後ほど詳しく説明させますが、降圧剤の投与で治まりました」

「先程、増殖が止まらずという表現をされましたが、実際には暴走が起きたと理解してもよいですか」

「いや、我々は暴走とは考えていない。急激に増殖したというより、注意深く観察していれば、防げたものです」

サルの場合はそうだ。だが、人間の場合は、明らかに暴走していた。しかし、それはこの場では、言えなかった。

「それ以外にも、増殖がコントロールできなくなる因子の可能性を、秋吉先生は指摘されていますが」

「薬の併用による化学反応の可能性ですね。それも、秋吉と祝田の二人が確認中です」

「秋吉先生は、いつこちらに来られるんですか」

「未定です。今、取りかかった研究があって、それを放り出せないと言っています」

鋭一の病気のことはもちろん、彼に渡米の意志がないことも、話せなかった。

「シノヨシが日米に分かれるのは、研究に支障を来しませんか」

「問題ありません。日本でも、長年、宮城と東京に分かれて研究を続けてきましたが、不便を感じたことはないので」

「もう一つ質問があります。日本では、サルでの実験を続けているわけですが、ヒト固有のリスクについては、どのように考えていますか」

それこそが、篠塚が禁断の果実に手を伸ばした理由だった。

「フィリップ、そこが、我々が一番懸念していることです。秋吉、祝田と連携して今、想定される固有リスクをまとめています。もうすぐ、仕上げる予定なので、少し待って欲しい」

「了解。いずれにしても、ここでの治験は、慎重に行う方が良いですね。大勢に一気に投与するのではなく、一例ずつマンツーマンで観察する方が賢明かも」

「同感です。そこは、フェニックス社の研究員と連携して、徹底的なリスク検討をしたいので、協力をお願いします」

「ところで、フェニックス社でフェニックス7を大量生産する必要があります。ですが、レシピを戴けていません。いただけるのは、いつ頃になりそうですか」

ロビンソンが事務的に質問した。

「フェニックス社での治験を我々が知ったのは、ごく最近です。なので、準備の時間をください」

そこで、電話を終えた氷川が戻ってきた。

何やら悪いニュースを聞いたような渋面だ。

「先程、総理が、フェニックス7のアメリカでの治験について、日本政府として認めないと発表したらしい」

4

ブラウンが車を手配すると言うので、麻井はロビーで待っていた。

既に三十分以上、待たされている。二七〇度ガラス張りのフロアに降り注ぐ日差しが気持ちよくて、麻井は睡魔に襲われた。

「麻井さん、麻井さん！」

体を揺り動かされて目を開けると、ブラウンの顔が間近にあった。

「失礼、うたた寝してしまった。車が来ましたか」

「いえ、そうではなく、もう一度、板垣博士の部屋までお越しください」

「どういうことだ」

「緊急事態が起きたそうです。大至急お越し戴きたいと」

そういうのには、巻き込まれたくないんだが。

ブラウンは麻井の手首を取って、強く引っ張った。

問答無用か。

致し方なく板垣の部屋を訪ねると、氷川まで顔を揃えている。

少なくとも、緊急事態の言葉には偽りはなさそうだ。

「何事ですか？」

板垣が手にしていたリモコンを操作すると、大型テレビに映像が流れた。

〝フェニックス7は、日本国の貴重な成果であり、アルツハイマー病で苦しむ多くのお年寄りを救う夢の再生細胞であります。ノーベル賞級の大発明を、アメリカが横取りするような行為を即刻停止するよう、アメリカ大統領及び、フェニックス社に対し、断固たる決意で臨みたいと思います〟

目を血走らせた総理が、強い口調で声明を発表した。

「三十分ほど前に日本で流れたニュースだ」

板垣は不愉快この上ないという顔つきで吐き捨てた。

起きるべくして起きた。いまさら怒る必要もあるまい。そもそも、総理を激怒させたのは、他ならぬ板垣ではないか。

「麻井君、悪いが、即刻帰国して、あのバカな総理を宥《なだ》めてほしい」

「板垣先生、私に、そんな大役は無理です。ここは先生自らがお話しなさるべきかと」

「私もそう言っているんだがね。板垣さんは、首を縦に振ってくださらないんだ」

氷川と意見が合うとは光栄だな。

「私は、もはや国賊扱いだ。時臣君は会ってもくれんだろうな」

「まさか。総理は、板垣先生からのご説明を待っておられます。丸岡理事長からも、板垣先生に会ったら、そう伝えてほしいと言づかっております」

総理が板垣の説明を欲していると丸岡から聞いたのは、日本を発つ直前だった。その時とは事情はかなり変わっているだろうが、板垣に説明責任があるのに変わりはない。

「そうか……。では、麻井君も同行してくれ」

なんでそうなるんだ！　と思ったが、どうせここにはもう用はない。

「先生、私のプライベートジェットを使ってください。ここから三〇キロほど先の飛行場に駐機しているので」

「氷川君、ありがたい。じゃあ、ただちに出発だ」

　板垣は、早くも腰を上げている。

「今すぐですか。私は着替えたいんですが」

　板垣を張り込んでいた時にたっぷり汗をかいた。その上、ロビーで寝込んだため、スーツも皺だらけだ。

「そんなものは、日本に着いてからにしたまえ」


　カンファレンスを終えた篠塚は、部屋に向かった。案内してくれたのは、今日から篠塚の秘書となる女性で、ジャニス・パリスと名乗った。

　ヒスパニック系独特の彫りの深い顔と大きな目が印象的だった。

「ＵＣＬＡで医療政策学を学びました。第二外国語で日本語を学んだので、ご希望であれば、拙いながらも日本語でコミュニケーション致します」

「そんな素晴らしい経歴なら、秘書なんて、物足りないんじゃないのかな」

　篠塚は、英語で話しかけた。

　アメリカの秘書は、秘書専門学校でスキルを学んだプロが多い。

「博士は、私の憧れの方です。だって、フェニックス７は、アルツハイマー患者だけでなく、介護で苦しむ家族も救う大発明ですから。私は、大学で超高齢社会に対応する保健政策を専攻していました。ですから、博士のお手伝いをすることは、私のキャリアにも大きな実りをもたらしてくれると確信しています。カンファレンスや学会の資料作成など、何でもお申し付けください」

「それは助かるな。頼りにしているよ」

「それで、早速なのですが、今夜はサンクチュアリ・センターというこの地域のコンベンション施設で、フェニックス社の開業を歓迎するレセプションがあります。博士にも、ご列席戴くようにと社長から言われています」

アメリカ的な儀式か。

「でも、タキシードなんて持って来ていないよ」

「ご安心ください、全て会社で用意してあります。こちらでご休息戴いた後、午後四時に研究センターにご案内します」

「レセプションの前にシャワーを浴びたいな。サンノゼに到着するなり拉致されて、ここに連行されたんで」

「社内に博士専用のリラクゼーション・ルームがありますから、ご自由にお使いくださ い。仮眠も可能ですし、バスルームもあります」

篠塚はローズウッドのデスクの前に腰を下ろすと、デスクトップ・パソコンを起動させた。

「フェニックス7の治験をアメリカで行うことに、日本の総理がお怒りだそうだ。それに関するニュースをまとめてくれないか」

「了解しました。日本語の記事が中心ですよね」

「そうだとありがたい」

ジャニスは、背筋を伸ばして一礼すると踵《きびす》を返した。

パソコンを見ると、周の個人アドレスでメールが来ていた。

〝篠塚先生、お疲れ様です。

無事にアメリカに到着しましたか。

鋭一先生と私は、昨日、東北大学の法医学教室で、とても変わった状態で亡くなった老人の解剖に立ち会いました。

死因は脳細胞膨張による脳出血という診断でした。

警察は、鋭一先生に、フェニックス7を誰かが悪用したのではないかと聞きました。

鋭一先生は「まったく考えられない」と答えました。でも、あの状態を、私は以前に見たことがあります。

実験用のサルで、フェニックス7が暴走した時の脳の状態です。これは、どういうことでしょうか。

フェニックス7が悪用されていないのは本当でしょうか？

篠塚先生、真実を教えてください〟

篠塚は、心臓が締め付けられるような痛みを感じた。

一体、鋭一は何を考えているんだ。

日本は早朝のはずだが、構わず鋭一に電話した。

だが、一度寝たら、叩き起こしても目覚めない鋭一は着信に気づかないらしい。仕方なく、メールを送る。

〝話があるので、起きたら電話してくれ〟

5

その日、全休を取った楠木は、妻と二人、エイジレス診療センターに向かっていた。

助手席には、妻の友人の岡崎清子が同乗している。清子の母親がエイジレス診療センターの重度老人病棟に入院しているので、その見舞いに便乗したのだ。

エイジレス診療センターの重度老人病棟は、病棟に入れるのは家族のみだが、同行者なら家族以外でも許可される。それで、一緒に行きたいと頼み込んだのだ。

楠木は、この日の午後、秋吉を訪ねる予定だ。解剖の立ち会い時に秋吉に、科研の見学を要請した。その件について、昨夜になって〝時間を作りますから、どうぞ見学にいらしてください〟というショートメールが携帯電話に届いたのだ。

それで、事前に下見をしておきたくて、岡崎に無理を言った。

「岡崎さん、施設に入る前に尋ねたいことがあるんですが。お母様が入院されている病棟に、立ち入りを禁じているようなエリアはありませんか」

妻と談笑していた岡崎が考え込んでいる。

「さぁ……。ここは敷地が広いので、知らないことの方が多いくらいで」

楠木はそういう場所があると睨んでいる。

解剖の時の秋吉と彼の助手、周の様子に不信感を持った。二人は明らかに、何かを隠している。

特に、周が江崎老人の脳の状態を見た時の反応が気になっていた。あれは、自分が見たものが信じられない、という反応だった。

フェニックス7の実験で、細胞増殖が暴走してサルが死んだら、開頭してチェックをするはずだ。だから、脳を見て驚いたわけではないだろう。

一方の、秋吉はのらりくらりと質問をかわすくせに、江崎老人の脳細胞が増えたのをフェニックス7と少しでも関連づけようものなら、そこは頑として否定する。

どう考えても不自然だった。

だから、あれ以来、楠木の脳内では、アルキメデス科研では、フェニックス7の人体実験が行われているのではないかという妄想が、止まらなくなった。

「思いつきませんね」

岡崎の声で、楠木は我に返った。

世界が競い合っている研究をしているのだから、当然の処置ではある。

それでも、エイジレス診療センターのフェンスの向こう側は気になった。

「岡崎さん、おはようございます。今日は、お連れ様がいらっしゃると伺っていますが、どのようなご関係の方でしょうか」

エイジレス診療センター重度老人病棟の受付で、スタッフに尋ねられた。

ブレザーの右胸には、不死鳥をあしらったエンブレムがあった。

「従姉妹と、その夫です」

楠木は、外来者名簿に名前の記入を求められた。隠す必要もないと判断して、自分と妻の名を記入した。

面会証をそれぞれ受け取って、三人は病棟に入った。

一階は、診察室が連なっている。その前に並んだ長椅子は、看護師に付き添われた患者で埋め尽くされている。

大勢が行き交う廊下を、清子は慣れた足取りで縫うように進み、エレベーターに乗り込んだ。

「母は認知症がかなり進んでいるので、お二人に失礼なことを言うかもしれませんが、お許しください」

そんな気遣いは無用だと返しながらも、楠木は病棟内の異様な雰囲気で息苦しかった。

高齢者が多いのは、病院の風景としては目新しくもない。だが、真冬だというのに、汗ばむほど暖房が利きすぎているし、すれ違う年寄りのほとんどが、ぼんやりとしている。


「あら、遅いじゃないの」

四人部屋の病室に入るなり、手前のベッドから声が掛かった。

「お母さん、ごめんね。ちょっと朝の用事に手間取って」

「おまえは、いつもそうやって言い訳ばっかり。ほんとに愚図ねえ」

清子は苦笑いを浮かべながら聞き流した。

「覚えている？　お友達の良恵さん。よく、ウチに遊びに来てたでしょ」

「良恵さん？　違うじゃない。あんたの従姉妹の房子ちゃんじゃないの。まあ、わざわざ札幌から会いにきてくれたのね」

「伯母さま、お久しぶり。お元気そうで何より」

良恵は、清子の母親に合わせることにしたようだ。

「ほら、やっぱり房子ちゃんじゃない。あなたは、変わらないわねえ。いつ見ても、元気潑剌だもの。そちらは、どなた？」

そちら、と呼ばれた楠木は答えに窮して、口ごもった。

「イヤだわ、お忘れになったんですか。夫です」

「また結婚したのね。でも、今度は誠実そうな方じゃないの。わざわざ、こんなむさ苦しいところまでお運び戴き、ありがとうございます。房子の伯母でございます」

「おはようございます。夫の耕太郎です」

「で、ちゃんと持ってきてくれた?」

母親は、何かを思い出したようで、清子にキツい口調で尋ねた。

楠木は妻に耳打ちして部屋を出た。

エレベーターで屋上に上がると、楠木は周囲を見渡した。

時折突風になる冷たい風が吹きすさむばかりで、人影はなかった。

楠木が立っている正面彼方に、太平洋が冬の日差しに輝いて見える。

左手には雑木林が広がっていて、その向こうに、幾何学的なデザインのアルキメデス科学研究所が見える。ガラス張りの上層階に日差しが反射して、科研全体が光り輝いているように見える。

フェンスにギリギリまで近づく。

センターの周囲は頑丈な鋼鉄製の柵で護られている。

もう一度人がいないのを確かめてから、楠木はショルダーバッグから、双眼鏡を取り出した。

そして、倍率を最大限にすると、樹木の隙間に照準を合わせた。

立木の間にうっすらと、茶色い壁が見えた。平屋の施設のようだ。あれは何だろう。

6

シャワーを浴びてミネラルウォーターを口にしたところで、電話が鳴った。

鋭一からだった。

〝おっはあ、幹！　サンノゼを楽しんでいるか〟

朝の弱い男が、ハイテンションだった。

「ご機嫌だな」

〝まあね。最近、よく眠れるんでね。で、話って何だ？〟

「司法解剖の立ち会いは、どうだった？」

〝別にどうってことはない。刑事コロンボみたいな、一見冴えないけど腕の良さそうな刑事が、Ｐ７との関係を勘ぐってきたが、軽くいなしておいた〟

「警察は、我々に疑いの目を向けているのか」

〝途方に暮れているという感じだよ。ただ、解剖した法医学者が、死因を脳細胞の膨張による脳出血と見立てているんでね。だったら、科研の誰かが、面白半分に実験しているんじゃねえか、ぐらいの妄想を抱いているんだよ〟

鋭一からの電話を受けるまで、周の疑惑を告げるべきかどうか、悩んでいた。だが、彼の能天気な口調を聞いて腹を決めた。

「雪ちゃんは、気づいているぞ」

〝何を？〟

「発見された遺体の脳は、実験室で死んだサルの脳の状態とそっくりだと」

〝でも、大丈夫だ。雪は僕たちの味方だから〟

「そういう問題じゃない。なあ、もう警察に協力なんかするな」

〝心配するな、まかせておけ。それよりも、警察は科研を家宅捜索するつもりかもしれないぞ。そうなると理事長様の政治力の見せ所かも。でもね、もっと良い案がある〟

「どんな？」

〝こちらにいるお年寄りには、お引き取り戴こうかと思う〟

とんでもない事を考えるな、鋭一！

「バカなことはよせ。患者が皆、そこで体験したことを口にするのを、止められるのか」

〝そこは、考えている。いずれにしても、おまえには迷惑をかけないから〟

この言葉が気に入らない。

最近、鋭一は、フェニックス7の秘密治験の問題になると、度々同じフレーズを口にする。

「おまえ、何を考えているんだ」

〝まだ思案中だ。安心しろ、僕だって大人だ。幹が思うほどバカな真似はしないさ〟

「なあ鋭一、こっちに来ないか」

〝言ったろ、僕はアメリカが嫌いだし、そもそも、そんな体力はもう残ってない。御免蒙《こうむ》る〟

そこで電話が切れた。

頭に血が上った。手にしたスマートフォンを壁に投げつけたかったが、何とか自制した。代わりに勢いよくミネラルウォーターを呷った。

深呼吸をしてから、部屋に備えつけのマッサージチェアに寝転んだ。とにかく落ち着こう。アメリカでできることを考えろ。焦ったら元も子もない。

スイッチを入れると、腰から背中にかけてゆっくりともみ玉が動き出した。長旅の疲れを癒やす暇も与えられず、いきなりフェニックス社に連れ込まれ、新体制の情報を次々と詰め込まれた。疲労困憊《こんぱい》していたところに、鋭一の空元気《から》を聞いて頭が痛かった。

巧みなマッサージは肩や首、そして脚のふくらはぎまで全身に及び、溜まった疲労をほぐしていく。やがて、それは心地良い眠気を誘い、篠塚は眠りに落ちた。

鋭一が手錠を嵌《は》められて、アルキメデス科研から出てくるのが見えた。

メディアが鋭一を取り囲む。鋭一は余裕を見せるかのように、つながれた両手を頭上にかざして笑顔を見せる。

「秋吉先生、治験の許可がないのに、フェニックス7を認知症のお年寄りに移植されたのは、本当ですか」

「いや、本当は違うんだ。この事件の真犯人を、僕は知っている。だから、僕を逮捕するなんて愚かなことは、やめた方がいい」

「そこまでおっしゃるなら、今、この場で真犯人を教えてください」

「犯人は、クーパーだよ。フェニックス社社長のイアン・クーパーだ」

何てこと言うんだ！　鋭一！


そう叫んだ時に、目が覚めた。電話の着信音が、けたたましく鳴っている。篠塚は慌ててスマートフォンを手にしたが、何も作動していない。

着信音はどこかで鳴り続けている。さきほど秘書から社用のスマートフォンを貸与されたのを思い出し、上着のポケットから発掘した。

「お待たせしました」

「ジャニスです。お寛《くつろ》ぎのところ、失礼致します。そろそろレセプションの準備をお願いします。あと三十分ほどで、そちらにお迎えに上がります。お着替えは、クローゼットの中にありますが、お手伝いが必要ならおっしゃってください」

折角シャワーを浴びたのに、寝汗をびっしょりかいていた。仕方なくもう一度シャワーを浴びて、クローゼットを開いた。下着類やスポーツウエアから、タキシード、ドレスシャツ一揃えまであった。

篠塚は、慣れない手つきでタキシードを身につけ、蝶ネクタイを締めたところで、一つやるべきことを思いついた。

スマートフォンで、技官の大友を呼び出した。

〝おはようございます、先生〟

いつもと変わらぬ大友の声を聞いて、篠塚は冷静に戻った。

「鋭一が昨日、宮城県警に協力して、ＰＫの司法解剖に立ち会ったのは、ご存知ですか」

〝はい〟

「警察から、何か連絡は？」

〝私の知る限りではございません〟

「あくまでも懸念にすぎないが、科研が家宅捜索されるかもしれません」

〝それは、迷惑なことで〟

そう言いながらも、大友は平然としている。

「今、離れにいるのは、何人ですか」

〝六人です〟

「状況は？」

〝皆様、すこぶるよろしいかと〟

高血圧症や糖尿病の患者には、それぞれ薬を処方している。

「大友さんの調子は？」

〝おかげさまで、大変良好でございます〟

「鋭一が、ＰＫ全員を解放すべきだと言っています。とんでもない話だけれど、アメリカにいては止めようがない。大友さん、くれぐれも注意を怠らないで欲しいんです。何をしでかすか分かりませんから」

〝畏まりました。ちなみに、今後、こちらでの治験は行わないと考えてよろしいのでしょうか〟

大友は、しっかり鋭一を監視してくれるだろう。

「まだ、確定ではないけれど、そうなると思います。大友さんには感謝してもしきれません」

〝私がお手伝いしたくてやってきたことですから、お気遣いなど無用です。大変かとは存じますが、一日も早くフェニックス7が実用化されるようお祈りしております〟

大友だけはいつも変わらない。そのことが、今はたまらなく有難かった。

7

どうやって、あの平屋を探ろうかと考えながら、楠木は屋上をひと回りした。

下を見下ろすと、アルキメデス科研に続いていると思われる遊歩道が見えた。あそこをたどれば、もう少し平屋に近づけそうだ。

ロビーに戻り、屋外に出た。

正面玄関の前には、中央に池を配した広い中庭があり、遊歩道が延びている。屋上から見えた道だ。

中庭の向こうは、高いフェンスが立ちはだかっている。

「どうか、されましたか」

背後から、声をかけられた。

振り返ると、初老の警備員が立っていた。

「あっ、楠木係長！」

警備員が敬礼している。知っている顔だった。

「時任《ときとう》部長じゃないですか。ご無沙汰です」

時任は、楠木の先輩だった。地域課が長く、後輩の面倒見の良い人だった。

「お元気でしたか！」

退職しても、階級意識が強いのだろう。時任は敬語で尋ねた。

「なんとか、やってます。自分も、あと半年で退職です。時任部長は、こちらに再就職されたんですね」

「息子が県庁に勤めておりましてね。その伝手《つて》で、ここで拾ってもらったんです。それにしても、係長はこんな場所で何を？」

さて、どこまで腹を割るべきか。

時任が声をかけたのは、不審者だと思ったからだろう。いくら顔見知りでも、適当に惚ければ、さらに不審を招くだけだ。

「実は極秘で捜査を行っています。ここにいる理由をお話ししますが、できれば、あなたの上司には黙っていて欲しいんです」

時任は、優秀とは言えなかったが真面目で、警察の捜査の重要性を理解していた。退職したとはいえ、警察魂は健在だろう。

「わかりました。ひとまず、この場から移動しましょう」

素直に従った。そして、エイジレス診療センターまで戻ったところで、楠木は会話を再開した。

「勤務は、何時に終わるんですか」

「今日は早番ですから、午後三時です」

「それからお時間戴けますか?」

「では、駐車場で落ち合いましょう。私の車は、白のサニーのセダンです。ルームミラーに、小判のマスコットがぶら下がっています」

監視カメラを意識してのことだろう。別れる時は、敬礼もせずに時任は背を向けた。

突破口を摑めたかもしれないと、楠木は思った。時任に無理を頼むことになるが、失踪高齢者連続死体遺棄事件の手がかりは、どう考えても、この施設内にある。

遺体で発見された老人が揃いも揃って、少なくとも一、二ヶ月は栄養状態や衛生状態が維持されていたことを考えると、単独犯とは考えにくい。

複数犯であるのは間違いないだろう。さらに、犯行グループ内には、フェニックス7を自由に扱える人物がいるはずだ。その人物は、科研内でかなり地位が高いと推定できる。

あくまでも楠木の妄想ではあるものの、これらの仮説を裏付けられたとしたら、日本がひっくり返るほどの大事件になるかも知れない。

つまり、警察としては、失敗が絶対に許されない事件だ。その捜査を、端緒とはいえロートルの所轄の係長ごときが一人で敢行していい訳がない。

刑事になって約四十年。何度も辞表を覚悟しながら捜査を突き進んできた。その内、二度は実際に提出している。その時の上司が度量の大きい人物だったお陰で、今日まで首が繫がっただけだ。

しかし、今回はそうはいかない。捜査責任者は楠木を毛嫌いしているし、疑惑の相手は総理の期待を一身に集めている機関なのだ。

命令違反は、即懲戒免職、間違いなしだ。

だが、もはや刑事という仕事に未練はない。徘徊老人が誘拐されていると知っていながら、母が犠牲者になるのを想像できなかった。刑事失格だ。

もっと早くこのことに気づいていれば――。

根拠はないが、母はいま、ここに拉致されている気がしてならない。

松永にルールを守れと言いながら、俺はこれから取り返しの付かないことをしようとしている。

俺の違法捜査で、真犯人が判明しても、逮捕どころか、取り調べすらできない事態が起きるかもしれない。

それでも、やるのか。母のために――。

その時、携帯電話が振動した。松永だった。

〝お疲れっす。係長が休暇を取られているのは承知しているんですが、管理官が、大至急お会いしたいとおっしゃっているんですが〟

「なんだ？　おまえは管理官の秘書か」

苛立ちを、松永にぶつけてしまった。

〝秘書ではないです。自分の携帯に、管理官からお電話があったんす。で、係長に会いたいのに、連絡が取れないとおっしゃったので〟

管理官は俺の携帯電話の番号を知らないが、松永の番号は知っているのか。

「要件は、なんだ」

〝聞いてません。さすがに、そこまで自分も図々しくはないんで。管理官は、係長がいらっしゃる場所まで出向くとおっしゃっています〟

ここに来てもらうのはまずいな。

「俺は今、エイジレス診療センターにいる。県警からセンターまでの間で、どこか適当な場所はないか」

〝国道からエイジレス診療センターに向かう交差点に、コメダ珈琲があるのをご存知っすか〟

「あった気がするな」

〝そこで、どうっすか？　今は九時四十七分なんで、十時半ぐらい集合で〟

「了解。松永、サイレンなんて鳴らさずに来るように、管理官にも念を押してくれよ」

〝あっ、さすがにそうっすね。了解っす〟

釘を刺されなかったら、サイレンを鳴らすつもりだったのか。不安がよぎったが、あまり心配事を抱えないようにしよう。

それにしても、管理官は何の用だろう。

8

氷川のプライベートジェットが、サンクチュアリ空港を離陸した。シートベルトサインが消えるなり、板垣はCAにシャンパンを注文した。

それを聞いて、麻井の不愉快は最高潮に達した。

「板垣さん、一杯やる前に、私に名案を授けてくださいよ」

「何の名案だね？」

板垣はシートを倒し寛いでいる。

「総理のお怒りを解く方法です」

「無理だよ。あれは、子どもだからね。怒り出したら、理屈は通用しない。それに、プライドだけは人一倍高いから、自分が蔑ろにされたと知ったら、つむじを曲げて人の話なんか聞かないだろうね」

そう言って、板垣は美味《おい》しそうにシャンパンを飲んでいる。

「他人事のようにおっしゃらないでください。ご帰国されるのも、総理を宥められるのは板垣さんをおいて他にはいらっしゃらないからでしょう」

「そもそも、時臣君はなぜ怒っているんだね？」

総理をファーストネームで呼ぶあたりが、板垣らしい。

「氷川さんが、独断でＡＢＣと合弁会社を設立して、フェニックス７の治験をアメリカで行うと決定したからです。それに関して板垣さんが加担したとお考えなのでしょう」

「Ｉ＆Ｈは、民間企業なんだよ。どんな合弁会社を設立しようとも、嘴《くちばし》を容れる資格は総理にはないだろう。私は何の加担もしていないよ。ＡＢＣからは、フェニックス社の会長に就いて日米共同研究の推進役になって欲しいと頼まれた。それは悪いことじゃないだろう」

板垣は旨そうにグラスを空けた。全く当事者意識ゼロだな。

「それはそうですが、フェニックス７の研究開発には、政府や我がＡＭＩＤＩとしても多くの支援を続けてきたわけです。なのに、成果をアメリカに持っていかれては、お怒りにもなるでしょう」

板垣は、ＣＡにシャンパンのお代わりを頼み、麻井にも勧めた。

断るのも失礼と思い、ご相伴に与った。

「治験をどこでやろうと問題はないだろう。最終的に、Ｉ＆ＨがＰ７を発売すればいいわけだから」

「つまり、フェニックス社には、販売権を与えないんですね」

「氷川君は、そう言っている」

「欧米の販売権は、ＡＢＣに提供すると聞いていますが」

「彼らがそう言うなら、そういうものなんだろう。私は商習慣というものを知らないからね。いずれにしても、カネに細かい氷川君が目を光らせているんだから、心配するな。おまけに君も参加してくれるんだろうから、心配無用だ」

面倒はすべて他人まかせか。

呆れすぎてバカらしくなった。

「それにしても、氷川さんは本当にカネ目当てなんですかね」

「それ以外に何があるというのかね」

「氷川さんに会った感触では、カネ以上にフェニックス７に執着する理由があるように思えました」

「気のせいだよ。あいつからカネを取ったら何も残らないだろう」

「とにかく、日本の既得権はしっかり守られることを、先生は総理にご説明ください」

「その前に、時臣君には言っておかなければならない、もっと重要な話があるんだよ」

質問するまえに、乾杯を強要された。麻井は上等なシャンパンを味わった。サロンの年代物だった。

「重要な話とはなんですか」

「P7をアメリカに取られたとか怒る前に、やることがあるだろう。アメリカで治験が終わる前に、日本でも治験を行い、アメリカと同時発売できるように、政府が後押しするべきだ。それこそ、総理にしかなしえない重要な職責だろう」

一つの再生医療の治験を進めるために、内閣総理大臣が動くなんて前代未聞だ。

「さすがに、それは総理の仕事ではないのでは?」

「総理は全ての省庁を束ねる責任者なんだ。厚労大臣の尻ぐらい叩けないでどうする。一刻も早く、日米同時発売の準備に取りかからなければ、ABCのP7が世界を席巻するぞ。あの愚か者は、それが分かっとらん」

「そのことも、総理にお話しください」

「もちろん! いいかね、日本とアメリカの差はどこにあると思う?」

その答えは多すぎる。

「案件の処理速度ですか」

「それもある。最も違うのは、為政者が政治力の使い方を知っているか否かだ。熟知しているアメリカと、子どもじみたパフォーマンスしかできない日本との差は、歴然としている。Ｐ７は日本の宝などと偉そうに吠えるのであれば、やるべきことをやれって話だよ。世界に先駆けて開発していると豪語するくせに、それを実用化するために、何の努力もしない。そんな総理なら、不要だろう」

話は以上だと言いたげに、板垣はＣＡにもう一杯シャンパンを頼み、ヘッドフォンを装着して目を閉じた。

9

約束の時刻より十分ほど早く、楠木はコメダ珈琲に到着した。

人目につかない四人席に陣取ると、〝捜査が長引きそうだから、独力で帰宅してほしい〟と妻にメールを打った。

それにしても、門前は何の用だろう。

今日は全休にして、プライベートでアルキメデス科研に見学に行くと、門前にも伝えている。そして、今日は彼に近づいて欲しくない。

管理官ともなれば、外出先を課内の行動予定表に記さなければならない。彼のことだから、バカ正直に〝楠木と打ち合せ〟と書きかねない。

「お疲れっす」

合流した松永が小さく敬礼している。

馬鹿野郎め。こんなところで、いかにも警察関係者というそぶりをするバカがいるか。門前まで、それに倣っている。

楠木は慌てて二人を席に座らせて、メニューを渡した。松永がさっそく目当てのものを見つけたらしい。

「管理官、やっぱシロノワールははずせませんよ」

「お、ふんわり焼いたデニッシュパンのシロノワールかあ。ようやく念願の初トライが叶います」

直径一五センチはありそうな、膨らみすぎたホットケーキのような代物のメニュー写真を、二人は熱心に見つめている。

ウエイトレスが注文を取りに来た。

「あっ、季節限定のいちごチョコがある！　自分、これにするっす」

「僕は、まずは定番を」

おまえら、何をしに来たんだ！　と叱るのも億劫だった。

「係長は、コーヒーだけでいいんすか？」

結構と固く拒絶して、楠木は門前に話しかけた。

「こんなところまで、お運び戴いてありがとうございます」

「ノープロブレムです。ちょっと甘いものに飢えてたので、かえって好都合です」

「それで、私にご用というのは？」

「朝一番で、本部長に呼ばれまして、アルキメデス科研に興味を持っているのかと、聞かれました」

「何とお答えになったんですか」

「捜査協力を戴いているだけだと。でも、本部長は信じてくれませんでした。その上で、そもそもシツレンキは事件なのかと」

「失礼ですが、シツレンキとは、何ですか」

「失礼しました。失踪高齢者連続死体遺棄事件って長いんで、僕が縮めました」

紙ナプキンに、門前は小学生のような幼稚な筆跡で、「失連棄」と書いた。

なるほど、確かにそう読めるな。

「僕は、これは前代未聞の大事件だと考えていますと返したんですが、本部長からは、軽はずみな言い方をするなと、お叱りを受けました」

警察庁の幹部官僚として当然の反応だ。

「それで、明日いっぱいをもって、捜査本部は解散すると言われました。また、残った期間を含めて、科研及び関係者に対しての接触禁止も、言い渡されました」

「捜査本部が立ち上がったばかりなんですよ。しかも、また新たな遺体も発見されました。私の母を含め、行方不明のままのお年寄りが複数いる。なのに、いきなり打ち切りとは、おかしいじゃないですか！」

柄にもなく怒鳴ってしまった。

「同感です。帳場が立ち上がった時は、本部長も前のめりでした。直接本部長からハッパをかけられたぐらいですから。なので、おそらく本部長でも拒絶できないような雲の上から、厳命が下ったのだと思います」

フェニックス7の開発は、総理の肝煎りなのだ。政府が介入したのだろうか。

「それでご相談なんですが、アルキメ科研の見学にお伴させてください」

「本部長は私の見学について、ご存知なんですか」

「知りません。しかし、このアポイントメントは、本部長が『これ以降接触禁止』とおっしゃるより前に決まったので問題ないと思います。ぜひ同行させてください」

「管理官、そんな理屈は、通用しませんよ。本部長命令を破った上に、総理が支援されている研究所に、任意とはいえ踏み込んだと見られます。おやめになった方がいい。それに、今日は私はプライベートで見学に行くんですよ」

「楠木さん、僕が責任を取ります。ご迷惑をおかけしません」

「管理官、将来があるあなたは、そんな無茶な捜査手法を覚えてはなりません。たとえ相手が真っ黒であっても、法手続きを遵守しなければ、捜査できない。その鉄則に例外はありません」

「でも、あなたはそのルールを破ろうとされています」

「私には、行方不明の母を探すという個人的な理由があります。本日は全休を取っています。そこで何をするのかも、あなたにはご存知ないことにしてください」

「楠木さん！　そんなことはできません！　お一人では危険だ」

「いつか、若き捜査官が、果敢に捜査に挑む時、それを後押しする警察幹部になってください。そのためにも、今日の科研訪問は、諦めてください」

納得できないらしい門前は運ばれてきたシロノワールに、見向きもしない。

「では係長、自分が同行します」

松永がしゃしゃり出てきた。

「おまえ、ゴリさんになりたかったんじゃないのか」

「ゴリさんだって、ボスを一人で行かせませんよ、絶対！」

「ボスの命令に刃向かったゴリさんなんて、見たことないぞ」

松永がアッと口を開けた。

「そう言われてみたら、そうっすね。でも、係長お一人で行かせるわけにはいきません」

「気持ちだけ、もらっておくよ」

「自分、こう見えて、国体三位っすよ。ボディーガードとしては、役に立ちます」

「これはボスの命令だ。おまえは、管理官が暴走しないように見張るんだ」

「えっ⁉」

「この方はまだ、俺と一緒に行くつもりだ。だが、そんなことをさせてはいけないのは、おまえでも分かるよな」

松永は、渋々頷いた。

10

午後一時五十分、楠木はアルキメデス科研の受付で警察手帳を示した。

「宮城県警の楠木と申します。秋吉先生と午後二時にお約束しています」

不測の事態が発生した時のためにと言い張る二人は、科研の駐車場で待機している。

ここのロビーは、エイジレス診療センターとは、正反対の印象だ。

関係者以外立ち入り禁止。ここより中に入れるのは、選ばれし者のみ——。

最上階まで吹き抜けになった建物は、まるでガラスの要塞だった。

「恐れ入ります。秋吉は、席を外しているようでして。暫くお待ち戴けますか」

嫌な予感がしたが、指し示されたソファで待つことにした。

十五分待ったが、呼び出しはない。

楠木は、受付に近づいて、再度、取次を申し入れた。受付嬢が数ヶ所に電話を入れたが、結局「相済みません。まだ、席を外しているようで」と詫びた。

「科研内にいらっしゃるのは、間違いないんですか」

「ええ。皆さんのＩＤカードで、入出館を管理しています。それによると、秋吉先生は、館内にいらっしゃることになっています」

致し方なく、楠木は引き下がった。

さらに十五分待った。

受付カウンターに楠木が近づくと、受付嬢は再びあちこちに問い合わせてくれたが、やはり捕まらなかった。

「なら、秋吉先生の助手を呼び出してもらえませんか」

周は在席していたようだ。受付嬢は気を遣って「もう、三十分以上お待ちなので、お越し戴けませんか」と、周に催促してくれたが、応じる気配がないようだ。

見かねて、楠木は受話器を奪った。

「周さん、こんにちは。東北大学の検死の時にお会いした宮城県警の楠木です」

「ああ、こんにちは、楠木さん。すみません、秋吉先生は、どうやらエスケープしちゃったみたいです」

「つまり、アルキメデス科研内にはいらっしゃらない？」

「そうだと思います。私も用事があって、ずっと捜しているんですけれど、見つかりません。スマホにも連絡を入れてるんですが、応答がなくて」

周も困っているようだ。

「午後二時から、秋吉先生に科研をご案内いただくお約束をしていました。でも、先生はお忙しいようなので周さんにお願いしようかと」

「えっ！　私ですか！　今は研究で手が離せないんですよ。だったら別の日にしてもらえませんか」

周の狼狽《ろうばい》ぶりが引っかかった。

本当に研究が忙しいんだろうか。

「そうおっしゃらず、三十分で良いので、お願いしますよ」

「いやあ、私は無理です。それに三十分で見学するなんて、物理的に無理です」

「じゃあ、他の方で結構なので、お願いします」

「分かりました。誰か行かせます」

さらに十五分待たされた。

そして、ようやく案内人が姿を現した。

「大変、お待たせしました」

白衣を着た青白い顔の若者が頭を下げた。名刺を出すことも、名前を告げるつもりもなさそうだ。

「宮城県警の楠木耕太郎と言います。失礼ですが、あなたは、秋吉先生の研究室の方ですか」

「秋吉研M2の上総《かずさ》です」

M2とは何かと尋ねたら、修士課程二年生という意味だと教えてくれた。入館証を与えられて、楠木はゲートを通過した。

秋吉鋭一研究室の上総に案内されて、楠木はアルキメ科研の研究施設をぐるりと巡った。

フェニックス7を生成しているファクトリーも見学した。といっても、厳重に無菌状態を保っているため、ガラス越しの見学だった。

白衣のスタッフが数人いるが、多くの作業は、自動制御によるロボットが行っているという。

神の細胞と呼ばれるフェニックス7を、ロボットが生成するという光景は、楠木を複雑な気分にさせた。

「ここで生成されたフェニックス7は、どのように管理されているんですか」

頭を切り換えて、楠木は仕事に徹することにした。

「管理って？」

「誰かが勝手に持ち出したりするリスクは？」

「それは、ないと思いますよ。そもそも生成の最終工程は人間がタッチできませんし、完成したフェニックス7は、そのまま厳重に保存されます」

「それを扱えるのは、どなたですか」

「所長と、秋吉教授だけです」

フェニックス7の保存庫は、シノヨシの虹彩《こうさい》認証をクリアした時だけ、解錠されるという。

「お二人以外に、取り出せる人はいないんですね」

「そうなりますかねえ。全てのフェニックス7には生成番号があって、それぞれがどのように使用されたのかを記録しています。だから、無断使用したり盗んだりは、できません」

「過去に、そのようなトラブルはなかったんですか」

「ないと思います。少なくとも、僕は知りません」

「生成したフェニックス7は、どこで使われているんですか」

「お二人のラボか、祝田先生のところです」

祝田というのは、動物実験棟の責任者だという。

「祝田先生にお会いできませんか」

「今日はいません。アメリカに出張中です」

所長の篠塚も、アメリカだと聞いている。

「篠塚所長に同行されたんですか」

「いや、違いますけど、行き先は一緒です」

場所を聞くとサンノゼだという。

11

サンクチュアリ・センターでのレセプションは、篠塚が想像していたよりも盛大なものだった。

フェニックス社社長のイアン・クーパーの説明では、約三〇〇人の招待客に加え、メディア関係者が約二〇〇人、さらに飛び入りで約一〇〇人の医療関係者も来たという。

篠塚の顔見知りの専門家も多かった。

背中に大胆なカットの入った黒のイブニングドレスを着た祝田もシャンパングラスを手にしていたが、居心地が悪そうだった。

「何か、気になるのか？」

「こういう場所が苦手で。それに、私はフェニックス社が、いまいち信用できなくて」

握手を求めたり、賛辞を告げに次々と集まって来る来賓に応じる合間に、篠塚は不信の理由を、祝田に尋ねた。

「先生のお考えは違うかもしれませんが、私は、Ｐ７の拙速な治験には反対です。けれど、理事長はこういうやり方で無茶をする。それが気に入りません」

祝田らしい正義感だ。

篠塚もホンネとしては、彼女の意見に異論はない。だが、氷川との約束を果たすためには、呑み込むしかない。

「それに、日本を発つ直前に、地元で嫌な事件も起きてますし」

「認知症のお年寄りが徘徊の果てに、遺体で発見されたという事件のことだね」

「ええ。あれって、我々の研究に悪意を持った人の陰謀みたいに思えてしまって」

思わず祝田の横顔を覗き込んでしまった。彼女は、篠塚に鎌をかけているのではなく、本気で陰謀説を信じているように見えた。

「陰謀とは、穏やかじゃないね」

「科研周辺で、次々とお年寄りの遺体が発見され、そのいずれもが認知症だったなんて、陰謀めいていると思いませんか」

「どんな陰謀なんだね」

「まるで、我々がP7の治験にもたついているのを、皮肉っているような」

「それは、陰謀というより、ハッパをかけられていると見るべきでは？」

祝田の大きな目が、篠塚を真っ正面から見据えた。

「先生、そんなバカな発言はよしてください。認知症患者の遺体を、科研周辺にばらまいて応援だなんて、とんでもない！」

確かに言い過ぎたな。

祝田は、グラスに半分ほど残っていたシャンパンを飲み干してから、話を続けた。

「それに、秋吉先生が、捜査に協力したのも驚きました」

「さっき僕も電話で、やめるように伝えたよ。本人が改めるかどうかは分からないけどね」

ちょうど、篠塚に挨拶に近づく来賓の列が途切れた。すかさず祝田が篠塚を壁際に引っ張って行った。

「先生、私に何か、重大なことを隠していませんか」

祝田に見つめられると、心の奥底まで見透かされている気がする。普段から、人間より動物と接している時間が長いせいだろうか。彼女の視線には、隠し事を認めない純粋さがある。

時として腐敗や不正がはびこる生命科学界にあって、揺るぎない潔癖を守り続けている祝田の視線は、無敵だった。

「いきなり、なんだ？」

「秋吉先生のことです。数日前、雪ちゃんが泣いているのを目撃しました。彼女に尋ねても、首を振るばかりで。あの、もしかして、秋吉先生は重篤なご病気じゃないですか」

祝田が気にしていたのは、そっちだったか。

「ステージ4の膵臓ガンだ」

「やっぱり……。だから、大学を辞めて、科研にいらしたんですね」

「そうだ。何とか自分が生きている間に、フェニックス7を世に出したい。鋭一の強い意志だ」

祝田が唇を強く結んで項垂《うなだ》れた。

「それで、篠塚先生も、理事長の暴走を止めないんですか」

「理事長の暴走とは、フェニックス7の治験をアメリカで行うことか」

祝田が頷いた。

「氷川さんのお考えは、僕にはよく分からない。しかし、僕自身も治験に進む時が来ていると考えている」

「とんでもない。私は研究バカですから、一般常識から感覚がズレているかも知れません。これまでは、研究は真理の探究という芸術の一種であり、応用と結びつける必要もない叡智の営みだと思い込んでいました。でも、P7の研究はその神秘に挑み、人を苦しみから解放する感動を教えてくれたんです。それは、千葉君をはじめ、研究チームの共通認識だったはずです。だから先生、お願いです。あと一歩なんです。ですから、むしろ今は慎重の上にも、慎重であるべきです」

「もう、その過程は済んだと思わないか」

「高血圧症が原因で増殖が暴走するまでは、私もそろそろかなと思っていました。でも、あのようなケースが判明した以上、他のリスクについても徹底解明できるまで、治験は見送るべきです」

祝田の立場からすれば、そうだろう。

いや、祝田でなくても、まともな研究者なら同じ意見を持つはずだ。だとすれば、祝田をこれ以上、巻き込んではならない。

「それは、困ったな。じゃあ、明日朝一番で、荷物をまとめて帰国したまえ」

「え？　どういうことですか」

「君の居場所は、ここにも科研にもないという意味だよ」

祝田が呆気に取られている。

「つまり、私もクビってことですか」

「依願退職だよ。今までの貢献の見返りとして、君の希望する研究施設に紹介状を書くよ」

「篠塚先生、どうして⁉」

「僕の決定に異を唱える人を、チーム内に置いておけない。だから、去ってもらう。そういうことだよ」

戸惑い、怒り、そして軽蔑と、目に浮かぶ感情が変化したが、祝田はそれ以上は何も言わず、その場を立ち去った。

12

動物実験棟は、見学していて辛かった。

楠木は、途中で「ここは、これ以上結構です」と案内を断った。

「ところで、あの林の中にある建物は何ですか」

窓の向こうに見える一棟は、エイジレス診療センターの屋上から認めたものだ。

「なんですか」

「科研とエイジレス診療センターの間にある平屋の建物ですよ。あそこも、拝見させて戴けると聞いてたんで」

「えっと、僕は聞いてないなあ。あそこは第２ＶＩＰ棟と言って、科研とは別の、理事長直轄の施設なんですよ」

「でも、見学させてくださるって、仰ってましたよ」

上総が秋吉に確認してみると言うので、楠木は電話のやりとりが聞こえるぐらい上総に体を寄せて待った。

「あれ、出ないや」

上総は、今度はＬＩＮＥでメッセージを打ち込んだ。

「返事があるまで、ここのラウンジで休憩しましょう」

動物特有の臭いが気になったが、上総に従うしかない。

上総が、コーヒーを淹《い》れて持って来てくれた。

楠木は、ありがたく受け取り、香りを胸いっぱい吸い込むと、コーヒーを啜った。こんな場所でなければ、もっとゆっくり味わいたかったのにと思うほど、美味だった。

「祝田先生がブレンドしてくれるんですけど、すごくおいしいんですよ。ここにコーヒーだけ飲みに来るスタッフも結構いるくらいで」

「ところで所長は、本当に日本にお戻りになるんですか」

「戻らない理由があるんすか」

ずっとスマートフォンをいじっていた上総が、顔を上げた。

「アメリカに、新しい再生医療の会社ができて、フェニックス７の研究は、そちらに移ると聞きましたけど」

「いや、それはないと思いますよ。だって、フェニックス７って、日本の国家プロジェクトでしょ。マジやばいほど国からお金をもらってるんです。研究拠点は、ここから動かさないんじゃないですかねえ」

その時、楠木の携帯電話が鳴った。

松永からだった。無視しようかとも思ったが、緊急連絡の可能性も考えられた。

「楠木です」

〝係長！　お母様を発見です！　無事に保護されました！〟

楠木の母、寿子はＪＲ仙山《せんざん》線山寺駅で保護されたという。楠木は、ただちにアルキメデス科研を後にして、山形県に向かった。

仙台と山形を結ぶローカル線である仙山線の山寺駅は、宮城市から約六〇キロ西の山形市山寺にあり、悪縁切り寺の立石寺《りっしゃくじ》の最寄り駅だった。

立石寺は、松尾芭蕉が「閑《しずか》さや岩にしみ入る蟬の声」という句を詠んだ場所として知られている。楠木は俳句好きの母と一緒に、山寺芭蕉記念館を訪れたことがあった。うるさいほど鳴く蟬の声がなぜ閑さなのか、楠木には不可解だったが、母は「ここに来て、句の深さがしみじみ分かったわ」と満足げだった。

サイレンを鳴らし、仙山線沿いの道を疾走しながら楠木は、妻や息子にも一報を入れた。それから、山寺駅に電話を入れた。

田舎の駅員らしい訛《なま》りの強いのんびりとした口調で、「今、近くの診療所の先生が健康状態を診察されてますが、大変お元気でらっしゃいますよ」と教えてくれた。

あと三十分ほどで到着すると告げて切ると、妻にも無事を伝えた。

峠道に入りカーブが多くなったあたりで、松永から無線連絡が入った。

〝お疲れっす。今度は、天童市のスーパーマーケットでお爺さんが保護されました。それから山形新幹線の天童駅でも一人、保護されたみたいっす〟

どういうことだ⁉

「おまえは、今どこだ?」

〝ひとまず、山寺駅を目指しています。ナビの情報では、あと十三分っす〟

楠木のカーナビは、現地到着まで二十分かかると表示されている。

「管理官もご一緒か」

〝門前です〟

松永が答える前に本人が受話器を取った。

「失礼しました。管理官、お願いがあります。仙台ナンバーの黒いワンボックスカーが、お年寄りの遺体遺棄に利用されたという情報があります。該当車に職質をかけるよう、山形県警にご手配いただけますでしょうか」

犯人が年寄りの遺体を遺棄するために黒いワンボックスカーを使用したと証言をしたのは、たった一人しかいない。しかし、今は、その証言が正しいと信じたかった。

「松永、おまえは管理官を山形県警にお連れしろ。目撃情報を伝えて協力をとりつけてくれ。俺はあと二十分で、山寺駅に着く。こっちは、任せろ」

年寄りたちを全員解放するつもりだろうか。

とにかく母に会おう。事件解決の突破口になるかも知れない。

峠道の路面は積雪していた。急カーブでハンドルを切る度にスタッドレスタイヤが横滑りした。

気が逸《はや》ったが楠木は、アクセルを踏み込むのを堪えた。

山寺駅の駅舎は、その名の通り寺を模した建物だった。

楠木は車から飛び出すと、残雪に足を取られそうになりながら、駅舎に向かった。

ストーブを囲むように駅員と制服警官が立ち、背筋を伸ばした老婦人がベンチに座っている。

「母さん！」

「まあ、耕太郎、どうしたの。そんな怖い顔をして」

母の口調は、あっけらかんとしていた。

緊張と焦燥感で強《こわ》ばっていた楠木の全身から力が抜けた。そして、母の両手を握りしめながら、その場にへたり込んだ。

「良かった。無事で、本当に良かった」

「そんなに興奮しないで。ちょっと落ち着きなさい、耕太郎」

そう言う母は若返っているように見えた。

「先程、医師《せんせい》が往診に来られたのですが、健康状態は良好なので、入院の必要もないそうです」

母に付き添っていた警官が報告した。

「母さん、いくつか質問に答えて欲しいんだけれど、いいかな？」

「いいわよ」

駅員が、駅長室を提供してくれた。

「母さんは、なぜ、山寺駅に、いたんだ？」

「それは分からないの。入居者全員が車に乗せられてね。それで、ここで降ろされたの」

「車はワンボックスカーだった？　色は？」

「色？　黒っぽかったかしら。あれはワンボックスカーというの？　大きい車よ」

「一体今まで、どこに行ってたんだい？」

「何を言ってるの。あなたが、入院の手配をしてくれたんじゃないの」

「いや、それは違うんだよ。俺たちはずっと母さんを捜していたんだ。だから、教えて欲しい。どんな場所で過ごしてたんだ？」

「とても素晴らしい施設だったわよ。お医者様も、看護師さんも親切でね。一緒に滞在していたお仲間も、皆さんとてもよい人たちで」

「さっき、俺が母さんの入院の手配をしたと言ったよな。誰かにそう言われたのか」

「私の頭の病気を治療するために、あなたが、私を入院させたと先生は説明してくれたけど」

「先生の名前は？」

「田中先生と山田先生よ」

いかにも偽名ですと言わんばかりの名前だな。

「看護師は？」

「佐藤さんと鈴木さん」

いずれも、日本で指折りに多い名字ばかりだ。

四人の人相を覚えているかと聞くと、母は首を横に振った。

「私たちの治療には、感染症が命取りになるそうなので、皆さん、いつも大きなマスクをされていたの」

「それで、治療というのは？」

「あら、それは私じゃなくて、あなたの方が知っているんじゃないの」

母がその施設で目覚めた時には、既に手術が終わっていたのだという。具体的な治療内容は、家族に説明済みで、約二ヶ月ほど経過観察が必要なので、施設に滞在しているのだと説明を受けたらしい。

医者の言葉を信じ切っている母に、全てを打ち明けるべきか躊躇した。だが、息子としてではなく、刑事として手がかりが欲しかった。

楠木は、母が行方不明になった顚末《てんまつ》を説明した。

「実は、お年寄りが徘徊したきり行方不明になる事件が、宮城市内で何件も発生していたんだ。だから、俺は母さんが入院している可能性が高い施設を調べていたんだよ。母さんが滞在した施設の住所は分かるかな」

「知らない。私たちは、社会のしがらみから解放された場所で、ストレス無く過ごした方がよいので、ピアの住所は伝えないという説明を受けたわ」

「ピアって？」

「施設の名前。みんなそう呼んでいた」

「それってエイジレス診療センターの中にあった？」

「一度、あなたと良恵さんに連れられて、一緒に行ったところね。だったら違うと思うわ」

母の断言に驚いた。

「やけに自信があるんだな」

「だって、看護師さんの制服が違ったもの」

母によると、エイジレス診療センターの看護師の制服はペパーミントグリーンだったが、ピアの方はクリーム色だったという。

「どんな建物だったか覚えている？」

「施設の庭に出たことはあるけど、周囲は林に囲まれて何もなかったわねえ」

第2VIP棟も林の中に埋もれるように建っていた。

「車に乗せられた時、窓の外には何が見えた？」

「えーと。カーテンが掛かっていたからねえ。あ、でも山道を走ってたわ」

「それ以外に、何か覚えていることはないかな」

母は、記憶を辿るように考えてから答えた。

「入居していたお仲間は皆さん、お年を感じさせない若々しい方ばかりだった」

目の前の母も以前と比べて、十歳以上は若く見える。それは、フェニックス7を移植されたからではないのだろうか。

「他には？」

「お二人が、急にお亡くなりになったの。ある日突然、割れるように頭が痛いとおっしゃったかと思うと、そのまま」

フェニックス7の投与の影響で脳細胞の増殖が止まらず、脳出血を起こしたのではないか。

証言としては不十分だが、認知症で徘徊して行方不明となり、数ヶ月後に遺体で発見された年寄りたちが、ピアにいた可能性はあり得るわけだ。

「亡くなった方の名前は？」

「お一人目は、私が到着した直後だったので、よく知らないの。お二人目は、確か元《もと》さんだったわね」

「元さんのフルネームは？」

仙台市議の父親は、江崎元義だ。

「分からない。プライバシー保護のためだからと、皆、本名は伏せられていたの、私も『ひささん』だったわよ」

楠木は、携帯電話に保存している江崎元義の顔写真を母に見せた。

「この人かな？」

「あっ、そうよ。この人が、元さん。この人も私のように徘徊から行方不明になったと言うの？」

楠木が頷くと、母の表情が曇った。

「母さんは、どうだい？　頭痛は？」

「ないわよ。私はこの通り、とても元気よ」

「施設にいる間、意識が朦朧《もうろう》としたり、気がついたら、知らないところにいたというようなことは？」

「つまり、ボケが出たかどうかってことね？」

楠木は苦笑いして頷いた。

「それが、まったくないのよ。明日からでも出勤できるほど、頭はすっきりしているわね。朝食に食べたものだってちゃんと覚えている」

母は、目を輝かせて楠木の両手を握りしめた。

それは良かった、と言いたいが、母の脳内には、いつ暴走が始まるかもしれない爆弾が埋め込まれていると考えた方がいい。

このまま、母が言う通り「すっきり」した状態でいてくれれば、どれだけ嬉しいか。

「それで、今日は、どうしてここに？」

「それが不思議でね。今朝急に、高橋先生という方がいらっしゃって、退院前に最後のテストを受けて戴くと言うのよ。テストというのはね、車に同乗して、駅など交通至便なところで降ろすので、そこから自力で自宅に戻ることだったの」

そして、母は、山寺駅で降ろされた。

「いざ切符を買おうとして、大事なことに気づいたの。お金を持っていなかったのよ。それで、駅員の方に、あなたに電話してもらったの」

母が覚えていたのは、自宅と宮城中央署刑事課の番号だったのだという。

ずっと、やりとりを聞いていた駅員が、口を開いた。

「お金がなくて困っているので、この番号に電話を入れてもらえないかと頼まれました。で、言われた通りにお電話すると、浅丘さんが電話に出てくれてね。それで、事情を説明したわけ」

アルキメデス科研を見学中、確かに署からの着信があった。あれは、浅丘からだったんだろう。だが、どうせ課長あたりが、楠木の独断専行に怒りの電話をしてきたと思ったので、折り返しもしなかった。

楠木が電話に出なかったので、浅丘は松永に連絡したのだろう。

「お世話になりました。ひとまず、母を連れて帰ります」

楠木は駅員や駐在に頭を下げると、母と車に戻った。

「そうだ、香り。ピアには、ずっとお香が焚かれていた。ほら、私の服にも染み込んでいるでしょう」

車に乗り込むなり、母が言った。そして、ネル生地のチェックのシャツの袖を息子の方に伸ばした。

楠木は、後部座席にあったレジ袋の中身を放り出して、母に言った。

「母さん、悪いんだけど、そのシャツを脱いでくれないか。その匂いが大切な証拠になりそうなんだ」

13

八時間のうちに六人の行方不明者が、山形県と秋田県で相次いで保護された。門前らが迅速に動き、楠木の母親を含めた全員が、東北大学医学部の脳神経内科に緊急入院した。全員が脳のMRI検査を受け、脳の状態をチェックした。

その結果、保護直後から偏頭痛を訴えていた二人に、脳細胞が限界まで膨張しているという診断が下された。その原因だけでなく治療についても、東北大学の脳神経内科・外科の専門医たち曰く、「不明」だった。

この脳の異常事態に対処できるのは、アルキメデス科学研究所しかない。そこで門前が秋吉教授に協力要請すべきだと本部長に掛け合った。

楠木は、母の世話をした医師や看護師たちが、エイジレス診療センターに在籍しているかを確認した。田中、佐藤、鈴木など、よくある名字ばかりなのに、そのいずれもが在籍していなかった。

午前七時二十七分、警察庁幹部らと協議を重ねた結果、秋吉の捜索が許可された。

但し、老人救済の問題解決依頼が目的なので令状は発行されない。たとえ秋吉が発見されても、任意で協力を求めることしかできなかった。また、アルキメデス科研が、秋吉の居所を把握していたとしても、警察に伝える義務もない。

門前はさらに無理を訴え、パートナーとして楠木を指名した。

本部長は、刑事部長に相談の上、その希望も承認した。

併せて運転係として認められた松永と門前の三人で、楠木はアルキメデス科研に向かった。その道中で科研に連絡を入れ、秋吉を呼び出した。

だが、不在だという返事は昨日と変わりなく、助手の周の所在を問うても〝今朝は、まだ出勤していません〟と交換手はいう。

両者の携帯電話の番号を尋ねると、〝個人情報に関わりますので、お教えできません〟と拒否された。

それを聞くと、門前が舌打ちをして、考え込んだ。あくまでも任意の協力要請である以上、強権を発動しにくい。

珍しく安全運転をしている松永が、口を開いた。

「あの、自分、アルキメ科研にツレがいるので、ちょっと探ってもらいますか」

「さすが、千佳ちゃん！　頼りになる！」

「おまえは、本当にどこにでも知り合いがいるなあ」

「いやあ、お褒めにあずかりまして、光栄っす。人脈は情報を得るための第一歩っすから。日頃から、宮城市、仙台市で交流会やパーティに顔を出しているのが、お役に立てて何よりっす」

楠木は車を道路脇に停めるよう、松永に命じた。

「係長?　何かありましたか」

「おまえは、一つのことしかできない。俺が運転を代わるから、そのお友達にしっかりと事情を説明して、秋吉教授と周さんを必ず捜し出すんだ」

「自分は運転しながらでも、大丈夫っす。上司に運転なんかさせられないっす」と松永は頑張ったが、強硬に運転を代わった。

松永はあちこちに電話を掛け続け、アルキメデス科研に着く頃に、ようやく通話を終えた。

「お待たせしました。やはり秋吉教授は、昨日から行方不明で、科研でも捜しているそうです」

楠木の脳内で、じわじわと膨らみつつある疑惑の塊がある。

「秋吉教授の携帯電話の番号は分かるか?」

「すみません、それは知らないそうです。探るようにお願いしました」

「秋吉の自宅《ヤサ》は?」

「科研内にあるそうですが、そちらにも、いないようだと」

「ようだとは、どういう意味だ!」

「えっと、電話で呼び出したけれど、出ないそうです」

「助手の方は?」

「彼女も、昨日の午後七時に科研を出たまま、行方が分かりません」

時刻は、まもなく午前九時になろうとしている。

「管理官、どうしますか」

門前は腕組みをしたまますなり声を上げている。

「秋吉教授捜索のための科研立ち入りは本部長より許可を取りましたが、あくまでも任意ですからね。だとすると、立ち入るには科研責任者の許可がいります」

だが、篠塚所長は米国出張中だ。

「松永、研究所には、事務長とかいないのか」

「えっと、いるんじゃないっすかねえ。ツレに聞いてみましょう」

車は、科研の正面ゲートに到着した。ツ、ツレの返事を待っている余裕は、なさそうだ。

楠木は、応対した警備員に「宮城県警だ。捜査のために事務長にお会いする。門を開けてくれ」と高飛車に言った。

「確認します」

「人の命がかかってるんだ。早く開けろ！」

楠木の剣幕が利いて、警備員がゲートを開いた。

楠木は正面玄関前に覆面パトカーを停車させると、入口に向かった。

「おはようございます。宮城県警の楠木です。事務長室はどこですか」

受付嬢は、目の前に突きつけられた警察手帳を凝視している。

「お約束は？」

「一刻を争ってる。大至急、事務長室にご案内いただきたい！」

今度も、強気の剣幕が奏功した。慌てて受付嬢が立ち上がり、案内に立った。

「係長、めっちゃ、かっこいいっす！」

耳元で松永が囁いた。

「失礼ですが、事務長とはお約束されているんですよね」

受付嬢が念押ししたが、楠木は無視した。

廊下の先に、事務長室という表札が見えた。

在室ランプは、不在を示す赤色が灯《とも》っている。

「中で待たせていただきます」

受付嬢は仕方なさそうにドアを開き、三人を招き入れた。

「なんだね、君たちは！」

小柄で額が後退した男性が、驚いてデスクの前で立ち上がった。

「早朝から失礼します。宮城県警刑事部捜査一課管理官の門前と申します。大至急、秋吉鋭一教授及び、周雪助手の安否確認の必要があります。連絡を取って戴けますか」

「安否確認って、いったい何事ですか」

「お二人の身辺に危険が迫っている可能性があります。なので、大至急安否を確認してください」

「どのような危険かを仰って戴かないと」

門前が両手でデスクを叩いた。

「事務長！　一刻を争うんです！　あなたのその杓子《しやくし》定規な遅延行為のせいで、お二人に万が一のことが起きた場合、責任が取れますか！」

楠木に刺激されたのか、門前は堂々と威嚇した。

「科研とエイジレス診療センターの間にある平屋に案内してもらえますか」

一息つく暇を与えず、楠木が畳みかけた。果たして、そこが本当に監禁現場なのかどうかは分からない。そもそも令状すらないのだ。ならば、秋吉と周の安否確認で押し通すしかない。

「理由を伺っても」

再び門前が、デスクを叩いた。

それだけで事務長は降参した。彼が内線電話で部下を呼ぶと、すぐに、若い男性が駆け込んできた。

「こちらの方々を、第2ＶＩＰ棟にご案内して」

「あそこへの立ち入りは、所長の許可が必要と厳命されています」

「公務執行妨害っていう罪を知っていますか」

松永が嬉しそうに参戦した。

下手をすれば、脅迫罪に問われるぞと思ったが、効果は覿面《てきめん》だった。それ以上、反抗せずに事務員は従った。

「ここは、私一人で行きます。松永、しっかり管理官をサポートしろ」

所長の許可が必要な施設に押し入る罪は、楠木一人が被るべきだった。

「あの、一体、何が起きているんですか」

関係者以外立ち入り禁止とある扉を解錠しながら尋ねる事務員の声は、震えていた。

「重大な犯罪です。あなたは、知らない方がいい」

事務員は何か言いたそうだったが、楠木が一睨みすると飲み込んでしまった。

石畳の歩道を進むと、足下から冷気が這い上がってきた。林を抜けると、茶色い壁の平屋があった。

事務員がドアを内側に開けた瞬間、暖気と共に、お香の薫りに包まれた。母の上着と同じ匂いだ。

館内は静かだった。人の気配もない。

少し行くと、学校の教室ほどの広さの部屋があった。娯楽室のようで、ソファが数脚置かれ、部屋の片隅には卓球台もある。

大型テレビもつけっぱなしで、画面の中では俳優と料理研究家が、ビーフシチューを賑やかにつくっている。

テーブルには、お茶や紅茶の入ったカップがそのまま残されている。

娯楽室の先に進むと、廊下を挟んで両脇にドアがある。その一つを開ける。強いタバコの匂いがした。入居者は男性のようだ。

ベッドの上に乱雑に脱ぎ捨てられたパジャマがあり、テーブルの灰皿は、吸い殻が積み上がっていた。

四室目が母の部屋だった。壁に貼った俳画で分かった。俳句をたしなむ母は絵も上手で、俳句に絵も添えて色紙に書くのが趣味だった。

念のために、片隅に記された落款《らっかん》を改めた。

達筆な草書で〝寿〟とある。母のものだ。

楠木は棟の外で待つ門前に連絡を入れた。

「現場を特定する証拠を手に入れました。やはり、ここで徘徊老人を監禁していました」

14

長い会議が終わり、自室に戻ったところで篠塚の携帯電話が振動した。会議中も、何度も呼び出しがあったのを無視していた。発信する番号は同じだった。

〝所長、お忙しいところ申し訳ございません。事務長の岡持《おかじ》でございます〟

いつも卑屈な愛想笑いを浮かべている岡持の顔が浮かんだ。

「お疲れ様です。何かありましたか」

〝実は、先ほど、宮城県警の家宅捜索が始まりまして〟

電波の状態が悪く、篠塚は窓際に移動した。

「家宅捜索とは、穏やかじゃないですね」

努めて鷹揚《おうよう》に返したが、心臓の鼓動は速くなっていた。

〝お留守の時に、申し訳ございません。何かの間違いだと思うのですが、第2VIP棟で、お年寄りを監禁していた疑いがあるというんです〟

いよいよ来たか。

いずれこういう日が訪れることは覚悟していた。

胃液が逆流してきた。

「それで……」

〝ですが、監禁されていたお年寄りなんて、一人も見つかりませんでしたなんだって！

何が起きている。

〝本当に酷い濡れ衣なので、抗議したんですが、警察は、第2VIP棟が監禁場所だと言って譲りません。理由を問うても、説明もしてもらえず、押し問答をしている間に、今度は家宅捜索令状を突きつけられたんです〟

事務長はこちらの動揺にまったく気づかず、まくし立ててくれるので、少し立ち直った。

「秋吉は、どうしていますか」

〝それが、昨日の午後から連絡が取れなくなっておりまして〟

「科研内にもいないんですか」

〝宿泊棟のお部屋にもいらっしゃらず、困っておるんです〟

「周さんは？」

〝同じく、昨夜から連絡が取れません〟

頭を切り換えた。ひとまずは、警察を追い出す方に集中すべきだな。

「令状は確認しましたか」

〝はい……〟

「こともあろうに、監禁などという濡れ衣を着せられるだなんて。どうして、事実無根だと、強硬に突っぱねなかったんです」

〝それが、最初は秋吉教授の安否確認をしなければならないので、連絡を取るようにと、言われたんです〟

そのどさくさに、第２ＶＩＰ棟の捜索も行ったのだという。

「弁護士に連絡して、すぐに家宅捜索をやめさせてください」

科研の顧問弁護士は、Ｉ＆Ｈの顧問を務める東京の大手法律事務所が担当している。

〝手配済みですが、東京から来られるので、あと数時間はかかるかと〟

役立たずめ。

「氷川理事長には、お伝えしたんですか」

〝それが、連絡がつかないんです。理事長秘書は、今は機上の人だと言ってました〟

そうだった。ワシントンＤＣに移動中だった。しかし、プライベートジェットだから電話は繋がるはずだ。

「Ｉ＆Ｈの会長室長に相談して、大至急連絡を取ってください。それと、警備部長に、私に連絡するようにとも」

次に、鋭一の電話にかけた。

だが、呼び出し音が鳴るばかりだった。次いで、周にもかけたが、同様だった。

鋭一と周にＬＩＮＥで、大至急電話するようにメッセージを送ったところで、警備部長から着信があった。

「弁護士が来るまで、警察の家宅捜索を阻止してください」

警備部長の浪越《なみこし》は、宮城県警警備部の元部長だった。

〝所長、残念ながら、捜索令状が出てしまっている以上、止めようがありません。任意での捜索の段階で阻止すべきだったのですが、私はまったく与り知らないうちに、事務長が認めてしまったものですから〟

「とにかく、捜索に立ち会って、全てをビデオで記録してください」

〝それは行っておりますので、ご安心ください〟

「ちなみに、捜索対象は、第２ＶＩＰ棟だけなんですか」

〝秋吉先生の研究室および研究棟の全てです〟

それはやり過ぎだ。

警察にフェニックス7関連のデータを押収する権利なんてない。

「研究データの押収には、絶対応じてはダメです。これは、国家プロジェクトに対する甚大なる冒瀆ですから、断固として拒否してください」

〝分かりました。努力致します〟

「浪越さん、努力じゃダメだ。絶対に阻止するんです。さもないと、理事長の逆鱗《げきりん》に触れますよ」

脅し文句を吐いてすぐに後悔した。元県警警備部部長には、理事長の怒りなんて何の効力もなく、電話は切れていた。

篠塚は大声で悪態をついてから、大友に連絡した。

〝大友でございます〟

「今、どちらですか」

〝自室におります〟

「警察の捜索は?」

〝私の部屋は対象外のようです。そのため独断ですが、所長室から重要なデータやPCのハードディスク等を、ここに移動致しました〟

大友の迅速な対応に安堵した。

「鋭一の研究室が捜索される時は、可能な限り、押収を阻止してください」

〝お言葉ですが、それは、却って警察の疑いを招きます。重要な物は、既に回収してありますから、静観されるべきかと。私も立ち会わない方がよいと思われます〟

そうだった。

篠塚は、自分が如何《いか》に動揺しているのかを思い知った。

うろたえては非を認めることになる。堂々としていればいいのだ。

そして、日本の夢と言われているフェニックス7の研究開発を妨害し、研究チームを冒瀆する行為に断固として抗議すべきだった。

〝それから、重要なお話がございますが、今お話ししても大丈夫でしょうか〟

篠塚は、自室のドアを施錠した。

「どうぞ」

〝秋吉教授のご提案で、ピアの入居者を全て解放しました〟

だから警察は、入居者を発見できなかったのか。

〝警察の捜査の手が伸びつつあったため、秋吉教授が独断で決行されました。それに、サンノゼでの治験が始まるならば、ピアでの治験は役割を終えたとも〟

「私に相談して欲しかったたな」

〝申し訳ございません。秋吉教授が、絶対に所長に知らせるなとおっしゃったので〟

「鋭一は、何をやる気なんですか」

大友が沈黙した。

知っているが、答えられないという意味なのだろうか。

〝一つ、お願いがございます〟

大友の声で我に返った。

〝本日付で、退職させていただきたいと思います〟

「なぜです？」

〝私も、証拠ですから。私はここにいてはならないと思います〟

全身の血が一気に下がった。

「大友さん、まさか……」

自殺する気ではないですよね、という言葉は継げなかった。

〝ご安心ください。所長から戴いた貴重な命です。無駄には致しません。いずれにしても、警察の捜索が終わったら、回収したデータ等を持ち出して、暫し、身を隠します〟

「どちらへ？」

〝敢えて申し上げません。先生は、フェニックス7の治験が成功するまで、帰国なさらない覚悟で頑張ってください。そして、フェニックス7で、多くの悩める年寄りとその家族を救ってください〟

電話は切れた。

ただちに、帰国しなければ。

秘書にチケットの手配を頼もうとデスクに戻った時、卓上電話が鳴った。氷川からだという。

〝科研での騒動を聞いた〟

氷川の声は、普段とまったく変わらない。まるで、日常業務の打ち合わせをするかのように落ち着いている。

「私の不徳の致すところです」

〝君が謝ることではないよ。君や秋吉君は、研究に専念すれば良いのだからね。私の方こそ、迂闊だった。これほど早く県警の手が伸びるとは思っていなかった〟

「とにかく、すぐに帰国します」

〝それは、認めない。君には、このままP7の治験を進めて欲しい。安心したまえ。君と大友技官が行っていた特別な研究についても、私が処理する〟

氷川は知っていたのか。

「理事長は、今、ワシントンDCに向かわれているのでは？」

〝予定を変更して、日本に向かっている。あと三時間ほどで、仙台空港に到着する予定だ。君は、一刻も早くP7の治験に取りかかるんだ〟

電話が切れているのに、受話器を握りしめたまま篠塚は動けなかった。

——自分一人が取り残されている。

疎外感というよりも、周りの人たちの決意を目の当たりにし、打ちのめされている。

罪を犯したのは、俺だ。

なのに、誰もが俺を司法の手から遠ざけ、フェニックス7の治験を進めよという。

祝田の諫言は間違っていない。

人に投与するには、まだ不確定要素が多すぎるのだ。

忌々しい父の言葉も蘇ってきた。

――結果を急ぐな。

父もまた、俺の秘密を、察知していたのだろうか。

ダメだ、こんな発想は、ダメだ。

――サンノゼでの治験が始まるならば、ピアでの治験は役割を終えたと、鋭一は大友に言った――まさか罪を被るつもりじゃないだろうな。

とにかく帰国して、全てを告白しよう。自分が罪を償えば、フェニックス7の研究は後進に委ねられるだろう。

だが、我々の後を継げる者が果たしているのだろうか。大学や科研にも、優秀な助手はいた。しかし、俺たち二人のような研究者は、いまだに現れていない。

そして、鋭一は今、死への階段を着実に上っている。

ここで、俺が研究から離れれば、それはフェニックス7の死を意味する。

しっかりしろ！　毒を喰らわば皿までだろ！　前進し続けるしか道はない。

後戻りという選択肢はない。

その時、スマートフォンがＬＩＮＥの受信を告げた。

鋭一からだった。

〝今、Ｓｋｙｐｅで話せるか？〟

15

「只今、氷川理事長から連絡があり、当機は予定を変更して、仙台空港に着陸致します」

うたた寝していた麻井は、飛び起きてＣＡに理由を尋ねた。

「直接、理事長にお電話くださいとのことでした」

電話を繋いで欲しいと頼むと、ＣＡはコードレスフォンを手にして戻ってきた。

「麻井です。仙台に向かう理由をお聞かせ戴けませんか」

〝科研に、宮城県警の家宅捜索が入ったらしい〟

「なんですって！」

〝徘徊老人を誘拐して、Ｐ７の人体実験をしたという容疑だそうだ〟

馬鹿馬鹿しくて笑い飛ばしたいような話だ。

「ご冗談を」

〝私もそう思う。問題は、真偽のほどではなく、科研に警察のメスが入ったことだ。総理は、国家機密扱いの科研を家宅捜索するなど言語道断だとお怒りだ。そして即刻中止するように警察庁長官に命じられた〟

なぜあなたが、そんなことまで知っているんだ。

というより、もしや、あなたが命じたのかと問いたかった。

「そこまで手を打たれているのに、なぜ我々を仙台に？」

〝私は警察を信用していない。面従腹背なんて、朝飯前だ。だから、彼らに厳しく対応できる権威を持つ者が必要なんだ。君と板垣さんは、うってつけだ〟

つまり、俺たちは、山門の仁王になれと？

〝丸岡理事長の許可は得ている。板垣さんには、君から、総理からのたってのお願いだと伝えて欲しい〟

氷川の一語一語に激しい怒りが籠もっている。

「でも、科研には秋吉先生がいるでしょう？」

〝彼が警察の楯になると思うかね？〟

確かに。

〝空港にヘリを待たせてある。警察庁からも幹部が、今、科研に向かっているそうだ。とにかく、県警関係者は、誰一人、アルキメ科研及びエイジレス診療センターに踏み入れさせないでくれ〟

氷川も帰国するのかと尋ねる前に、電話は切れた。

麻井は、最後尾にあるベッドでいびきをかいている板垣の方を見た。

ＣＡによると、仙台到着まであと三十分ほどだという。

「冷たい水と濃いコーヒーを二人分お願いします」

そして、板垣を起こして欲しいと告げてから、麻井は手にしていたコードレスフォンで、丸岡を呼び出した。

〝ああ、やっと繋がった。今、どこだね？〟

板垣と二人で帰国途上にあり、今、氷川と話がついたと報告した。

〝そうか。助かった！　よろしく頼む〟

「警察は、何を考えているんですか」

〝宮城県警曰く、彼らなりの確信があるというんだ〟

丸岡によると、アルキメデス科研周辺で徘徊老人の失踪事件が相次いでおり、しかも、老人の多くは、数ヶ月を経て遺体として発見され、遺棄される前に解剖された痕跡があるのだという。

そこから先は、具体的な決め手を明らかにしていないが、これら一連の失踪高齢者連続死体遺棄事件にアルキメデス科研が関与した決定的な証拠が見つかったため、強制捜査に踏み切ったらしい。

「決定的な証拠って何です？」

〝アルキメ科研内に、行方不明者が監禁されていた証拠らしい〟

「そもそも、なぜ徘徊老人を監禁する必要があるんです？」

〝今、官邸が警察庁に確認中だが、遺体で発見された徘徊老人の脳に異常が見つかったそうだ〟

まさか、アルツハイマーだった年寄りの脳が元に戻っていたとかではないだろうな。

麻井は、怖くて丸岡に確認できなかった。

「理事長、今時、人体実験する研究者なんているわけがありません。しかも、科研が疑惑の対象になっているなんて、非常識にもほどがある」

〝だから、皆怒り狂っているんだよ。総理は、宮城県警幹部全員を逮捕しろ！　とのたまっている。令状を発行した裁判官もクビにするともな〟

最近の総理の所業には、異議申し立てをしたいことばかりだが、今回だけは、まったく同感だった。

「エイジレス診療センターを含めて、施設内に県警を入れるなと、氷川さんは仰ってますが」

〝そうしてくれ。警察庁の幹部にも協力してもらって、家宅捜索で押収した物、全てを取り戻してほしい〟

不意に、麻井の脳内でアラートが鳴った。

「あの、丸岡さん、いくら田舎の警察とはいえ、アルキメ科研が国家プロジェクトに関わっているのは知っているはずです。そこに強制捜査に入るというのは、余程の覚悟だと思うんです。本当に、科研は無関係なんでしょうか」

〝バカを言うな！　篠塚君や秋吉君が、そんな罪を犯すと思うか〟

否定する自信がなかった。

実は米国にも似たような事件がある。なかなか治験の許可が下りずに苦悩していた研究チームが、別の治験薬に紛れ込ませて、無許可で治験を行ったのだ。麻井がちょうどアメリカにいた頃に起きた事件で、よく覚えている。

世界的な権威と言われていた教授の下で研究を続けた精鋭たちによるチームで、ホワイトハウスに招かれて、大統領から直接激励を受けたこともあった。だが、そうした世界的注目が、却って教授や研究チームにプレッシャーを与えてしまい、犯罪に走らせたのだ。

〝麻井君、とにかく、どんなことをしてでも、フェニックス7を守るんだ〟

麻井は、了解しましたと返して電話を切った。

まだ、心のどこかにわだかまりが残った。

シノヨシは追い詰められていなかっただろうか。

『BIO JOURNAL』に、フェニックス7に重大な問題発覚という記事が出たり、逆風が吹いていた。だから、いつまでたっても、治験フェーズに上がれない。

そうした状況は、シノヨシにとって、大きな負担だったろう。

加えて、麻井が気になるのは、先日会った時に秋吉が異様に痩せていたことだ。深刻な病に侵されているのではないかという疑念を抱いた。

こうした状況によって、彼らが功を焦った可能性はゼロではない。

ちょうどＣＡがミネラルウォーターとコーヒーを運んできた。

「ああ、失礼。ありがとう。先生は、目覚めてくれたかな」

「また、お休みになられてしまったようで」

後方に目をやると、高いびきが聞こえてきた。

「じゃあ、もう暫く、あのままでいいですよ」

まずは冷水を一気飲みして、喉を潤した。そして、熱いコーヒーを一口啜った。

フェニックス7の治験は、氷川の強引なディールによって、米国で実施されることになった。

だから、人体実験なんて必要なかったのだ。なのに、なぜ……。

眼下に陸地が見えてきた。日本の領空に入ったようだ。

「今、着陸の最終準備に入りました。シートベルトをお締めください」

16

家宅捜索令状を掲げて、宮城県警の捜査員らがアルキメデス科研に到着した。

楠木は門前と共に、秋吉の執務室に向かった。

執務室は整然としており、デスクの上には紙きれ一枚もなく、飲料水のペットボトルや食べ物もない。

「いつも、こんなきれいにしていらっしゃるんですか」

二人を案内した秘書に、楠木は尋ねた。

「ええ。研究内容が繊細なものですから。整理整頓を怠ると、研究に不具合が起きるため、徹底されておられます」

なるほど、天才らしい動機だった。

「助手の周さんも、今朝は出勤してきていないようですが」

「そうなんですか。彼女は朝が苦手なので、まだこちらに来ていないだけかもしれませんよ」

そこで、秋吉と周の携帯電話の番号を尋ねると、さしたる抵抗もなく、秘書は番号を教えてくれた。さっそくかけてみたが、いずれも電話に出なかった。

「秋吉教授は、自家用車をお持ちですか」

科研から消えたというのであれば、足が必要だった。科研は不便な場所にあり、どこへ行くにもバスかタクシー、あるいは自家用車が必要だ。楠木の質問に、秘書は頭《かぶり》を振った。

「持ってないと思います。そもそも運転免許を、お持ちではなかったと思います」

「周さんは？」

「国際免許は持っていますが、車はありません」

「科研に、黒いワンボックスカーはありませんか」

楠木はダメ元で問うてみた。

「私では、分かりかねます。総務で聞いて戴く方がよいと思います」

秘書は、アルキメデス科研について、あまりにも知らなすぎた。聞けば、秋吉が科研に移籍したのに合わせて、採用されたのだという。

「秋吉さんが、こちらに移籍されたのは」

「一ヶ月ほど前です」

そんな最近なのか。捜査本部で事件発生だと考えている時期は、もっとずっと前だ。

「移籍するまでにも、ここへは頻繁に来ていたんでしょう」

「それも、私では分かりかねます」

移籍前の秋吉のスケジュール管理については、所長秘書が担当していたのだという。

楠木が事情聴取を依頼すると、篠塚の秘書は所長室の隣室で受けると返してきた。

「秋吉先生が移籍される前の、アルキメデス科研に来るペースを伺いたいんです」

ショートヘアでモダンな眼鏡をかけた秘書は、いかにも有能に見える。

「秋吉先生は正式にはまだ、東大を離職されておられません。お尋ねの件については、二、三ヶ月に一度のペースです」

それだと、こちらの見立てに合わない。

「そんなことで、共同研究が可能なんですか」

「問題があったとは、聞いていませんが」

所長秘書は、防御ラインをしっかりと張っている。

「プライベートでは、いかがですか」

門前が尋ねると、「プライベートについては分かりかねます」と返された。

「『第2VIP棟』の存在はご存知でしたか」

「それがどうかしましたか」

「そこに、お年寄りが監禁されていたんです」

「何かの間違いではありませんか」

惚けているようには、見えなかった。

「それが、家宅捜索の理由なんですね」

「そうです」と返すと、秘書は困惑した。

「何か、気になることがあるんでしょうか」

「いえ。私は警察が濡れ衣を着せたのだと信じていたので、今、具体的な話をお聞きして驚いています。それで、『第2VIP棟』で、科研の誰が、お年寄りを監禁していたんですか。そして、何をしていたんですか」

楠木が説明すると、秘書は驚き、やがて、怒りに変わった。

「まさか、秋吉先生が、人体実験を行っていたと、警察は疑ってるんですか！」

「いえ、まだ誰も疑っていません」

秘書は、楠木の弁明を認める気はなさそうだ。

「お引き取りください。そんな疑惑を秋吉先生にかけるなんて、ありえません。失礼にもほどがある」

「まあ、そうおっしゃらず、一つ教えて欲しいことがあるんです。篠塚所長は『第2VIP棟』について、何かご存知だった様子はなかったですかね」

微笑みを浮かべて、門前が丁寧に尋ねた。

秘書は立ち上がると、自席の固定電話を取り上げた。

「県警の方々にお引き取り戴きたいので、控室に人を寄越してください」

門前は慌てた。

「そんな無茶な。正式に令状を取って、家宅捜索を行っているんです。我々を排除なんて、できませんよ」

「私は、その令状を拝見しておりません。私は自発的に捜査にご協力しただけです。なので、お引き取りください」

まだ抗議しようとする門前を宥めて、楠木は部屋を出た。

「なんだ、あの態度は！」

門前は聞こえよがしに吐き捨てた。

その時、ヘリコプターのローター音が聞こえてきた。と同時に、門前の携帯電話が鳴った。

「あっ、本部長！　えっ、何ですって。それは捜査妨害では？　いえ……はい。ひとまずロビーに下ります」

門前が電話している間に、楠木は窓際からヘリコプターを見上げていた。

ヘリコプターの側面には「警察庁」と書かれている。

「楠木さん、警察庁からの撤退命令が出たそうです」

「どういうことです？」

「総理大臣命令だそうです」

17

「ガサ入れを中止するだけではなく、押収物を即刻返還って。そんなのは権力の濫用じゃないですか！」

ヘリコプターで東京から来襲した警察庁刑事局の審議官に向かって、門前が猛烈に抗議している。だが、審議官は説明する気もなさそうだ。

既に楠木らは、アルキメデス科研の建物はおろか、敷地内からも追い出されて、作戦車と呼ばれる大型のワンボックスカー内に押し込められていた。

「君らが押収したブツは、すべて特定秘密保護法で機密扱いにされたんだ。即刻、返却したまえ」

特定秘密保護法だと！　何だ、それは。

楠木には、それがなぜ、今、ここで話題になるのか、さっぱり理解できなかった。

「特定秘密保護法って、どういうことですか。アルキメデス科研は、民間の研究機関なんですよ」

相手が警察庁の上官なのにも構わず、門前が食ってかかった。

「ここで研究開発しているフェニックス7が、機密の対象だ。科研が民間かどうかは、問題ではない」

「審議官、意味が分かりません！　なぜ、再生細胞の研究開発に特定秘密保護法が適用されるんです？　犯罪の可能性があるのに見逃すんですか」

「理由は知らない。内閣府によって、それが機密扱いになっているんだ。したがって、我々が勝手に押収することは認められない」

審議官が、文書を突き出した。

そこには、「フェニックス7及び、その研究に関しての一切を、機密とする」と記されていた。

「機密扱いでも、事件の証拠として押収してはならないという条文は、ないはずです」

「門前、そこまでだ。すでに、総理命令で、一切の捜査を認めないという判断が下されているんだ。命令に従え」

審議官はとりつく島がない。

「管理官、素直に従いましょう」

楠木は既に白旗を揚げている。

とにかく、全面撤退しかない。

門前はなおも食い下がるべく抵抗しているが、これ以上は無駄だった。事件には、アルキメデス科研の中枢部が関与していた可能性が高いと確信した。そうでなければ、政府が、こんな強引な介入はしないだろう。

そして恐ろしいことに法律が彼らを護るのか……。

「楠木警部補、君には取り調べを受けてもらうので、そのつもりで」

「どういうことですか！　なぜ、楠木係長が取り調べを受けるんですか」

「アルキメデス科研の事務長によると、楠木警部補が科研側の制止を振り切って、構内に入ったという。その上、虚偽の申告で事務長を騙して、強引に捜査を行った疑いがある」

まあ、その疑いは間違いではないな。

「だとすれば、私も同罪です」

「管理官、僭越ですが、これは私の問題です。あなたは、私を何度も止めてくださったじゃないですか。これ以上の庇いだては、無用です」

「楠木さん！」

門前はまだ何か言おうとしたが、審議官の指示で、車外に連れ出されてしまった。

他の捜査員たちも車外に出るように命じられた。

車のドアがしっかりと施錠されたのを確認してから、審議官が切り出した。

「御配慮を感謝します」

「御配慮とは？」

答えはなかったが、おそらく門前を庇ったことを指しているのだろう。

「まず、念のために言っておきますが、今後の捜査は厳禁です」

これは問答無用の決定事項なのだと、審議官の張り詰めた態度で理解した。二人きりになって口調が丁寧になったのは、彼なりの誠意なのだろう。

「つまり、相当深刻な事件――なんですね？」

「私は、詳しくは分かりません。これは警察庁長官直々の命令で、私はここに差し向けられました」

イエスと言っているようなものだな。

「国家プロジェクトのためには、一般市民は犠牲になれと？」

「楠木さん、それは極論が過ぎるでしょう。そもそも、あなたは何を摑んでいらっしゃるんですか。管内で徘徊中の年寄りが行方不明になるなんて、別に特別な事件ではないでしょう」

「行方不明になった場合、その数日後には、遺体で発見されるのが一般的なんです。しかし」

審議官が右手を挙げて制した。

「あなたと細かい話を議論するつもりはありません。これ以上捜査しないという誓約書に署名して戴きたいんです」

手回しよく文書が突き出された。

総理の意向なのか、警察庁長官命令なのかは知らないが、犯罪に目をつぶるなんてできない。

しかも、こんなふうに高圧的に捜査を取り上げることを許せば、社会は闇じゃないか。

「審議官、本当にこんな横暴が、まかり通ってよろしいんでしょうか」

「楠木さん、青臭いですよ。それよりもさっさと署名してください」

抵抗しても無駄だった。

だが、これを呑んだら、俺は家族を犠牲にしてまで心血を注いできた刑事という仕事を、冒瀆することになる。

「審議官、申し訳ありません。あなたのご意向には沿いかねます」

楠木は立ち上がった。

「待ちたまえ。君の母親も、被害者の一人だったそうじゃないか」

「母が被害者だったから、事件にこだわっているわけではありませんよ」

「それは、どうでもいい。もし、君の妄想的推理が正しい場合、母親はいずれ脳に問題を起こさないのかね」

「それが、どうかしましたか」

「エイジレス診療センターが、徹底的な検査と治療を、無償で行うと言ってくれているんだ」

18

仙台空港に着いた麻井は、慌ただしくプライベートジェットから降ろされ、アルキメデス科研が用意したヘリに乱暴に押し込まれた。そして科研の上空にさしかかった時に、大量のパトカーや装甲車が詰めかけているのが見えた。

「テロにでもあったみたいな物々しさだな。やっぱり、私は帰らせてもらうよ」

板垣が吐き捨てた。着いたのは仙台空港だったと知った時から、彼はずっと怒りをまき散らしている。

氷川が電話で説得しても、一向にその怒りは収まらなかった。

「今さら、そんな子どもじみたことはよしましょうよ、先生」

「いいかね、人体実験の疑惑が起きるだけでも、科学者として恥なんだ。そんな奴らに加担なんてしたら、私も君も人生が終わるんだぞ」

大袈裟な。

「板垣先生、ここは日本のためだと覚悟して、腹を括りましょうよ」

「何が日本のためだ。氷川の我欲を守るためだけじゃないか。Ｐ７はもう諦めた方がいい」

なんて勝手な男なんだ。サンノゼで大演説をぶったのを忘れたのか！

世界で注目されているフェニックス7を泥まみれにしてはならないという使命は、一企業を守るためではない。日本の将来のためなのだ。

ヘリコプターが、アルキメデス科研の屋上ヘリポートに着陸した。

「お疲れのところ恐縮です。アルキメデス科研理事長室の牧田と申します」

強風が吹く中、コートも着ずに出迎えた男性は、板垣の腕を取り、誘導した。

役員応接室に通されると、温かい飲み物が運ばれてきた。

「既に、東京から警察庁の審議官も到着され、現在は宮城県警が押収した物の返却作業が行われています。麻井さんには、その現場に立ち会って戴くように氷川から申しつかっています。それから、先ほど総理から連絡があり、板垣先生と直接お電話でお話ししたいとおっしゃってまして」

「何、時臣君が直接かね？」

怒り狂っていた板垣の表情が緩んだ。

現金な男だ。

牧田がコードレスフォンで、総理に電話をかけた。すぐに繋がったようで、板垣に手渡した。

「ああ、時臣君、板垣だ。いやいや別に疲れてはおらんよ」

ご機嫌で、総理のファーストネームを呼ぶ板垣に呆れていると、牧田に室外へ連れ出された。

「県警が押収物を返却中ですので、そちらへご案内します」

「私が立ち会って何か意味があるんですか」

エレベーターホールに移動しながら、麻井は尋ねた。

「麻井さんのような政府のお偉いさんがいらっしゃるだけで、先方は真面目に作業をしますので」

やっぱり、山門の仁王か。

19

ノートパソコンの画面に映っている鋭一の顔は、妙に明るくとても病人には見えない。

〝なんだ、幹。疲労困憊って顔してるぞ〟

「おまえは、なんでそんなに元気なんだ？」

〝燃え尽きる前のロウソクの炎現象だな、きっと〟

縁起でもない。

「鋭一、何をするつもりだ」

画面いっぱい鋭一の顔が大写しで、その背景は、ほとんど見えない。居場所を知られたくないのか。

〝終活ってやつかな。あんまり気を揉むな。おまえには、ラストスパートという重大な責務があるんだからな〟

「今さら、どこに就職するつもりだ」

〝下手なだじゃれを言えるのなら、まだ大丈夫だな、幹〟

「科研に、宮城県警の家宅捜索が入ったのは知っているのか」

〝みたいだね。安心しろ。ピアの皆さんには、社会復帰してもらった〟

「フェニックス7で脳細胞の増殖が止まらなかったら、どうする？」

〝その時は、その時だ。皆、知的な若さを取り戻して大喜びしてくれたんだ。悔いはないだろう〟

「警察は、おまえや雪ちゃんを捜しているんだぞ」

〝さっき、理事長様から連絡があってね。家宅捜索は中止となったそうだ。押収物の返却作業が始まっているし、無論、捜査も打ち切りだ。さすが理事長様は凄いね。僕たちのやっていたことを、全てご存知だった〟

「僕たちじゃない。これは俺だけの問題だ。おまえは無関係だろうが」

〝幹、もはや、僕もおまえのお仲間だ。おまえがピアで治験を行ったから、Ｐ７の致命的な欠陥が分かったんだ。大いに意味のあることだった〟

だが、それによって数人が亡くなっている。

「あれは治験じゃない。人体実験だった」

〝仕組みも理論も分からないお上のバカどもがＯＫと言えば治験となり、ダメだと言ってるのに研究者が勝手に移植したら、人体実験となる。でもやっていることは、同じだろ〟

篠塚自身、何度そう自分に言い聞かせてきたか。だが、それがまかり通れば、日本は法治国家でなくなる。

そんなことぐらい鋭一は、重々承知なのだろう。

「鋭一は、この後どうするつもりだ」

〝静かに、旅立つ準備をするさ。まあ、もって一ヶ月だろうからね。愛する女と残りの時間を楽しむよ。なあ幹、僕はおまえと出会って、本当に幸せな人生が送れたよ〟

「鋭一、今、どこにいるんだ！」

〝僕みたいな出来損ないが、こんな凄い研究に携われたのは、幹のお陰だ〟

「何を言ってる。おまえが天才だからフェニックス７が生まれたんだ」

〝確かに僕の発想力は、天才的な側面もあるけどさ。幹の構築力と修正力、そして、粘り強くトライアル＆エラーを続けてくれたからこそ、ここまで来られたんだ。僕一人なら、とっくに大学もクビになって、今頃、ホームレスになってたよ〟

人の気も知らぬように画面の向こうの鋭一が笑っている。

〝叱られるかも知れないが、僕は、神になりたかったんだよ〟

「ウソをつけ。おまえは、科学万能主義を嫌っていたじゃないか。人間はもっと謙虚になるべきだ、死ぬこと、ボケることを畏れてはならないというのがおまえの持論だろ」

〝そう言えば、おまえが喜ぶからだよ〟

舐めてんのか！

〝僕は人生でたった一人、親友と呼べる奴を見つけた。そいつは、僕の欠点を含めて、僕を受け入れてくれた。だから、僕は頑張れたんだよ。必死でＰ７を完成させたいと悪戦苦闘する親友を助けたい。それが、僕の集中力を保たせたんだ。心から感謝している。ありがとう〟

「鋭一、お願いだ。ちゃんと会って話そう。こんな方法で話すのは、ダメだ」

突然、周が画面に現れた。

〝幹さん、こんにちは。鋭一先生のことは、もう心配しないで。私が、しっかり最期まで看取《みと》りますから〟

「そんなことはもう聞きたくない。君たちはどこにいるんだ」

〝そんなことはどうでもいい。それよりもおまえに伝えておかなければならないことが、いくつかある〟

鋭一も周も、篠塚の説得に応じるつもりはないらしい。

〝まず、理事長様からの伝言だ。Ｐ７は、全ての研究内容に対して、特定秘密保護法の機密扱いとなったので、今後一切、研究内容について、外部に流れる心配はなくなったそうだ。事件捜査は終結し、科研にかけられていた疑惑も、一掃される〟

「特定秘密保護法だと！　どういうことだ!!」

〝詳しくは知らない。要するに何でも隠してくれる魔法のマントらしいぜ〟

氷川に絶大な影響力があるのは承知しているが、警察まで思い通りに動かしてしまったのか。

〝ピアから解放したお年寄りのケアについては、エイジレス診療センターが対応する〟

「フェニックス7移植の件は、誰も知らないぞ」

〝ピアで手伝ってくれた看護師さんが二人いるだろ。彼女たちに、協力してもらう〟

大友の親しい看護師たちで、詳細を知らされず、入居者の健康管理をしてくれた。

〝僕も問題の発生に対応する。命ある限り、だけどな。解放する時に、各人には糖尿病及び高血圧の数値を上げないような生活習慣を守るよう、厳命してある。あとは、自己管理してもらうしかないよ〟

ＰＫを全て解放した鋭一の判断に異論はあるが、今後のケアについては鋭一の処置に期待するのが最善かも知れない。

〝心配なのは、メディアだけど、今のところはどこにも勘づかれていない。『暁光』の香川毬佳とトム・クラークには要注意だが、それは理事長様が対処すると言ってる〟

「あの二人は、カネでは転ばないぞ」

〝理事長様なら、なんとかするんじゃないの〟

そうかもしれない。だが、徘徊老人の失踪と遺体遺棄の関連について捜査していた刑事が、メディアにリークする可能性だってあるじゃないか。

「警察とメディアが組んだらどうなる？」

〝安心しろ。Ｐ７の影響だと彼らが推理したとしても、そんな痕跡は、脳に残っていない〟

移植した段階で、フェニックス７がその人自身の細胞となって増殖するからだ。薬物反応や、当人と異なるＤＮＡが、残留し検出されることもない。

「真希ちゃんや千葉が、メディアに訴えるかもしれんぞ」

〝そういえば、真希ちゃんをクビにして日本に追い返したそうだなあ。バカなことを。彼女は賢いから色々と想像するだろうけど、何もしないよ〟

「なんだ、その根拠なき自信は？」

〝真希ちゃんは、僕らの情熱を分かってくれる。彼女がＰ７の前途を妨害するとは思えない〟

だが、世の中は、おまえの思惑通りにはいかない。

祝田や千葉が、どんな行動に出ても、篠塚は甘受するつもりだった。

〝それと、千葉ちゃんの方は解雇を撤回させたので、明日から科研に戻る。こっちにＰ７が分かる者が誰もいないのは、困るからな。理事長様に談判して、千葉ちゃんを主席研究員にして、給料も倍にしてもらう。あと、そうだ。大友さんの件だけど、彼は安全な場所に移動中だと、さっき連絡があった。居場所は聞いていない。ピアでの治験データなども全て回収しているから、幹は安心してアメリカで頑張って欲しいということだ〟

どいつもこいつも相談もなく、厄介ごとを背負い込んで、俺にフェニックス7の治験を押しつけている。

皆、勝手が過ぎないか。こんな風にバトンを託された俺は、どうしたらいいんだ。

〝さて、幹、僕はもう疲れた。ちょっと休む〟

「待て、鋭一――。俺たちは、正しかったんだろうか」

正しいわけがない。

〝おまえは、いつだって、正しいよ。これから先もずっとだ。おまえがやろうとしていることを実現するために、それなりの犠牲は必要なんだ。だから、後ろを振り向かず、前へと突き進め。僕や大友さんは、身代わりに見えるかもしれないが、それは違うぞ。おまえに「希望」という重荷を押しつけて、表舞台から降りるんだ。おまえは犠牲者なんだ〟

そんなことを言うな！

〝自分を責めるな、幹。さっさと逃げる、僕たちを恨め〟

「その通りだ。おまえらは、卑怯だ！」

〝みんな与えられた役割があるんだ。おまえは、Ｐ７という奇跡を実現する役を与えられたんだ。だから大いに威張って、世界中のお年寄りに希望を与えるんだ〟

おまえは、それで平気なのか。

〝雪、幹に挨拶しろよ！〟

周が画面に戻ってきて鋭一に頰を寄せた。

〝幹さん、頑張ってね！　またいつか。再見！〟

そこで画面が暗転した。


一週間後、米国でフェニックス7の治験がスタートした。

その後、篠塚らの所業に言及した報道は、一切なかった。

そして、一ヶ月後、日本の内閣総理大臣が、篠塚幹と秋吉鋭一のチームが長年研究をしてきた、アルツハイマー病を治すIUS細胞・フェニックス7の治験を、日本国内でも半年後を目処《めど》に行うと発表した。

エピローグ

三ヶ月後――。

フェニックス社から提供されたサンノゼの豪邸で、篠塚は家族と水入らずの夕食を楽しんでいた。

「本当に、ここで暮らす気なの？」

妻の晶子は、まだ半信半疑だ。

「私は、友達と離れるの嫌だ！」

中学生の早菜は、そう宣言した。

高校生の淳平は、黙々と食事を続けている。既に、篠塚とは父子の断絶が起きている。サンノゼに来て三日目だが、ほとんど会話が成立してない。

それも当然だろう。この十年、篠塚は家族を顧みず、研究に没頭してきた。尤も、フェニックス7という偉大なる発明となって結実したのだから、その甲斐はあった。

だが、子どもたちにとって、父親は死んだも同然だった。

息子が友人に「両親は離婚しているようなものだ」と語ったと妻から聞いた時は、さすがにショックだった。

「淳平は、どうだ？」

「どうって？」

「ここでみんなで一緒に暮らさないか」

「どっちでも」

「やだよ！　お兄ちゃんも、日本がいいって言ってたじゃん！」

妹を睨み付けて、淳平は黙った。

「まあ、急に言われてもすぐに答えられない話だから、じっくり時間をかけて決めましょうね」

晶子はそう話を切り上げてくれた。

篠塚は、自分は父と同じなのだと痛感していた。

研究が何より大事で、家族の犠牲は当然というのが、父の考え方だった。

あんな父親にはならない。

晶子と結婚した時、そして淳平が生まれた時、固く誓ったのに。

テーブルの上でスマートフォンが振動した。氷川の看護師からだ。電話を取ると、席を外した。

〝会長が、ご連絡するようにと〟

「いよいよ、ですか」

このところ、氷川の脳の状態が不安定だった。主治医の荻田の話では、原因は不明だが急速に脳細胞が死滅する事態になっていた。生活に大きな支障はまだないものの、アルツハイマー病の発症であろうと荻田から告げられていた。

篠塚に拒否権はない。

「分かりました。明日の便で帰国します」

＊

麻井は小石川植物園に入ると、正門近くの遊歩道を左に折れた。桜の季節が終わったせいか、来園客はほとんどいない。ツツジが見頃になるのは、もう少し先だ。

コンクリート塀に沿って、鬱蒼とした林が続く遊歩道を歩いた。人目を避けて会う必要があるとしても、もっと良い場所はあったろうに。

スパイごっこ気分か。

フェニックス7についての疑惑が麻井の耳に入ったのは、先月のことだ。

噂を聞いたのは、仙台で行われた日本認知症学会の最終日だった。つきあいで渋々参加した懇親会の二次会で、偶然隣り合わせになった地元の医師から聞いた。

彼によると、重いアルツハイマー病の治療で宮城市内の診療所に通っていた七十九歳の男性が、数ヶ月行方不明になった後、自宅に戻ってきた。そのうえ、それまでは日常生活もままならなかったのに、帰宅した時は周囲が驚くほど回復しており、発症前の状態に戻っていたという。

神隠しにあった老人が、若さを取り戻して家族の元に帰ってくる。そんなおとぎ話のような出来事があったんだと、地元医師は興奮して話した。

ただし、その老人は、脳出血であっという間に亡くなったのだという。

それを聞いた麻井は、科研の家宅捜索を阻止した時の事を思い出したのだ。

宮城県警の抗議に耳も貸さず、麻井は粛々と押収物の返却作業に立ち会った。

作業が終わり、科研のスタッフと共に返却物の最終チェックをしている時に、捜査官が再び姿を現し、麻井を部屋の隅に連れて行った。

――麻井さんは、フェニックス7の開発の、政府の責任者だそうですね。ここで行われていたことは、どう考えても異常です。ぜひ、一度、私の話を聞いて戴けませんか。

男は、名刺を麻井に押しつけた。

何が異常なのかと尋ねると、彼は、麻井の耳元で「フェニックス7の人体実験です」と囁いた。

バカな！　と一蹴した。

それでも、気になって翌日、宮城県警を訪ねてみた。だが、名刺の相手は、長期休暇を取っていて、会えなかった。

その後は、米国でのフェニックス7の治験にオブザーバー参加することが決まり、再びサンノゼに戻ったために、いつのまにか捜査官の件は忘れていた。

だが、このおとぎ話を聞いて胸騒ぎを覚えた麻井はすぐに、名刺の相手にショートメールを送った。

その返信が昨日、あった。

〝会ってお話できませんか〟という提案に応じて、小石川植物園までやってきた。

丘に上る階段があり、上り切ると視界が広がった。その先に待ち合わせ場所の売店があった。数人の客が、縁台に座って茶を飲んでいる。

そこにいたスーツ姿の男性が、麻井に気づいて立ち上がった。

「門前です。ちょっと歩きませんか」

麻井は頷いて門前に続いた。

しばらく歩いてから門前は、「小石川養生所の井戸」のそばにあるベンチに腰を下ろした。麻井が横に座ると、門前が缶コーヒーを差し出した。

コーヒーを受け取り、麻井は一口啜った。

門前は、周囲に目を配っている。

「フェニックス7の人体実験について、どの程度ご存知ですか」

「いきなり何を言い出すんです」

「連絡をくださったということは、何らかの疑惑をお持ちなのでは?」

「学会で、妙な噂を耳にしたものでね」

麻井が噂の詳細を伝えると、門前が鞄から分厚い封筒を取り出した。

「ここに、その噂の真相が分かる資料があります。日本政府は、その証拠を摑もうとした我々を妨害したんです」

受け取るべきかを迷った。

そんな事実を知りたくない。いや、知ってはならないと脳内で警鐘が鳴り響いている。

「あの井戸は、赤ひげ先生がいた頃から、あったそうですね」

いきなり何を言い出すのかと思ったら、小石川養生所の井戸の話だった。

植物園は、江戸時代に貧しい人たちを治療した小石川養生所の跡地にある。黒澤明の映画『赤ひげ』も、その養生所が舞台だった。

「青臭い話ですが、医は仁術であるべきでは？」

門前はそれだけ言い残すと、一度も振り向かず丘を下りていった。

＊

「本当によろしいんですか」

篠塚の念押しを氷川は鼻で笑った。

「そのために、君に頑張ってもらったんだ。やってくれ」

目白の氷川邸に設けられた診察室にいるのは、専属の看護師、瀬田だけだった。主治医の荻田はいない。

「早速頼む。今日もいろいろと忙しくてね」

「今日は安静にして戴く方が良いのですが」

「何かあったら、瀬田さんの指示に従うよ」

米国でのフェニックス7の治験は順調で、まもなく日本でも治験が開始される。

あと少しだから待ってはどうかと進言したのだが、「この一ヶ月、急速にボケが進んでいる。荻田君から聞いたと思うが、どうやら私のアルツハイマー病は、進行性のようだ。だから、今すぐ移植して、食い止めたい。二ヶ月後には、大型買収《メガ・ディール》も控えているんだ」と言って譲らなかった。

「では、始めます」

フェニックス7のために開発した移植装置を作動させると、篠塚はサンノゼから持参した最新バージョンのフェニックス7を、氷川に移植した。

アメリカでは合法だが、日本では未だに違法のIUS細胞は、瞬く間に氷川の頭に入っていった。

*

さらに半年後——

楠木は、母と妻の三人で、山形の山寺芭蕉記念館を訪れた。

紅葉の鮮やかさが目に痛いほどだ。

母は早速モミジの下のベンチに陣取り、スケッチブックを開いた。水彩絵の具で描き始めると、手際良く十五分ほどで一枚仕上げてしまう。

そして、最後に一句添える。

「よい天気で、最高の紅葉狩りね」

ベンチから立ち上がる母は、とても八十代には見えない。髪も黒々として、肌の艶《つや》も良い。

先月、柔道の稽古《けいこ》中に膝を痛め、すっかり白髪が増えた楠木の方が、老いぼれに見える。

「お義母様の若々しさには、ついて行けませんわ」

潑剌とした母に、妻の良恵が苦笑いしている。

「何を言ってるの。今でも、市民マラソンに参加している良恵さんには、到底勝てないわよ。私の場合、若いのは気持ちだけよ」

そうかもしれない。そして、あの日以来、「過ぎたことではなく、未来に目を向けよう」が、母の口癖になった。

母には、アルキメ科研内での疑惑については詳しく説明してない。科研内のピアで何があったのかも尋ねていない。

失踪高齢者連続死体遺棄事件の捜査本部が解散した二ヶ月後に、楠木に異動の辞令が出た。山形県境に近い、辺鄙《へんぴ》な場所にある駐在所勤務だった。

犬猿の仲だった捜査一課長による左遷なのか、アルキメデス科研に対して強引な捜査を行ったことに対する上層部からの懲罰なのかは分からない。

しかし、今は風光明媚《めいび》な場所で、のんびりと職務をこなすのが気に入っている。このまま退職まで勤めて、宮城市内の自宅に戻るもよし、静かに山里暮らしを続けてもよし。

それでも、母の若返りぶりを見るにつけ、複雑な気分になる。

母こそ、アルキメデス科研で起きた犯罪の証拠だった。同時に再生医療の恩恵があったからこそ、母はもう一度人生を謳歌できている。

人体実験など絶対に許せないし、国家権力によって事件が隠蔽《いんぺい》されたことに絶望もした。

だが、母は元気で幸せそうだ。

これでよかったのかもしれない――、そうとしか言いようがなかった。

その時、携帯電話が鳴った。

懐かしい名前が、ディスプレイに浮かんだ。

松永千佳――。

「久しぶりだな。どうした」

〝係長、超ご無沙汰っす！　お元気っすか〟

「おまえは元気そうだな」

〝自分、元気だけが取り柄っすから〟

どういう作用が働いたのかは分からないが、松永は半年前から捜査一課で頑張っている。

「それで。何か、ご用かな？」

〝さっき、門前さんから電話がありまして〟

懐かしい名前だ。

〝I＆Hの氷川会長が、急死したそうなんす〟

「アルキメ科研の理事長の氷川か」

〝そうっす。しかも、プライベートジェットで移動中に、突然激しい頭痛に襲われて、そのまま亡くなったとか〟

それが何を意味するのか。

楠木は聞きたくなかった。

「そうか」

〝係長、これって天罰っすよ〟

おまえは、本当に素朴なバカだな、松永。

見上げた空に、高みを目指す二筋の飛行機雲があった。


（了）

謝　辞

本作品を執筆するに当たり、関係者の方々から、様々なご助力を戴きました。深く感謝申し上げます。

お世話になった方を以下に順不同で記します。

ご協力、本当にありがとうございました。

なお、ご協力戴きながら、ご本人のご希望やお立場を配慮して、お名前を伏せさせて戴いた方もいらっしゃいます。

柳田充弘、後藤由季子、京都大学iPS細胞研究所
小林美保、吉川学、谷口健
高山善文、福嶋一敬
金澤裕美、柳田京子、花田みちの、河野ちひろ
砂田頼佳、鈴木麻里奈、捨田利澪

（順不同・敬称略）

二〇二〇年二月

主要参考文献一覧（順不同）

『細胞から生命が見える』 柳田充弘著 岩波書店
『素顔の山中伸弥 記者が追った2500日』 毎日新聞科学環境部著 ナカニシヤ出版
『ｉＰＳ細胞大革命 ノーベル賞山中伸弥教授は世界をどう変えるか』 朝日新聞科学医療部著 朝日新聞出版
『ｉＰＳ細胞が医療をここまで変える 実用化への熾烈な世界競争』 山中伸弥監修 京都大学ｉＰＳ細胞研究所著 ＰＨＰ研究所
『研究不正 科学者の捏造、改竄、盗用』 黒木登志夫著 中央公論新社
『背信の科学者たち 論文捏造はなぜ繰り返されるのか？』 ウイリアム・ブロード／ニコラス・ウェイド著 牧野賢治訳 講談社
『捏造の科学者 ＳＴＡＰ細胞事件』 須田桃子著 文藝春秋
『再生医療の光と闇』 坂上博著 講談社
『脱認知症宣言 薬では治せない脳萎縮――分子化学が教える「海馬」救出法』 後藤日出夫著 健康ジャーナル社
『認知症・行方不明者1万人の衝撃 失われた人生・家族の苦悩』 ＮＨＫ「認知症・行方不明者1万人」取材班著 幻冬舎

※右記に加え、政府刊行物やＨＰ、ビジネス週刊誌や新聞各紙などの記事も参考にした。

解説

香山二三郎

二〇二〇年二月初め、横浜沖に停泊中の大型客船内で新型コロナウイルスの感染者が集団発生したというニュースが報じられたとき、多くの人がまだ他人事のように聞いていたに違いない。だがこのウイルスは毒性も感染力も思いのほか強く、集団感染は程なくパンデミックへと拡大していき、二ヶ月余りで国家の緊急事態宣言発出の事態となる。

それまで既存の重病に対する薬剤や手法として使われてきた特効薬やワクチンも以後、いっせいに新型コロナウイルスを対象に使われるようになった感があるが、もちろんガンなど重病、難病の特効薬も引き続き開発中なのであり、それが叶ったあかつきにはノーベル賞級の朗報となろう。

本書『神域』はガンと並ぶ難病のひとつ、アルツハイマー病の治療法をめぐる開発競争の光と闇を描いた医療サスペンスである。

アルツハイマー病は「脳内にアミロイドβというタンパク質が蓄積し、それによって大脳が萎縮した時に発症する。進行すると、大脳細胞が破壊されて、脳に鬆《す》が入ったようになり、患者に様々な生活障害をもたらす」。

本書で特効薬がないとされるこの病気に光明を見出すのは二人の日本人研究者、篠塚幹と秋吉鋭一だ。二人が発見したのは人工万能幹細胞《IUS》〝フェニックス7〟を脳患部に移植するというもの。そう、ノーベル賞学者・山中伸弥博士が切り開いた再生医療を発展させたものである。

もっとも、物語本篇は宮城県の架空の街、宮城市にある宮城中央署の一室から始まる。一一月のその夜当直についていたベテラン係長・楠木耕太郎警部補は八二歳の父親の行方がわからなくなったと駆け込んできた仙台市議夫婦の相手をすることに。その父親はアルツハイマー病らしい。楠木は若い連中に声をかけて捜索に出るが行方はつかめず、明け方に別の老人が遺体で見つかる。

同じ頃、先端医療ビジネスの育成と支援を目的に設立された先端医療産業開発革新機構（ＡＭＩＤＩ）の革新事業推進本部長・麻井義人は、医学部、生命科学関係の権威の体質の古さに改めて辟易させられていた。ＡＭＩＤＩは、世界的ＩＴ企業のカリスマ経営者・氷川一機が設立したアルキメデス科学研究所における篠塚たちの研究開発を後押ししようとしていたが、それも時期尚早といわれる始末。その日、麻井は石油ビジネスに通じた嶋津将志経済再生担当大臣の興味を引くことに成功したかに思われたが、後日サルを使った実験での死亡例が支援プロジェクトの審査会に引っかかった。だが、頓挫しかけたところを学術界の重鎮である内閣参与の板垣茂雄に助けられ、ついに国のお墨付きを得る。

しかし一難去ってまた一難、例のサルの死亡事故を疑《うたぐ》る記事が科学誌『BIO JOURNAL』に載ったのだ。書いたのはアメリカの著名な医療ジャーナリストだったが、アルキメデス研のベテラン技官兼秘書の大友正之介によればアメリカのバイオ・ベンチャー大手とアメリカ政府が画策したのではないかという。篠塚もその対処に追われるが、アルキメデス研の実験責任者・祝田真希は気になることを言った。暴走するサルは高血圧が原因で降圧剤を投与したら安定を取り戻したが、マウスでは出現しなかった暴走がサルで起きたということは、人間でも起きる可能性が高いと考えるべきだと。

一方、宮城中央署の楠木は、部下の松永千佳巡査部長が捜査していた窃盗団グループの案件を県警に持っていかれることになるが、暴力団担当の渡辺巡査部長がそこで別件の思いも寄らぬデータを披露する。所轄内の高齢者の行方不明者数が県内の平均値の二倍なのだというのだ。しかも行方不明者が遺体で見つかったケースが県平均の四倍もあると。明らかに殺人事件だという疑いがないと警察は司法解剖できないが、手がないことはない。何せ、連続殺人犯が我が町で暗躍しているかもしれないのだ！

アルツハイマー病は一九一〇年にドイツで亡くなった男性の症例が基になっている。診断者の名前が病名の由来だが、その治療法をめぐるノンフィクション、下山進『アルツハイマー征服』（ＫＡＤＯＫＡＷＡ）によると、アルツハイマー病は「一九六〇年代までは精神医学を研究しているものの中でも、ほとんど顧みられることのない分野だった」という。それが変わるきっかけになったのは電子顕微鏡の発明だったが、七〇年代までは巨額の研究資金が投じられることもなく「多くの人々は『ぼけ』という老化にともなう自然現象だと考えていた」。

アルツハイマー病の研究が加速するのは八〇年代後半からだそうで、それは遺伝子工学の進歩によるが、してみると、その後三〇年とたたないうちに篠塚と秋吉——通称シノヨシのフェニックス7が開発されたことになる。恐るべき医科学の進化！　本来なら、この二人こそ物語の主役たるべきキャラクターというべきであろうが、本書が視点人物を多数配して多彩な章立てにしたのは、ストレートな治療法開発話とはまた異なる物語のダイナミズムを味わわせようとしたからにほかなるまい。

むろん篠塚が主役の一人であるのはいうまでもない。プロローグで祖母の惨状を目の当たりにする子供は彼であり、その後彼がただ老いやボケを目の敵にするだけでなく、偉大な父親への反抗も研究動機になっていることが明かされていく。家族と離れてアルキメデス研に単身赴任する孤高の研究者である彼は、それゆえに自らの暴走には逆に甘くなってしまう。それに比べて相棒の秋吉は天才肌にありがちな勝手気ままな変人キャラ。美貌の中国人留学生をパートナーにしているあたり小憎らしい限りだが、彼は別な意味で、ある宿命を背負っている。

シノヨシの二人を医療小説としての本書の主役コンビとするなら、ビジネス小説としての主役を演じるのは麻井義人だ。アメリカの医療系ベンチャー・キャピタルでマネージング・ディレクターを務めていた彼は、ＡＭＩＤＩ理事長の丸岡貢にヘッドハンティングされ、シノヨシと政府、医学界の仲立ち役を務めるが、これがまあ大変。先端医療に及び腰の政府、さらに後ろ向きな医学界の権威たちを相手に悪戦苦闘する日々。おまけにアルキメデス研も何やら秘密を抱えているらしく、ついにはアメリカ合衆国という巨大なハイエナまで絡んでくるありさま。そのどれもに必死になって対応する麻井の姿は、エリートとはいえ過酷の一言だ。

そして、捜査ミステリーとしての主役を演じるのが、楠木警部補を始めとする宮城中央署の面々。当初はよくある徘徊老人の失踪と捜索かと思われた案件が次第にトンデモない事件へと発展していくことになる。しかし、それを捜査に結びつけたのは確たるエビデンスがあってのことではなく、楠木の経験値と勘、そして若手刑事の情熱と執念が基になっている。ある人物は、外見はいかにもしょぼくれた楠木が鋭い洞察力をそなえているのを見抜いてまるで『刑事コロンボ』のようだと述解するが、注目は県警柔道部のエース松永巡査部長。体育会系らしい猪突猛進タイプの女傑であると同時に、昭和の熱血刑事ドラマ『太陽にほえろ！』で竜雷太演じるゴリさんに憧れ刑事になったという根っからの刑事マニアでもある。

シノヨシのフェニックス7には果たしてどんな秘密が隠されているのか、本書は楠木たちが徐々にその核心に迫っていく捜査ミステリーとしても読み応え充分であることは、ここで改めて請け合っておこう。

ちなみに著者はミステリー読みとしても知られており、ファンであるがゆえのお遊びも散見される。たとえば、フェニックス7の研究開発にやがて関わってくるアメリカ側の人物、カール・ハイアセン。ハーバード大学の戦略論の教授で大統領の首席補佐官でもあるとのことだが、翻訳ミステリーファンには、奇人変人キャラが登場するブラックユーモアの効いたアメリカのハードボイルド系作家と同姓同名だとすぐに気付くはず。ハイアセン作品は環境問題をテーマにしていることでも知られるが、本書の創薬テーマとも微妙に通底してくるような――っていうか、考えてみれば、そもそも「医学とは、結果オーライだ」という医学界の常識って、犯罪捜査のそれとも相通じるのではないだろうか。

著者が本書を創薬（正しくは治療法の研究開発だが）小説と捜査ミステリーの二本立てにしたのは、けして偶然ではないということだろう。

さて、アルツハイマー病の治療法は現実にも着実に進んでいる。アメリカのバイオジェン社と日本のエーザイが共同開発した治療薬アデュカヌマブは二〇二一年六月、アメリカで医療用に承認されたものの、同年一二月、残念ながら日本では承認が見送られた。しかし、画期的な治療薬ができるのも時間の問題ではなかろうか。それはもはや神の領域ではない、人間の領域なのだ。

（コラムニスト）

この作品はフィクションです。実在の人物・団体・事件などとは一切関係ありません。

単行本　二〇二〇年三月　毎日新聞出版刊
DTP制作　エヴリ・シンク

文春文庫

神《しん》 域《いき》

定価はカバーに表示してあります

2022年10月10日　第1刷

著者　真《ま》山《やま》 仁《じん》
発行者　大沼貴之
発行所　株式会社 文藝春秋

東京都千代田区紀尾井町3-23　〒102-8008
TEL 03・3265・1211(代)
文藝春秋ホームページ　http://www.bunshun.co.jp

落丁、乱丁本は、お手数ですが小社製作部宛お送り下さい。送料小社負担でお取替致します。

印刷製本・凸版印刷
Printed in Japan
ISBN978-4-16-791941-2

（　）内は解説者。品切の節はご容赦下さい。

誉田哲也
増山超能力師大戦争
超能力関連の先進技術開発者が行方不明となり、妻から調査を依頼された事務所の面々。だが、やがて所員や増山の家族にも危険が及び始めて――。人気シリーズ第二弾。（小橋めぐみ）
ほ-15-9

本城雅人
トリダシ
「とりあえずニュース出せ」が口ぐせの、優秀だが敵も多い名物デスクの鳥飼。彼の部下たちはスクープ合戦に翻弄される。スポーツ紙の熱い現場を描いた著者新境地の快作。（内田　剛）
ほ-18-4

万城目　学
プリンセス・トヨトミ
東京から来た会計検査院調査官三人と大阪下町育ちの少年少女が、四百年にわたる歴史の封印を解く時、大阪が全停止する!? 万城目ワールド真骨頂。大阪を巡るエッセイも巻末収録。
ま-24-2

真山　仁
コラプティオ
震災後の日本に現れたカリスマ総理・宮藤は、原発輸出を推し進めるが、徐々に独裁色を強める政権の闇を暴こうとするメディアとの暗闘が始まる。謀略渦巻く超本格政治ドラマ。（永江　朗）
ま-33-1

真山　仁
売国
日本が誇る宇宙開発技術をアメリカに売り渡す「売国奴」は誰だ!?　検察官・冨永真一と若き研究者・八反田遙。そして「戦後の闇」が二人に迫る。超弩級エンタメ。（関口苑生）
ま-33-2

真山　仁
標的
東京地検特捜部・冨永真一検事は、初の女性総理候補・越村みやび厚労相の、サービス付き高齢者向け住宅をめぐる疑獄を追う。「権力と正義」シリーズ第3弾！（鎌田　靖）
ま-33-3

円居　挽
キングレオの冒険
京都の街で相次ぐ殺人事件。なぜか全てホームズ譚を模していた。「日本探偵公社」の若きスター・天親獅子丸が解明に乗り出すと、謎の天才犯罪者の存在が浮かび……。（円堂都司昭）
ま-41-1

（　）内は解説者。品切の節はご容赦下さい

円居 挽
キングレオの回想
獅子丸は、天才的頭脳の少年・論語から、ある女性の正体を知りたいと依頼を受ける。一方、助手の大河には、さる高貴な男性の醜聞が持ち込まれ……。巻末に描き下ろし漫画を収録。
ま-41-2

円居 挽
キングレオの帰還
行方不明だった獅子丸が京都に帰ってきた！　しかし、大河の私生活に起きた大きな変化に激しく動揺する。さらに、久しぶりに入った自身のオフィスには、驚愕の事態が待っていた。
ま-41-3

水野敬也
雨の日も、晴れ男
二人の幼い神のいたずらで不幸な出来事が次々起こるアレックスだが、どんな不幸に見舞われても前向きに生きていく……。人生で一番大切な事は何かを教えてくれる感動の自己啓発小説。
み-35-1

三浦しをん
まほろ駅前多田便利軒
東京郊外〝まほろ市〟で便利屋を営む多田のもとに、高校時代の同級生・行天が転がりこんだ。通常の依頼のはずが彼らにかかると、ややこしい事態が出来《しゅったい》して。直木賞受賞作。　（鴻巣友季子）
み-36-1

三浦しをん
まほろ駅前番外地
東京郊外のまほろ市で便利屋を営む多田と行天。汚部屋清掃、遺品整理に子守も多田便利軒が承ります。まほろの愉快な奴らが帰ってきた！　七編のスピンアウトストーリー。（池田真紀子）
み-36-2

三浦しをん
まほろ駅前狂騒曲
多田と行天に新たな依頼が。それは夏の間、四歳の女児「はる」を預かること。男手二つで悪戦苦闘していると、まほろ駅前では前代未聞の大騒動が。感動の大団円！　（岸本佐知子）
み-36-4

三浦しをん・あさのあつこ・近藤史恵
シティ・マラソンズ
社長の娘の監視のためにマラソンに参加することになった広和は、かつて長距離選手だったが（「純白のライン」）。NY、東京、パリ。アスリートのその後を描く三つの都市を走る物語。
み-36-3

（　）内は解説者。品切の節はご容赦下さい。

道尾秀介
月と蟹
二人の少年と母のない少女、寄る辺ない大人達。誰もが秘密を抱えるなか、子供達の始めた願い事遊びはやがて切実な儀式に変わり——哀しい祈りが胸に迫る直木賞受賞作。（伊集院　静）
み-38-2

道尾秀介
スタフ　staph
ワゴンの移動デリを経営するアラサーでバツイチの夏都。あることをきっかけに、中学生アイドル・カグヤとその親衛隊に出会い、芸能界の闇を巡る事件に巻き込まれていく。（間室道子）
み-38-4

宮下奈都
田舎の紳士服店のモデルの妻
ゆるやかに変わってゆく。私も家族も——田舎行きに戸惑い、夫とすれ違い、子育てに迷い、恋に胸を騒がせる。じんわりと胸にしみてゆく、愛おしい「普通の私」の物語。（辻村深月）
み-43-1

宮下奈都
羊と鋼の森
ピアノの調律に魅せられた一人の青年が、調律師として、人として成長する姿を温かく静謐な筆致で綴った長編小説。伝説の三冠を達成した本屋大賞受賞作、待望の文庫化。（佐藤多佳子）
み-43-2

宮下奈都
静かな雨
行助はたいやき屋を営むこよみと出会い、親しくなる。こよみは事故に巻き込まれ、新しい記憶を留めておけなくなり——。文學界新人賞佳作のデビュー作に「日をつなぐ」併録。（辻原　登）
み-43-3

水生大海
ひよっこ社労士のヒナコ
ひよっこ社労士の雛子（26歳、恋人なし）が、クライアントの会社で起きる六つの事件に挑む。労務問題とミステリを融合させた新感覚お仕事小説、人気シリーズ第一弾。（吉田伸子）
み-51-2

水生大海
熱望
31歳、独身、派遣OLの春菜は、男に騙され、仕事も切られ、騙す側になろうと決めた。順調に男から金を毟り取っていたが、一転、逃亡生活に。春菜に安住の地はあるか？（瀧井朝世）
み-51-3

（　）内は解説者。品切の節はご容赦下さい。

末須本有生
リヴィジョンA
航空機メーカーで働く沢本由佳は社の主力機TF－1の改修開発を提案する。実際に動き出すと、ライバル企業の妨害や社内の不正など、次々とトラブルが起きるが……。（吉野　仁）
み-53-2

新井素子・宮内悠介　ほか・人工知能学会　編
人工知能の見る夢は
AIショートショート集
日本を代表するSF作家たちのショートショートをテーマ別に編集し、各テーマについて第一線の研究者たちがわかりやすい解説を執筆。人工知能の現在と未来がわかる一冊。
み-55-51

村山由佳
星々の舟
禁断の恋に悩む兄妹、他人の恋人ばかり好きになる末っ子、居場所を探す団塊世代の長兄、そして父は戦争の傷痕を抱えて——愛とは、家族とはなにか。心震える感動の直木賞受賞作。
む-13-1

村山由佳・坂井希久子・千早　茜・大崎　梢
額賀　澪・阿川佐和子・嶋津　輝・森　絵都
女ともだち
人気女性作家8人が「女ともだち」をテーマに豪華競作！「彼女」は敵か味方か？　微妙であやうい女性同士の関係を小説の名手たちが描き出す、コワくて切なくて愛しい短編小説集。
む-13-51

村田沙耶香
コンビニ人間
コンビニバイト歴十八年の古倉恵子。夢の中でもレジを打ち、誰よりも大きくお客様に声をかける。ある日、婚活目的の男性がやってきて——話題沸騰の芥川賞受賞作。（中村文則）
む-16-1

森　絵都
カラフル
生前の罪により僕の魂は輪廻サイクルから外されたが、天使業界の抽選に当たり再挑戦のチャンスを得る。それは自殺を図った少年の体へのホームステイから始まって……。（阿川佐和子）
も-20-1

森　絵都
風に舞いあがるビニールシート
自分だけの価値観を守り、お金よりも大切な何かのために懸命に生きる人々を描いた、著者ならではの短編小説集。あたたかくて力強い6篇を収める。第一三五回直木賞受賞作。（藤田香織）
も-20-3